생의 찬미

생의 찬미

생의 찬미 2

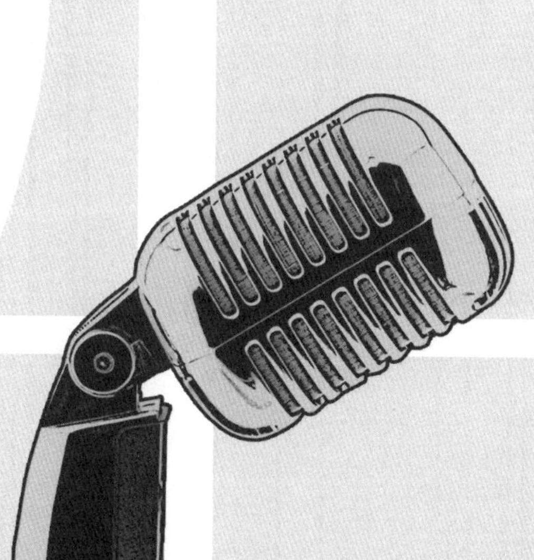

서자영·강헌 장편소설

고즈넉
이엔티

생의 찬미 2

1쇄 발행 2022년 4월 8일

지은이 서자영·강헌
펴낸이 배선아
편 집 유민우
디자인 엄인경
펴낸곳 (주)고즈넉이엔티

출판등록 2017년 3월 13일 제2021-000008호
주소 서울특별시 중구 청계천로 40, 1203호
대표전화 02-6269-8166 **팩스** 02-6166-9199
이메일 gozknockent@gozknock.com
홈페이지 www.gozknock.com
블로그 blog.naver.com/gozknock
페이스북 www.facebook.com/gozknock
인스타그램 www.instagram.com/gozknock

ⓒ 서자영·강헌, 2022
ISBN 979-11-6316-300-8　04810
　　　979-11-6316-298-8　(세트)

표지/내지이미지 Designed by Getty Images Bank, Freepik

차 례

10장 일동레코드 · 007

11장 동경음악학원 · 081

12장 대지진 · 133

13장 계획 · 181

14장 수정 · 243

15장 도피 · 305

16장 추적 · 367

17장 Parma, Italy · 419

Epilogue · 453

10장

일동레코드

동아일보의 신사옥은 일제를 감시한다는 의미로 총독부가 훤히 보이는 황토현(지금의 광화문 네거리)에 자리를 잡았다. 호랑이를 잡기 위해 호랑이 굴로 들어가는 거라고 큰소리를 쳤는데, 결과적으로는 가까이 있다 보니 감시를 하는 게 아니라 감시를 당하는 모양새가 되고 말았다. 위풍당당하게 선 총독부의 위엄에 눌린 걸까, 아니면 총칼을 찬 채 거리낌 없이 그 앞을 휘젓고 다니는 헌병들에게 질려버린 걸까. 사옥을 이전한 후부터 기자들은 기사를 쓸 때 좀 더 주의를 기울이게 되었다. 총독부를 감시하기는커녕 자기 검열이 강화되었으니 참으로 씁쓸한 일이 아닐 수 없었다. 석구도 예외는 아니어서 올라온 기사들을 이전보다 더 꼼꼼하게 검토하곤 했다.

상철이 쓴 기사를 읽은 석구가 믿기지 않는다는 얼굴로 상철을 쳐다보았다.

"뭔 일이냐?"

"뭐가요?"

"이거 니가 쓴 거 맞는 거지?"

상철이 쓴 기사는 윤심덕의 죽음이 자살이 맞는 것 같다, 라는 내용으로 끝맺음을 하고 있었다. 바로 어제만 해도 죽었을 리가 없다며 길길이 뛰었던 놈이 하루 만에 태세 전환을 했으니 놀랄 수밖에 없었다. 설마 다른 꿍꿍이가 있는 건 아닌가 의심스러워하던 석구가 영 미심쩍은 시선으로 상철을 훑어보았다.

"별문제 없음 가보겠습니다."

그러거나 말거나 고개를 숙여 꾸벅 인사한 상철이 무심한 얼굴로 돌아섰다. 구부정하게 등이 굽은 커다란 덩치의 뒷모습을 한 번, 기사의 말미를 한 번 보며 석구가 여전히 믿을 수 없다는 듯 고개를 갸웃거렸다.

"아, 저기."

그럼 그렇지, 그냥 갈 리가 없지, 속으로 은근히 안도하며 석구가 상철을 빤히 쳐다봤다. 그런데 무슨 말이든 어디 한번 해보란 식으로 턱을 치켜든 석구에게 상철이 던진 물음은 전혀 예상치 못한 것이었다.

"형님 혹시 뭐 소포 같은 거 받은 거 없어요?"

예상치 못한 말에 놀라 석구의 앉은 축이 순간 무너졌다. 당연히 기사나 심덕에 대해 말할 줄 알았는데 소포라니, 이게 뭔 자다가 봉창 두드리는 소리인지 모를 말이었다.

"소포? 뭔 소포?"

무게중심이 바로 잡히지 않은 석구가 의자에 앉은 채 버둥거리며 신경질적으로 되물었다.

"그러니까, 그 심덕 씨가 뭐 보낸 거 없소?"

"죽은 사람이 보내긴 뭘 보내? 기사 제대로 쓴 거 보고 제정신 돌아왔나 했드만, 얘 아직도 정신 못 차렸네."

앉아서 혼자 난리를 친 것이 무안하여 석구가 괜스레 버럭 하며 몸을 바로 했다. 상철이 입을 꾹 다문 채 몸을 앞으로 돌렸다. 비죽비죽 입가로 웃음이 샜다가 순식간에 눈물이 차올랐다. 크고 투박한 손으로 상철이 제 얼굴을 훔쳤다.

그래, 되었다. 이제 다 되었다. 상철이 책상 앞에 앉으며 크게 숨을 들이마셨다. 여전히 가슴이 꽉 막힌 것처럼 답답했지만, 그래도 어쨌거나 이젠 정말 끝이다. 끝이었다.

점효에게 보낸 우진의 유서나 상철이 받은 넥타이 같은 게 없어도 심덕과 우진의 죽음을 정사로 결론 내리기엔 충분했다. 군더더기 없이 깔끔하게 정리한 상철의 기사는 심덕과 관련된 논란을 잠시 가라앉히기에 충분했으나 상철의 마음을 매듭짓기엔 한없이 모자랐다. 기사로 정리했다 해서, 머리로 받아들였다 해서 마음이 수그러드는 건 아니었다.

하루 한 갑이던 담배가 두 갑이 되었다. 술에 취하지 않고 집에 가는 날이 드물었다. 지각이 잦아졌다. 취재원들과의 약속을 자주 잊었다. 기사를 써내는 속도가 느려졌고, 글에 오타나 비문이 많아졌다. 기운이 없었고 늘 무기력했다. 살이 빠졌고, 생기가 사라지고 눈이 흐리멍덩해졌다. 덩치에 비해 몸이 가볍고 날렵했던 남상철은 온데간데없이 사라졌고, 어느새 머리와 몸, 행동과 생각 모두 굼뜬 진짜 곰 한 마리가 되어버렸다.

이 정도기만 했어도, 석구는 상철을 내버려 두었을 것이다. 이 정도는, 왕년에 사랑 한번 안 해본 놈 있냐며 저러다 만다고 무심히 넘길 만했다. 하지만 상철이 술에 취한 밤이면 윤심덕이 살던 서대문 집 앞 골목길을 습관처럼 서성인다는 것을 알게 된 후, 석구는 조금 심각해졌다. 심덕이 공연했던 공연장, 공원 등을 지나갈 때마다 상철의 어깨가 괴롭게 움츠러든다는 걸, 그리고 그런 날이면 당연한 듯 코가 삐뚤어지게 술을 마시고, 심덕의 서대문 집 앞으로 가서 가지고 있던 담배를 다 태울 때까지 그 앞에 머문다는 걸 알게 된 후 석구는 이대로 내버려 둬선 안 되는 게 아닌가, 고민하기 시작했다.

끝내 상철이 수준 미달의 기사문을 써내는 바람에 신문에 실을 수 없는 지경에 이르렀을 때, 석구는 무언가 대책을 세워야 한다는 걸 깨달았다. 더 이상 그냥 내버려 둘 수 없었다. 결자해지라, 애초에 심덕에게 상철을 갖다 붙인 장본인이 저이니, 마지막 수습도 어쩔 수 없이 제 몫이었다. 어깨를 늘어뜨린 채 고개를 푹 숙이고 자리에 처박힌 상철을 보던 석구가 긴 한숨을 내쉬며 자리에서 벌떡 일어나 국장실로 향했다.

"동경(東京)이요?"

"그래. 동경."

"설마 특파원 자격인 겁니까?"

"미쳤냐? 너가 뭐라고 특파원을 보내냐?"

"그럼요?"

"우리 일본에서 광고 따오려고 노력 중인 거 알지?"

신문을 발매하기 위해선 광고 수입이 필수였다. 하나 아직 국내 산업이 미미한 실정인지라 국내 광고만으로 신문사를 유지하는 데는 무리가 있었다. 그래서 동아일보는 해외로 눈을 돌려 동경과 대판(大坂)에 지국을 세우려 하고 있었다. 신문 판매망 개척과 광고 유치를 위해서였다.

"기자 아냐. 영업직이야. 광고 수주 따오는 거야."

"기자도 아니고 영업직으로 가라고요?"

"뭐 간 김에 좀 쉬면서, 너 하고 싶은 거 좀 하고, 그럼 좋잖아. 너 시간 나면 책 쓰고 싶다며. 일본 유학도 가고 싶었는데, 아버지가 반대해서 못 간 거고. 그러니 핑계 삼아 이 기회에 한 번 가는 것도 괜찮지 않냐."

어떤 의미로 하는 제안인지 알 것 같았다. 선뜻 무슨 대답을 해야 할지 몰라서, 상철이 석구의 얼굴을 보며 머뭇거렸다.

"괜찮은 기삿감 있으면, 써서 보내. 실어줄 테니까."

무심히 제 할 말을 끝낸 뒤 술잔을 단숨에 들이켜는 석구를 상철이 빤히 쳐다보았다. 술잔을 내려놓고 안주로 나온 빈대떡을 집어 먹으려던 석구가 상철의 시선을 견디다 못해 젓가락을 내던졌다.

"왜, 뭐? 뭐? 뭐? 뭐라 하려고 사람을 그렇게 빤히 쳐다보는데? 어?"

무어라 어깃장을 놓을까 봐 겁이 나서 석구는 괜스레 오버해서 버럭거렸다. 대체 기자인 놈을 난데없이 왜 영업직으로 보내자는 거냐며 이해할 수 없다는 사장에게 억지를 부려 따낸 자리였다. 그런데 이제 와서 상철이 기자인 내게 비즈니스를 하라니 말이 되는 소리냐고 화를 내면 어쩌나 은근히 걱정스러웠다. 도무지 어깨를 늘어뜨린 채 죽지 못해 사는 것 같은 꼴로 있는 게 보기 싫어서 짜낸 아이디어였는데, 누구에게도 좋은 일이 아니라면 삽질도 이런 삽질이 없었다. 영리한 놈이니 제 마음을 알아주었으면 좋겠다 싶어 석구가 슬쩍 상철의 눈치를 살폈다.

"고마워요, 형. 고맙습니다, 편집장님."

그때 상철이 고개를 숙이며 깍듯하게 감사를 표했다. 상철을 알고 지낸 이래 가장 온순한 감사 인사였다. 그 순간 뜨겁고 묵직한 것이 석구의 속에서 울컥 치받고 올라왔다. 똥고집쟁이에 대책 없이 용감한 데다 가끔 욱하기까지 하는 놈이었다. 그런 녀석의 이리 기운 빠진 모습이라니, 낯설었다. 그리고 싫었다. 이런 건 남상철답지 않았다.

석구는 그제야 제가 가벼운 마음으로 저지른 일이 얼마나 큰 잘못이었는지 깨달았다. 애초에 이런 놈을 심덕에게 붙여선 안 되는 거였다. 다 제 탓이었다. 결자해지, 결자해지, 하면서도 조금쯤은 대체 내가 뭔 고생이냐 억울한 마음이 있었는데 오늘로써 그 모든 게 사라졌다. 석구는 진심으로 미안한 마음을 담아 상철의 잔에 술을 가득 채웠다.

"여긴 이번 주까지만 나오면 되니까 떠날 준비나 착실히 해.

집에도 한 번 다녀오고. 다음 달부터 거기로 출근하면 돼. 집은 구하는 데 시간 좀 걸릴 테니까 일단은 거기 가 있는 오 기자랑 같이 지내. 연락해 놓을 테니까. 그리고."

탁, 술병을 소리 내어 식탁 위에 내려놓은 석구가 곧은 시선으로 상철을 쳐다보았다.

"가서 잘 지내다 와라, 새끼야. 다 잊고. 제발 좀 다 잊고."

대답 없이 술병을 든 상철이 석구의 빈 잔을 채웠다. 고개를 돌려 서로를 외면한 채, 석구와 상철이 술잔을 비웠다.

조선에서 일본으로 도항하는 방법은 네 가지였다. 제주에서 대판으로 가는 것, 여수에서 하관(下關: 시모노세키의 한자식 지명)으로 가는 것, 부산에서 박다(博多: 하카타의 한자식 지명)로 가는 것, 그리고 마지막으로 부산에서 하관으로 가는 것이었다. 네 가지 방법 중 가장 많은 사람들이 이용하는 것은 바로 마지막이었다. 조선에서 일본으로 가는 이들 중 거의 9할은 부산에서 하관으로 가는 관부연락선을 탔다.

경성에서의 생활을 정리한 뒤 상철은 고향 집에서 사나흘 지낸 후 부산으로 가 관부연락선을 탈 예정이라고 석구에게 말했다. 그러나 그 말은 본의 아닌 거짓말이 되고 말았다. 상철은 이미 관부연락선을 타고 일본으로 향하는 중이었기 때문이다. 동경 지국으로의 출근까지 열흘 정도의 여유가 있음에도 불구하고 이리 빨리 가는 이유는 단 하나, 대판에 들르기 위해서였다.

맹세컨대 처음부터 대판으로 가야겠다고 생각하진 않았다. 석구가 권한 대로 주변을 정리한 뒤 고향 집에 내려가 좀 쉬다가 부산에서 배를 타는 게 애초의 계획이었다. 하나 부산으로 내려가는 표를 사기 위해 경성역에 간 날, 상철은 제 일정을 전면 수정하고 말았다.

일제는 관부연락선을 경부선과 산요 본선(山陽本線: 시모노세키 역에서 출발하여 일본 내륙으로 연결되는 철도 노선)을 잇는 것으로 인식했다. 그래서 연락선도 실제로 철도 시간표에 맞추어 연계 운영하였을 뿐 아니라, 경성역에서 관부연락선의 표를 살 수 있고 관부연락선 내에서도 경성행 급행 기차표를 살 수 있도록 했다.

본래는 기차표만 살 예정으로 경성역에 갔으나, 열차 시간표 옆에 나란히 자리한 관부연락선 시간표를 본 순간 심덕과의 마지막 만남이 떠올랐다. 그러자 그녀가 그러했듯이, 자신 역시 부산으로 가서 관부연락선을 타고 시모노세키로 가서 열차를 타고 대판으로 가보고 싶다는 생각이 들었다. 무엇을 기대하는 것도, 무엇을 바라는 것도 아니었다. 다만 그녀의 마지막 행로를 그대로 밟아 대판으로 가보고 싶었다. 가서 그녀의 마지막이 어땠는지, 제가 직접 그 모든 것을 다 확인하고 싶었다. 그것이 제가 마지막으로 해야 할 일이란 생각이 들었다. 살아 있으리라는 확신이나, 다른 속셈이 있으리란 음모론은 버린 지 오래였다. 단지 그저, 그녀의 마지막 여정을 똑같이 한번 밟아보고 싶었다. 그게 전부였다.

그리하여 상철은 지금 관부연락선에 승선해 있었다. 석구에게 말한 것보다 무려 닷새나 이른 날짜였다. 나중에 석구가 알면 미친놈이라 펄펄 뛸 게 분명했다. 기껏 동경까지 보내줬는데 제일 먼저 하는 일이 그거냐고 화를 내며 열이 올라 벌게질 석구의 얼굴이 눈에 선해서, 상철은 혼자 피식 웃고 말았다.

연락선을 타본 건 머리털 나고 처음이었다. 처음엔 이 큰 배가 물 위에 떠 있다는 게 마냥 신기하고 좋았다. 하지만 얼마 지나지 않아 상철은 태어나 처음 느껴보는 괴로움에 온몸을 뒤틀어야 했다. 배를 탄 지 일각도 채 지나지 않아 금세라도 구역질이 올라올 것처럼 속이 미식거리더니 눈앞이 핑핑 돌며 어지럽기 시작한 것이다. 누워도 보고 앉아도 보고 서 있기도 해봤으나 아무 소용이 없었다.

거기다 상철이 산 좌석은 3등석이었다. 짐과 사람이 조금의 빈틈도 없이 뒤섞여 있어 비좁고 시끄러운 데다 정체불명의 냄새까지 나는 바람에 시간이 지나면 지날수록 울렁증이 나아지긴커녕 점점 더 심해지기만 했다. 결국 견디다 못한 상철이 자리에서 일어나 밖으로 나왔다. 갑판에 기대 선 채 차가운 바닷바람을 들이켜자 그래도 좀 살 것 같았다.

겨우 정신을 차린 뒤 비로소 상철이 주변을 둘러보았다. 그러자 창문 너머로 1등석의 풍경이 눈에 들어왔다. 1등석은 꼭 호텔 로비처럼 고급스럽게 꾸며져 있었다. 천장엔 샹들리에가 매달려 있었고, 바닥엔 붉은 양탄자가 깔려 있었으며, 푹신해 보이는 가죽 소파가 가운데 자리하고 있었다. 그리고 그 소파엔 값비싼 기모노를 걸친 여자들과 고급스러운 양장을 입은 남자들이 웃으며 담소를 나누고 있었다. 마치 자갈치시장 바닥처럼 좁고 지저분하고 혼란스럽던 3등석 모습과는 천양지차라, 저 안에 있는 이들과 저가 같은 배를 타고 있다고 순간 믿기지 않을 정도였다.

1등석은 슬쩍 봐도 우아하고 격조 있었다. 꾸며진 공간도 그랬고, 그 속에 녹아 있는 사람들의 분위기도 그랬다. 넉넉하고 느긋한 사람만이 가질 수 있는 특유의 편안함이 거기 있었다. 하긴 그럴 만도 했다. 3엔 50전인 3등석 가격도 쌀 한 가마와 맞먹는 돈인지라 보통 사람들은 쉽게 엄두를 내기 힘든데, 하물며 12엔이나 하는 1등석을 턱 하니 타려면 재산이 어지간하지 않고서는 쉽지 않을 테니 말이다. 적어도 살면서 돈 걱정이란 건 할 필요가 없는 부류들일 테니, 저리 여유가 넘치는 건 어찌 보면 당연한 일이었다.

상철이 창문으로 안을 기웃거리는 순간, 1등석 객실 문이 열리더니 양장을 근사하게 차려입은 젊은 부부가 갑판으로 나왔다. 문 앞에 서 있던 상철과 막 안에서 나오던 부인의 눈이 마주쳤다. 서양식 에티켓이 몸에 밴 듯, 부인이 웃으며 살짝 고개를 숙여 상철에게 인사했다. 얼결에 저도 따라 맞절을 한 상철이 무안함을 숨기기 위해 황급히 몸을 돌려 그들과 반대편으로 서너 걸음 걸어갔다. 바로 그때 상철의 머릿속으로 심덕이 떠올랐다.

제가 아는 심덕은 누가 뭐래도 3등석이 아니라 1등석이 어울리는 여자였다. 하지만 아마 대판으로 갈 때 심덕은 형편상 1등석을 탈 수 없었을 거다. 음반을 녹음하러 대판으로 가면서 3등석을 탔을 때, 과연 심덕은 무슨 생각을 했을까. 저와 비슷한 또래의 여자들이 우아하게 웃으며 1등석에 머무는 풍경을 보는 심덕의 기분은 어땠을까.

그녀는 누구보다 화려하고 사치스러운 삶을 꿈꾼 사람이었다. 분명 어렸을 땐 언젠가는 1등석에 탈 거라는 야심을 품었을 것이다. 하지만 심덕이 바라던 모든 것은 끝내 이루어지지 않았다. 이제 자신은 퇴물이란 비아냥거림을 들으며 동생의 유학자금을 마련해 주기 위한 음반을 녹음하러 3등석을 타고 대판으로 가는 처지였다. 거기다 돌아올 땐 혼자서 저 시장 바닥 같은 3등석을 견뎌야 하는 신세였다.

만약 처음 이 배에 탔을 때부터 그녀가 죽음을 염두에 뒀다면, 그 모든 풍경이 더할 나위 없이 그녀를 쓸쓸하고 우울하게 만들었을 거다. 어쩌면 온 세상이 제게 죽으라고 굿을 하는 것 같다고 생각했을지도 모르겠다. 그 배 위에서 심덕이 얼마나 괴로웠을지 상상하는 것만으로도 상철은 가슴이 저몄다.

어느새 상철은 온몸으로, 온 마음으로 심덕의 심경을 이해하고 있었다. 평소의 저였다면 3등석과 1등석의 차이에서 오는 자괴감 같은 건 조금도 생각하지 못했을 터였다. 넉넉하지는 않았지만 부족하지도 않은 집의 막내로 자랐고, 본래도 물욕이 없는데다 남과 자신을 비교하지도 않는 성품이었다. 그러니까 보통 때의 상철이라면 갑판에서 1등석을 기웃거리는 행동 같은 것도 하지 않았을 거였다. 그러니 방금 1등석의 여인과 마주친 순간 상철의 얼굴이 화끈했던 건, 평소의 상철이 아니라 심덕을 떠올린 상철이었기 때문이다.

경성에서 평양, 평양에서 하얼빈까지 다니며 심덕의 삶을 더듬은 덕분에 상철에게 생긴 변화라면 변화였다. 이대로 대판까지 다녀오면 진심으로 그녀를 이해하고 온전히 제게서 떠나보낼 수 있을 것 같았다. 이리된 걸 좋아해야 하는지, 슬퍼해야 하는지는 아직은 알 수 없는 노릇이지만 말이다.

상철이 품을 더듬어 담배를 꺼냈다. 그러고 보니 그녀가 몸을 던졌다는 관부연락선 도쿠주마루에서 우진과 심덕이 탔다고 알려진 객실은 1등석이었다. 가지고 있던 모든 돈을 다 털어서 마지막으로 1등석 티켓을 샀던 걸까. 심덕의 끝이 그래도 1등석이었던 것을 다행이라 생각하며 상철이 담배에 불을 붙였다.

어느새 주변엔 어둠이 짙게 내려 있었다. 벌써 11월 말이니 이제 곧 12월이었다. 겨울 초입이라 바닷바람이 아주 차가웠다. 스산한 날씨 탓인지, 선득한 마음 때문인지 선체에 부딪혀 철썩거리는 파도 소리가 오늘따라 유난히 을씨년스러웠다.

"대체 무슨 돈으로 1등석 티켓을 산 거이가? 돈이 어디서 났간대?"

힐난하는 성덕의 두 눈 속엔 그럴 돈이 있으면 제 여비에 좀 더 보태주지, 라는 숨길 수 없는 욕망이 고스란히 드러났다. 그 모습을 보며 심덕이 코웃음을 쳤다.

"너이한테 주기로 한 돈은 오백 원이야. 난 그 돈만 주기로 했어. 그 외는 내 몫이니까네 신경 끄라. 내 몫으로 내가 뭘 하든 너가 무슨 상관이가? 너 혼자만 3등석으로 쫓아 보내지 않은 것을 다행으로 알라."

심덕의 일갈에 성덕이 입을 삐죽거리며 고개를 외로 꼬았다. 자신도 3등석보다는 1등석에 머무는 게 좋았고, 괜히 더 덤벼봤자 좋은 꼴을 볼 게 없다는 결론을 빨리 내린 것이다. 하여튼 그런 계산은 지독히도 빠른 계집애였다.

"안녕하세요. 마드모아젤."

검은색 비로드조끼에 나비넥타이를 맨, 콧수염을 근사하게 기른 선원이 샴페인 잔이 빼곡한 쟁반을 내밀었다.

"우리 이거 안 시켰……."

"고마워요."

성덕의 말을 가로막으며, 심덕이 샴페인 두 잔을 집어 든 뒤 눈웃음을 지었다. 고개를 살풋 숙이며 굽혔던 무릎을 펴는 사내의 귓등이 어느새 붉게 물들어 있었다. 다른 손님들에게 가면서도 그 선원은 고개를 살짝 돌려 심덕을 훔쳐보았다. 둘의 눈이 다시 마주쳤다. 심덕이 그를 보며 흔흔한 미소를 지었다. 귓가의 붉은 기운이 어느새 양 볼까지 번져버린 사내가 어쩔 줄 몰라 하며 황급히 고개를 돌렸다. 그 모습이 뿌듯했다. 그래, 자신은 여전히 윤심덕이었다.

"이거 먹어도 되는 거이가?"

"서비스야. 암말 말고 먹으라."

"언니 전에도 1등석 타봤나?"

심덕이 세상 한심한 얼굴로 성덕을 보며 혀를 끌끌 찼다.

"아니. 그걸 꼭 타봐야 아네? 딱 보면 아는 거이지. 그러니까 너는 절대로 상류층이 못 된다는 거이야. 고작 이 정도 가지고 촌스럽게 쫄아서는."

심덕이 한심하게 성덕을 보며 혀를 찼다. 얼굴이 새빨개진 성덕이 발끈하여 무어라 말하려 했으나, 주변의 분위기에 눌려 그마저도 내뱉지 못했다. 그런 성덕을 비웃으며 자리에서 일어난 심덕이 갑판으로 나갔다.

1등석은 처음이었다. 같은 배인데, 3등석에 탈 때와 1등석에 탈 때 이리 전혀 다른 기분을 느낄 줄은 몰랐다. 물론 어렸을 땐 3등석을 타는 것도 나쁘진 않았다. 그땐 언젠가는 1등석을 타리라는 희망이 있었으니 말이다. 비좁은 자리에 낀 채 온갖 사람들의 오만 냄새를 다 맡으며, 제대로 몸조차 뉠 수 없어 날밤을 꼴딱 새워야 했지만 그래도 괜찮았다. 언젠가 저는 우아한 옷을 입고 1등석을 탈 사람이니, 젊은 날 험한 경험쯤은 사서 하는 고생으로 치부할 수 있었다.

하지만 그런 희망이 없어져 버린 지금, 만약 3등석을 탔다면 정말 끝없이 비참했을 것이다. 3등석을 타고 그 사람들 틈에 껴서 고작 성덕의 유학자금을 마련해 주기 위한 음반을 녹음하러 가는 길이었다면, 정말 딱 죽고 싶었을지도 모르겠다.

심덕은 새삼 테츠의 배려에 감사했다. 테츠는 심덕의 차편을 모두 1등석으로 마련해서 기세의 편으로 보내주었다. 처음엔 그 지극한 배려가 조금 부담스럽기도 했는데, 이제 와 생각해 보니 그러지 않았다면 정말 서운할 뻔했다.

온 바다를 붉게 만들던 노을이 금세 자취를 감추고 어느새 어둠이 찾아왔다. 어둠 속에서 철썩이는 파도는 무엇이라도 금방 집어삼킬 것 같았다. 깊이가 가늠되지 않을 정도로 짙은 바다의 표면을 보고 있자 금방이라도 그 속으로 빨려 들어갈 것 같았다.

"조심해요."

그 순간, 누군가가 심덕의 팔을 붙잡았다. 아까 그 선원이었다. 저도 모르는 사이, 허리가 반절이나 아래로 내려가 있었으니 상대가 놀랄 만도 했다. 선원의 팔 힘에 의지하여 심덕이 조심스레 난간에서 내려왔다.

"빠지는 줄 알았어요."

"아니에요. 잠시 바다를 본 거예요. 고마워요."

아직은 아니다. 곧 이 바다에 빠질 테지만, 온 세상을 떠들썩하게 만들며 윤심덕은 이 바다에 빠져 죽을 예정이지만 아직은 아니다. 앙큼한 계획은 감히 아무도 눈치채지 못하게 속 안으로 밀어 넣어 꼭꼭 숨긴 심덕이 깜찍하게 웃었다. 사내의 귓가가 다시 붉어졌다.

가까이서 보니 그는 꽤나 세련되게 나이 든 중년의 사내였다. 결혼도 했을 거고, 아마 아이도 있을 거다. 1등석 선원들은 전문적인 서비스를 제공해 주어야 하기 때문에 뱃사람 중에서도 사람들을 잘 대하고 서비스에 능숙한 이들을 따로 뽑아 교육한다고 알고 있다. 한마디로 세상 물정에 닳을 대로 닳은 이라는 거였다. 그런데, 그런 사내조차 심덕을 보며 마치 갓 스물이 지난 청년처럼 수줍게 미소 짓고 있었다. 심덕은 그 모습이 썩 마음에 들었다.

"여행 가시나 보죠?"

"네. 동생과 함께 대판으로 가요. 음반 녹음하러."

"저 예전에 공연하시는 걸 봤어요. 순회극단 할 때요. 저희 고향에 오셨어요."

심덕을 보는 사내의 두 눈엔 존경과 선망과 그리고 억지로 내리누르곤 있지만 다 가려지지 않는 열정이 가득했다. 평소의 심덕이었다면 잘생긴 데다 서비스 정신마저 훌륭한 그 사내와 좀 더 노닥거렸겠지만, 지금은 아니었다. 저는 곧 유부남과의 비극적인 정사로 생을 마감해야 하는 가수였다. 사랑에 목숨을 걸 만큼 순애보를 간직한 여자였다. 그러니까 아쉽지만 오늘의 놀이는 이쯤에서 끝내야 했다.

"그렇군요. 기억해 주시니 감사해요. 음반이 나오면 그때도 사랑해 주세요."

깍듯하게 인사한 심덕이 몸을 돌렸다. 사내는 무어라 두어 마디 더 하고 싶은 것처럼 보였지만 그런 용기까지는 없는지 차마 돌아서는 심덕을 잡지는 못했다.

사내를 등 뒤에 세워둔 심덕의 입가엔 어느새 미소가 만연했다. 과연 저 사내는 자신이 죽은 뒤 이 일을 어떻게 추억할까. 오늘 이 만남을 제 주변 사람들에게 말할 테지. 생각만 해도 짜릿했다.

제가 죽고 나면, 모두가 그 죽음에 대해 떠들 것이다. 모두가 생전에 보았던 제 모습을 떠올릴 뿐만 아니라 끊임없이 자신과 관련된 이야기를 풀어낼 거다. 그리고 모두에게는 죽은 사람이지만 사실은 살아 있는 심덕은 그 모든 것을 지켜볼 수 있다. 죽은 채 산다는 건, 얼마나 멋진 일인가. 순식간에 온몸을 휘감는 전율에 저도 모르게 심덕이 몸을 부르르 떨었다.

하관항에서 동경으로 갈 때 대부분의 사람들은 일단 산요선을 타고 신호(神戶: 고베의 한자식 지명)로 간 뒤 거기서 동경으로 가는 도카이선으로 갈아탔다. 동경으로 곧장 가는 1, 2등급 특급 급행열차가 있긴 했으나 가격이 비쌌기 때문에 조선인들 중 그것을 이용하는 이는 극히 드물었다.

대판으로 가려면 신호에서 한신이나 한큐 철도로 갈아타야 했다. 경성에서 출발하여 부산을 거쳐 하관을 지나 대판 혹은 동경까지 가는 길은 2~3일이 걸리는 긴 여정이었다. 게다가 내도록 3등석을 이용해서 이동하기 때문에 누적된 피로감은 꽤 컸다.

얼마나 고된 여행길이냐면, 대판에 도착했을 땐 체력 좋은 상철조차도 소금에 절인 배추처럼 기운 없이 축 늘어질 정도였다. 이런 컨디션으로 와서 노래를 불러야 했다니, 정말 끔찍했겠노라 상철은 다시 한번 심덕을 떠올리며 고개를 저었다. 역 근처에 있는 낡은 여인숙에 몸을 뉜 상철은 그녀의 마지막 여정이 제 생각보다 훨씬 더 험난했던 것을 씁쓸히 곱씹으며 곧 잠에 빠져들었다.

테츠가 역 근처에 있는 작고 깨끗한 여관을 미리 예약해 둔 덕분에 도착하자마자 곧장 여장을 풀 수 있었다. 심덕 혼자였다면 당연히 역으로 마중 나왔겠지만, 성덕과 함께여서 테츠는 나오지 않았다. 심덕은 곧 우진과 정사의 주인공이 되어야 했으므로 다른 사내와 있는 모습을 성덕에게조차 보여줘선 안 된다고 했다.

테츠는 무슨 이유에서인지 유독 성덕을 경계했다. 자매 사이이니만큼 조금이라도 틈을 보이면 무언가 이상하다는 것을 눈치챌 거라고 매우 걱정하기도 했다. 심덕은 성덕을 유독 염려하는 테츠에게 성덕과는 그리 가까운 사이가 아니니 신경 쓸 것 없다고 말하려다가 관두었다. 테츠에게 심덕은 완벽한 여인이어야 했다. 그러니 테츠의 상상 속에서 자신은 집에서도 완벽한 딸, 완벽한 누나, 완벽한 언니, 완벽한 여동생이어야 했다. 심덕은 테츠가 생각하는 자신의 이미지를 깨고 싶지 않았고, 재회한 뒤 그녀에게 지극한 그의 심기를 거스르고 싶지도 않았다. 그래서 거의 대부분의 일을 테츠가 하자는 대로 내버려 두고 있었다.

침대에 주저앉자 긴장이 풀린 온몸이 욱신거리며 피로를 호소했다. 테츠의 배려 덕에 모두 1등석만을 이용해 움직이긴 했지만, 이동 시간이 길다 보니 몸이 고된 건 어쩔 수가 없었다. 나름 편히 온 건데도 이리 피곤한데 3등석을 이용했다면 어땠을까, 생각하는 것만으로도 눈앞이 아찔했다. 테츠를 만났을 때 배려해

쥐서 고맙다고 꼭 말해야겠다고, 심덕은 마음속으로 다짐했다.

침대에 앉은 채 숨을 돌리는 심덕과 달리 성덕은 내내 방을 서성이며 주변을 두리번거렸다.

"이건 회사에서 구해준 거이가?"

"응."

"이런 것도 신경 써주는구나. 회사 사람들은 언제 만나나?"

"내일 보기로 했다."

"여기서 가깝나?"

"가깝다더라. 너는 안 피곤하나?"

"괜찮다."

성덕은 별로 지쳐 보이지 않았다. 그러고 보니 저 역시 몇 년 전만 해도 이 정도로는 끄떡도 없었다. 그땐 배나 기차가 더 느려서 이보다 더 긴 시간 동안 3등석 칸에 구겨진 채 움직였지만, 그래도 앓는 소리 한 번 한 적 없었다. 그런데 이번엔 1등석으로만 움직였는데도 물먹은 솜처럼 팔다리가 무거웠다. 이전보다 나이가 들어서 그렇다고 변명하기엔 성덕과 심덕은 고작 두 살 차이였다. 대체 이유가 뭘까 고민하던 심덕의 머릿속에 아편이 떠올랐다. 아무리 생각해도 그때 이후 떨어진 체력이 회복되지 않은 게 분명했다. 경솔했던 과거의 기억은 심덕을 우울하게 했다. 그때 아편만 안 했더라도 저는 지금쯤, 이라는 생각이 순식간에 꼬리에 꼬리를 물었다.

그 순간 심덕이 황급히 머리를 저어 잡생각을 털어냈다. 지나간 일에 연연하는 건 심덕답지 않았다. 몸이 고되다고 이대로 퍼져버린다면, 쓸데없는 생각들만 할 것 같았다. 그런 건 딱 질색이었다. 심덕이 서둘러 무거운 몸을 일으켰다.

"나 잠깐 나갔다 올 테니 쉬고 있으라."

"어디 가는데?"

"말하면 아나?"

테츠에게 도착 소식을 알려야 했다. 그래서 오늘 밤 그와 함께 지내는 것이 지금 심덕이 바라는 바였다. 그의 곁에서 제 우울감을 떨쳐버리고 싶었다.

"어디 가냐니까!"

"너 없는 데로."

퉁명스럽게 쏘아붙이며 심덕이 방을 나섰다. 그건 농담이 아니라 진심이었다. 심덕은 성덕과 단둘이 한방에 머물고 싶지 않았다. 지금 성덕은 지금 호시탐탐 이런저런 것들을 캐묻기 위한 기회만을 엿보고 있었기 때문이다. 그 살쾡이 같은 두 눈을 볼 때마다 뒷 목이 쭈뼛 서는 기분이 들었다. 심덕은 성덕의 그런 두 눈이 정말 질색이었다.

단순히 음반 취입을 위한 여행이라기엔 테츠가 베푼 호의는 분명 지나친 면이 있었다. 바보가 아닌 이상 성덕 역시 이상하다고 생각하는 것이 당연했다. 오는 길에도 몇 번이나 성덕은 심덕에게 제 의문을 비쳤으나, 심덕은 소음 때문에 잘 안 들린다거나 피곤하니 나중에 말하자고 변명하며 그녀의 질문들을 모두 무시했다. 그런데 이제 방에 단둘이 남게 되면 그런 핑계들을 댈 수조차 없었다. 성덕에겐 기회였고, 심덕에겐 위기였다.

성덕은 분명 일동레코드에 대해 꼬치꼬치 캐물을 것이다. 성덕은 저와 달리 집요하고 강박증적인 면이 있었다. 성덕이 쏟아낼 그물망처럼 촘촘한 질문들을 모두 만족시킬 만한 답변을 심덕이 모두 만들어내는 것은 무리였다. 그러니 일단은 최대한 둘이 함께 있지 않는 게 상책이었다.

여관 주인에게 전화를 빌려 테츠에게 연락을 하자 그는 곧장 택시를 보내왔다. 심덕이 택시에 몸을 싣자, 기사는 가타부타 말도 없이 차를 출발시켰다. 심덕 역시 그에게 어디로 가느냐 묻지 않았다. 이제 더 이상 심덕에게 어디로 가느냐는 중요치 않았다. 심덕은 지금 테츠에게 가고 있었다. 그리고 당분간 심덕은 테츠에게밖에 갈 수 없는 처지가 될 몸이었다. 그거면 됐다. 테츠는 언제나 자신을 가장 좋은 곳으로 데려가 주었으니 걱정하거나 불안해하지 않아도 괜찮았다. 심덕은 시트에 편하게 몸을 기댔다.

ζ

하루를 꼬박 침대 위에서만 지낸 뒤에야 상철은 겨우 자리에서 일어날 수 있었다. 여관 근처 식당에서 적당히 배를 채운 뒤 다시 역으로 향했다. 다년간의 취재 경험 덕분에 낯선 곳에서 길을 찾는 데는 역의 안내소만 한 곳이 없다는 것을 터득했기 때문이다.

"실례합니다. 이곳에 가려면 어떻게 해야 합니까?"

일동레코드사의 주소가 적힌 종이를 본 역무원이 금세 눈썹을 찡긋하며 아는 체했다.

"여기 스미요시타이샤 맞은편이에요. 이 길을 따라 쭉 내려 가다 큰 삼거리가 나오면 우회전하면 됩니다만, 중간에 샛길이 많아 초행자는 좀 헷갈릴지도 몰라요. 가는 중간중간 사람들에게 스미요시 신사가 어디냐고 물어보세요. 다들 친절히 가르쳐줄 겁 니다. 일단 스미요시타이샤로 가신 뒤 맞은편 건물들을 둘러보시 면 목적지를 쉽게 찾으실 수 있으실 거예요."

"스미요시타이샤가 여기서 제일 유명한 곳인가 보군요."

"스미요시 신사 중 가장 유명하고 가장 오래된 신사죠. 여기 사는 사람들은 다 거기가 어딘지 압니다. 여기 적힌 닛토레코드 가 뭐 하는 덴지는 몰라도 스미요시 신사 맞은편이라고 하면 거 기가 어딘지는 다 알죠."

"감사합니다."

"좋은 하루 보내세요."

역무원이 가르쳐준 대로 상철이 길을 따라 걷기 시작했다. 그 의 말대로 길은 초행자가 헷갈릴 정도로 샛길이 많았다. 길이 헷 갈릴 때마다 상철은 지나가는 이들에게 스미요시타이샤가 어디 냐고 물었다. 그때마다 다들 친절히 길을 알려주었다. 덕분에 상 철은 한 번 헤매지도 않고 손쉽게 목적지에 도착할 수 있었다. 마지막으로 신사 앞에 서서 맞은편 건물들을 살피자 'NITTO RECORD'라는 간판이 붙은 건물이 보였다. 처음 오는 곳에서 목적지를 별다른 어려움 없이 한 번에 찾아내는 것은 썩 기쁜 일 이었다. 마음에 여유가 생긴 상철이 자리에 선 채 허리를 쭉 펴며 주변을 둘러보았다. 그제야 상철은 주변이 고요하다는 것을 깨달았다. 주택가로 둘러싸인 길가엔 지나다니는 사람이 거의 없어 매우 한적했다.

신사는 중심가에서 꽤 떨어진 주택가 안쪽에 자리하고 있었다. 그 말인즉슨, 레코드사 역시 시내가 아닌 주택가 가운데에 있다는 것이었다. 아무리 봐도 이건 레코드사가 자리하기엔 조금도 어울리지 않는, 매우 오묘한 위치였다. 고요하다 못해 적막함이 느껴지는 주위를 둘러보고 있자니 문득 지금까지 단 한 번도 떠올리지 않았던 궁금증이 솟았다.

왜 하필, 대판에 레코드사를 세운 걸까?

한창 심덕에게 빠져서 닥치는 대로 음악과 관련된 공부를 했었는데, 음반과 축음기에 대한 것 역시 그 속에 포함되어 있었다. 그때 상철이 책으로 배운 바에 따르면 음반 녹음엔 대단히 많은 기술과 장비가 필요했다. 그러한 기본 설비를 갖출 자본력과 장비를 능숙하게 다룰 기술력을 갖추기가 어려웠기 때문에 음반 회사는 아무나 쉽게 세울 수 있는 회사가 아니었다. 그래서 음반 산업은 주로 물적, 인적 자원이 풍부하고 시장이 활성화되어 있는 도시, 특히 수도에서 성행했다.

그러니까 동경에 여러 음반 회사가 존재하는 것은 지극히 당연했으나 외지인 오사카에 음반 회사가 있는 것은 영 생뚱맞은 일이었다. 기존에 있는 동경의 시설들을 뒤로한 채 굳이 물적, 인적 자원을 새롭게 투자해 가면서 대판에 새 음반 회사를 설립할 이유가 무어란 말인가. 거기다 음반 사업이 이 정도로 투자할 가치가 있는 분야냐, 하면 그것도 아니었다. 기본적으로 음반 사업은 태생적으로 성장하는 데 한계가 있어 그리 썩 돈이 되는 사업이라고 하기 어려웠다.

음반은 반드시 축음기가 있어야만 사용 가능했다. 문제는 그 축음기라는 게, 어지간한 사람은 엄두도 낼 수 없는 비싼 물건이라는 것이었다. 그런데 음반 시장은 그 비싼 축음기 보급에 기댈 수밖에 없는 운명이니, 잠재력이 무한한 분야라고 보기 어려웠다.

스미요시타이샤 앞에 서서 'NITTO RECORD'라고 적힌 간판을 쳐다보는 상철의 미간에 깊게 골이 팼다. 생각하면 할수록 대체 왜 대판에 레코드사를 세운 건지 이해할 수 없었다.

물론 대판 역시 방직공장이나 조선소 등 여러 산업이 발달하여 급성장하는 도시긴 했다. 급증하는 노동력을 추가하기 위해 제주도에서 조선인들을 끌어다 쓸 정도였으니 말이다. 하지만 분명한 것은 여긴 노동자들이 모인 도시지 축음기로 노래를 듣는 문화를 즐길 정도로 여유를 갖춘 도시는 아니었다. 그러니까 이 도시에 음반 회사를 세울 정도로 고급문화를 향유하는 소비자들이 많이 산다고 보긴 어려웠다. 곧, 여기서 음반을 만들었다 해서 이곳에서 팔 수 있는 것도 아니란 말이다. 음반을 사서 들을 만한 경제력을 갖춘 소비자들은 대부분 동경에 있었고, 유통망도 그곳에 갖추어져 있었기 때문에 어차피 판매를 위해선 결국 동경으로 가야 했다. 똑같은 음반을 동경과 대판에서 만든다면 대판에서 만든 음반엔 유통비가 추가되어야 한다는 것이다. 그러니 이건 아무리 생각해 봐도 여러모로 매우 비효율적인 일이 아닐 수 없었다.

　대판이란 위치가 동경보다 나은 건 조선에 수출하기 좀 더 유리하다는 점밖에 없었다. 하지만 조선이 타깃이기 때문에 이곳에 음반 회사를 세웠다고 보는 건 더 이상했다. 조선의 경우 심덕의 음반 '사의 찬미'가 나오기 전까지는 음반 시장이라고 불릴 만한 소비층이 거의 없었다. 단연 가장 큰 이유는 축음기가 보급되지 않았기 때문이었다. 아무리 난다 긴다 하는 명창들의 소리를 녹음해서 음반을 만들어본들, 축음기가 없으면 들을 수 없으니 무용지물이었던 것이다. 집 한 채와 맞먹는 축음기를 사야만 들을 수 있는 음반을 구매하느니, 명창들을 제집 마당으로 불러들이는 걸 조선의 양반네들은 더 선호했다.

　심덕의 경우 이제 더 이상 그녀의 목소리를 직접 들을 수가 없으니 녹음된 음반을 살 수밖에 없었던 거다. 즉 '사의 찬미' 음반이 많이 팔린 이유는 심덕이 죽었기 때문이었다. 그러니까 그건 그 음반이 발매된 배경이 가진 특수성으로 인한 일시적인 현상에 불과했다. 그걸 보고 앞으로 다른 음반도 이리 팔리리라 예측하는 건 세 살짜리 아이도 꾸지 않을 헛꿈이었다.

　그렇다면 대체 왜 대판인 걸까?

　아무리 생각해도 모를 일이었다. 직접 부딪쳐서 물어보는 수밖에 없었다. 아무래도 이 의문에 대한 답을 찾는 것이 제가 이곳에 온 이유인 듯싶었다. 피우고 있던 담배를 바닥에 내던진 상철이 건물을 향해 성큼 걸음을 옮겼다.

데스크에 가서 간단히 자기소개를 한 뒤 상철은 '사의 찬미'를 녹음한 윤심덕의 마지막 행로를 취재하기 위해 왔다고 설명했다. 잠시 후 반쯤 벗겨진 머리에 동글동글한 얼굴, 푸근한 몸매를 가진 이가 웃으며 나타났다. 한눈에 봐도 참 사람 좋게 생긴 중년의 사내였다.

"닛토레코드 사장 후지사와 히데오입니다. 반갑습니다."

"동아일보 남상철 기자입니다."

"조선에서 여기까지 취재를 하러 오다니, 정말 '사의 찬미' 열기가 조선에서 뜨거운가 봅니다. 하긴 발매하고 한 달간은 우리도 물량을 대느라 밤에도 쉬지 않고 공장을 돌릴 정도였으니까요. 하하하."

상기된 얼굴로 기쁨을 감추지 못하는 히데오의 모습을 보자 상철은 이마가 뻣뻣이 굳고 턱 끝이 아려왔다.

저는 분명, 윤심덕의 마지막 행로를 취재하러 온 기자라고 했다. 상철이 취재하려는 그녀의 죽음은 아직 반년도 지나지 않은 일이었다. 그런데 자살한 지 얼마 지나지 않은 사람에 대해 취재하기 위해 온 기자를 맞이하는 것치곤 히데오의 태도가 지나치게 경쾌한 것이 매우 거슬렸다. 자신은 지금 얼마나 많은 음반이 팔렸는가, 하는 것 따위를 알고자 이곳에 온 것이 아니라 누군가의 죽음에 대해 이야기하러 왔다. 그런데 어찌 이리 즐겁기 그지없는 태도와 웃음기 가득한 얼굴로 자신에게 인사를 건넬 수 있단 말인가.

악수를 나누는 상철의 얼굴이 딱딱하게 굳어서 누가 봐도 불편해하고 있다는 것이 눈에 띌 정도였으나 히데오는 전혀 아랑곳하지 않았다. 그는 해맑기 그지없는 얼굴로 상철을 보며 '사의 찬미'가 대히트를 친 것에 대해서 즐겁게 이야기를 늘어놓았다.

"이렇게 히트한 음반은 본국에도 없었어요. 게다가 음악의 불모지 조선에서 말입니다. 미미하던 축음기 판매량을 수직으로 끌어올릴 정도로 대인기입니다."

아, 그의 입을 통해서 더 이상 히트한 음반에 대한 이야기를 듣고 싶지 않았다. '사의 찬미' 음반의 히트는 심덕의 죽음을 기반으로 한 성공이었다. 당연히 상철은 그 위대한 성공을 축하하고 싶은 마음이 조금도 없었다. 음반이 얼마가 팔렸는지 조금도 궁금하지 않았고 알고 싶지 않았다. 수첩을 꺼내 신경질적으로 넘긴 상철이 몸을 곧추세우고 눈을 비스듬히 아래로 떨어뜨렸다. 단단히 경계를 세운 모습으로 자세를 바로잡은 상철이 빠르게 질문을 쏟아냈다.

"'사의 찬미' 녹음 당시 윤심덕 씨의 분위기는 어땠습니까? 우울해 보였습니까? 아니면 별다를 바 없었습니까?"

딱딱하기 그지없는 태도로 하던 말을 끊고 들어가 던진 질문이었으나 눈치가 없는 건지, 없는 척하는 건지 히데오의 말간 얼굴엔 아무런 변화가 없었다. 상철의 질문에 대답하기 위해 골똘히 생각하는 와중에도 그는 웃음기를 띠고 있었다. 그 꼴을 보자 온몸에 기운이 쭉 빠졌다. 그에게서 무언가 영양가 있는 대답을 듣지 못하리란 우울한 예감이 강하게 들었다.

"솔직히 그런 분위기를 감지하진 못했습니다. 그래서 죽었다는 소식을 전해 들었을 때 놀랐어요. 윤 양은 동생과 함께 녹음에 참여했습니다. 별다른 실수 없이 빠르게 마쳤어요. 윤 양은 아주 훌륭한 태도로 녹음에 임했답니다."

뻔하디뻔한 답변이었다. 그러나 크게 실망스럽지 않았다. 애초에 이런 자에게서 쓸 만한 대답이 나오리라 기대조차 하지 않은 까닭이었다. 대답이 채 끝나기도 전에 상철이 대충 고개를 끄덕였다. 형식적인 질문 몇 개를 던진 뒤 자리를 마무리해야겠단 생각밖에 들지 않았다. 이런 자니, 대판에 음반 회사를 세웠구나 싶었다. 뭐 대단한 비밀이라도 숨어 있나 잠시나마 의심했던 게 부끄러울 지경이었다. 사장의 꼬라지를 보니 이 모든 건 그저 그가 멍청해서 저지른 실수구나 싶었다. 그리고 심덕의 음반은 소가 뒷걸음질 치다 쥐 잡은 격에 불과해 보였다.

좀 더 솔직히 말하자면 히데오는 한 톨의 비밀도 제대로 숨기기 어렵지 않을까 생각될 정도로, 좋게 말하면 순수해 보였고 나쁘게 말하면 좀 많이 모자라 보였다. 한 회사의 최종 결정권자로서의 위엄 같은 건 조금도 찾아볼 수 없었다. 이런 자였기에 이기세가 호구로 잡고 심덕에게 500원이나 되는 거금을 끌어다 줄 수 있었던 모양이다.

"'사의 찬미' 가사를 윤심덕 씨가 썼다고 되어 있는데요. 그럼 윤심덕 씨가 녹음 전에 가사를 써와서 이런 노래를 녹음하고 싶다고 한 겁니까?"

처음 '사의 찬미' 음반을 봤을 때부터 가졌던 의문이었으나 이미 히데오에게 실망을 한지라, 상철은 그에게서 그럴싸한 대답이 나오리라 기대하진 않았다. 그래서 막상 물어놓고도 답을 들을 생각은 하지 않고 시큰둥한 얼굴로 수첩을 뒤적이기만 했다.

그런데 그사이 예상치 못한 긴 침묵이 상철과 히데오 사이에 내려앉았다. 이전엔 질문이 다 끝나기 무섭게 촉새처럼 발랄한 목소리가 튀어나와서 심기를 거슬리게 하더니, 이번엔 지나치게 조용했다. 그 수상한 고요함에 상철이 수첩에서 눈을 떼고 고개를 들어 히데오를 보았다. 히데오가 눈을 이리저리 굴리며 무언가를 망설이고 있었다. 이건 뭔가 있다, 기자의 촉이 빨간불을 켰다. 이제야 비로소 인터뷰할 의욕이 생겨남을 느끼며 상철이 몸을 곧추세워 히데오에게 가까이 다가갔다.

"무언가 이상해서 말입니다. 윤심덕 씨는 말씀하신 대로 기존의 노래를 부르는 가수에 불과합니다. 가수는 대부분 레코드사에서 제안한 노래만을 부릅니다. 가수가 작사를 하는 경우는 극히 드물어요. 레코드사 측에서 미리 윤심덕 씨에게 노래를 써달라고 부탁한 겁니까? 그게 아니라면 본인이 가사를 써 오고 그에 적합한 곡을 가져와서 부르겠다고 한 건가요? 사측의 제안이라면 그런 제안을 한 이유가 뭔가요? 반대로 윤심덕 씨가 제안한 거라면 레코드사에서는 그 제안을 왜 수락한 거죠?"

속사포처럼 쏟아지는 상철의 질문에 히데오는 어쩔 줄 몰라 했다. 눈썹을 아래로 축 늘어뜨린 채 안절부절못하는 꼴을 보자, 이 문제를 확실히 짚고 넘어가야겠다 싶었다. 작사가가 누구냐 하는 것은 김우진과 윤심덕의 관계를 파헤칠 수 있는 핵심 고리였다. 그런데 음반사 사장이 대답을 망설이고 있었다. 이건 무언가 이상했다.

"후지사와 상?"

"네?"

"대답해 주시죠. 질문을 다시 할까요?"

"아, 아뇨. 어, 그러니까, 어, 그, 그건, 어, 그, 글쎄요. 제가 기획한 게 아니라서……."

기획. 그 한 단어가 상철의 머릿속에 박혔다. 기획이라니, 대체 뭘 기획했단 말인가. 그 '기획'의 범위는 어디까지인가. 심덕이 작사한 것이 '기획'의 범위 안에 들어간단 말인가. 그렇다면 심덕의 죽음도 '기획'일까?

의문을 느낀 상철이 좀 더 구체적으로 캐물으려는 순간, 눈앞으로 희고 긴 손이 불쑥 튀어나왔다. 천천히 상철의 시선이 제 앞에 내밀어진 희고 긴 손을 타고 올라갔다. 긴 팔, 마르고 너른 어깨, 새하얀 피부에 작은 얼굴, 반듯한 이목구비를 가진 보기 드문 미남이 허리를 살짝 굽힌 채 상철을 내려다보고 있었다. 참 이상한 일이었다. 분명 처음 보는 얼굴인데 어딘가 익숙했다. 내밀어진 손과 악수를 하며 상철이 홀린 듯이 그를 쳐다보았다.

"마에다 테츠입니다. 사장님이 이만 일어나셔야 해서요. 실례 좀 하겠습니다."

그는 대단히 깍듯하고 예의 발랐으나 조금도 상대에게 여지를 주지 않았다. 단정하지만 차가운 그의 말투에 퍼뜩 정신을 차린 상철이 얼른 자리에서 일어나며 제 소개를 했다.

"남상철입니다."

　　그의 앞에 서자 시선이 비슷한 위치에서 마주쳤다. 그는 상철과 비슷할 정도로 큰 키였다. 다만 상철보다 훨씬 말라서 좀 더 날카롭고 날렵해 보였다. 가까이서 보니 서늘한 느낌을 주는 흰 얼굴에 섬세한 붓으로 그린 것처럼 이목구비가 대단히 고왔다. 남자가 봐도 눈이 휘둥그레질 정도로 빼어난 미모의 소유자였다.

　　"인터뷰 중에 죄송합니다. 중요한 약속이 있어서요."

　　"10분 정도만 더 주시면 됩니다."

　　"죄송합니다. 당장 출발해야 합니다."

　　난처한 얼굴로 인상을 살짝 찌푸린 테츠가 허리를 숙여 사과했다.

　　"일어나시죠, 사장님."

　　"약속? 내가 약속이 있었나요?"

　　"전무님께서 기다리십니다."

　　"아아."

　　히데오가 그제야 느리게 고개를 끄덕이며 엉거주춤 자리에서 일어났다. 무언가 이상한 느낌에 상철이 황급히 히데오를 붙잡으려 했으나 테츠가 한발 빨랐다. 특이한 사내였다. 보고 있자면 느리고 나른하게 움직이는 것 같은데 실제 행동거지는 보이는 것과 달리 매우 재빨랐다. 경계를 치듯 히데오와 상철 사이를 막아선 테츠가 단정한 자세로 히데오를 에스코트했다.

　　"아!"

　　그 순간 상철이 낮게 탄식했다. 테츠의 뒷모습을 보자 그제야 비로소 그를 어디서 봤는지 떠올랐던 것이다. 경성역이었다! 경성역에서 기세와 있던 그 사내였다. 작은 얼굴, 큰 키, 호리호리한 몸매, 무엇인가 접근할 수 없이 서늘한 분위기, 꼭 그때와 같았다. 분명 기세와 함께 있던, 음반사와 관련 있다고 했던 그자가 분명했다.

상철이 잠시 딴생각에 빠져 있는 사이 테츠와 히데오는 어느새 시야에서 사라진 지 오래였다. 뒤늦게 정신을 차린 상철이 얼른 둘을 뒤쫓아 밖으로 나갔다. 회사 앞에 롤스로이스 한 대가 세워져 있었고, 히데오가 막 차에 올라타려 하고 있었다.

"저기요! 오늘 인터뷰를 다 하지 못했습니다! 다음 약속을 잡아주세요!"

테츠가 상철에게서 막듯이 차 문을 잡아주는 척하며 히데오의 등 뒤에 섰으나 상철이 과감히 그를 밀치고 앞으로 나갔다. 그리고 막 차에 올라탄 히데오의 팔을 붙잡았다. 당황한 히데오가 엉거주춤한 자세로 차에 타지도 못하고 땅에 바로 서지도 못한 채 어쩔 줄 몰라 했다.

"다음 약속 말입니다."

"어, 그건, 그게……."

히데오가 말을 더듬거리며 눈을 이리저리 굴렸다. 정처 없는 히데오의 시선을 따라 상철의 두 눈도 어지러이 흔들렸다. 그러다 차 안쪽에 앉아 있던 노인과 눈이 마주쳤다. 그 순간, 상철은 저도 모르게 히데오를 붙잡고 있던 손을 놓고 말았다.

노인은 언뜻 보기에 일흔은 넘어 보였다. 아니다, 예순 정도밖에 안 됐을 수도 있다. 아니다, 어쩌면 여든쯤 되었을지도 모르겠다. 솔직히 말하자면 겉모습만 보고 그의 나이를 가늠하기 어려웠다.

얼굴에 자글자글한 주름과 손에 핀 검버섯을 보면 보이는 것보다 더 늙은 것 같았고, 백발이지만 머리숱이 많고 자세가 곧고 허리나 어깨가 구부러짐 없이 반듯한 것을 보면 그보다 어려 보였다. 차 안쪽에 자리한 노인은 몸을 꼿꼿이 세운 채 상철을 빤히 쳐다보고 있었는데, 그 눈빛이 얼마나 형형한지 순간 목뒤로 소름이 돋을 정도였다. 나이답지 않게 기세가 대단한 것을 보면, 범부는 아닌 게 분명했다.

노인의 눈빛에 밀린 상철이 저도 모르게 히데오를 붙든 팔을 잠시 놓은 사이, 테츠가 그 순간을 놓치지 않고 재빨리 둘 사이에 끼어들었다. 테츠는 얼른 상철을 뒤로 밀어낸 뒤 히데오를 차에 오르게 하고 서둘러 문을 닫았다. 상철이 뒤늦게 어어, 했을 때 이미 차는 출발한 뒤였다.

"다음 인터뷰 약속은 정식으로 서면 요청하십시오. 이렇게 무작정 찾아오는 것은 예의가 아니지 않습니까?"

상철이 무어라 하기도 전에 먼저 테츠가 불쾌한 기색을 드러내며 선을 그었다.

"언제든 서면 요청을 하면 받아주시는 겁니까?"

"당분간은 안 됩니다. 방금 보셨다시피 사장님께서 도쿄로 출장을 가셔서요. 출장에서 다녀오시면 그때 서로 날짜와 시간을 조율해 볼 수 있겠지요."

"꼭 사장님이 아니라도 괜찮습니다. 그쪽이 대신 인터뷰해

주셔도……."

"어느 누구와 인터뷰를 원하시든, 정식으로 요청해 주세요. 신문사 자체에서 서면으로 어떤 목적의 인터뷰이고 누구누구를 취재하길 원하는지 미리 알려주셨으면 합니다. 무리한 부탁은 아닐 텐데요."

테츠는 시종일관 단호하고 분명한 태도로 상철을 대했다. 그는 적당히 뻗대서 넘어올 인물도 아니었고, 적당히 뻗댄다 해서 얻어낼 수 있는 것도 없어 보였다. 오히려 어설프게 덤볐다간 정말 아무것도 얻지 못할 수도 있었다. 고개를 끄덕이며 상황을 수긍한 상철이 뒤로 물러났다.

"알겠습니다."

"이해해 주시니 감사합니다."

재밌는 것은 깔끔하고 군더더기 없는 그의 태도가 오히려 더 음흉하게 느껴진다는 사실이었다. 테츠를 보는 순간, 상철이 애써 싹을 잘라버렸던 의문이 새로이 자라나기 시작했다. 그에겐 무엇인가가 있었다. 그것은 기자의 직감이었다. 그는 무엇인가 숨기고 싶은 게 있거나 숨기고 있는 게 분명했다. 그리고 그건 아마 제가 생각하는 것보다도 훨씬 더 엄청난 비밀일 것이다.

"그럼, 이만."

자신을 뚫어져라 쳐다보는 상철의 시선을 가볍게 받아친 테츠가 목례를 한 뒤 돌아섰다. 상철은 그가 건물 안으로 완전히 사라질 때까지 제자리에 선 채 그의 뒷모습을 지켜보았다. 단정한 걸음걸이는 한 치의 흐트러짐 없이 자로 잰 것처럼 정확했고, 보폭이나 손을 휘젓는 각도 역시 매 순간 일정했다. 참으로 분명한 사내였다. 그런데 왜 저렇게 반듯한 사내에게서 자꾸만 음습한 기운이 느껴지는지 모를 일이었다. 상철이 고개를 갸웃하며 몸을 돌렸다.

히데오의 도쿄 출장이 사실일까? 아마 거짓말일 거다. 굳이 확인할 필요도 없었다. 그건 사실이 아닐 게 분명했다. 테츠는 히데오를 못 미더워하고 있었다. 출장이란 거짓말을 해서까지 상철과 히데오의 만남을 가로막을 정도로 말이다. 그렇다면 그렇게까지 해서 저들이 숨겨야 하는 건 대체 무엇이란 말인가?

기껏 다 정리해 놓은 속이 다시 파헤쳐지고 있었다. 그런데 우습게도 그것이 불쾌하지 않았다. 오히려 손끝에서 피가 도는 것 같은 기분이었다. 대판에 오길 잘했다. 그리고 이왕 이리 왔으니 예전에 조사하고 싶었던 걸 다 조사하고 가야겠다. 움직이는 상철의 발걸음에 힘이 실렸다.

"아, 이 아가씨 기억합니다. 네, 여동생과 같이 왔어요."

심덕이 대판에서 녹음을 하며 머물렀다고 알려진 숙소는 강춘여관이었다. 심덕의 자살은 조선을 발칵 뒤집어 놓을 정도로 대단한 이야깃거리여서, 모든 신문사에서 앞다투어 다루느라 없는 이야기를 만들어냈고, 있는 이야기는 부관참시 수준으로 모두 까발렸다. 그러니 당연히 죽기 직전 대판에서의 행적이나 머문 숙소 같은 것도 여러 번 기사화가 되었다. 물론 그러한 기사들 중 상철의 마음에 드는 건 하나도 없었으나, 그래도 그 덕에 대판에서 그녀가 지낸 시간들을 추적할 수 있게 되었으니 그거 하난 좋았다.

"언제 왔다 언제 갔는지, 정확한 날짜와 시간을 알 수 있을까요?"

"어, 잠깐만요."

신문사 기자라고 밝힌 덕분인지 주인은 상철에게 매우 협조적이었다.

"기자님은 처음 뵈어요."

"저 이전에 윤심덕 씨에 대해 물으러 온 사람이 없었습니까?"

"전화는 몇 통 왔었죠. 근데 다들 언제 여기 그런 여자가 묵었냐, 확인하는 정도였지 직접 찾아와서 이리 묻는 분은 처음입니다."

다들 흥미롭고 눈에 끌 만한 내용으로 기사를 쓰면 그뿐, 애초에 심덕의 죽음에 진지하게 접근할 생각은 조금도 없었던 거다. 쓸쓸한 기색을 감추기 위해 상철이 이마를 문지르며 고개를 숙였다. 그사이 주인은 장부를 가져와 상철에게 직접 보여주는 호의를 베풀었다. 덕분에 상철은 심덕이 도착하기 하루 전에 이 여관을 예약했다는 것과 예약한 날짜보다 이틀이나 일찍 이곳을 떠났다는 것을 알 수 있었다.

예약을 미리 한 건 크게 이상한 일이 아니었다. 어차피 레코드사 측에서 잡아준 숙소일 테니 말이다. 이상한 건 이틀이나 먼저 나간 것이다. 사측에서 예약한 날짜보다 이틀이나 먼저 숙소를 나갔다는 건, 예정된 일정과는 다른 변수가 생겼다는 걸 의미했다. 그게 무엇이었을까.

"여기 보면 원래 적혀 있던 거에 줄을 긋고, 새로 뭔가를 쓰셨는데요. 이게 그러니까 본래는 3일까지 여기 있겠다고 예약을 했는데 예정과 달리 2일 오전에 이곳을 떠났다는 걸 메모해 두신 거죠?"

"맞습니다. 저는 꼭 이렇게 모두 다 기록을 해둡니다."

"혹시 그럼 나갈 때 심덕 씨가 뭐라고 했는지 기억하십니까? 왜 일찍 가는지 이유를 말해주던가요?"

"아니요. 사실은 말입니다. 떠날 때 참 이상했어요."

눈썹을 들썩이고 목소리의 높낮이를 다르게 하며 주인은 대단히 은밀한 이야기를 털어놓는 것처럼 행동했다. 묻지 않았다면 아쉬워서 어쨌을까, 싶을 정도로 그는 대단히 신나 보였다. 상철이 기자이고, 자신이 그 취재 대상이 된 게 못 견디게 즐거운 모양이었다. 히데오와 만났을 때도 느꼈지만 결국 타인의 죽음이란 인간에겐 그저 하나의 재미난 이벤트에 불과한 모양이었다. 후지사와에게 심덕의 죽음은 음반이 많이 팔리게 한 사건이었고, 여관 주인에겐 기자를 만나게 해주는 기회에 불과했다. 상철이 소태를 머금은 것처럼 쓰디쓴 혀로 마른 입술을 핥았다.

"뭐가 이상했나요?"

"그러니까 그게 말입니다. 갑자기 사라졌어요."

"갑자기 사라져요? 그럼 숙박비를 지불하지 않고 도망갔단 말입니까?"

"아니요. 아침에 청소하러 올라가 보니까 방 안에 여관비만 남겨져 있고 짐이 없어졌더라니까요. 참 신기하지 않습닙까? 더 신기한 건 말입니다. 그 뒤에 일어난 일입니다.”

“그 뒤에 일어난 일?”

“네. 그날은 그냥 지나갔는데, 다음 날이요. 다음 날 아침에 청소를 하고 내려오니까 웬 사내가 불쑥 나타나더니 윤심덕 씨를 찾더라니까요?”

“낯선 사내가 윤심덕을 찾아요?”

“네.”

제 말이 호응을 해주는 게 더할 나위 없이 기쁜 듯 주인은 흥분으로 상기된 얼굴로 열심히 떠들어댔다. 하나 대단히 상쾌해 보이는 주인과 반대로 상철의 머릿속은 점점 뿌옇게 흐려지고 있었다.

심덕은 공식적으로 3일 밤 11시, 하관항에서 관부연락선을 탔다고 알려져 있다. 만약 그것이 동경에 있는 우진과 미리 약속해 둔 배편이라면 3일까지 이곳에 머물기로 한 것은 그럴 만한 일이었다. 그런데 계획된 일정보다 하루나 더 빨리 심덕은 자취를 감추었다. 그런데 배는 여전히 3일 밤 11시 것을 탔다. 그렇다면 2일에서 3일 사이, 심덕은 어디에 있었던 걸까? 우진과 함께 있었다고 보는 게 현재 할 수 있는 가장 합리적인 추측이지만, 중요한 건 우진과 심덕이 배에 타기 전에 함께 있었다는 증언은 어디에도 없었다.

심덕과 우진이 미리 연락을 주고받았다고 주장하는 홍해성조차 다른 신문사와의 인터뷰에서 우진과 심덕이 함께 있는 모습을 본 적은 없다고 했다. 같이 살았던 홍해성의 이와 같은 증언 덕분에 우진과 심덕의 관계가 확실해졌었기에 상철은 그때 그 인터뷰를 분명히 기억하고 있었다.

만약 우진조차 만나지 않았다고 한다면, 심덕은 최소 하루 동안 행적이 묘연한 셈이다. 대체 예정보다 빨리 이곳에서 사라져야 했던 이유는 무엇이란 말인가. 왜 주인과 인사조차 나누지 않고 도망치듯 떠나야 했던 걸까. 게다가 뒤에 찾아온 그 사내는 또 누구란 말인가.

그 순간, 갑자기 상철의 머릿속에 마에다 테츠가 떠올랐다.

"혹시 그 사내 인상착의를 기억하십니까?"

"한 번밖에 못 본 데다 오래되어서 이목구비는 잊어버렸습니다. 대신 딱 하나, 기억에 남아 있는 게 있지요."

"뭔가요?"

"아주 오싹했어요."

"오싹해요?"

"네. 제가 일이 일이다 보니까 온갖 사람들을 다 만나거든요. 밤에 힘을 쓰는 인간들도 종종 손님으로 맞곤 하는데, 그들은 댈 것도 아니었어요. 제가 만나본 사내 중 제일 오싹한 사람이었어요. 분명 밝은 대낮에 일하는 사람은 아닐 겁니다. 사람을 상대하는 만큼 제가 또 그런 건 잘 보죠. 분명 아주 위험한 일을 하는 자일 거예요. 거기엔 여러 의미가 있지요. 무슨 뜻인지 기자님, 아시죠?"

의기양양해진 주인이 이제 아주 친숙한 사이처럼 상철을 툭 치며 의미심장한 미소를 지었다. 겉으로는 웃으며 상철은 동의하는 듯한 태도를 취했으나, 속으로는 고개를 갸웃했다. 테츠는 오싹한 사내는 아니었다. 뭐 그리 썩 유쾌한 느낌을 준다곤 할 수 없지만 아무리 애를 써본들 그 곱상한 얼굴이 오싹해 보일 리는 만무했다. 어떻게 봐도 그는 곱게 자란 부잣집 아들이지, 밤에 일하는 위험한 사내처럼 보일 타입은 아니었다.

의문의 사내도 사내지만, 녹음하러 온 심덕이 이틀이나 먼저 이곳을 떠났다는 건, 떠날 수 있었다는 건 이미 녹음을 그 이전에 끝냈다는 걸 의미했다. 그것은 즉 본래 계획에서 변경된 일정에 대해 음반 회사와는 미리 이야기가 되었다는 뜻일 거다. 그렇다면 심덕은 음반사 측에 왜 녹음을 빨리 마쳐야 하는지 설명하고 양해를 구했을 것이다. 대체 심덕은 무어라 말했을까. 그녀의 변명이 그녀가 종적을 감춘 하루에 대한 의문을 푸는 데 꽤 중요한 힌트가 될 거라는 확신이 들었다.

결과적으로 이 문제를 해결하기 위해선 다시 일동레코드로 가야 했다. 아무리 봐도 이 의문에 대한 모든 열쇠는 일동레코드 측이 가지고 있었다.

"감사합니다. 정말 많은 도움이 되었습니다."

상철이 장부를 주인에게 돌려주며 고개 숙여 인사했다. 별 기대 없이 왔는데 생각보다 꽤 큰 소득을 얻을 수 있어서 진심으로 고마웠다.

"저기, 그럼 제 이름이 신문에 나오나요?"

주인이 상철을 올려다보며 눈을 반짝였다. 누군가의 죽음조차도 타인에겐 이토록 가벼운 일에 불과했다. 이 사람에겐 제 여관에서 묵었던 누군가가 죽었고, 그것을 상철이 취재하러 왔다는 사실보다 자신이 신문에 나온다는 사실이 훨씬 더 흥분되는 것이다.

"네. 기획 기사라 아마 기사화될 때까지 시간이 오래 걸릴 겁니다. 기사화되면 다시 연락드리겠습니다."

"아이구, 감사합니다. 기자님."

만약 심덕이 죽은 직후에 이자를 만났다면, 아니 하다못해 후지사와 히데오를 만나기 전에 이 사람을 먼저 만났다면, 아무리 타인이라도 사람이 죽었는데 태도가 그게 뭐냐고 조금 화를 냈을지도 모르겠다. 하지만 이젠 안다. 아는 사람의 죽음조차 살아남은 자에겐 하나의 흥미로운 사건일 뿐인데, 모르는 사람의 죽음에 최소한 인간이 가질 예의를 갖춰달라 요구하는 것은 무리한 일이란 걸 말이다.

이제 타인의 사소한 태도에 일희일비하는 건 그만두자고 상철이 속으로 다짐했다. 무엇보다 지금은 마에다 테츠를 다시 만나야 한다는 생각에 사로잡혀서 다른 일엔 신경 쓸 여력이 없었다. 사실 히데오를 다시 만난다면 가장 좋겠지만, 테츠가 그리되도록 가만히 놔두지 않을 것이다. 그렇다면, 테츠라도 만나야 했다. 여관에서 나온 상철은 아까 왔던 길을 거슬러, 일동레코드로 향했다.

테츠에게서 연락이 온 건 상철이 데스크에 정식으로 인터뷰 요청을 한 지 하루가 채 지나지 않아서였다. 이리 빨리 연락이 올

줄 몰랐기에 상철은 여관 주인이 연결해 준 전화를 받고 처음엔 꽤나 당황하여 버벅거렸다. 솔직히 말하자면 그가 끝까지 피할 줄 알았다. 그래서 끝내 거절당한 뒤 인터뷰를 하지 못하고 동경으로 가게 된다면 어떤 핑계를 대고 다시 대판으로 와야 하나, 따위를 고민하고 있던 참이었다. 그런데 테츠는 상철의 예상을 깨고 곧장 연락해 왔다. 거기다 약속을 잡는 것도 미적거리지 않았다.

— 괜찮으시다면 이따 두 시쯤에 이카이노(猪飼野) 쪽에서 뵙고 싶습니다. 괜찮으십니까?

"예. 괜찮습니다."

— 이카이노 히라노가와강(平野川) 초입에서 뵙죠.

"네."

얼떨떨한 기분으로 전화를 끊고 나서 시계를 보니 벌써 열 시였다. 서둘러야 했다. 상철이 후다닥 자리에서 몸을 일으켰다.

약속 장소로 향하면서 그제야 상철은 무언가 이상하다고 느꼈다. 왜 레코드사가 아니라 이카이노로 오라고 했을까. 상철은 분명 제가 기자라고 밝혔고, 심덕의 녹음과 관련해 묻고 싶은 게 있다고 했다. 이럴 경우 의당 회사에서 접객하는 것이 자연스러운 이치였다. 만약 회사에 내부적인 사정이 있다면, 회사 근처에서 보거나 혹은 상철의 근처로 테츠가 오는 것이 차선이었다. 한데 테츠는 제3의 지역을 선택했다. 그것도 레코드사에서 한 시간 정도 걸리는 거리에 있는 곳을 말이다.

이카이노의 히라노가와강 근처에 오고 나서야 상철은, 아주 불쾌한 방식으로 테츠가 이곳을 왜 약속 장소로 잡았는지 그 이유를 어렴풋이 짐작할 수 있었다.

"멍텅혼 놈!"

"똥 뀐 놈이 성 냄쩌! 뚜러메당 데껴 불키여!"

"춤앙삽서."*

얼핏 보면 비슷해 보이지만, 그래서 서양인들은 결코 구분하지 못할 테지만, 일본인은 일본인을 알아보았고 조선인은 조선인을 알아보았다. 같은 옷을 입고 한데 섞여 있어도 조선인과 일본인은 분명 달랐다. 설혹 낯선 말투에 처음 들어보는 단어라 그들이 무슨 말을 하는지 모르더라도, 상철은 강을 사이에 두고 싸움이 난 두 사람이 조선인이라는 것을 한눈에 알아차렸다.

강가에 선 이들은 고철처럼 보이는 것 하나를 사이에 두고 실랑이를 벌이고 있었다. 두 사람이 서로에게 삿대질하며 언성을 높이고 있고, 가운데 선 한 사람이 그런 둘을 열심히 말리는 중이었다. 허름한 옷에 시커먼 얼굴과 거친 손이 그들의 현실 삶이 어떤지를 보여주고 있었다. 낯선 타국에서 동포끼리 얼굴을 붉혀야 할 정도로 고철 하나에 절절매야 하는 그들의 처지가 안쓰러웠다.

"여긴 오사카에서 가장 많은 조선인들이 거주하는 곳입니다."

언제 온 것인지 어느새 테츠가 옆에 다가와 있었다.

"기계, 화학, 방직처럼 노동력이 많이 필요한 공장들이 이 근처에 포진해 있는 데다 최근 히라노가와 개천 공사까지 하게 되

---

* 제주 방언: 멍청한 놈!
   방귀 뀐 놈이 화내고 있네. 둘러메어 던져버린다!
   참으면서 살아라.

면서 이곳엔 많은 일손이 필요했거든요. 그때 마침 제주도와 오사카를 잇는 연락선 기미가요마루가 개통되면서 제주도 출신들이 대거 이쪽으로 이주해 왔어요. 이 개천을 사이에 두고 양옆에 선 건물들이 모두 공장이에요. 공장에 취직하지 못한 이들은 개천 근처를 돌아다니면서 공장에서 운하로 버리는 쓰레기들을 뒤져 고철을 건져내 그걸 팔아서 먹고삽니다. 그래서 하루에도 몇 번씩, 저런 싸움이 여기서 벌어지곤 하죠."

방금 들은 말이 제주도 사투리였구나. 상철은 제가 알아들을 수 없었던 그 말이 제주도 방언이었다는 것을 뒤늦게 깨달았다. 그리고 나자 무어라 설명할 수 없는 분노가 상철을 덮쳤다.

대체 전달하고자 하는 의도가 무엇이기에 여기서 보자고 한 것인가. 이곳은 일본에서 거주하는 조선인들 중에서도 가장 하층에 위치한 이들이 모여 사는 곳이었다. 하필 이런 곳으로 조선인 기자를 불러낸 것이 아무 의도가 없는 행위라고 생각되진 않았다. 너는, 네 민족은 이것밖엔 되지 않으니, 그쯤에서 그만하라는 경고라도 하고 싶은 건가.

순식간에 머릿속에 복잡해진 상철이 딱딱하게 굳은 표정을 숨기지 않은 채 테츠를 마주 보고 섰다. 하지만 상철이 온몸으로 불편하다고 표현하고 있음에도 불구하고 테츠는 아무것도 모르는 사람처럼 태연하게 몸을 돌려 앞서 걷기 시작했다. 붙잡아 따지기엔 아직 근거가 부족하기 때문에 어쩔 수 없이 테츠를 뒤따라 가야 하는 처지였다. 심정이 상한 만큼 쫓아가는 상철의 걸음이 거칠었다.

"저 아래쪽에 조선인이 운영하는 찻집이 있습니다. 조선 전통차를 파는 곳인데 맛이 좋아요."

아무리 생각해도 그저 호의로, 조선인이니까 조선인들이 많이 사는 곳으로 오라고 한 거라고는 생각되지 않았다. 마주한 시간은 아주 짧았지만 기자의 촉으로 보건대 마에다 테츠란 인간은 그리 순진한 부류가 아니었다. 오히려 그는 깊이를 알 수 없는 심연을 가지고 있는 인물처럼 보였다. 대체 왜 이곳이어야 했을까. 테츠를 뒤따라가는 발걸음보다 상철의 머릿속이 더 바쁘게 움직였다.

"여긴 오래전부터 조선과 인연이 깊은 지역이에요. 이곳에 있는 신사 중 가장 오래된 것이 미유키노모리텐진궁인데 이 신사의 유래 자체가 조선과 관련이 있어요. '미유키'란 천황의 행차란 뜻이거든요. 5세기경 이곳엔 백제에서 이주해 온 사람들이 살았다고 해요. 그 모습을 시찰하기 위해 행차한 닌토쿠 천황이 잠시 쉬었는데 그 쉬었던 자리에 세워진 것이 바로 미유키노모리 신사예요. 고대엔 아예 여기를 쿠다라노(백제 들판)라고 불렀을 정도라고 하니까 조선과는 떼려야 뗄 수 없는 지역이라고 할 수 있죠."

다방으로 가는 내내 이어진 테츠의 이야기는 상철을 한층 더 복잡하게 만들었다. 그가 전해주는 이야기 속에 조선인을 하대하는 내용은 없었다. 그럼 설마 그는 정말 단지 호의로 조선인 기자를 이곳으로 불렀단 말인가. 제가 속이 배배 꼬여 그의 순수한 의도를 곡해하고 있는 것인가.

테츠가 안내해 온 다방에 앉자 상철의 혼란은 한층 더 커졌다. 테츠의 말대로 다방엔 익숙한 조선의 전통 음료들이 가득했다. 식혜, 수정과, 대추차, 모과차, 유자차 등등이 적힌 메뉴판은 순간 제가 명동의 한 찻집에 앉아 있는 건 아닐까 착각을 불러일으킬 정도였다. 일본어가 아직 미숙한 계집아이는 수줍음에 눈도 제대로 마주치지 못한 채 마에다와 상철의 주문을 받았다. 상철은 식혜를, 마에다는 모과차를 주문했다. 차를 기다리는 동안, 두 사람 사이엔 침묵이 감돌았다.

마에다는 고개를 돌려 창밖을 보았고, 상철은 그런 마에다의 옆얼굴을 관찰했다. 수염이 새파랗게 보일 정도로 하얀 피부에 날카로운 턱선은 그를 한층 더 냉정하게 보이도록 했다. 상철의 시선을 느낀 테츠가 인상을 찌푸리며 불편한 기색을 드러냈다. 그러자 순식간에 주변이 서늘하게 내려앉았다. 저도 모르게 긴장한 상철이 작게 숨을 들이켰다. 그는 분위기를 주도할 뿐 아니라 제가 원하는 대로 끌고 갈 줄 아는 자였다. 어느새 상철조차 그의 흐름에 말리고 있었다. 이런 식이라면 그에게서 제가 원하는 걸 아무것도 얻어낼 수 없을 터였다.

상철은 마에다로부터 고개를 돌린 채 도착하자마자 제가 봤던 이곳의 풍경을 떠올리려 애를 썼다. 개천가에 자리한 동네답게 습했던 공기와 질척한 땅바닥, 단정치 못한 쿰쿰함이 얼마나 순간 저를 짜증스럽게 했는지를, 하필이면 조선인들이 많이 거주하는 지역에 붙은 지명이 얼마나 불쾌했는가를, 생각해 내자 마음이 아래로 깊숙이 가라앉았다. 순식간에 얼굴에서 표정을 지운 상철이 무감한 눈으로 마에다를 보며 입을 열었다.

"이카이노는 돼지를 기르는 들판이란 뜻이죠. 하필 그런 이름이 붙은 곳에 조선인들이 많이 산다니, 그게 과연 우연히 붙은 지명인가 싶군요. 누가 봐도 명백한 공장지대를 돼지를 키우는 들판이라 부르다니, 일본인들이 조선인들을 어떻게 생각하는지 적나라하게 보여주는 지명 아닙니까. 이카이노란 지명은 대체 언제부터 붙은 것입니까? 설마 그 옛날 백제시대부터 조선인들이 사는 곳이라, 일본은 돼지를 기르는 들판이라 칭한 것입니까? 일본인에게 조선인은, 돼지였던가요?"

천천히 테츠가 고개를 돌렸다. 둘의 시선이 마주쳤다. 상철은 그의 두 눈 너머에서 작게나마 순간 일렁이는 것을 놓치지 않았다.

"어제 사장님께 '사의 찬미' 가사를 윤심덕이 쓴 것이냐, 아니면 음반 회사에서 써주고 이름만 윤심덕의 것을 붙인 것이냐 물으니 그건 본인이 '기획'하지 않아서 모르겠다고 하시더군요. 기획이라, 어디서부터 어디까지가 기획인 겁니까. 혹시 윤 양의 죽음까지도 그 '기획' 안에 포함되어 있는 겁니까?"

제가 묻는 말에 그가 모두 답해주리라 기대하지 않았다. 다만 상철은 그를 흔들고 싶었다. 저 새하얀 얼굴에 어떤 감정이든 실리길 바랐다. 입은 거짓말을 하지만 표정은 거짓말을 하지 못하는 법이었다. 상철은 테츠라는 인간의 진짜 얼굴을 보고 싶었다.

"심덕 씨는 사측에서 계획한 날짜보다 이틀 전에 오사카에서 사라졌습니다. 음반 녹음이 그 전에 끝났어야 가능한 일이죠. 어떻게 해서 계획보다 이틀이나 빨리 녹음이 끝날 수 있었던 겁니까? 심덕 씨가 무어라고 하면서 일정을 앞당기던가요? 아니면 음반사 측에서 이틀 먼저 녹음을 끝내자고 한 것입니까? 그 역시도 '기획'이었나요?"

눈을 내리깐 테츠는 쏟아지는 상철의 질문에 아무런 반응을 보이지 않았다. 제 말을 마친 상철이 잠시 멈춘 채 기다렸다. 그 사이, 주문한 음료가 나왔다.

"드시죠."

손을 들어 상철에게 마실 것을 권한 뒤, 테츠가 제 잔을 들었다. 그리고 두어 모금, 차를 마시는 동안 테츠는 아무 말이 없었다. 상철은 말로는 더 재촉하지 않았으나 집요하게 그의 얼굴을 살폈다. 과연 이리 긴 시간을 들여 그가 어떤 대답을 마련해 낼 것이며, 어떤 표정으로 그것을 이야기할지 궁금했다.

꽤 시간이 흐른 뒤 테츠가 찻잔을 내려놓고 상철을 향해 반듯하게 앉았다. 얼굴엔 여전히 아무 표정이 없었다. 이토록이나 완벽하게 아무런 감정도 드러내 보이지 않을 수 있다니, 놀라운 일이었다.

"결국 궁금한 건 윤심덕과 김우진에 대한 거겠죠."

"제가 물은 건 그게 아닙니다만."

"아뇨. 결국 그걸 물으신 거죠. 가사를 누가 썼느냐고 물었다는 건 곧 윤심덕이 그러한 가사를 썼을 리 없다고 생각하고 있다는 거니까요. 그 말은 곧, 그 가사를 써준 이가 따로 있다고 의심하는 거구요. 당연히 그 의심의 끝은 김우진에게 가 있겠죠. 음반 녹음을 왜 이틀이나 먼저 끝냈냐는 물음 역시 같은 거죠. 이틀이나 녹음을 빨리 끝낸 윤심덕이 여유 시간에 김우진과 함께 있었

54

던 것인가 아닌가, 그런 것들을 궁금해하고 있는 거잖습니까?"

너무나 정확하게 포인트를 꼬집었기에 무어라 더 반박할 수 없었다. 하지만 이대로 인정하긴 싫었다. 상철이 마지막 반항을 시도했다.

"기획이라 했던 것은……."

"사장님이 하신 말씀은 모두 사실입니다. '사의 찬미'는 기획된 작품입니다. 그리고 그 '기획'은 사장님 본인이 하신 게 아닙니다. 그건 제가 한 거예요. '사의 찬미' 기획은 처음부터 끝까지 제가 했습니다. 디테일한 사항은 사장님도 잘 모르세요. 그러니 대답을 그렇게밖에 못 하신 거구요."

전혀 예상치 못한 대답에 놀란 상철이 입을 딱 벌린 채 그를 노려보았으나 테츠는 평안했다. 여전히 그의 얼굴엔 아무런 감정이 드러나지 않았다. 마른침을 삼킨 상철이 몸을 당겨 앉았다.

"'사의 찬미'를 기획했다?"

"네. 우린 음반 제작사입니다. 그러니 음반을 팔기 위해서, 그 음반을 제일 잘 팔 수 있는 기획을 한 겁니다."

"음반이 가장 잘 팔릴 수 있는 기획이라 함은 무엇을 의미하는 겁니까?"

대답 대신 테츠가 찻잔을 들어 입을 축였다. 느긋하고 태연한 태도였다. 초조한 기색을 감추기 위해 상철이 테이블 아래서 주먹을 쥐었다 폈다 반복했다. 잠시 후 소리 없이 찻잔을 내려놓은 테츠가 천천히 이야기를 시작했다.

"닛토레코드는 애초에 조선의 음반 시장 활성화를 목적으로 오사카에 세운 회사입니다. 불모지인 조선 땅에 새로이 음반 시장을 일굴 만한 히트작을 만들기 위해선 가수 선정이 핵심이었어요. 그때 추천받은 인물이 윤심덕이었구요."

"왜 하필 윤심덕이죠? 다른 우수한 재능을 가진 가수들이 많지 않습니까."

"어느 가수가 윤심덕처럼 이슈를 불러일으키죠? 물론 윤심덕보다 노래를 잘하는 가수는 많아요. 하지만 아시잖습니까. 사람들은 단지 재능만 보고 지갑을 열지 않아요. 상업적으로 팔리는 것과 실력은 별개죠. 조선에 어느 여류 가수가 윤심덕만큼 사람들의 흥미를 끄나요? 판소리나 민요 등 전통적으로 조선의 음악이라고 하는 것들은 젊은이들의 흥미엔 맞지 않죠. 그리고 나이 든 사람들은 레코드 기술 자체에 관심이 없구요. 아무리 명창을 불러다 녹음을 해도 판소리 음반은 거의 팔리지 않았던 게 그 방증이죠. 그러한 시장조사 결과 새로운 소비층의 호기심과 흥미를 끌어내기 위해선 이전과는 다른 방법을 모색해야 한다는 결론이 나왔어요. 그래서 길고 지루한 회의 끝에 선택된 이가 윤심덕입니다. 윤심덕이라면 사람들의 지갑을 열게 할 수 있는 스타성이 있다고 생각했기 때문입니다."

하지만 그것만으로는 부족했다. 심덕의 음반 발매는 충분히 화제가 되겠지만, 화제와 판매량은 또 다른 문제였다. 심덕에게 호기심을 가진다 해서 그들이 모두 지갑을 열 거란 보장은 없었다.

"어떻게 하면 좀 더 확실히 사람들의 지갑을 열게 할 수 있을까 고민하던 중 '가사를 윤심덕이 쓰게 하면 어떨까'라는 아이디어가 나왔습니다. 가수가 가사를 직접 쓴다면, 그것도 그 주인공이 윤심덕이라면, 대중의 호기심이 구매력으로 이어질 수도 있겠다는 판단에 일을 추진하게 된 것입니다. 지금까진 가수가 가사까지 쓰는 경우는 거의 없었던 데다 그 가사를 쓴 이가 윤심덕이라면, 조선에서 마땅히 관심을 가질 만하지 않습니까. 그래서 우린 음반 취입 계약 당시 심덕 씨에게 그러한 제안을 했습니다."

틀린 말은 아니었다. 심덕이 현해탄에 빠져 죽지 않고 살아서 음반을 냈더라도, 심덕이 가사를 쓴 '사의 찬미' 음반이 발매되었다면 대중은 호기심을 보였을 것이다. 상철 역시 관련 기사를 썼을 거다. 테츠의 말이 맞았다. 음반을 낸 뒤 그 사실 자체만으로 사람들의 흥미를 불러일으키고 기사화가 될 만큼 인구에 회자되는 여류 가수는 조선에서 심덕이 유일했다. 좋은 의미로든, 나쁜 의미로든 그러했다. 아무리 퇴물이다, 한물갔다 해도 어쨌거나 여전히 심덕은 사람들의 흥미를 불러일으키고 호기심을 끌어내는 인물이었다.

"가사를 쓰라는 제안을 심덕 씨가 흔쾌히 받아들였습니까?"

"네. 아주 흔쾌히. 돈이 필요하다고 하더군요. 연인과 조선 땅을 떠나기 위해서 돈이 필요하다구요."

"연인?"

테츠의 입에서 나온 연인, 이라는 말에 상철의 목뒤가 뻣뻣해졌다.

"네. 그런데 연인과 의견 차가 있다고 하더군요. 심덕 씨는 이태리로 가고 싶어 하는데 연인은 아일랜드로 가고 싶어 해서 종종 다툰다고 툴툴거렸어요."

이야기를 하는 테츠의 표정은 시종일관 조금의 흐트러짐도 없었으나 상철은 시시각각 달라지려는 제 표정을 관리하기 위해 죽을힘을 다해야 했다. 그 짧은 시간 동안 상철은 놀라움과 경악, 충격과 의심 사이를 오가느라 바빴다.

상철이 아는 사람들 중, 그리고 윤심덕과 관계있는 사람들 중 아일랜드에 호기심을 가진 이는 단 한 사람 김우진뿐이었다. 아마 조선인들 중 태반은 아일랜드가 어디에 붙어 있는 땅덩어리인지도 모를 것이다. 어디 있는지도 모르는 판에 그곳엘 가고 싶어 하는 사람이 있을 리 만무했다. 상철 역시 김우진을 알기 전에는 아일랜드에 대해 잘 몰랐다. 아니, 솔직히 지금도 잘 모른다. 그저 그런 나라가 있다는 것만 알 뿐이다. 당연히 상철은 아일랜드에 가고 싶지 않았다. 미국도 이태리도, 프랑스도 아니고 아일랜드라니, 국가명이 섬인 나라라니 이상하게만 느껴질 뿐이었다.

"심덕 씨가 그랬습니까? 연인이 아일랜드를 가고 싶어 한다고?"

"네. 분명 그렇게 말했습니다. 덧붙여 그가 아주 우울한 사내라고 걱정했어요. 그래서 사실 심덕 씨가 '사의 찬미' 가사를 가져왔을 때, 나 역시도 그의 연인이 쓴 건 아닐까 의심했습니다. 가사를 보셔서 아시겠지만, 감성적이긴 해도 그걸 심덕 씨 같은 여자가 썼다기엔 좀……. 하지만 캐묻는 건 예의가 아닐 거 같아서 굳이 확인하진 않았습니다. 우리의 계약은 심덕 씨가 가사를 가져오면 그것을 윤심덕이란 이름으로 음반에 싣는다는 것, 거기까지였으니까요. 우리는 심덕 씨가 본인이 썼다고 가사를 가져온 것만이 중요했을 뿐, 실제 창작가가 누구인지까지 알 필요는 없었거든요. 그리고 심덕 씨와 어울리지는 않았지만, 가사 자체의 퀄리티는 좋은 편이어서 사측에서도 썩 만족했구요. 이게 제가 말씀드릴 수 있는 '사의 찬미' 기획의 전부입니다. 아, 참 그리고 일정이 이틀 먼저 끝난 건, 그냥 녹음이 순조로웠기 때문입니다. 거기에 무슨 음모가 있다고 생각하실 줄은 몰랐습니다. 심덕 씨가 아주 잘해줬고, 그래서 예정보다 빨리 끝났을 뿐, 그 이상도 이하도 아닙니다. 이게 내가 기자님에게 해줄 수 있는 답변의 전부입니다."

마에다는 담담했다. 상철은 온몸의 피가 발바닥 아래로 빠져나가는 기분을 느끼며 의자에 등을 기댔다. 아일랜드가 너무 큰 충격이라, 뒤에 덧붙인 빨리 끝난 일정에 대한 테츠의 이야기는 상철의 귀에 제대로 들어오지도 않았다.

우진이 오랫동안 아일랜드의 연극을 동경하고 나아가 아일랜드로 가고 싶어 했다는 건, 목포에 다녀온 이후 경성 연극계에 있는 우진의 지인들을 취재하여 확인한 사실이었다. 오랫동안 영국의 지배를 받아온 아일랜드의 문예부흥운동이 식민지 조국의 상황과 흡사하기에, 아일랜드 문학에 대한 관심은 우진이 일본 유학 시절부터 천착한 주제였다고, 그들은 상철에게 알려주었다. 하지만 우진이 그러한 생각을 가지고 있는 것은 가족조차 모른다고 했다. 우진과 아주 가까운, 동경에서 함께 유학했을 정도로 격의 없는 이들 소수만이 아는 사실이었다.

그러니까 우진과 아일랜드에 대한 건, 우진이 누군지조차 모르는 테츠 같은 이가 알기 어려운 지극히 개인적인 이야기였다. 테츠가 아일랜드에 대해 알고 있다는 건 곧 심덕과 우진이 관계가 있다는 걸 의미했다. 심덕이 연결고리가 아니라면 테츠가 우진이 아일랜드로 가고 싶어 한다는 걸 알 수 있을 리 만무하니 말이다.

"나 역시도 두 사람의 이야기를 기사로 접하고 매우 놀랐습니다. 하지만 둘의 자살 소식을 접한 뒤에 오히려 '사의 찬미'를 더 잘 이해하게 되었습니다. 단순한 우울함이 아니라, 그건 정말 죽음을 목전에 둔 사람이 쓴 가사라 할 만했으니까요. 그래서 음반 발매를 서두른 건 사실입니다. 그녀의 죽음이 사람들 사이에 이슈가 될 때 음반을 내자는 건 상업적인 회사로서 의당 내려야 할 판단이었습니다. 그게 다소 비정해 보이고 몰인정해 보일 수 있다는 건 이해합니다만, 어쩔 수 없죠. 그게 우리가 할 일이니까요. 도의적인 책임을 물으신다면, 네, 우리가 너무 냉혹했다는 걸 인정합니다. 하지만 그것 외에 저희가 책망받아야 할 다른 이유는 없다고 생각합니다. 거기에 무슨 음모가 있지 않나 의심하시는 건 다소 불쾌하기까지 하구요. 상상력이 지나치다고 생각하지 않으십니까?"

단호한 마무리였다. 테츠는 아주 천천히 식은 모과차를 마시며, 상철의 대답을 기다려주었다. 하지만 테츠가 차 한 잔을 다 비울 때까지도 상철은 침묵했다. 더 이상 무어라 할 말이 없었기 때문이다.

빈 찻잔을 내려놓으며 테츠가 마지막으로 상철을 쳐다보았다. 두 사람의 눈이 마주쳤다. 부딪히는 시선을 견디지 못한 상철이 먼저 고개를 돌렸다. 곧 테츠가 자리에서 일어났다.

"그럼 이만 실례하겠습니다. 회사로 돌아가 봐야 해서요. 이 근처에 조선 음식을 하는 괜찮은 식당이 여럿 있습니다. 한번 들러보세요. 오사카에서 남은 시간, 즐겁게 보내시길 바랍니다. 그럼, 이만."

테츠가 짧게 목례한 뒤 상철을 지나쳐 걸어갔다. 상철의 등 뒤로 발걸음 소리가 들리다가, 문이 여닫는 소리와 동시에 사라졌다. 조용한 다방 구석에서 상철은 한참 동안 멍하니 앉아 있었다.

그게 대판에서의 마지막 일정이었다. 상철은 그날 밤 곧장 짐을 싸서 동경행 기차에 몸을 실었다. 더 이상 그곳에 머물 이유가 없었다. 이제 정말 끝이었다.

석구가 소개해 준 오 기자는 예정보다 빨리 도착한 상철을 보고도 별로 놀라지 않았다. 그는 수더분하고 소탈한 사내였다. 그와 함께 지내는 것은 딱히 불편하지 않았으나 오랜 시간 혼자 자취했던 것에 익숙한 상철은 얼마 지나지 않아 작은 방을 구해 오 기자의 집에서 나왔다.

이사한 첫날, 습기가 서려 벽이 얼룩한 반지하 단칸방을 청소하다 문득 만주에서 심덕이 머물던 방이 떠올랐다. 걸레를 손에 쥔 채 쭈그리고 앉아 상철은 조금 울었다. 그 여자가 그리 힘든 시간을 보내는 내내, 내도록 곁에서 얼쩡거렸으면서도 제대로 된 위로 한 번 해주지 못했다는 사실이 속에 사무쳤다. 아무리 오랜 시간이 흘러도 자신은 심덕을 잊지 못할 것이다. 못 해준 것도 많고, 해주고 싶었던 것도 많고, 하고 싶었던 것도 많은데 무엇 하나 한 게 없어서 징글징글한 미련만이 남은 탓이었다. 심덕은 일생 자신을 괴롭게 만든 못된 여자로 상철의 기억에 남으리라.

그래서일까. 새로운 환경에 적응하느라 정신없이 지내는 와중에도 불쑥불쑥 심덕에 대한 그리움이 솟아올랐다. 심덕에 대한 상철의 감정은 제가 생각하는 것보다도 훨씬 깊어서, 오랫동안 보지 못했다고 해서 잊히는 종류의 것이 아니었다. 오히려 오랫동안 보지 못하면 못할수록 더더욱 그녀에 대한 간절함이 강해졌다. 그렇게 도저히 제 감정을 견딜 수 없을 때마다 상철은 우에노 공원에 있는 동경음악학원으로 향했다.

심덕이 동경에서 어떻게 지냈는지, 상철은 잘 몰랐다. 기사로 접한, 혹은 구두로 들은 이야기의 조각들이 있긴 했으나 그것들은 단지 연결되지 않는 부분 부분에 불과해서 전체적인 밑그림은 모호했다. 정리되지 못한 수많은 이야기의 조각들 중 상철이 공식적으로 확인할 수 있는 심덕의 동경 생활과 관련 있는 가장 확실한 장소가 바로 동경음악학원이었다.

학원 앞 벤치에 앉아 그 학교를 드나드는 학생들을 보면 그 위에 심덕이 겹쳐졌다. 그럼 또 한동안 견딜 수 있었다. 그런 식으로 마음이 심난할 때마다 드나들다 보니 어느새 우에노공원은 동경에서 상철이 가장 자주 찾는 장소가 되었다.

그러는 사이 시간이 흘러 어느새 해가 바뀌었다. 1월 1일을 설날이라고 쇠는 것이 아직까지 상철에게는 익숙지 않았으나 휴가가 주어진 것은 좋았다. 동경에 온 뒤 얻은 첫 번째 여유였기 때문이다.

광고 영업직은 일 자체는 크게 어렵지 않았으나 몸이 고단했다. 광고를 따오고, 신문을 홍보하기 위해선 몸으로 뛰어야 했기 때문이다. 덕분에 정신없이 움직일 수 있어 잡생각이 들지 않는 점은 좋았으나, 확실히 그런 생활이 계속되자 체력적으로 지치는 것은 어쩔 수 없었다. 그러던 참에 얻은 며칠간의 휴식이 상철에겐 매우 반가웠다.

휴가 첫날, 상철은 느지막이 자리에서 일어났다. 아침 겸 점심을 먹은 상철은 느긋하게 집에서 나섰다. 본래는 마루젠서점에 들렀다가 간다의 헌책방 거리를 갈 작정이었다. 그런데 정신을 차려보니 자신은 어느새 우에노공원으로 가는 전차에 몸을 싣고 있었다. 새해 가장 먼저 가는 곳이 우에노음악학원이라니, 뒤늦은 미련도 이 정도면 심각한 병이라고 생각하며 상철은 쓰게 웃었다.

소복하게 내린 눈이 쌓인 노르스름한 목조건물은 그림 속에서 톡 튀어나온 것 같았다. 마누라가 예쁘면 처갓집 말뚝에도 절을 한다더니, 심덕이 그리우니 그녀가 다녔던 학교 건물마저 유달리 예뻐 보였다.

"남 기자님?"

그때 익숙한 여자 목소리가 등 뒤에서 들려왔다. 화들짝 놀란 상철이 고개를 돌렸다. 역시 상철처럼 놀라 두 눈이 동그래진 한 기주가 거기에 서 있었다.

"기주 씨?"

"어머, 맞네? 이렇게 등치 좋은 사람이 흔치 않아서 혹시나 했는데. 아니 여긴 어쩐 일이세요?"

기주는 심덕이 곁에 두었던 거의 유일한 여자 친구라고 할 수 있었다. 꽤 가까운 사이였고, 같이 이야기될 만한 공통점이 많은 관계였다. 기주는 함경도, 심덕은 평양으로 둘 다 이북 출신이었고, 우에노음악학원을 같이 다녔으며 순회공연에도 함께 참여했다. 기주는 알아주는 피아니스트이기도 했지만 목소리 역시 좋아서 노래도 곧잘 했다. 그래서 기주와 심덕을 같이 묶어서 조선의 대표적인 여류 성악가라고 하는 이들도 있었다.

같은 또래에 활동하는 분야도 같은 데다 공통점 역시 많으니 당연히 말하기 좋아하는 사람들은 두 사람을 비교하기 일쑤였다. 여러모로 둘은 경쟁 관계가 되기 쉬운 사이였으나 끝까지 그리되지 않고 우정을 유지할 수 있었던 것에는 기주의 역할이 컸다고, 상철은 늘 생각했다. 기주는 예술가답지 않게 소박했고, 품이 넓었다. 기주는 언제든 심덕과 같은 무대에 설 때면 먼저 나서서 반주를 자청하곤 했다. 그런 식으로 기주는 심덕과 경쟁해야 하는 자리에 자신을 두려 하지 않았고, 덕분에 둘은 절친한 친구로 오랫동안 함께할 수 있었다.

일상생활에조차 그런 성격이 반영된 까닭에 기주의 삶은 심덕과는 전혀 달랐다. 기주는 전업 예술가로서 활동하지 않고 서울보통학교에서 교사 생활을 하면서 미국 유학파 출신 백상철과 혼인했다. 엘리트 교육을 받은 신여성임에도 불구하고 기주는 구세대의 관습 속으로 들어가는 것을 조금도 망설이지 않았던 것이다. 그렇다고 해서 음악가로서의 생활을 작파했냐면 그건 또 아니어서, 튀지만 않을 뿐 조용히 제 할 일을 조금씩이나마 하고 있었다. 심덕과 같이 있을 땐 상대적으로 조용하고 눈에 띄지 않아서 꼭 그림자 같다고 느끼곤 했는데, 이제 와 돌이켜 보니 어쩌면 기주가 가장 영리하고 현명한 여자일 수도 있겠다 싶었다. 모든 것을 다 가지려 아등바등한 심덕은 현해탄에 빠져 죽었고, 아무것도 필요 없다는 듯이 굴었던 기주는 정작 모든 것을 다 가진 셈이 되었으니 말이다.

"동경지국으로 발령받아서 온 지 몇 달 됐습니다. 기주 씨는 여기 어쩐 일이세요?"

"애 아빠가 일이 있어서 온 김에 따라 왔어요. 여기서 뵐 줄은 몰랐는데, 이렇게 보니까 정말 반갑네요. 어쩐지 경성에서 통 뵐 수가 없더라니, 여기 와 계셨구나."

심덕의 전담 기자라는 것을 핑계 삼아 늘 뒤를 쫓아다녔기 때문에 상철은 기주와도 꽤 안면이 있는 편이었다. 처음 기주의 피아노 연주를 듣고 감동한 기억이 아직도 생생한 데다, 심덕의 주변을 겉돌고 있으면 은근히 다가와서 다정하게 말을 건네주는 유일한 인물이 바로 기주여서 상철은 그녀를 볼 때마다 꼭 고향의 누이를 보는 것처럼 반가웠다.

"취재 있어서 이 근처에 오신 거예요? 아니면?"

대답 대신 상철이 눈을 피하며 조용히 미소 지었다. 기주는 더 캐묻지 않았다. 아마 아주 오래전부터 기주는 상철이 심덕을 짝사랑한다는 걸 알아차렸을 거다. 하지만 기주는 단 한 번도 상철 앞에서 그걸 내색한 적이 없었다. 그저 심덕이 취해 있으면 상철을 그쪽으로 쓱 밀어주고 저는 모른 척 다른 곳으로 가곤 했다. 그게 기주였다.

"우리 오늘 만날 인연이었나 봐요. 나도 이상하게 여기가 오고 싶더라니. 방학이라 문을 닫았네요. 나 여기 졸업생이라서 열어달라고 하면 안에 구경 정도는 할 수 있을지도 모르는데, 들어가 볼래요?"

"아니요. 괜찮습니다."

"들어가 본 적 있어요?"

"없습니다. 그런데 들어가 보고 싶지는 않습니다. 괜찮아요."

"그럼 좀 걸을까요? 저쪽에 호수가 있는데 경치가 좋아요."

"그러죠."

호수로 가는 내내 상철과 기주는 적당히 거리를 둔 채 말없이 걷기만 했다. 기주는 생각에 잠긴 표정이었고, 상철은 이 난데없는 만남에 조금 당황하여 무슨 말을 꺼내야 할지 몰랐기 때문이다. 완벽한 우연이었지만, 왠지 이곳에서 기주와 마주친 것이 상철은 솔직히 꽤나 쑥스러웠다. 해가 바뀌어 이제 심덕이 죽은 지도 이제 반년이 다 되어가고 있었다. 그런데 아직도 짝사랑했던 여인을 아직 못 잊어서, 여기까지 와서 그녀의 흔적이 머물렀던 주변을 서성이는 건 확실히 일반적이지 않은 일이었다. 기주가 자신을 영 이상한 사람이라 생각해도 어쩔 수 없겠구나 싶어서 상철은 조용히 한숨을 내쉬었다.

"이쪽으로 오세요."

하지만 상철의 우려와 달리, 기주는 아무렇지도 않아 보였다. 오히려 이곳에서 상철을 만난 것이 꽤 즐거운 듯 처음보다 좀 더 밝아 보이기까지 했다. 앞서 걸으며 상철을 안내하는 기주의 뒤를 따라가면서 상철은 그 스스럼없는 태도에 비로소 마음을 놓을 수 있었다.

"여기예요. 호수가 꽤 크죠?"

"그렇네요."

공원 안에 있는 호수라기에 조경으로 꾸며놓은 자그마한 곳일 줄 알았는데 생각 외로 꽤 컸다. 공원엔 두 개의 호수가 나란히 자리하고 있었는데, 다리를 사이에 두고 연꽃이 가득 찬 작은 호수가 커다란 호수에 붙어 있는 식이었다.

"연꽃이 피는 계절에 한번 와보세요. 경치가 아주 훌륭해요. 지금은 좀 썰렁하네요. 저쪽으로 가죠."

"네."

기주가 자연스레 상철을 큰 호수 쪽으로 안내했다. 작은 호수도 연꽃으로 꽉 차서 끝이 보이지 않을 지경이었는데, 큰 호수는 그보다 훨씬 더 컸다. 호수 주변에 요트가 대어져 있는 것을 보니, 여름엔 이곳에서 수상스포츠도 꽤 하는 모양이었다. 지금은 겨울이라 호수 표면이 꽁꽁 언 덕분에 아이들이 그 위에서 썰매를 즐기는 중이었다.

"이쯤에 앉을까요?"

기주가 앉은 벤치는 호수가 한눈에 보이는 위치에 있었다. 기주는 잠시 상철이 호수의 풍경을 감상하게 내버려 두었다. 긴 침묵에 의아함을 느낀 상철이 고개를 돌려 기주를 보자, 그제야 싱긋 웃으며 발랄하게 이야기를 시작했다.

"여기 심덕이랑 와서 도시락 참 많이 까먹었어요. 진짜 딱 여기 앉아서요. 우리 둘 다 가난한 고학생이라 밥값 아끼려구 도시락 싸서 다녔거든요. 덕분에 내가 잘 얻어먹었죠. 심덕이가 요리를 아주 잘해서 늘 그거부터 먹었으니까. 살림했어도 기집애 참 잘했을 텐데. 심덕이 요리 되게 잘해요. 남 기자님 몰랐죠?"

"네."

상철이 제일 잘 아는 심덕은 화려한 음악가로서 무대 위에 선 모습이었다. 그래서 평양에서의 어린 시절이나 만주에서 지낸 심덕의 모습은 제가 알던 것과 많이 달라서 매우 새롭고 낯설었다.

"손맛이 얼마나 좋았는지 몰라요, 쉬는 날이면 늘 심덕의 방에서 유학생들이 모이곤 했어요. 심덕이가 해주는 음식 먹으려구요. 영후가 심덕의 손끝에서 고향의 맛이 난다고 극찬을 할 정도였으니까요. 참 재주 많았어요. 세상에 옷도 만들어 입었다니까요. 그것도 어설픈 솜씨가 아니라 어디 양품점에서 맞춘 것마냥 제 몸에 딱 맞게 예쁜 거를 말이에요. 기막히지 않아요?"

그런데 기주의 입을 통해 듣는 심덕 역시 제가 알던 그 심덕이 맞나, 싶었다. 예상치 못한 이야기에 놀란 상철이 눈을 동그랗게 뜨자 기주가 신이 난 얼굴로 이야기를 이었다.

"지금이야 영후가 우리 중 최고의 스타라지만, 그때 영후는 심덕이 발끝도 못 쫓아갔어요. 단연 우리 중 최고 스타는 심덕이 였어요. 그땐 우리 다 조선에서 막 와서 촌티가 줄줄 났거든요. 말이 좋아 진흙 속의 진주지, 솔직히 말하면 뭐 볼 것도 없는 애 들이었어요. 그런데 심덕인 달랐어요. 걘 이미 가공된 보석이었 어요. 반짝반짝 빛이 났거든요. 얼마나 세련됐는지 몰라요. 행동 하나하나가 다 특별했으니까. 심덕일 고대로 따라 하는 여자애들 이 있을 정도였으니 말 다 했죠, 뭐. 거기다 모르는 것도 없이 박 식해서 당시 동경의 고급문화까지도 이미 전부 섭렵한 상태였어 요. 우린 다 걔한테 배웠어요. 오죽하면 일본인 계집애들이 심덕 일 질투했다니까요."

그래도 기주가 전해주는 심덕은 평양이나 만주에서의 모습과 달리 썩 좋은 이야기뿐이어서 잠시나마 긴장했던 상철의 마음이 느슨하게 풀어졌다.

"일본인들을 모두 제칠 만큼 공부도 잘했지, 인물도 좋구 키 도 훤칠하니 크구, 목소리도 좋고 노래도 잘하고. 뭐 하나 빠지는 게 없었어요. 그때 심덕인 정말, 정말 근사했어요."

추억을 더듬는 기주의 표정이 아련해졌다. 기주가 이야기해 주는 심덕은 상철이 완벽하게 꿈꿨던 심덕의 한때 모습과 꼭 닮 아 있었다. 그 모습은 상철이 생각하는, 참으로 심덕다운 심덕과 가장 흡사했다. 얼마나 예뻤을까, 굳이 기주가 자세히 설명하지 않아도 상철은 짐작이 갔다. 어리고 생기가 넘쳐 반짝거렸을 심덕이 얼마나 아름다웠을지, 그저 생각하는 것만으로도 가슴이 저릿했다.

"그때 그 모습이 내가 알던 심덕이의 첫 모습이어서 그런가, 나는 걜 만난 이후로 한 번도 심덕이 뒤에 서는 걸 망설인 적이 없어요. 그게 나한테 당연했거든요. 걘 당연히 나보다 재주가 있고, 잘났고, 빼어난 애였으니까. 감히 같이 이야기되는 것만으로도 난 고마웠어요. 결혼할 때 애 아빠가 그러더라구요. 결혼하는 거 억울하지 않냐구, 여류 예술가로 남고 싶지 않냐고요. 그때 그렇게 대답했어요. 결혼 안 하고 음악 하려면 심덕이만큼 되어야지, 나 같은 사람은 그러는 거 아니라구. 나한테 걔는 그랬는데……."

기주의 두 눈에 순식간에 물기가 어렸다. 상철이 고개를 돌려 먼 곳을 응시했다. 다시 두 사람 사이엔 한동안 말이 없었다.

"걔 남자 그렇게 안 많았어요."

한참의 시간이 흐른 뒤 기주가 코가 맹맹한 목소리로 내뱉은 말이 영 생뚱맞아 상철은 다른 의미로 놀라 돌아보았다. 코끝이 발개진 기주가 상철을 보며 개구지게 웃고 있었다.

"소문이 과장되었던 게 커요. 그리고 워낙에 인기인이었던 데다 성격 자체가 스스럼이 없어서 남자들이 오해와 착각을 한 면도 많았구요. 어쨌거나 소문만큼은 아니었어요. 스캔들이 나서 내가 물어보면 열에 아홉은 헛소문이었어요. 문제는 그 헛소문조차 모두를 납득하게 만들 정도로 심덕이가 대단했다는 거예요. 아무리 많은 남자들이랑 어떤 소문에 휩싸여도 누구도 그것에 반박하지 않았으니까. 다들 윤심덕이라면, 이라고 이해했어요. 그

만큼 심덕인 독보적이었어요."

상철이 생각하는 것보다 심덕은 훨씬 더 좋은 사람이었던 모양이다. 혹여나 한때 짝사랑한 남자가 조금이라도 제 친구를 나쁘게 추억할까 봐 죽은 뒤에도 이리 두둔해 주는 친구가 있을 정도니 말이다. 상철이 웃으며 고개를 끄덕였다.

"압니다."

그제야 자그마한 안도가 기주의 얼굴을 스쳐 지나갔다.

"시체도 없이 치른 장례식이니, 당연히 무덤도 없고. 불교 신자였으면 절에 올렸을 테니, 거기라도 가볼 텐데 기독교라 그런 것도 없고. 그러니 조선에선 심덕일 추억하러 갈 데가 없더라구요. 그래서 부러 애들도 다 떼놓고 동경으로 출장 간다는 남편한테 따라붙었어요. 여기 오고 싶어서요. 여기 와서 걜 떠올리면 제일 예뻤던 시절의 모습이 기억나니까. 심덕인 아마 내가 그런 모습으로 자길 추억해 주길 바랄 거 같아서요. 보고 싶은데 조선에선 보고 싶다고 말할 사람도, 가서 울 곳도 없잖아요. 그래서 여기 와서 이 호숫가에 앉아서 좀 실컷 울고 싶기도 하고."

기주가 끝내 울음을 터뜨렸다. 아이처럼 엉엉 우는 기주의 옆에 앉아서 상철 역시 말없이 눈물을 훔쳤다. 죽음이 갈라놓아 버린 인연이란 얼마나 살아 있는 사람을 무기력하게 하는가. 할 수 있는 일이 아무것도 없다는 게 가장 슬펐다. 아무리 보고 싶어도 그리워 가슴이 찢어질 것 같아도 고작 할 수 있는 일이라곤 이렇게 우는 거밖엔 없었다. 살아남은 자의 비애였다.

한참을 울던 기주가 긴 한숨을 내쉬며 겨우 울음을 멈추었다.

차가운 겨울바람이 지나갔다. 열이 올랐다가 순식간에 차게 식은 몸에 한기가 들었지만 오랜만에 얼었던 마음이 녹아내린 탓에 몸의 추위가 크게 느껴지지 않았다.

"기자님을 만나서 다행이에요. 고마워요."

"저야말로 다행입니다. 기주 씨에게 여러 이야기를 들을 수 있어서 좋았어요. 심덕 씨가 동경 유학 시절 어떻게 지냈는지 오늘 처음 알았어요."

"나도 학원 친구들 외에 다른 사람들에게 심덕이의 학창 시절 모습에 대해 말한 건 처음이에요. 심덕 씨가 기자님이 쓴 글이라고 알려줘서 기사 몇 편 본 적이 있어요. 혹시 다음에 기회가 된다면, 심덕이가 우에노음악학원에서 얼마나 잘 지냈는지도 꼭 기사로 써주세요. 그럼 좋아할 거예요, 심덕이가."

상철이 고개를 끄덕였다. 여전히 눈꼬리에 눈물을 매단 채, 기주가 활짝 웃었다.

"그럼 일어날까요? 어디로 가세요?"

"저는 마루젠서점에 들를 거예요. 기주 씨는요?"

"남편이랑 아사쿠사에서 만나기로 했어요. 그럼 우린 공원 앞에서 헤어져야겠네요."

호수에서 나온 둘은 천천히 걸어 공원 입구로 향했다. 왜인지 둘 다 발걸음이 느렸다. 바닥을 보며 묵묵히 걷는 상철은 아까 기주가 했던 말들을 곱씹고 있었다. 그러다 문득, 한 구절이 걸렸다. 상철이 자신도 모르게 걸음을 멈추었다.

"왜요?"

그에 맞추어 자리에 멈춰선 기주가 무슨 일이냐는 듯 의아한 얼굴로 상철을 돌아보았다.

"아까 다들 조선에서 막 와서 촌티가 났는데, 심덕 씨는 달랐다고 하셨잖아요. 그럼 심덕 씨는 기주 씨와 함께 조선에서 이곳으로 온 게 아닙니까?"

"아, 모르셨구나. 심덕인 우리보다 3년 전에 일본에 왔어요. 청산학원(青山学院)에서 3년간 공부한 뒤 우에노로 왔죠. 그래서인지 입학할 때부터 우리랑은 달랐어요."

그러고 보니 예전에 한번 시간을 계산해 봤을 때 처음 유학을 갔던 때와 동경음악학원 졸업 시기가 차이가 많이 나서 의아해했던 기억이 났다.

"청산학원 이야기는 처음 듣습니다."

"나도 사실 잘 몰라요. 그냥 예비 학교 개념이었고, 심덕이가 그곳에서 수학했다는 거밖에는요. 거긴 일본 귀족학교라고 들었어요. 당연히 조선인들은 다닐 수 없는 곳이구요. 심덕인 관부 장학생 수석이어서 특별한 배려를 받았던 걸로 알아요. 수석이니까 조선인인데도 그 학교에서 공부할 기회를 얻을 수 있었던 거죠. 애초에 조선인들은 다니질 못하는 곳이니 조선에서 그 학교의 존재를 아는 사람이 있을 리 없죠."

"심덕 씨도 청산학원에 대한 이야기는 한 적이 없는 거 같은데요."

상철의 지적에 기주가 고개를 갸웃했다.

"그런가? 굳이 할 필요가 없었던 거 아닐까요? 그리고 뭐 별 기억이 없었을 수도 있구요. 일본말도 서투르고 문화에도 낯설 때 조선인 하나 없는 일본 귀족학교에서 지낸 3년간의 시간이 뭐 그리 즐거웠겠어요? 아마 그래서 할 말이 없었던 거겠죠. 그러고 보니 나한테도 그때 어떻게 지냈는지는 별로 말해주지 않았어요.”

“그래도 이미 우에노음악학원에 입학할 때 심덕 씨와 기주 씨가 그리 차이가 났다면, 청산학원에서 심덕 씨가 배운 게 대단히 많았기 때문 아닐까요?”

상철의 질문에 기주가 잠시 생각에 잠겼다가 이내 동의한다는 듯 고개를 끄덕였다.

“그렇게 볼 수도 있겠죠. 거긴 일본 귀족학교였으니, 거기서 고급문화를 충분히 습득했을 수도 있겠어요. 심덕인 긴자 거리에도 익숙했고, 가부키나 연극, 오페라 같은 공연도 많이 봤다고 했으니, 청산학원에서 지내는 동안 접했을 수도 있겠네요.”

동경으로 유학 가기 전엔 콩나물 집 딸에 불과했다. 돈이 없어 관비 장학생 시험을 쳐야 할 정도였다. 한데 3년의 시간이 지난 뒤 동경음악학원에 입학했을 땐, 완벽한 문화인이 되어 있었다. 상철이 아는 심덕은, 결국 청산학원 3년 동안 만들어졌다고 할 수 있었다. 대체 그곳에서 무슨 일이 있었던 걸까? 갑작스러운 호기심이 상철을 덮쳤다. 청산학원은 지금까지 있는지도 몰랐던 심덕의 한 부분이었다. 거기서의 시간이 상철이 아는 심덕이 만들어지는 데 가장 연관이 깊었다. 청산학원에서 심덕이 보낸 3년간의 시간에 대한 궁금증이 솟았다.

“심덕 씨의 청산학원 시절에 대해서 아는 사람은 없을까요?”

"조선인 중엔 없죠. 일본 귀족 중엔 있을 수 있지만, 그 사람들을 남 기자님이 어떻게 취재하시겠어요?"

기주의 말이 옳았다. 어느 일본 귀족이 고작 조선인 가수가 죽은 걸 가지고 조선인 기자와 인터뷰해 주겠는가. 순간 기운이 빠진 상철의 어깨가 아래로 떨어졌다. 그 모습을 기주가 안쓰럽게 쳐다보았다.

"아! 그러고 보니……."

순간 무언가 떠오른 듯 박수를 쳤던 기주가 상철의 눈치를 살피며 슬금슬금 손을 내렸다.

"왜요?"

"아, 아니에요."

"뭔데요?"

"아니에요."

"기주 씨."

맘이 급한 상철이 재촉함에도 기주는 난처한 얼굴로 웃기만 할 뿐이었다.

"기주 씨!"

결국 상철이 몇 번 더 조르고 나서야 기주가 어렵게 입을 열었다.

"남자가 있었어요."

이래서 말하기 힘들어했나 보다. 그 순진한 걱정에 상철이 끝내 웃음을 터뜨렸다.

"기주 씨, 심덕 씨에게 내가 모르는 남자가 수백 명이 더 있었대도 난 상관없어요. 그래도 내 안에 있는 심덕 씨의 모습은 변하지 않아요. 걱정 않으셔도 됩니다."

상철의 말에 기주가 비로소 나지막한 한숨과 함께 이야기를 털어놓았다.

"잘은 몰라요. 심덕이가 자세히 말을 안 해줘서 나도 캐묻진 않았으니까. 다만 입학하고 얼마 지나지 않았을 때 두세 번, 심덕이를 보러 온 남자가 있었어요. 그냥 멀리서 심덕일 보다 가곤 했어요. 심덕인 아는 체하지 않았지만, 둘이 아는 사이라는 건 눈치로 알 수 있었죠. 지나가듯 한 번 물었을 때 그냥 헤어진 사이라고만 했어요. 그 남자를 찾으면 청산학원에서 심덕이가 어떻게 지냈는지 알 수 있지 않을까요?"

"얼굴을 기억하세요?"

"아뇨, 사실 기억 안 나요. 그냥 키가 아주 많이 컸다는 거밖에는요. 죄송해요, 별 도움이 안 돼서."

"아뇨. 괜찮습니다. 감사해요."

두 사람이 웃으며 다시 걷기 시작했다. 어느새 공원 입구였다.

"그럼, 안녕히 가세요. 잘 지내시구요."

"기주 씨도 좋은 여행 되세요."

기주와 상철이 고개 숙여 서로에게 인사를 건넸다. 마지막으로 상철을 보며 살짝 미소 지은 기주가 막 몸을 돌리려는 순간, 상철이 다급하게 기주의 팔을 붙잡았다.

"혹시, 더 생각나는 게 있으시면 연락을……."

"그럼요. 바로 연락드릴게요. 언제든 더 궁금한 게 있으시거나 필요한 게 있으시면 남 기자님도 연락 주세요."

"네."

다시 인사한 기주가 한결 편안해진 얼굴로 돌아섰다. 상철이 주머니를 뒤져 담배를 꺼냈다. 그리고 기주의 뒷모습이 보이지 않을 때까지, 그 자리에 선 채 담배를 태웠다.

심덕에 대한 글을 써야겠다. 전차에서 내리면서 상철은 결심했다. 이미 상철이 아는 심덕은 가고 없었다. 아무리 그리워하고 추억해도 돌아올 수 없었다. 하지만 상철이 미처 몰랐던 혹은 자세히 알지 못했던 심덕에 대해 알아간다면, 알게 된다면, 지금의 이 목마른 갈증이 좀 해소될 것 같았다. 오늘 기주에게 심덕의 이야기를 들었던 그때가 근래 가장 행복했던 시간이었다. 그리고 오랜만에 상철의 가슴이 뛰었던 순간은 청산학원에 대한 호기심이 생겨났을 때였다.

예전 짝사랑할 때처럼, 상철은 여전히 심덕의 모든 것을 알고 싶었다. 그녀가 부재한 지금, 그러한 갈증은 더 커졌으면 커졌지 줄어들진 않았다. 그녀에 대해 전부 몽땅 다 알고 싶었다. 그리고 알게 된 내용을 가지고 심덕에 대한 글을 쓸 것이다.

분명 시간이 흐른 뒤 누군가는 심덕의 이야기를 가지고 글을 쓰려 할 것이다. 이토록이나 흥미로운 소재를 아무도 다루지 않을 리 없었다. 하지만 과연 누가 상철만큼이나 애정을 가지고 심덕에 대해 이야기할 수 있을까? 어느 누가 왜곡됨 없이 그녀에 대해서 담담히 풀어쓰려 할까? 말하기 좋아하는 글쟁이가 그녀의 이야기를 다룬다면 분명 제멋대로 편집할 게 뻔했다. 다른 누군가가 심덕에 대해 함부로 말하는 걸 두고 볼 순 없었다. 심덕의 전기를 써야 한다면 그것은 자신이어야 했다. 그게 심덕에 대한 예의였고, 제 첫사랑에게 자신이 할 수 있는 최소한의 도리였다.

그리하여 마루젠서점에 도착했을 때, 상철의 가슴은 아주 오랜만에 설레고 있었다. 어디서부터 어떤 얘기를 어떤 식으로 쓰면 좋을까, 무엇부터 조사해야 할까 등등의 기분 좋은 상상을 하며 상철은 마루젠서점의 문을 열었다.

"마에다 상?"

상철이 서점 문을 열자마자 안에서 나온 이는 몇 달 전에 대판에서 만났던 마에다 테츠였다. 상철도 상철이지만, 테츠 역시 상철을 보고 놀란 듯 눈이 휘둥그레졌다.

"여기 어떻게?"

"어떻게 여기를?"

전혀 예상치 못한 곳에서 예상치 못한 사람을 만난 두 사람은 당황스러움을 미처 숨기지도 못한 채 고스란히 드러냈다.

"저는 몇 달 전에 동경지부로 발령을 받아 왔습니다."

먼저 정신을 차린 상철이 손을 내밀며 제 상황을 설명했다. 테츠가 뒤늦게 상철의 손을 잡았다.

"그렇군요. 저는 설날이라 휴가를 받아 온 것입니다. 집이 이 근처라서요."

"고향이 오사카가 아니시군요."

"네. 도쿄 출신입니다. 이곳에서 이리 뵐 줄은 몰라서 인사가

78

늦었습니다.”

“아니요. 저도 놀랐는걸요.”

결코 유쾌하게 헤어졌다고 할 수는 없는 사이였지만, 전혀 생각지 못한 만남은 상철의 마음을 다소 느슨하게 만들었다. 그것은 테츠 역시도 마찬가지인 듯 이전에 만났을 때보다 한결 부드러운 태도였다.

테츠는 양손 가득 각종 음악 서적과 오페라 음반을 든 채였다. 심덕을 쫓아다니기 위해 음악 공부를 한 덕분에 상철 역시 이제 어지간한 소양은 있어 한눈에 그것들을 알아볼 수 있었다.

“음반 회사 직원답네요.”

상철이 제가 든 책과 음반을 두고 이야기했다는 것을 알아챈 테츠가 멋쩍게 웃었다.

“차라도 한잔하시겠습니까?”

심덕에 대한 글을 쓰겠다고 결심한 만큼, 언젠가 또다시 테츠를 만나러 가야 할 거였다. 그러니 관계를 미리 좋게 만들어두는 것도 괜찮을 것이란 생각이 들었다.

“죄송합니다. 저녁에 가족과 함께 식사를 하기로 해서요.”

테츠가 매우 단호하면서도 매너 있게 거절했다. 몸에 밴 애티튜드가 아주 자연스러워서 거절당했음에도 조금도 불쾌하지 않았다. 상철이 두어 걸음 옆으로 비켜나며 길을 터주었다.

“그럼 먼저 가시죠. 혹시 인연이 된다면 다음에 또 뵙겠습니다.”

“네. 다음엔 꼭 차 한잔하면 좋겠습니다.”

깍듯하게 허리를 굽혀 인사한 테츠가 걷기 시작했다. 여전히 곧추세운 허리나 반듯한 어깨, 단정한 걸음걸이가 참으로 그다웠다. 사람들 틈으로 테츠가 섞여 들어 더 이상 보이지 않자, 그제야 상철이 몸을 돌렸다.

아는 사람을 우연히 둘이나 만나다니 오늘은 참으로 특이한 날이라 할 만했다. 그러고 보니 둘 다 심덕과 관계가 깊은 인물들이다. 어쩌면 이것 역시 심덕에 대한 글을 쓰라는 계시인지도 모르겠다. 기분이 더 좋아진 상철이 힘찬 걸음으로 마루젠서점 안으로 들어갔다.

11장

동경음악학원

그를 경계해야 하는 걸까. 상철을 등 뒤에 둔 채 돌아서는 테츠의 발걸음이 무거웠다. 처음 상철이 회사로 찾아왔던 때가 떠올랐다. 그때 좀 더 제대로 된 경고를 해야 했던 걸까. 제가 과하게 예민한 걸지도 모른다고 가볍게 털어버리고 싶었지만, 테츠가 처한 현실은 그리 만만치가 않아서 아무리 사소한 일이라 할지라도 신경이 곤두섰다. 문제에 문제가 더해진 건 아닐까 하는 걱정에 머리가 지끈거렸다.

"역사에 기록될 걸세. 자네 정말 대단해. 자네의 기획이 이 정도 파괴력을 가질 줄은 나도 몰랐네. 좋은 아이디어라고 생각했고, 어느 정도 반응이 있을 거라 믿긴 했지만 이 정도일 줄이야! 하하하."

후지사와 히데유키가 무릎을 치며 호쾌하게 웃었다. 얼굴에 잔잔한 미소를 띤 테츠가 겸손하게 고개를 숙였다. 이 방의 주인이자 일동레코드의 사장이며 히데유키의 조카인 후지사와 히데오는 어디 갔는지 보이지 않았다. 그림자처럼 히데유키와 늘 동행하는 씨도 어쩐 일인지 오늘은 곁에 없었다. 회사 크기에 비해 지나치게 넓고 고풍스럽게 꾸며진 사장실에서 히데유키와 단둘이 있자니, 목 끝까지 숨이 차는 기분이었다. 하지만 그런 걸 절대 내색해선 안 될 일이었다. 긴장으로 목이 타도, 손바닥에서 땀이 새어 나와도, 눈에 경련이 일어나도 절대 들켜선 안 된다. 테츠는 처음과 똑같은 자세, 표정을 유지하기 위해 애썼다. 그리고 그건 꽤 효과가 있었는지, 한동안 뚫어질 듯이 테츠를 살피던 히데유키가 잠시 후 시선을 거두었다.

"보너스를 줘야 할지 승진을 시켜줘야 할지 히데오와 의논해 보지."

"당연히 해야 할 일을 한 것입니다. 그런 보상은 과분합니다."

"사양치 말게. 자네가 아니면 어찌 이 일이 가능했겠나. 정말 뿌듯해. 일축(日蓄: 일본축음기상회의 줄임말)이 우리의 도약을 얼마나 놀라워하고 있는지 아는가. 일본은 아직 자체적인 기술력이 떨어져서 음반이나 축음기를 독자적으로 만들어내지 못할 거라고 무시했는데, 우리가 전대미문의 히트 음반을 만들어냈으니, 이 얼마나 기쁜 일이냔 말이야."

"모두가 믿고 지지해 주신 덕분입니다."

"그만 겸손해. 지나친 것도 흠이야. 그리고 이건 분명 자네의 업적이야. 회사 사람 모두가 다 안단 말이지. 업적에 걸맞은 합당한 보상이 주어지는 것을 다른 직원들이 봐야 사기가 진작되어 더 열심히 하려 애쓰지 않겠나. 일을 했으면 의당 돌아오는 게 있어야지. 말해보시게. 무얼 원하나?"

이 정도면 예의는 적당히 차릴 만큼 차렸다고 판단한 테츠가 어쩔 수 없다는 듯, 눈썹을 아래로 늘어뜨렸다.

"그렇다면……."

"그래. 뭐가 필요한가?"

"휴가를 좀 주셨으면 합니다."

놀기 좋아하는 20대 놈팡이처럼, 테츠가 히데유키를 바라보며 샐샐 웃음을 흘렸다.

"휴가?"

"네. 이번 일 때문에 여름에 짧게 가족 여행을 다녀온 것을 제외하곤 계속 일을 했던지라……."

"그래, 게다가 자네 계속 출장이다 뭐다 조선까지 왔다 갔다 하느라 정신이 없었지 않나. 그래. 휴가를 주지. 내 휴가를 넉넉히 주라고 히데오에게 말해두겠네."

"감사합니다."

좋아서 입이 벌어진 테츠가 고개를 숙여 감사를 표했다. 히데유키가 테츠를 보며 흐뭇하게 웃었다.

"그런데 말야. 윤심덕은 정말 상해 가는 배에 올라탔겠지?"

찻잔을 집으며 히데유키가 무심히 질문했다. 마치 오늘의 날

씨를 묻는 것만 같은 여상한 어투였으나 히데유키의 미간에 순간 깊은 골이 파였다가 사라지는 것을 테츠는 놓치지 않았다.

“그렇습니다만.”

망설이지 않고 테츠가 곧장 대답했다. 책상 아래로 내려가 있어 손이 보이지 않는 덕분에, 대답할 때 손톱 끝을 아프게 누를 수 있었다. 그래서 낮고 차분한, 떨리지 않고 적당히 억눌린 평소의 목소리가 나왔다.

“자꾸 조선 땅에서 이상한 소문이 돈다기에 영 신경이 쓰여서 말야. 혹시 허튼짓하거나 하진 않겠지?”

“절대, 그런 염려는 하지 않으셔도 됩니다.”

말끝에 힘을 준 뒤 자신만만한 표정으로 히데유키를 쳐다보며 다소 거만하게 턱을 치켜들었다. 제가 한 일에 자부심이 지나친 풋내 나는 어린놈으로 보이기 좋은 자세와 표정이었다. 그런 테츠의 모습을 보며 히데유키가 피식 웃었다.

“그래, 그래. 자네가 어련히 알아서 잘했을라구. 불쾌하게 생각하지 말게. 나이가 들면 쓸데없는 걱정이 많아져.”

말을 마친 히데유키가 천천히 자리에서 일어났다. 테츠가 얼른 옆에 세워두었던 지팡이를 가져다주었다.

“고맙네. 그럼 휴가 다녀와서 우리 술 한잔하지.”

“네.”

테츠가 곁에서 히데유키를 에스코트했다. 사장실 문을 열고 밖으로 나가자 사무실 가운데 놓인 긴 소파에서 앉은 히데오가 웬 낯선 사내와 이야기를 나누고 있는 모습이 보였다. 히데오의 맞은편에 앉은 사내는 처음 보는 얼굴이었다. 한데 그들 가까이 갈수록 점점 크게 들리는 사내의 목소리가 귀에 익었다. 어디서 들어봤을까, 생각에 잠긴 사이, 그들이 나누는 대화 내용이 들릴 정도로 가까워졌다. 대화 내용을 짐작건대 '사의 찬미'와 관련된 인터뷰를 하는 중인 듯했다. 히데오의 맞은편에 앉은 사내는 윤심덕에 대한 것을 히데오에게 캐묻고 있었다. 마에다의 걸음이 느려졌다. 좀 더 가까이 가자 사내의 음성이 또렷하게 들렸다. 그제야 그가 누군지 또렷이 기억이 났다. 조선에 갔을 때 기세에게 아는 체하던 기자였다.

"내 이런 것을 걱정했는데."

걸음을 멈춘 마에다의 곁을 스쳐 지나가며 히데유키가 혀를 끌끌 찼다. 정신을 번뜩 차려보니 이미 히데유키는 계단을 내려가고 있었다. 테츠의 귓등이 붉게 달아올랐다. 테츠가 황급히 히데오에게 다가갔다. 히데유키가 저 사내에 대해 호기심을 느끼기 이전에, 자신의 선에서 어떻게든 정리해야 했다. 절대로 일이 커져선 안 된다. 초조한 기색을 숨기려 애쓰며, 테츠가 그들 사이로 손을 불쑥 내밀었다.

"마에다 테츠입니다. 사장님이 이만 일어나셔야 해서요. 실례 좀 하겠습니다."

갑작스러운 등장에 놀란 건지 눈이 커다래진 사내가 테츠를 올려다보았다. 눈매가 날카로웠다. 한눈에 봐도 그는 호락호락해 보이지 않았다. 쉽지 않은 상대를 만났다는 것을 본능적으로 알 수 있었다.

"남상철입니다."

테츠의 손을 잡으며 상철이 제 소개를 했다. 남상철, 이란 이름을 속으로 곱씹으며 테츠가 그를 똑바로 쳐다보았다. 왠지 그와 이런 식으로 자주 마주칠 것 같다는 불길한 예감이 등 뒤를 스치고 지나갔다.

그래도 그때 잘 수습하고 정리한 줄 알았다. 그래서 그를 다시 만날 거라곤 꿈에도 생각지 못했다. 그것도 심지어 도쿄에서의 재회라니, 이 무슨 운명의 장난이란 말인가. 설마 다시 또 심덕에 대해 물으러 오사카에 나타날까? 다행히도 그날 이후로 히데유키는 테츠에게 상철에 대해 따로 묻지 않았다. 하지만 또 모를 일이다. 테츠에게 묻지 않는다고 해서 히데유키가 상철에게 관심이 없다고 단언하긴 어려웠다. 그 속내를 짐작할 수 없는 늙은이가 지금 무슨 생각을 하고 있을지 아는 사람은 하늘 아래 단한 명도 없을 테니 말이다.

생각에 잠긴 채 걷다 보니 어느새 집 앞이었다. 대문을 두드리자 곧장 도쿠이가 달려 나왔다. 부모님이 휴가를 떠난지라, 테츠는 다른 시종들에게도 모두 휴가를 주었다. 그래서 집에 있는 이는 가장 나이 어린 도쿠이뿐이었다. 아직 수염조차 나지 않은 소년 도쿠이가 종종걸음으로 테츠의 뒤를 따랐다.

나가기 전에 미리 말을 해둔 탓에 히노키(편백 나무)로 된 나무

욕조엔 더운물이 가득 받아져 있었다. 테츠는 곧장 옷을 벗고 욕조에 몸을 담갔다. 뻐근한 목을 뒤로 젖히고 긴장으로 굳은 목과 어깨에 힘을 뺐다.

욕조에 들어갈 때 세워두었던 모래시계가 아래로 모두 떨어지자 도쿠이가 작은 손으로 열심히 비누칠해서 테츠의 몸을 씻겨주었다. 애를 쓰느라 도쿠이의 이마에서 쏟아진 땀이 테츠의 어깨와 등허리를 타고 흘렀다. 아직 힘도 약하고 손도 서툴러서 썩 만족스럽지 않았지만 테츠는 별말 없이 그 수발을 받았다.

미리 따끈하게 데워둔 마른 수건으로 물기를 훔쳐낸 뒤 유카타를 걸친 테츠가 아직 다 마르지 않은 젖은 머리의 물기를 털어내며 나막신을 신었다.

"이제 쉬어라."

호롱불을 받아든 후 손을 내저어 뒤따르려는 도쿠이를 물러가게 한 테츠가 천천히 걸어 별채로 향했다. 달그닥거리는 나막신의 소리가 오늘따라 유독 크게 귓가에 울렸다. 별채의 문을 열자 긴 복도가 나왔다. 복도의 끝에는 커다란 그림이 걸려 있었다. 그것을 옆으로 밀자 숨겨둔 문이 나타났다. 열쇠로 문을 여니 지하로 향하는 계단이 드러났다. 테츠가 호롱불로 어두운 계단을 비추며 한 걸음씩 아래로 내려갔다.

"마이?"

인기척 소리에 한 여인이 고개를 돌려 테츠를 바라보았다.

윤심덕이었다.

상철은 제가 가지고 있는 자료를 바탕으로 심덕의 일생을 시간순으로 정리했다. 평양에 다녀온 덕분에 아주 어린 시절에서부터 시작할 수 있어 다행이었다. 이제 와 돌이켜 보니 그때 석구가 시키는 대로 평양에 다녀온 건 참으로 잘한 일이었다. 이 사실을 알면 내 말 들어 손해 본 거 있냐고 목청을 높일 석구가 떠올라 상철은 슬그머니 웃었다.

상철이 가지고 있는 자료 중에서 비는 시간은 청산학원과 우에노음악학원 시절이었다. 우에노학원은 같이 다닌 조선인들이 많으니 충분히 조사할 수 있었으나 청산학원은 대체 어디서부터 어떻게 접근해야 할지 알 수 없었다.

그래서 상철은 일단 청산학원을 뒤로 제쳐두고, 접근하기 쉬운 우에노 시절부터 조사를 하기로 마음먹었다. 하지만 넘쳐나는 의욕과 달리 당면한 생활은 상철의 발목을 붙잡았다. 코앞에 닥친 일상의 여러 일들이 상철로 하여금 하고픈 일을 마음껏 하도록 내버려 두지 않았다.

동아일보가 9월 대판에도 지국을 설치할 예정이라 그것을 준비해야 했기 때문이다. 한동안 대판과 동경을 오가며 일하느라 정신이 하나도 없었다. 그러는 사이, 시간이 훌쩍 흘러 어느새 계절이 두 번이나 바뀌었다. 그동안 상철이 한 일이라고는 신문 기사를 수집하고 그나마 접촉 가능한 인사들에게 연락해서 신문의 내용과 기주가 한 말을 크로스 체크한 것이 전부였다.

그런 식으로 간략하게 알아본 결과, 기주가 했던 말은 모두 틀림없는 사실이었다. 심지어 연애사에 대한 것조차, 기주의 말이 맞았다. 그마저도 기주가 상철에게 기분 좋아지라고 한 빈말이 아니었던 것이다.

우에노 시절 심덕의 연애사는 한마디로 빛 좋은 개살구였다. 소문은 화려하기 짝이 없었으나 막상 자세히 조사해 보면 실체 없는 허상에 불과했다. 심덕이 당시의 여대생들과는 달리 활달하고 사내들과 잘 어울렸던 까닭에 소문이 과장되게 난 부분이 컸다. 또 심덕을 짝사랑한 사내들이 사귀지도 않았는데 사귀었다고 허풍 친 것들도 꽤 되었다. 그것들을 굳이 심덕이 바로잡지 않은 까닭에 소문이 눈덩이처럼 불어났을 뿐이었다.

쓸데없는 소문들을 정리하고 나자 의외로 심덕의 연애사는 꽤 단출했다. 그마저도 길게 사귀지 않아서 조사해 볼 필요 없는 것들을 제하고 나면 남는 건 딱 하나뿐이었다. 바로 이미 상철도 여러 신문 기사를 통해 알고 있었던 연하의 바이올리니스트 홍영후와의 관계였다.

결론을 내리자면 우에노 시절 심덕이 오랫동안 진지하게 연애했던 상대는 홍영후뿐이었다. 활달한 심덕에게 푹 빠진 열정적인 연하남 영후는 자신의 애정을 표현하는 데 거리낌이 없었다. 덕분에 둘의 애정 행각에 대한 이야기는 신문에 여러 번, 그것도 아주 상세히 기사화되었다.

심덕에 전혀 조금도 모르던 시절, 그저 학생에 불과하던 때 영후와 심덕에 대한 기사들을 처음 읽었을 땐 기자들이 사용한 적나라하고 노골적인 단어들에 얼굴을 붉혔다. 심덕을 알고 난 뒤 다시 보았을 땐, 질투가 났다. 환락가 뒷얘기도 아니고 뭐 이리 자극적으로 기사를 쓰냐며 괜스레 기자를 욕하기도 했었다. 하나 이제 와 다시 읽어보니, 그런 것은 겉치레에 불과했다. 쓸데없는 표현들을 모두 지워내면, 그 속에서 보이는 것은 열정적이고 순수한 어린 연인의 모습이었다. 그들이 얼마나 사랑스러웠을지 눈에 잡힐 만큼 생생했다.

홍영후와의 연애사와 함께 심덕의 우에노 시절 가장 많이 회자되는 큰 사건은 바로 순회극단 활동이었다. 순회극단으로 조선 팔도를 돌아다닌 덕분에 심덕의 이름 석 자는 처음으로 대중들에게 알려졌다. 그리고 바로 그때가 공식적인 심덕과 우진의 첫 만남이기도 했다. 영후도 다른 이들도 그때부터 우진과 심덕이 눈을 맞은 건 아니라고 했지만 어쨌거나 그때가 첫 만남이긴 하니 알아보면 무언가 건질 만한 게 나올 수도 있겠다 싶었다. 상철은 순회극단 시절을 좀 더 상세히 조사해 보기로 결심했다. 그래서 순회극단에 참여했던 인사들의 명단을 뽑아 인터뷰 리스트를 만들었다.

기주에게 다시 연락이 온 건 그때쯤이었다. 여름에 동경에 갈 계획이라고 했다. 그날 우에노공원에서의 만남 이후 기주와 상철은 꾸준히 서로 연락을 주고받고 있었다. 상철이 심덕에 대한 책을 쓴다는 걸 가장 먼저 알린 이가 기주였다. 그 애길 듣고 기주는 뛸 듯이 기뻐하며 제가 할 수 있는 한도 내에서 무슨 도움이든 주고자 애를 썼다. 실제로도 기주의 도움은 상철에게 꽤 큰 도움이 되었다. 기주가 심덕과 우에노 시절 친하게 지냈던 사람들을 알려줬을 뿐만 아니라 동경에서 인터뷰 가능한 이들까지도 정리해 주었기 때문이다.

— 기자님 보여드리려구 사람들한테서 우에노학원과 순회극단 시절 사진을 몽땅 다 빼앗아 왔어요. 심덕이가 눈곱만큼 나오기라도 했으면 제가 다 수집했어요. 기대하세요.

편지에 적힌 글귀에서조차 생기가 넘쳤다. 죽어서도 이리 자신의 일을 위해 발 벗고 나서는 사람이 여럿 있으니, 심덕은 행복하겠다고 생각하며 상철은 기주와의 약속을 잡았다.

"이거 보세요. 사진 정말 많죠? 이걸 다 꾸역꾸역 챙기고 있으니까 애 아빠가 세상 기막힌 얼굴로 절 쳐다보더라니까요. 턱이 여기까지 내려와서 떨어지는 줄 알았어요. 어찌나 웃기던지."

기주의 말은 과장이 아니어서, 정말 커다란 상자 가득, 사진이 꽉 차 있었다. 상철 역시 놀라서 자신도 모르게 입이 딱 벌어졌다. 그 얼굴을 보며 기주가 소녀같이 웃었다.

"저더러 뭐 할 거냐고 다들 물어보는데, 기자님 글 쓰시는 데 방해될까 봐 아무 말도 안 하고 그냥 무조건 내놓으라고 해서는 강탈해 왔어요. 저 잘했죠?"

"고맙습니다. 감사해요."

"뭘요. 도움이나 되면 좋겠어요."

"정말 도움 됩니다. 책을 쓰게 되면 글머리에 기주 씨에게 고맙다고 꼭 남길게요."

"그러실 필요 없어요. 그냥 심덕이 이야기 잘 써주심 그걸로 돼요. 하긴 뭐 걱정 안 해도 잘 써주실 테지만요. 기자님 기사는 늘 좋았어요. 기명이 없어도 기자님 글은 알아볼 수 있을 정도였으니까요. 심덕이도 은근히 기자님이 쓴 글들 마음에 들어 했어요. 그건 아시죠?"

고개를 끄덕이며 상철이 쑥스러움에 목덜미를 쓸어내렸다. 어느 날엔가, 적당히 술이 올라 얼굴이 발개진 심덕이 불쑥 상철의 손을 붙잡고 그랬다. 어떻게 이렇게 투박한 손으로 그리 날카로우면서도 감성적인 글을 써내느냐고 말이다.

'기자님 글은, 기사문이라기엔 감성적이고 소설이라기엔 냉철해요. 나쁘게 말하면 색이 없고 좋게 말하면 줄타기가 절묘하다고 해야 하나. 그런 글을 처음이에요. 좋았어요. 기사 진짜 잘 쓰시던데요. 제 전담 기자가 기자님이라 다행이에요.'

그 칭찬에 기분이 좋아서 한동안 구름 위를 걷는 듯한 기분이었다. 그때 그 말투, 표정, 이야기를 건네며 짓던 눈웃음까지, 바로 어제 일처럼 생생하게 떠올라서 상철은 잠시 아련해졌다.

"순회극단 멤버들이 모두 다 나온 사진부터 보시는 게 좋겠죠?"

상철이 추억을 더듬는 사이, 부지런한 기주는 어느새 사진들 속을 헤집고 있었다. 흑백의, 얼핏 보면 비슷비슷해 보이는 사진들 속에서 기주는 귀신같이 제가 원하는 사진들을 골라냈다.

"여기 있네. 이거예요. 사람들 얼굴이 좀 작게 나오긴 했는데, 그래도 알아볼 수는 있으시겠죠? 아마 기자님에게도 익숙한 얼굴이 많아서, 보기 어렵지 않으실 거예요."

"네. 여기 심덕 씨가 있네요. 기주 씨도 여기 있구요."

기주와 상철은 머리를 맞댄 채 사진 속 인물들의 이름을 맞추기 시작했다. 새로운 이름이 나올 때마다 간단한 소개와 가벼운 이야기들을 기주가 덧붙였다. 그렇게 사람들의 얼굴을 천천히 더듬어 내려가던 상철의 손가락이, 한 얼굴에서 멎었다.

"이 사람이 여기 왜?"

"어? 이 사람을 아세요?"

마에다 테츠였다. 마에다 테츠가, 순회극단의 멤버들이 모두 찍힌 단체 사진 속에 있었다.

⟅

별장에서 심덕이 사라졌다는 걸 확인한 후 테츠는 한참 동안 패닉에 빠져 움직일 수가 없었다. 처음엔 제게 대체 무슨 일이 닥친 건지 이해하지 못했다. 이게 어떤 상황인지 아무리 생각해 봐도 도무지 알 수 없었다. 텅 빈 별장에서 홀로 앉아 하루를 꼬박 흘려보냈다. 심덕과 함께 지냈던 시간들을 곱씹으며, 대체 이게 어떻게 된 일인지 납득해 보려 애썼다. 하지만 아무리 노력해 봐도 모를 일이었다. 너무 현실감이 없었다. 혹시나 꿈을 꾸는 건 아닌가 싶어 허벅지가 멍이 들 정도로 꼬집기까지 했다.

낮이 지나가고, 밤이 지나가고, 다시 아침 해가 떴을 때 테츠는 별장에 있는 전화로 심덕이 서생으로 있는 집에 연락해 보았다. 주인은 심덕이 이미 일주일도 더 전에 이사를 나갔다고 했다.

그제야 정신이 번쩍 들었다. 이별이었다. 정말로 확실한, 이별이었다.

그대로 짐을 싸서 도쿄로 돌아왔다. 그리고 미친 듯이 심덕을 찾아다녔다. 하나 완전히 자취를 감춘 심덕은 테츠의 손에 쉬이 잡히지 않았다. 아오야마학원(靑山学院)에서 테츠 외에 심덕과 친하게 지낸 일본인은 아무도 없었기에 심덕이 어디 있는지 물어볼 사람조차 없었다.

마른 논바닥 갈라지듯 테츠의 가슴이 바스러지기 시작했을 때, 테츠는 우에노공원에서 심덕을 만날 수 있었다.

그녀는 공원 내에 설치한 간이 무대 위에서 노래를 부르고 있었다. 메마른 테츠와 달리 심덕은 화창했다. 심지어 무대 위의 심덕은 테츠의 품에 있을 때보다 훨씬 더 반짝반짝해서 기가 막힐 정도였다. 얼굴에는 윤기가 흐르고 몸에선 빛이 났다. 아름다웠다. 모두가 그녀를 보며 환호하고 있었다.

그제야 테츠는 자신들이 왜 헤어졌는지, 심덕이 왜 떠났는지 깨달았다. 심덕은 한 남자의 품에서 행복하길 원치 않았다. 그녀는 더 많은 환호와 더 많은 사랑과 더 많은 숭배를 원했다. 그녀에겐 아직 설익은 허영심이 아주 크게 자리하고 있었다. 모든 사람들에게 여왕처럼 떠받들리길 바라고 있었다. 그리고 그러한 그녀 속에 잠자고 있던 그 모든 감정을 부추긴 건 테츠였다. 그녀에게 특별한 사람이라고, 세상의 주인공은 당신이라고, 이 세상 누구보다 가장 위대하고 대단하다고 끊임없는 찬사를 바친 건 바로 테츠였다. 그러니까 그녀가 더 큰 세상을 꿈꾸게 된 건 모두 테츠의 책임이었다.

제가 그녀를 만들었고, 제가 그녀를 떠나보냈다. 테츠는 뼈아프게 제 과오를 인정했다. 새장 속의 새는 날아가 버렸고, 다시 새장 속에 가두기 위해서 유인할 미끼가 제게 남아 있지 않다는 것 역시, 받아들여야 했다.

사랑받아 마땅한 그녀는 무대 위에서 더 많은 사람에게 사랑받기를 원하고 있었다. 그녀는 타인의 관심과 애정으로 빛나는 여자였다. 테츠는 알고 있었다. 누구보다 잘 알고 있었다. 애정을 갈구하며 품에 안길 때 심덕이 얼마나 사랑스러운지를 말이다. 품에 안긴 채 반짝이는 두 눈으로 올려다볼 때 테츠는 제 마지막 숨 한 모금까지도 다 내어줄 수 있다고 속삭이며 영원한 사랑을 맹세했다. 그 소리를 듣고 까르르 숨이 넘어가게 웃는 그녀는 감히 표현할 수 없을 정도로 매혹적이었다.

"사랑은 길들지 않는 한 마리 들새와 같은 것……."

'하바네라'가 멋들어지게 울려 퍼지자 사람들의 탄성이 터졌다. 그 환호 속에서 그녀는 행복해 보였다. 테츠의 사랑을 받을 때만큼이나, 아니 그보다 더 반짝반짝 빛이 났다. 테츠가 고개를 저으며 뒷걸음질 쳤다. 어쩔 수 없다. 지금은 제가 물러나야 할 때였다.

테츠가 눈을 질끈 감으며 돌아섰다. 괜찮다. 결국 다시 찾을 것이다. 되찾게 될 것이다. 테츠가 이를 악문 채 심덕을 등 뒤에 두고 몸을 돌렸다. 그때 막 아코디언으로 '다뉴브강의 잔물결'이 연주되기 시작하고 있었다.

마에다 테츠가 대체 왜 순회극단 멤버들의 단체 사진 속에 있는지 이해 가지 않았다. 혼란스러운 기색을 숨기지 못한 얼굴로 상철이 기주를 보았다.

"이 사람도 순회극단 멤버였던 겁니까?"

"네. 기자님이 마에다 상을 어떻게 아세요?"

"기주 씨, 이 사람 기억하십니까? 어떤 사람입니까? 왜 일본인이 한국 순회극단에 참여했던 겁니까? 심덕 씨랑 친했습니까? 김우진 씨랑은요?"

상철은 쉬지 않고 질문을 쏟아냈다. 기주가 눈을 동그랗게 떴다.

"왜 그렇게 흥분을, 하나씩 물으세요. 답해드릴게요. 그런데 왜 이러시는 건데요? 마에다 상을 남 기자님은 어떻게 아시는 거구요?"

일동레코드 이야기를 하려던 상철이 마음을 바꿔 입을 다물었다. 아직 자신도 채 정리하지 못했는데 괜히 기주까지 혼란스럽게 만들고 싶진 않았다. 어설프게 제가 가진 정보를 늘어놓았다가 잘못하면 제대로 된 정보를 얻지 못할 수도 있었다. 상철은 평정을 가장한 얼굴로 미소 지었다.

"이기세, 기세 형님 아시죠? 그분의 사업 파트너라고 하더군요. 지나가다 한 번 소개 받았습니다. 그러니까 저는, 일본인이 여기 있는 게 놀라워서요."

황급히 둘러댄 말이라 혹시나 기주가 미심쩍게 생각하지나 않을까 걱정했으나 순진한 기주는 상철의 말을 있는 그대로 받아들였다.

"그러실 수 있죠. 공식적으로 순회극단은 한국 유학생들의 모임이었으니까요. 마에다 상은 모임 멤버는 아니었어요. 그해 여름 공연만 참여했어요."

"어떻게, 누가 소개한 거죠?"

"김우진 씨 친구였어요. 우리가 공연할 수 있게 여러모로 도와줬죠."

순간 상철의 머릿속이 하얗게 변했다. 김우진과 마에다 테츠가 친구였다니, 전혀 생각지 못한 일이었다. 분명 지난번에 상철과 만났을 때, 마에다 테츠는 우진을 전혀 모르는 사람처럼 굴었다. 하지만 기주는 마에다 테츠와 우진이 친구라고 하고 있었다. 그리고 기주는, 제가 아는 가장 순수하고 가장 믿을 만한 정보원이었다.

"친구였다구요?"

애써 긴장으로 굳어가는 얼굴을 숨기며, 상철이 다시 한번 확인했다.

"네. 친구였어요. 마에다 상이 공연 쪽을 잘 알아서 우진 씨가 특별히 도움을 요청해서 왔다고 했어요. 그쪽 계통으로 아는 지인들도 많아서 장비도 마에다 상을 통해서 모두 빌린 거였구요. 일종의 기술 자문 같은 거라고 해야 하나……. 우진 씨랑 같이 공연의 총기획을 담당했죠. 이 사람 외에도 일본인은 한 명 더 있어요. 여기 보이시죠? 기쿠치라는 분이에요. 이분이 음향 담당이었어요. 기쿠치 상과 마에다 상이 아니었으면 기술적으로 공연을 하기 힘들었을 거라고, 다들 그랬어요."

"김우진과 마에다는 친한 사이였나요?"

"네. 꽤 가까운 사이였어요. 아니, 유일한 사이라고 해야 하나?"

"유일하다면?"

"마에다 상은 말이 많은 사내가 아니었어요. 붙임성도, 사교성도 별로 없었죠. 조용하고 예의 바르고 매너가 좋았지만, 딱히 우리와 친해지려고 하지 않았어요. 보시다시피 잘생겼잖아요. 당연히 극단에 있는 여학우들 중에 마에다 상에게 노골적인 애정을 표현하는 이들도 꽤 있었거든요. 그런데 도통 곁을 주지 않아서 다들 애만 태우다 말았죠. 말이 거의 없었는데, 유일하게 우진 씨와만 대화했어요. 주로 공연 이야기였던 걸로 기억해요. 둘 다 워낙 조용한 성격이니 장난을 치거나 농을 건네진 않았지만 그냥 느껴지는 분위기가 편안하고 안정적이어서 아주 친한 사이구나 짐작했었죠."

마에다 테츠는 우진을 모르는 사람처럼 굴었다. 그뿐만 아니라 마에다 테츠는 심덕도 이번에 음반 녹음을 통해 처음 만난 것처럼 상철에게 이야기했다. 거기다 순회극단에 참여했다는 말은 하지도 않았다. 그는 의도적으로 이 모든 사실을 숨긴 것이다. 처음 제가 마에다 테츠를 보고 느꼈던 그 느낌이 정확했다. 그는 음흉한 사내였다. 어쩌면 그 말간 얼굴 뒤에 이보다 더 큰 비밀을 숨기고 있을지도 모를 일이었다.

"순회극단 사진만 따로 볼 수 있을까요?"

"사진들이 좀 섞여 있지만, 가려낼 수 있어요. 잠깐만요."

순회극단 시절, 마에다 테츠가 어떤 얼굴로 그 속에 있었는지 알아야 했다. 통을 뒤집어 털어 가져온 사진을 모두 탁자 위로 꺼낸 뒤 그것들을 골라내는 기주를 따라 상철 역시 사진들을 하나하나 살피기 시작했다.

"어?"

그때였다. 마에다 테츠가 사진 속에서 또 나타났다. 그런데 그건 누가 봐도 순회극단과 관계있는 사진이 아니었다.

"이건 무슨 사진이죠?"

"그건 우에노공원에서 공연할 때 모습이에요. 저기 무대 위는 심덕이구요."

하지만 상철이 보는 건 무대 위의 심덕이 아니었다. 사진 구석에 선 한 사내가 홀린 듯이 심덕을 보고 있었다. 마에다 테츠였다.

"여길 보세요."

상철이 사진 구석에 있는 마에다 테츠를 가리켰다. 기주의 눈이 휘둥그레졌다.

"어? 마에다 상이 여기 왜 있지?"

믿기지 않는 얼굴로 기주가 상철을 처다봤다.

"이 사람이 나온 사진을 다 찾아주세요. 구석에 아주 작게라도 나와 있지 않나 잘 봐주세요."

"그럴게요."

　기주와 상철의 두 손과 두 눈이 바쁘게 흩어진 사진 위를 돌아다녔다.

　머리로 이해하는 것과 가슴으로 받아들이는 건 달랐다. 심덕과의 이별은 테츠에게 세상을 잃는 것과 진배없었기에, 아무리 받아들이려 애를 써도 그건 결코 쉽지 않은 일이었다. 도무지 견딜 수 없어 우에노공원까지 갔다가 돌아오길 수십 번 반복했다. 학교에서 나오는 심덕의 뒤를 멀리서 밟기도 했다. 하나 그뿐, 테츠는 차마 심덕을 향해 손을 뻗지 못했다.

　만약 붙잡았을 때 심덕으로부터 정식으로 이별 통보를 받게 된다면, 완벽하게 확인 사살 당하게 된다면 정말 끝이었기 때문이다. 이렇게 끝낼 순 없었다. 그저 상황이 적절치 못해 잠시 멀어진 것으로 내버려 두어야 했다. 끝이 아니었다. 이대로 끝낼 순 없었다. 테츠는 이를 악물었다.

　테츠는 절대로 운명을 관통하는 사랑이 이리 끝나버렸다고는 생각지 않았다. 언젠가는 다시 만날 것이다. 하지만 당분간은 그녀 없이 살아야 했다. 제게 닥친 현실이 믿기지 않아서 테츠는 세상에 등을 돌렸다. 몇 달을 방에 처박힌 채 폐인처럼 살았다.

　부모님은 갑자기 식음을 전폐하고 방안에 틀어박혀 버린 아들을 이해하지 못했다. 화도 내고, 달래도 보았으나 무슨 수를 써도 어쩔 수 없다는 걸 알게 된 뒤 포기하고 말았다. 그렇게 다시 세상에 나오기까지 반년이 걸렸다. 반년 만에 세상에 나온 테츠는 이전과는 완전히 달라져 있었다. 웃음을 잃었고, 영혼이 빠져나간 두 눈은 텅 비어 있었다. 하얗게 질린 얼굴에 깡마른 몸으로 테츠는 하루하루를 겨우 버텼다.

이 이별은 심덕을 더 깊이 이해하기 위한 필연적인 선택이어야 했다. 그래야 심덕이 없는 시간들을 테츠는 버틸 수 있었다. 이별이지만 이별이 아니었다. 이 시간은 더 완벽하게 심덕과 하나가 되기 위해 필요한 것이었다. 헤어진 게 아니었다. 어차피 제게 올 여자였다. 운명이었다. 단지 심덕에게 어울리는 사내가 될 시간이 필요할 뿐이었다. 테츠는 그런 식으로 스스로를 설득시키며 자신을 추슬렀다.

일상으로 돌아간 테츠는 마음을 다잡고 하루하루의 생활에 집중했다. 더 이상 우에노학원으로 심덕을 보러 가지 않았다. 대신 학업에 매달렸다. 당장은 무슨 수를 쓴다 해도 심덕을 제 품으로 끌어올 수 없었다. 서로에게 시간이 필요했다. 그 시간을 알차게 채워야 했다. 그래야 나중에 심덕을 가장 완벽하게 제 곁에 둘 수 있을 것이다.

그러는 사이 시간은 흘러 어느새 대학 졸업이 코앞으로 다가왔다. 대학을 졸업하면 심덕은 조선으로 돌아갈 것이 분명했다. 그 전에 꼭 한 번은 만나고 싶었다. 어떻게 하면 최대한 자연스럽게 만날 수 있을까를 테츠는 몇 달간 고민했다. 몇 년 만에 다시 우에노공원으로 향했다. 그러나 차마 안에 들어가지 못하고 그

앞까지 갔다가 돌아가길 여러 번 했다. 아무 대책 없이 마주칠 순 없었다. 그럼 몇 년간의 노력이 물거품이 될 것이다. 다른 수를 찾아야만 했다.

그때 테츠 앞에 기적이 나타났다.

"순회극단?"

"응. 조선에서 일본으로 유학 온 유학생들이 만든 극단이야. 방학 때 조선으로 가서 공연을 할 생각이야. 근데 우리가 하나같이 실제 무대 경험은 없어서 말야. 들어보니 너 공연 쪽에 아는 사람이 많다며? 너한테 조언을 구하려구."

"뭐가 필요한데?"

"일단 제일 중요한 건 음향. 무대는 우리끼리 어떻게든 만들겠는데 오디오 장비는 빌려야 하잖아. 근데 대여비가 만만치 않으니 선뜻 선택을 못 하겠어. 이 정도 공연을 위해선 어떤 장비가 몇 대나 필요한지 도무지 감이 안 와."

"어떤 공연을 할 건데?"

"연극, 노래, 악기 등등. 다 할 거야."

"노래나 악기가 공연 전체에서 어느 정도를 차지하는지, 그리고 어떤 악기가 쓰이고 노래는 또 어떤 걸 부르는지 알아야 조언해 줄 수 있을 거 같은데."

같은 과인 우진은 기본적으로 우울한 정서가 짙게 깔려 있는 사내였다. 그게 테츠와 잘 맞았다. 둘은 시와 소설에 대해 이야기 나누다 가까워졌는데 알고 보니 집안 환경 등에서 비슷한 점이 많아서 더 친해졌다. 둘은 문학도로서도 꽤 죽이 잘 맞는 편이었다. 테츠는 그가 조선인답지 않게 단정하고 깔끔하며 조용한 것이 마음에 들었다.

"이게 공연에 참여하는 학생들 명단이야?"

"응. 거기 보면 각자 어떤 무대를 하는지도 적혀 있어."

거기서 심덕의 이름을 발견한 건, 테츠에게 기적이라고밖에 표현할 수 없는 일이었다. 역시 자신과 심덕은 운명이었다. 운명이 아니라면, 신이 이리 제 소원을 착실히 들어줄 리 만무했다.

"왜 그래?"

종이를 든 채 가늘게 떠는 테츠를 보며 우진이 고개를 갸웃했다. 테츠가 얼른 고개를 저으며 미소를 지었다.

"생각보다 무대가 풍성하네. 이 정도면 장비가 꽤 많이 필요하겠어."

"돈이 많이 들까?"

물어보는 우진의 얼굴이 짙게 그늘이 졌다. 테츠가 그를 보며 시원스레 웃었다.

"걱정 마. 내가 해결해 줄게. 공연 연출에 잔뼈가 굵은 분을 알아. 그분께 부탁하면 음향 장비를 값싸게 빌릴 수 있을 거야."

"그런 신세를 져도 돼?"

"신세 아냐. 나도 부탁할 게 있으니까."

"뭔데?"

"이 공연, 나도 스태프 자격으로 참여해 보고 싶어. 재밌을 거 같아. 알다시피 나는 순수 창작보단 연출이나 기획에 관심이 더 많잖아. 여기 참여하는 거 나한테도 대단히 좋은 경험이 될 거 같은데, 나도 끼워주면 안 돼?"

조선에서 온 유학생들로만 구성된 극단인 데다 조선에서의 공연 역시 애국심을 고취하기 위한 목적이라, 우진은 테츠의 부탁에 선뜻 '그러마' 답하지 못하고 머뭇거렸다.

"동료들에게 물어봐야 할 거 같아."

"부탁해. 응? 내가 일본인인 게 불편할 수도 있겠지만, 우린 문학도야. 우진은 문학도로서, 내 호기심을 이해해 주리라 믿어."

테츠는 끝내 우진이 제 부탁을 거절하지 못하리라 확신했다. 그건 같은 문학도라서가 아니었다. 극단을 이끄는 책임자로서 예산을 절감할 방법이 눈앞에 있는데 굳이 자존심이나 명분을 내세워 그것을 취하지 않는 건 멍청한 일이기 때문이었다. 그는 우울하고 감상적이었으나 그렇다고 해서 실리에 어두운 천치는 아니었다. 그런 면은 또 사업가의 아들다웠다.

"많네요."

몇 시간의 노력 끝에 상철과 기주는 테츠가 나온 사진을 모두 분류해 냈다. 놀랍게도 예상보다 꽤 많았다. 순회극단 시기를 제외하고도 무려 열 장 남짓, 테츠는 심덕과 같은 프레임 안에 있었다.

"모두 우에노공원에서 공연할 때 찍힌 거라, 우연일 수도 있지만……."

말을 멈춘 기주가 무엇인가 생각난 듯, 한편에 밀어둔 다른 사진들을 다시 뒤지기 시작했다. 그리고 그 속에서 한 뭉텅이 사진을 골라내더니 자세히 들여다보았다.

"왜 그래요?"

"1학년 때, 교내 강당이 공사 중이었어요. 그래서 우린 어쩔 수 없이 공원에서 정기 공연을 하곤 했어요. 2학년 때엔 공사가 끝나서 그 후론 강당에서 공연을 했죠. 정기 공연은 학생들에게 무대 경험을 쌓게 하고, 시민들에게는 고급문화를 접할 수 있게 하는 공익적인 성격을 띤 무료 공연이었어요. 만약 마에다 상이 정말 공연 그 자체에 관심이 많아 이곳에 왔다가 우연히 사진 찍힌 거라면, 강당에서도 모습이 보여야 해요. 그런데 보시다시피 강당에서 찍힌 심덕의 사진엔 마에다 상의 모습이 없어요. 오로지 1학년 때, 공원에서 공연할 때뿐이에요."

기주의 말대로 강당에서 찍힌 심덕의 공연 모습엔 테츠의 모습을 찾아볼 수 없었다. 공원에서 공연할 때만 테츠는 모습을 나타냈다. 우연이었을까. 그저 공원에 놀러 왔다가 찍힌 걸까. 아주 가능성이 없다곤 할 수 없지만, 무언가 찝찝했다.

그 순간, 상철의 머릿속에 기주가 예전에 해줬던 말이 떠올랐다.

"기주 씨, 이전에 심덕 씨가 청산학원 시절 사귀었던 사람이 있었다고 했죠? 몇 번 우에노학원으로 찾아왔었다구요. 얼굴은 기억 안 나지만……."

"키가 아주 컸다고……."

말을 하는 기주의 얼굴이 순식간에 하얗게 질렸다. 사진 속의 테츠는, 주변에 선 다른 이들보다 머리 하나는 더 솟아 있었다.

헤어진 지 3년 만의 재회였다.

"김우진 상과 같은 와세다 예과, 마에다 테츠입니다. 기쿠치 선배와 함께 도움을 드리러 왔습니다."

고개를 숙였다가 들면서 테츠가 자연스럽게 좌중을 둘러보았다. 호기심으로 반짝이는 시선 속에서 의아해하는 두 눈과 잠깐 마주쳤다. 테츠는 아무것도 모른다는 듯이 씩 웃었다. 잠깐 흔들리던 심덕의 두 눈 역시 이내 평정을 되찾았다.

"마에다 상과 기쿠치 상이 아니었다면 우린 음악과 관련된 공연을 할 수 없었을 거야. 음향 장비를 아주 값싸게 대여할 수 있도록 손써준 덕분에 질 좋은 음악 무대를 여럿 선보일 수 있었거든. 자, 다 같이 그 고마운 노고에 대한 박수!"

우진의 말이 끝나기 무섭게 앉은 학생들이 열정적인 박수를 보냈다. 심덕이 호기심 어린 시선으로 테츠를 바라보며 가볍게 손뼉을 쳤다. 테츠는 심덕의 시선을 못 본 척하며, 좌중을 향해 다시 한번 고개 숙여 인사했다.

심덕이 조선으로 돌아가기 전에 마지막으로 꼭 한번 보고 싶었다. 아무리 못 보고 살더라도 같은 하늘 아래 있다는 것과 없다는 것은 참으로 느낌이 달라서, 그녀가 조선으로 간다는 것만으로도 가슴이 헛헛했기 때문이다. 하지만 단지 원한 것은 그뿐이었다. 그 이상을 바라지 않았다. 아직은 제 품에 오지 않을 여자이니 욕심내선 안 된다고 단단히 각오하고 이 공연에 뛰어든 참이었다.

둘은 굳이 입 밖으로 내어 약속하지 않았으나, 마치 짠 것처럼 서로 낯설게 굴었다. 이번에 처음 만난 사이처럼 말이다. 어쩔 수 없이 많은 사람들 틈에서 마주치게 되면, 테츠와 심덕은 데면데면하게 인사한 뒤 각자 다른 무리들에게로 흩어졌다. 주로 테츠는 우진의 곁에 머물렀고, 심덕은 한 살 아래인 바이올리니스트 홍영후와 시시덕거렸다.

"목하 열애 중이군."

"꽤 오래 가는데?"

"그러게. 지금까지 심덕의 연애 상대는 안개에 휩싸인 듯 제대로 잡히지 않았는데, 이번엔 좀 다르네."

"그렇다고 해서 홍영후가 감히 이혼하고 결혼하자고 덤빌 거 같진 않은데."

"모르지. 미쳐 돌아서 그런다고 할지도."

타인의 시선을 겁내지 않는 젊은 예술가 둘의 열정적인 연애에, 다들 한마디씩 입을 대었다. 어쩔 수 없이 테츠는 그 영양가 없는 잡담들을 통해 그들의 시자을 알게 되었다. 그뿐 아니라 그들의 분별없는 행동으로 인해 현재 연애 중인 심덕의 날것 그대로의 모습을 제 눈으로 확인해야 했다.

처음에 테츠는 그녀의 현재 애인이 예술가라는 것에 조금 안심했다. 비슷한 또래에 같은 직업군의 젊은 예술가를 사랑하는 것은 젊은 여류 예술가들이 밟은 연애 코스 중 초급 단계였다. 그것은 곧 넘쳐나는 소문과 달리 심덕이 실제로는 연애를 많이 하지 않았다는 것을 의미했다. 그 사실이 테츠를 은근히 안도하게 했다.

하지만 안도는 길지 않았다. 아무리 각오했다 한들, 심덕의 현재진행형 연애를 날것 그대로 보는 것은 테츠에게 결코 쉽지 않은 일이었다.

"오늘 공연 최곤데?"

"언제는 아니었단 거야?"

수건을 건네는 사내의 얼굴 앞에 제 얼굴을 바싹 들이댄 심덕이 눈썹을 치켜떴다. 순식간에 얼굴이 새빨개진 사내가 저도 모르게 뒤로 주춤 물러났다. 그 모습을 본 심덕이 목젖을 보이며 크게 웃었다.

"칭찬 고마워!"

그리고 이내 자신을 끌어당기는 영후와 함께 키득거리며 무대 뒤편, 소품실로 사라졌다. 멀리서 그 모습을 지켜보던 테츠가 자신도 모르게 홀린 듯이 소품실 가까이 다가갔다. 마음이 급한 연인들은, 손끝이 야물지 못했다. 채 닫히지 않은 문틈 사이로 소품실 안의 풍경이 적나라하게 드러났다.

"아무한테나 그러지 마."

"누가 아무난데? 걔가 아무나야? 그럼 너는?"

"윤심덕!"

으르렁거리며 영후가 심덕의 어깻죽지를 깨물었다. 목을 움츠리면서도, 심덕은 여전히 웃고 있었다. 조금의 틈도 없이 뒤엉킨 젊은 연인 사이에서 금세 열기가 피어올랐다. 헐떡이는 숨소리를 더 이상 듣고 있을 수가 없어 테츠가 뒤로 물러섰다. 누가 심장을 쥐고 비트는 것처럼 아팠다. 숨을 쉬기 어려울 지경이었다.

차라리 심덕이 테츠 앞에서 보란 듯이 사내들 품에 안겼다면 조금 나았을 것이다. 테츠를 보는 두 눈에 조금이라도 감정이 실렸다면, 이보다는 덜 비참했을 것이다. 하지만 심덕은 테츠와 마주칠 때마다 낯선 타인을 대하듯이 했다. 두 눈엔 아무런 감정도 없었다. 스스럼없이 다른 사내들과 장난을 치는 것은 오로지 영후를 도발하기 위함이었다. 거기다 그들은 아무 거리낌 없이 그곳이 어디든 몸이 달아오르면 뒹굴었다. 심덕은 오롯이 영후에게만 빠져 있었다. 테츠는 그녀에게 없는 사람이었다.

각오했지만 상상했던 것과 막상 눈앞에서 벌어지는 일을 지켜보는 건 또 다른 느낌이었다. 힘들었다. 진심으로 고통스러웠다. 하지만 견뎌야 했다. 이 시간을 견뎌야, 이 순간을 넘어서야 두 사람 앞에 다른 미래가 생겨날 수 있었다. 테츠가 두 눈을 질끈 감은 채 오랫동안 참았던 숨을 토해냈다.

"순회극단에서 둘은 조금도 가까이 지내지 않았어요. 완전히 모르는 사람처럼 굴었어요. 설마 연인이었다면 그럴 수 있었을까요?"

"안 좋게 헤어졌다면 그럴 수도 있죠."

"아니, 아니에요. 그런 게 아니라 그냥 무감한 타인이었어요.

그냥 감정의 교류 자체가 없었어요, 두 사람은. 안 좋게 헤어졌다면 오히려 티가 났겠죠. 그런 것조차 없었다니까요.”

“순회극단 시절 아무 사이도 아닌 것처럼 보였던 심덕 씨와 우진 씨가 현해탄에서 빠져 죽었죠. 그러니 순회극단 시절 아무 사이도 아닌 것처럼 보였던 마에다 상과 심덕 씨가 과거에 연인이었다 해도 이상할 건 없지 않을까요.”

상철의 말에 수긍하는 듯 고개를 끄덕이면서도 기주의 얼굴은 못내 찝찝해 보였다. 그리고 그건 상철 역시 마찬가지였다.

사실 이 정도 증거만을 가지고 심덕과 테츠가 과거의 연인이었다고 주장하긴 어려웠다. 심증도 물증도 아직 부족했다. 고작 이 사진 몇 장을 가져가서 테츠에게 물어본다면, 그는 절대 인정하지 않을 것이다. 제가 생각해도 이 정도로 테츠를 엮긴 무리였다. 테츠라면 이 순간 빠져나갈 방법을 몇백 가지는 생각해 낼 것이다. 아직 부족했다. 그 단단한 사내를 완전히 무너뜨리기 위해선 정말 결정적인 어떤 것이 필요했다.

“어쩌면…….”

한참을 가만히 생각하던 기주가 아주 어렵게 입을 열었다.

“성덕인 알지도 몰라요.”

“심덕 씨 동생 윤성덕 씨 말입니까?”

“네. 아마 성덕인 알 수도 있어요.”

“하긴 자매…….”

이어지는 상철의 말에 기주가 웃으며 고개를 저었다.

“아뇨, 생각하시는 것처럼 가까운 자매 사이는 아니에요. 오히려 한번 싸우면 남보다 못할 정도로 사납게 싸우는, 아주 냉랭한 자매 사이죠."

기주의 말에 상철이 고개를 갸웃했다.

"그런데 어떻게 성덕 씨가 안다는 거죠?"

"그러면서도 꽤 붙어 다녔거든요. 그렇게 서로 못 잡아먹어 안달이면서도 심덕인 성덕이를 어디든 데리고 다녔어요. 성덕이도 잘 따라다녔구요. 그러니까 심덕이 사생활과 관련해선 나보다 성덕이가 더 잘 알 거예요. 게다가 의외로 성덕인 눈이 매워서, 내가 못 보는 것도 가끔 볼 때가 있더라구요. 예를 들어서 누가 심덕일 짝사랑한다, 하면 성덕이가 제일 먼저 알아차렸어요."

"그러니 마에다 상과 관련된 것도 성덕 씨는 알지도 모른다는 거군요?"

"네. 어쩌면요."

"그런데 지금 성덕 씨는 미국에 있지 않습니까? 편지로 이런 문제를 묻기는 좀……."

난처해하는 상철의 얼굴을 보며 기주가 입술을 잘근잘근 씹었다. 무언가 대단히 고민스러운데, 쉬이 결정을 내리지 못하는 얼굴이었다. 상철은 재촉하지 않고 기다려주었다. 한참의 시간이 흐른 뒤 기주가 한숨과 함께 이야기를 털어놓았다.

"사진을 모으는 중에 혹시 서대문에 심덕이 사진이 있을까 해서 들렀어요. 그때 미국에 있는 성덕이 연락처를 알게 되어서 연락을 하게 되었구요. 성덕이가 여름에 잠시 동경엘 다녀가는데 그때 만날 수 있느냐고 하더군요. 제 언니 때문에 여러모로 시끄

러우니 조선엔 들를 생각이 없다고 동경에서 볼 수 있으면 보자
구요. 그래서 사실 겸사겸사 온 거예요."

"성덕 씨는 언제 옵니까?"

"나흘 뒤에 횡빈(橫濱: 요코하마의 한자식 지명)항을 통해 들어온
댔어요. 방학 때 일본에 들어가는 교수님을 따라 잠시 오는 거라
고 했어요."

상철이 마른침을 삼켰다. 일이 전혀 예상치 못한 방향으로 흘
러가고 있었다. 꼭 이 일의 끝을 보고 말리라, 상철이 굳게 결심
했다.

뿌우, 뱃고동 소리가 울리며 배가 멈춰 섰다. 사람들로 인산
인해를 이루는 항구의 모습은 몇 년 전과 다를 바가 없었다. 선
착장에 선 이들은 너나 할 것 없이 배를 향해 손을 흔들며 반가워
어쩔 줄 몰라 했다. 다들 오랫동안 기다려온 이를 만난다는 생각
에 흥분으로 상기된 얼굴을 하고 있었다. 하지만 그 수많은 사람
들 중에 성덕을 배웅 나온 사람은 없었다. 당연한 일이었고 기대
조차 하지 않았지만, 마음속 깊이 묘하게 서운한 마음이 드는 건
인간이기에 어쩔 수 없는 것이었다. 작게 한숨을 내쉬며 성덕이
옆에 놓인 커다란 가방을 들었다.

"윤성덕 씨입니까?"

무거운 가방 무게로 인해 떨어져 나갈 것만 같던 오른팔이 순

간 가벼워졌다. 성덕이 놀라 고개를 들었다. 눈썹이 짙고 어깨가 딱 벌어진 사내가 저를 내려다보고 있었다. 사내의 등 뒤로 비치는 햇살 때문에 그늘이 짙어 얼굴은 제대로 보이지 않았다. 다만 사내의 손에 들린 제 가방이 솜털처럼 작고 가벼워 보이는 것으로 보아 덩치가 좋다는 것만은 짐작할 수 있었다. 가방을 들고 있는 사내의 팔목에 푸른 힘줄이 도드라졌다. 순간 성덕의 양 볼이 붉게 달아올랐다.

"윤심덕 씨와 관련해 여쭤볼 게 있습니다."

두근거리기 위해 힘차게 피를 끌어모아 펌프질하려던 심장이 그 순간 모든 동작을 멈추었다. 머리끝에서부터 찬물을 뒤집어쓴 것처럼 온몸의 피가 차갑게 식었다. 성덕이 싸늘한 시선으로 제 앞에 선 사내를 노려보았다.

"동아일보 동경지국에서 근무하는 남상철입니다."

단 한 번도 오롯이 저를 찾아온 남자는 없었다. 성덕 주변에 존재하는 남자들은 모두 언니의 남자들이었다. 살아 있을 때도 징글징글했는데 죽어서까지 이럴 줄이야. 성덕이 작게 몸서리치며 고개를 돌렸다.

"언니가 죽었을 거라고 생각하십니까?"

상철의 목소리는 가늘게 떨리고 있었다. 이 질문을 받을까 봐 부러 조선으로 가지 않고 동경에만 머물기로 한 건데, 여기서조차 피할 수가 없다니 정말 죽어서도 징글징글한 여자가 아닐 수 없었다. 심덕이 조소를 띤 얼굴로 상철을 노려보았다.

"내 언니는 죽을 사람이 아닙니다."

꼿꼿이 선 성덕과 상철이 한 치의 물러섬 없이 마주 섰다. 그 순간 해가 움직이면서 상철의 얼굴이 드러났다. 짙은 눈썹에 큰 코, 굳게 다문 입매까지, 성의 없이 쓱쓱 선을 그려 대충 그린 그림처럼 투박한 얼굴이었다. 성덕을 향해 몸을 구부정하게 굽힌 까닭에 둔해 보이기도 했다. 이 사내를 보고 방금에 설렐 뻔했다니, 성덕이 속으로 스스로를 책망하며 혀를 찼다.

"죽을 리 없는 사람이에요. 언니는 나와 헤어지는 그 순간까지도 자신은 이태리로 갈 거라고 했어요. 한동안 연락이 안 될지도 모른다는 말도 했고요. 이태리 어느 구석에서 잘 살다 어느 날 갑자기 짠하고 돌아올 테죠. 그런 사람이에요."

멍청하게 서 있는 상철에게서 가방을 낚아챈 성덕이 몸을 돌렸다. 무거운 가방 때문에 잠시 균형을 잃고 비틀거렸으나 이내 꼿꼿한 자세로 몸을 곧추세우고 걸음을 옮겼다.

죽었다니, 말도 안 되는 일이다. 죽었을 리 없다. 성덕은 누구보다 심덕을 잘 알았다. 죽을 여자였다면 벌써 기백 번은 죽었어야 하는 인생이었다. 온 가족의 얼굴에 먹칠을 하고도 고개를 쳐든 채 눈 하나 깜짝하지 않았던 여자다. 그런 여자가 죽었다고? 심지어 사랑 때문에? 지나가던 개가 웃지. 거기다 상대가 유부남 김우진이라니, 헛소리도 이런 헛소리가 없다. 분명 어디선가 살아서 언제 나타나야 가장 극적인지 계산하고 있을 게 분명했다. 주인공이 되기 위해선 삶과 죽음조차 조작할 수 있는 여자, 성덕이 아는 제 언니 윤심덕은 그런 사람이었다.

"잠깐만요."

성덕의 손에 들린 가방이 다시 상철의 손으로 옮겨갔다. 성덕이 잔뜩 짜증 난 얼굴로 돌아보았다.

"잠깐만 시간을 내어주세요. 부탁입니다."

상철이 성덕의 앞에서 깍듯한 태도로 고개를 숙였다. 그렇게까지 제 앞에서 납작 굽히는 사내는 처음이어서, 성덕은 순간 마음이 약해졌다. 어쩔 수 없다는 얼굴로 성덕이 고개를 돌렸다. 재빨리 성덕의 곁에 선 상철이 그녀를 에스코트했다.

일찍이 개항되어 서양인들이 가장 많이 모여 사는 도시답게, 횡빈항 주변에는 고급스러운 서양식 카페가 많았다. 상철은 그중 새하얀 벽돌로 만들어진, 천장이 높고 고풍스러운 분위기를 물씬 풍기는 곳으로 성덕을 안내했다. 미리 와 항구 근처를 서성이다 눈으로 봐둔 장소였다.

"혹시 식사를 못 하셨으면, 요기가 될 만한 걸 시키세요."

"괜찮아요. 커피면 돼요."

잠시 후 흔히 보던 것보다 훨씬 맑은 갈색빛의 커피 두 잔이 각각 상철과 성덕 앞에 놓였다. 성덕이 커피를 두어 모금 마실 때까지, 상철은 가만히 기다렸다.

"무슨 일이시죠?"

침묵을 견디다 못한 성덕이 먼저 질문을 해왔을 때, 상철이 그 앞에 심덕과 마에다 테츠가 함께 찍힌 사진을 내밀었다. 상철의 손을 따라 사진을 흘깃 내려다보던 성덕의 눈썹이 움찔하며 위로 올라갔다 재빨리 제자리로 돌아오는 것을, 상철은 놓치지 않았다.

“이 남자, 혹시 아십니까?”

“그걸 왜 물으세요?”

“아십니까?”

“제 질문에 먼저 답하시지 않으면, 저 역시 대답하지 않겠어요.”

겉으로 보기엔 심덕보다 부드럽고 차분한 분위기를 풍겼으나, 말투나 눈빛은 훨씬 더 냉혹했다. 자신의 비위를 거스르는 건 조금도 용납하지 못할 여자였다. 상철이 원하는 답을 얻기 위해선 일단 물러날 수밖에 없었다.

“심덕 씨의 죽음에 이 남자가 관여한 건 아닐까 의심스러워서요.”

상철의 말이 떨어지기 무섭게, 심덕의 입가에 조소가 걸렸다가 이내 사라졌다.

“그러니까 당신 말은, 이 사람이 언니를 죽이기라도 했다 그건가요?”

노골적인 질문에 상철이 한 방 맞은 듯 멈칫했다. 그리 대놓고 물을 줄은 몰라서 잠시 대답할 말을 잊어버린 채 상철이 머뭇거렸다. 바로 나오지 않는 대답에 성덕이 인상을 찌푸렸다. 그 모습에 상철이 잠긴 목으로 떠듬떠듬 대답을 늘어놓았다.

“아직 그렇게 확신하고 있지는 않습니다만, 심덕 씨의 죽음에 그자가 깊이 관여했을 거라고 의심하고는 있습니다.”

“왜요?”

"그 '왜'에 대한 답을 성덕 씨가 줄 수 있지 않을까 해서 찾아온 것입니다. 두 사람 어떤 관계였나요? 어떤 관계였는지 알아야, 왜 제가 심덕 씨의 죽음에 이자가 관여되어 있다고 생각하는지 말씀드릴 수 있습니다."

성덕이 눈을 가늘게 뜬 채 상철을 쳐다보았다. 무슨 의도로 한 질문인지, 어떤 대답을 해야 좋을지 파악하기 위한 모양인 듯했다.

"기자님은 두 사람이 무슨 관계였다고 생각하세요? 이미 어느 정도는 생각하시는 게 있으실 거 아니에요?"

상대의 패를 보기 전엔 제 패를 내놓지 않겠다는 심보였다. 아직 어린, 그것도 예술을 한다는 이에게선 흔히 찾아볼 수 없는 권모술수를 능수능란하게 사용하는 것이 놀라웠다. 물론 심덕도 꽤 머리를 굴리는 편이긴 했지만, 성덕과는 느낌이 달랐다. 뭐랄까, 성덕은 나이답지 않게 노회한 느낌이었다.

"연인이었을 거라고 생각합니다."

성덕은 만만치 않은 상대였다. 그러니 괜히 머리를 굴렸다간 원하는 걸 하나도 얻지 못할 가능성이 높았다. 상철은 생각하길 멈추고 제 패를 내보였다. 그럼에도 성덕이 아무것도 내놓지 않는다면, 그땐 발밑에 매달릴 수밖에 없었다.

"연인인데, 언니의 죽음과 관계가 있다? 사랑하다 배신당해서 죽였다, 뭐 그런 이야길 하고 싶으신 건가요?"

성덕의 말에 상철이 찔끔했다. 그 모습을 보고 성덕이 그를 보며 코웃음을 쳤다. 생긴 것도 곰이더니, 생각하는 것도 이렇게 아둔할 수가 없었다.

"이 사람이 언니를 죽였다는 건 말도 안 돼요. 차라리 이 사람이 언니를 유일하게 소유하고 싶어서 데리고 도망쳤다면 또 모를까."

성덕의 말이 채 끝나기도 전에 상철이 고개를 번쩍 들었다. 벼락이라도 맞은 듯한 그 얼빠진 표정이 웃겼다.

"언니는 죽을 여자가 아니에요. 곱게 죽어줄 여자도 아니죠. 게다가 마에다 상이요? 이 사람은 언니한테 손 하나 까딱 못 할 사람이에요. 차라리 이 사람이 지독하게 사랑하는 언니를 제 품에서만 살게 하고 싶어 깜짝 쇼를 벌였다면 믿겠어요. 언니 성격에 그 쇼에 왜 동참했는지는 모르겠지만……."

이야기 끝에 성덕이 잠깐 생각에 잠겼다. 그러다 이내 가벼운 웃음을 터뜨렸다.

"여튼 우리 언니지만 난 언니 속은 모르겠네요. 그래도 난 이 사람은 알아요. 마에다 상은 언니를 사랑해요. 얼마나 사랑하는지 몰라요. 그러니 언니를 이 사람이 죽였을 리 없어요. 그나저나 언니가 한동안 연락이 안 될 거라더니, 거짓말은 아니었네요."

"두 사람이 연인이긴 했군요. 대체 그건 언제입니까? 얼마나 사귄 거죠?"

"글쎄요, 정확히 언제인지는, 얼마나 사귀었는지, 어느 정도 깊은 관계였는지는 몰라요. 내가 마에다 상과 언니의 관계를 알아챘을 땐 이미, 언니는 다른 남자와 목하 열애 중이었으니까. 그걸 보면서도 마에다 상은 손가락 하나 까딱 못했어요. 그냥, 보기만 했어요. 그 눈빛이 얼마나 애절했는지 몰라요. 그런데 죽여요? 하! 언니 머리털 하나 건드리지 못할 사람이에요, 이 남자는.”

“하지만 그게 오래전이라면 감정이 변할······.”

“사랑은 변하죠. 특히 언니의 사랑은 깃털보다 가벼워서, 늘 변했죠. 아니, 언니가 대체 누군가를 진지하게 사랑해 본 적이나 있나 모르겠네요. 그래요, 사랑은 변해요. 하지만 가끔, 정말 가끔 죽어도 안 변하는 사랑이 있긴 해요. 마에다 상의 사랑이 그랬어요.”

성덕의 단언에 상철은 일순 멍해져 말을 잇지 못했다. 사랑이 미움으로 변질되어 죽였을 수 있다고 생각했다. 그게 그나마 테츠와 심덕을 엮었을 때, 상철이 생각한 가장 가능성 있는 가설이었다. 아니면 우진과 테츠, 심덕을 연결시킬 어떤 것을 도무지 생각해 낼 수가 없었기 때문이다. 하지만 성덕은 테츠의 사랑은 변질될 수조차 없는 것이니 죽였을 리도 없다고 단언하고 있었다. 상철은 혼란스러웠다.

“어떻게 그렇게 확신하십니까?”

“언니 곁에 있다 보면 어쩔 수 없이 온갖 인간군상의 오만 감정들을 다 보게 돼요. 계속 보다 보면 보여요. 저건 몇 개월짜린지, 몇 번이나 같은 밤을 보낸 사인지. 하지만 마에다 상은 그런 걸 넘어서는 어떤 거였어요. 이 사람은 아니에요.”

성덕은 대단히 확신에 차 있었다. 그 앞에서 상철은 제 주장을 뒤로 물릴 수밖에 없었다. 혼란스러운 머릿속을 더듬어 상철은 성덕에게 묻고 싶었던 다른 종류의 질문을 겨우 찾아냈다.

"윤심덕 씨가 성덕 양을 배웅할 때 뭔가 특별한 건 없었습니까?"

"언니는 날 배웅 안 했어요. 난 장학 증서를 깜빡 잊고 집에 두고 와서 그걸 받아서 배를 타야 했거든요. 우린 동경에서 헤어졌어요."

이 역시도 생각지 못한 이야기였다.

"동경이요? 동경에서 헤어졌다구요?"

"네. 녹음이 끝난 뒤 우린 동경으로 갔어요. 거기서 잠시 놀다가 난 배를 타기 위해 이곳 횡빈으로 왔고 언니는 대판으로 돌아갔겠죠? 모르겠어요. 내가 먼저 떠났으니까."

"그게 며칠인지 기억하십니까?"

"그럼요. 팔월 첫째 날이었어요."

성덕이 말한 날짜는, 여관 주인이 갑자기 심덕이 사라졌다고 한 날짜보다 하루가 더 빨랐다. 그렇다면 심덕은 홀로 대판으로 돌아왔던가? 혼자 왔다가 갑자기 다음 날 자취를 감춘 걸까? 어차피 자취를 감출 예정이었다면 왜 굳이 대판으로 돌아왔던 걸까?

"동경에는 볼일이 있었던 겁니까?"

"아뇨. 언니가 가자고 했어요. 딱히 무슨 사무가 있었던 건 아니에요. 우린 그냥 긴자 거리를 구경하며 돌아다녔어요. 미쓰코시백화점에 가서 쇼핑을 했던 게 기억나네요."

그러니까 정리를 하자면 고작 쇼핑을 하러 동경까지 갔다가, 다시 대판으로 돌아와서 예정보다 빨리 사라졌다는 거다. 하지만 이건 말이 되지 않았다. 빈 곳이 너무 많았다. 왜 대판에서 동경까지 갔을까? 무슨 사무가 그리 바빠 성덕을 배웅조차 하지 않았을까? 어차피 심덕의 배편은 3일 11시였기에 횡빈으로 성덕을 따라가서 배웅하고 돌아와도 시간은 충분했다. 그런데 왜 배웅조차 하지 않고 미리 심덕은 성덕과 헤어졌던 걸까. 그리고 성덕조차 없던 그 며칠 사이, 심덕은 어디서 무얼 했을까.

혹시 홍해성의 집으로 찾아가 우진과 재회했던 걸까. 그게 현재로선 심덕이 동경에 온 이유 중 가장 설득력이 있었다. 하지만 이 역시도 이상한 건 마찬가지였다. 여관 주인의 증언에 따르면 심덕은 분명 1일 밤까지는 대판에 있었다. 그 말인즉, 심덕은 동경에서 대판으로 다시 돌아갔다는 거다. 연인과의 재회를 위해 동경까지 왔는데, 재회 뒤 다시 대판으로 돌아갔다? 말이 되지 않았다.

"말씀 다 끝나셨으면, 전 이만 일어날게요."

"잠깐만요."

자리에서 일어나는 성덕을 상철이 다급히 붙잡았다. 성덕이 한숨을 내쉬며 다시 자리에 앉았다.

"왜요?"

"대판에서 동경으로 어떻게 왔는지, 동경에서 몇 시쯤 헤어졌는지 기억하십니까?"

"우린 녹음이 끝나자마자 밤차를 타고 동경으로 갔어요. 그래서 동경에 도착했을 땐 이른 아침이었죠. 아침으로는 역에서 간단히 우동을 사 먹었고, 미쓰코시에서 점심을 먹은 뒤 조금 걷다 헤어졌어요. 아마 두세 시 정도였을 거예요."

"동경에서 횡빈으로 가기로 이미 결정한 뒤 대판에서 떠났으니, 성덕 씨의 짐은 다 챙겨 오셨겠군요."

"네. 그랬죠."

두세 시에 헤어지고 곧장 기차를 탔어야 늦은 밤 대판에 도착할 수 있었을 것이다. 시간과 동선을 따져보자면 심덕은 동경에서 또 다른 누군가를 만나고 노닥거릴 여유가 없었다. 그렇다면 동경에 온 것은 정말 단지 성덕이 횡빈으로 떠나기 전 여동생과 놀기 위함이었던 걸까.

제가 가진 혼란을 고스란히 드러내는 상철의 얼굴을 물끄러미 보던 성덕이 자리에서 일어났다.

"난 언니가 죽었으리라 생각하지 않지만, 죽었든 살았든 언니는 참 복 많은 여자예요. 언니와 같은 삶이라면, 지금 죽어도 억울하지는 않겠어요."

무슨 말이냐는 듯 상철이 성덕을 올려다보았다.

"마에다 상으로도 충분히 질투 났는데, 그런 사랑이 세상에 하나밖에 없을 줄 알았는데 지금 보니 또 있네요? 보통의 여자들은 그런 남자 하나만 갖는 게 일생의 소원인데 언니는 둘이나 가졌으니, 얼마나 복 많은 여자예요?"

성덕의 일갈에 상철의 얼굴이 순식간에 붉게 달아올랐다. 그런 상철을 향해 조소를 날린 성덕이 무거운 짐 가방을 들고 돌아섰다. 더 많은 것을 알고 있지만, 더 말해주진 않을 테다. 심덕을 짝사랑해서 어쩔 줄 모르는 남자를 위해 호의를 베풀어줄 생각은 조금도 없으니 말이다.

카페 밖으로 나오자 항구 특유의 덥고 습한 열기가 순간 성덕을 덮쳤다. 찝찌름한 바다 냄새가 코끝에 맴도는 게 영 불쾌했다. 내륙 지방인 평양에서 나고 자란 터라 아무리 해도 바다가 익숙지 않았다. 해산물조차 즐기지 않는 성덕이었기에 이 특유의 지린내는 정말 몸서리치게 싫었다. 거기다 이 냄새와 관련된 기억 중 좋은 건 하나도 없었다. 오늘 이 일까지 거기에 더해질 테니, 아마 성덕이 앞으로 바다를 좋아하게 될 일은 결코 없을 것이다.

유학생들이 꾸민 순회공연은 예상했던 것보다 훨씬 더 큰 성공을 거두었다. 아직 조선에는 낯선 형식의 공연이었음에도 불구하고 관객들은 열광적으로 반응했다. 가는 곳마다 사람들이 인산인해를 이루었다. 준비한 객석은 늘 모자라서, 대다수의 사람들은 까치발을 한 채 공연을 봐야 했다. 하지만 그럼에도 누구도 불평하지 않았다. 그들은 그렇게라도 볼 수 있는 것을 진심으로 기뻐했다.

열화와 같은 호응은 오롯이 무대로 전달되어, 단원들을 무척이나 행복하게 했다. 갈채에 보답하기 위해 그들은 최선을 다했다. 덕분에 날이 갈수록 더 좋은 무대를 보여줄 수 있었다. 어떻게 봐도 완벽히 성공을 거둔 공연이었다.

그리고 조금 과장하자면 조선 팔도를 들썩이게 할 정도로 히트한 이 공연의 주인공은 단연 윤심덕이었다. 사람들은 심덕이

나올 때 가장 크게 환호했다. 조명 아래 선 심덕이 우아하게 미소 지으며 좌중을 둘러보면, 그녀의 시선이 닿는 곳마다 찬사가 터 져 나왔다. 심덕의 무대 끝에는 언제나 앙코르 요청이 쇄도했다. 단 한 번의 예외도 없었다. 그래서 심덕은 늘 추가 공연을 준비해 야 했다. 다른 이들보다 두세 곡 더 불렀음에도 사람들은 그녀가 무대 아래로 내려갈 때 아쉬움의 탄식을 쏟아냈다.

순회극단으로 전국을 돌아다니는 내내, 테츠의 시선은 자신 의 의지와 상관없이 심덕을 따라 움직였다. 아무리 무심히 넘기 려 노력해도 소용없었다. 대체 이 감정을 뭐라고 설명하면 좋을 까. 몸서리치게 사랑스러우면서도 동시에 끔찍할 정도로 망가뜨 리고 싶었다. 내가 만들었다고, 내 여자라고 자랑하고 싶은 마음 과 그 누구에게도 보여주고 싶지 않은 욕망이 가슴 속에서 괴롭 게 뒤엉켰다. 그럴 때마다 테츠는 빈주먹을 쥐었다 폈다 하며 들 끓는 마음을 잡으려 애썼다.

조선 팔도 25개 도시를 돌아다닌 순회극단은 첫 공연을 했던 경성에서 마지막 공연을 함으로써 약 두어 달의 여정을 마무리하 였다. 빡빡한 일정 탓에 제대로 된 뒤풀이 한 번 하지 못했던 터 라, 마지막 공연을 끝낸 뒤엔 아주 작정한 술판이 벌어졌다.

주전자가 비워질수록 흥이 더해져 모여 앉은 이들의 얼굴이 점점 붉게 달아올랐다. 적당히 분위기만 맞춰주고 한 잔도 제대 로 비우지 않은 테츠가 맞은편에 앉은 심덕을 안경 너머로 훔쳐 보았다. 흥건히 취한 심덕이 붉게 달아오른 얼굴로 흐트러진 채 홍영후의 품에 안겨 있었다.

"아주 여기서 일 벌이겠다?"

"못 할 것도 없지."

"해봐. 좋은 구경 좀 하게."

"진짜 구경해 볼 테냐?"

영후가 심덕을 꼭 껴안으며 입을 맞추더니 한 손을 심덕의 블라우스 안으로 집어넣었다. 맞은편에서 놀리던 이들이 오히려 얼굴을 붉히며 고개를 돌렸다. 잠시 후 야유와 함께 주변의 이들이 안줏거리를 두 사람에게 던졌다. 그러거나 말거나 심덕과 영후는 깔깔거리며 웃었다.

테츠가 제 앞에 놓인 잔을 들어 술을 들이켰다. 첫 잔이었다. 그 후 연이어 서너 잔쯤 쉼 없이 들이켠 뒤 다시 고개를 돌렸을 때, 어느새 심덕과 영후는 그 자리에 없었다. 어디로 갔을까, 생각하기가 괴로운 테츠가 다시 술잔을 들었다가 힘없이 내려놓았다. 이보다 더 마시고 완전히 취하게 되면, 그땐 스스로도 자신이 무슨 짓을 할지 두려웠다. 이성을 잃어선 안 될 일이었다. 테츠가 자리에서 일어섰다.

술집에서 나와 어둑한 뒷골목으로 걸음을 옮겼다. 하지만 거기서 차마 골목 안으로 들어가지 못하고 테츠는 뒷걸음질 쳐야 했다. 골목엔, 심덕과 영후가 나란히 앉아 담배를 나눠 피우고 있었다. 거기서 무슨 꼴을 더 볼지 두려웠다. 몸을 돌린 테츠가 무작정 앞으로 걷기 시작했다. 정신없이 걷다 보니 어둑한 또 다른 골목이 테츠의 앞에 나타났다. 하지만 거기도 이미 테츠보다 앞서 온 이가 자리를 잡고 앉아 있었다. 윤성덕이었다.

오도카니 몸을 동그랗게 말고 앉아 있던 성덕은 인기척에 고개를 들었다가 테츠인 것을 확인한 뒤 옆으로 조금 몸을 비켜주었다.

"앉아요."

이전에 성덕과 단 한 번도 인사를 나누거나 말을 섞어본 적이 없었다. 심덕의 어린 동생이라는 것 외에 아는 건 하나도 없었으나, 이상하게 그 자리가 마냥 불편하지 않았다. 테츠는 무언가 홀린 것처럼 성덕의 곁에 앉았다.

성덕은 정식 순회극단 단원은 아니었으나 경성이나 경성 근처에서 공연을 할 때 심덕이 기성과 함께 불러 같이 무대를 꾸몄다. 가까이서 인사를 나누거나 하진 않았지만, 심덕의 동생이라 테츠는 먼발치서 성덕을 꽤 유심히 관찰하곤 했었다.

심덕과 달리 성덕은 아담한 키에 오목조목한 이목구비를 가진 참한 인상의 요조숙녀였다. 처음 만난 사내와도 스스럼없이 눈을 마주 보고 얘기하는 심덕과 달리 성덕은 목소리도 작았고, 낯가림도 심했으며 사람 앞에 나서는 것을 수줍어했다. 그리고 그런 동생을 심덕은 마음에 들어 하지 않았다. 피아노 전공인데 저래서 어떻게 무대에 설 수 있겠냐고 대놓고 타박하기 일쑤였다. 다소 뻔뻔하고 시건방진 느낌을 주는 남동생 기성을 심덕은 훨씬 더 예뻐했다.

그래서 사실 테츠는 성덕이 자리를 피하지 않고, 제게 곁을 내어주는 것이 신기했다. 게다가 분명 아까 눈을 마주쳤을 때, 성덕은 시선을 피하지 않았다. 사람들 앞에서 수줍어하며 뒤로 숨던 평소 모습과는 사뭇 다른 느낌이었다.

"언니를 보고 있기가 괴로워서 도망 나온 거예요?"

마치 모든 것을 다 알고 있다는 듯한 그 말투에 품에서 담배를 꺼내던 테츠가 멈칫했다. 성덕은 무심히 테츠를 한번 쳐다본 뒤 다시 고개를 돌렸다. 아무래도 담배를 피우긴 그른 것 같아, 테츠가 품에 담배를 집어넣은 뒤 차분하게 가라앉은 시선으로 성덕을 보았다.

"무슨 말이지?"

"언니와 사귀다 차였거나 혹은 지금 짝사랑 중인데 말하지 못하고 있거나."

툭툭 내뱉는 무뚝뚝한 어투는 나긋나긋하던 성덕의 평소 말투와 전혀 달라 낯설 정도였다. 하나도 안 닮은 자매인 줄 알았는데, 자매는 자매였던 모양이다. 테츠가 묘한 익숙함에 자신도 모르게 웃음을 터뜨렸다.

"왜 그렇게 생각하지?"

"내가 그 사람을 보는 것처럼 당신도 언니를 늘 보고 있었으니까요."

티가 났던가. 테츠는 어린 소녀의 눈이 매서움에 놀랐다.

"네가 잘못 본 거 아닐까."

슬그머니 발을 빼려는 테츠를 보며 성덕이 코웃음을 쳤다.

"난 천치가 아니에요. 오히려 당신을 보고도 모르는 사람들이 천치죠. 어떻게 모를 수가 있어요? 그렇게 티가 나는데."

그 순간, 테츠는 성덕이 가진 재능을 깨달았다. 심덕이 가진 쇼맨십이나 무대 장악력은 없을지 모르지만 성덕에게는 아주 섬세하고 예민한 감수성이 있었다. 그 덕분에 음악을 할 수 있었던 거다. 다만 스스로 그것을 내세우지 않기 때문에 그러한 특성이 돋보이지 않을 뿐, 그 역시 특별한 재능이었다.

기묘한 동질감이 느껴졌다. 어느새 긴장을 푼 테츠가 느긋하게 벽에 몸을 기댔다.

"홍영후를 좋아하나?"

"영후 오빠만 좋아했게요?"

가벼운 말투였으나 얼굴엔 그늘이 깊게 드리워져 있었다.

"내가 좋아하는 남자는 늘 언니를 좋아해요. 아니, 남자들은 나 같은 거엔 관심도 없어요. 늘 언니, 언니, 언니, 언니뿐이죠."

자매인 예술가, 그러나 전혀 다른 성격. 스트레스를 받는 게 당연했다. 게다가 심덕은 태생적으로 '스트레스'라는 것과는 거리가 먼 천상천하 유아독존인 성격이었으니, 약하고 예민한 성덕이 심덕의 몫까지도 겪고 있을 것이 분명했다. 테츠는 제 옆에 앉은 자그마한 소녀가 안쓰러웠다.

"담배, 있어요?"

성덕이 테츠 앞에 하얀 손을 내밀었다. 테츠가 아까 밀어 넣었던 담배를 꺼내 성덕에게 건넨 뒤 불을 붙여주었다. 그리고 저 역시도 담배를 물었다. 한동안 두 사람은 조용히 담배를 피웠다. 한 대를 다 피운 성덕이 바닥에 담배를 비벼 끄며 테츠를 보았다.

"언니와 언제 만났어요?"

"아오야마학원 때."

무슨 생각이었는지 모르겠다. 그래선 안 된다고 생각하면서도 어느새 테츠는 아오야마학원 시절 성덕과 저의 관계를 성덕에게 털어놓고 있었다. 그리고 그저 이야기하는 것만으로도, 어느새 테츠는 대단히 위로받고 있었다. '이건 비밀이야'라는 말 따윈 덧붙이지 않아도 좋았다. 테츠는 본능적으로 성덕이 그 누구에게도 자신과 심덕의 이야기를 하지 않을 거라고 느꼈다. 이 작은 소녀는 자신만이 아는 언니의 로맨스가 있다는 사실에 작은 쾌감을 느끼며 입을 다물 게 분명했다.

"어떻게 그럴 수가 있죠? 어떻게 이해하고 물러설 수가 있어요? 어떻게 그런 상태에서 사랑이 계속된다는 거죠?"

성덕이 혼란스러운 시선으로 테츠를 바라보았다. 테츠가 쓰게 웃었다.

"글쎄, 이건 이성적으로 설명할 수 있는 부분은 아니야. 나도 누군가에게서 이런 이야기를 들었다면, 너처럼 따졌겠지. 그건 사랑이 아니라고 했을지도 몰라. 하지만 분명한 건 사랑이야. 내겐 이보다 더 사랑일 수가 없는, 사랑이야."

"이해할 수 없어. 난 상대가 오직 나만이 아니면 절대로 용서할 수 없어요. 태어나면서부터 지금까지 늘 뒤로 밀린 채 살았는데 사랑에서조차 그럴 순 없어요."

"그래서 늘, 짝사랑으로만 그치는 건가?"

질문이 꽤 정곡을 찔렀던 건지, 성덕이 움찔하며 입을 삐죽거렸다. 한동안 삐진 것처럼 말이 없던 성덕이 한숨과 함께 울분을 토해냈다.

"내가 고백하려는 순간 이미 상대는 언니를 좋아하고 있으니까 포기할 수밖에요! 난 나만을 좋아할 사람을 원해요. 나만 봐줄 사람, 언니 따윈 관심도 없을 사람. 여태까지 그런 사람은 없었지만 언젠가는 나타나겠죠."

그제야 테츠는 이 소녀가 유독 심덕 앞에서 수줍고 말을 잘하지 못하는 것은, 제 언니와는 전혀 다른 느낌으로 사내들에게 승부하기 위한 자신만의 생존 전략이라는 것을 깨달았다.

"정말 당신이 하는 것도 사랑인가요? 그런 감정도 사랑이라고 할 수 있는 거예요? 다른 사내 품에 안기는 걸 보면서도 때를 기다리는 게 사랑이라구요?"

테츠를 보는 성덕의 시선이 일렁였다. 대단히 혼란스러워 어쩔 줄 몰라 하는 그 얼굴을 보며 테츠가 쓰게 웃었다.

"나중에, 네가 더 나이를 먹은 뒤에 다시 생각해 봐. 이해할 수 있을 거야."

그 작은 소녀는 다시 생각해 봤을까. 그때의 기억을 떠올리자, 테츠는 문득 성덕을 다시 한번 만나고 싶다는 생각이 들었다. 하지만 절대 만나서는 안 될 일이다. 아마 앞으로 평생, 이제는 완숙한 여인이 되었을 그 소녀의 생각이 어찌 변했는지 알 수 없을 것이다.

"들어오시랍니다."

　결코 익숙해질 수 없는 씨의 서늘한 목소리가 등 뒤에서 들려
왔다. 다시 성덕을 만나 이야기를 나누게 된다면, 성덕은 제가 한
이 모든 행위를 사랑이라고 인정해 줄까. 답을 구할 수 없는 질문
을 스스로에게 던지며, 테츠가 자리에서 천천히 일어섰다.

12장

대지진

"미국으로 간다고?"

"네."

"젊은이들이 새로운 문물을 배워오는 건 아주 좋은 일이야. 나도 젊은 시절 프랑스에서 10년간 지냈지. 그 덕에 예술이나 문화에 대해 많은 것을 알게 되었어. 그런 것들이 다 도움이 되어서 이런 일도 할 수 있었던 거 아니겠나. 자네가 무언갈 배워오면 나중에 일본 제국에 더 크게 기여하게 되겠지. 특히 자네처럼 총명한 인재는 나라를 위해서라도 더더욱 많은 경험을 하고 오는 게 좋아."

"감사합니다."

테츠가 고개를 숙여 인사했다. 히데유키가 환하게 웃으며 테츠의 어깨를 두드려 격려했다. 히데유키에 대해 여전히 몰랐다면 마에다는 쏟아지는 애정과 관심에 진심으로 감사하고 자랑스러워했을 것이다. 감히 히데유키에게 이 정도 찬사를 받는 건, 충분히 우쭐할 만한 일이었으니 말이다.

후지사와 히데유키는 일본의 그 명망 높은 셋케(摂家) 다섯 가
문 출신이었다. 테츠의 가문이 고작 히산기(非参議)나 하는 세이가
케(清華家)라면, 히데유키는 대대로 관백(関白)을 지내는 집안이었
다. 가문뿐 아니라 개인 이력 또한 훌륭하기 그지없었다. 그는 이
토 히로부미와 함께 한일신협약을 성공시킨 뒤 조선의 군대를 해
산시켰으며, 청일전쟁과 러일전쟁을 승리로 이끌었다. 그리하여
그 공로를 인정받아 이토가 사망한 뒤엔 총리의 자리에 오르기도
했다. 그 후 과한 전쟁으로 인한 민중의 반발로 실각하여 현재는
원로로 물러나 있었다. 때문에 권력을 잃었다고 보는 시각도 있
었으나, 그럼에도 여전히 히데유키는 살아 있는 실세였다.

권력자 히데유키의 업적에 대해서는 호불호가 갈리는 편이
었으나, 인간 히데유키에 대해서는 다들 입을 모아 위대한 인간
이라고 평가하길 주저하지 않았다. 그는 스스로도 오다 노부나가
를 가장 존경한다고 말해왔는데, 히데유키를 극찬하는 이들은 노
부나가의 과감성과 히데요시의 영리함, 이에야스의 깊은 심중을
모두 가진 이라고 평하길 주저하지 않았다. 그러니 이 정도 인물
에게 칭찬을 받는 것은 대단히 자랑스러운 일이 아닐 수 없었다.
아마 과시하길 좋아하는 테츠의 부친이 이 사실을 알았다면 너무
기뻐서 신문에 광고라도 낼 판이었다.

하지만 테츠는 조금도 기쁘지 않았다. 물론 겉으로는 자랑스
러워 어쩔 줄 몰라 하는 모습을 꾸며내고 있었으나 속내는 달랐
다. 테츠는 히데유키가 두려웠다. 하지만 절대로 들켜선 안 되기

에 다소 건방지게 턱을 치켜든 채 어깨를 펴고 당당한 시선으로 히데유키의 얼굴을 쳐다보는 중이었다. 그의 모습은 과한 칭찬에 기고만장해진 철없는 젊은이처럼 보이기에 적절했다.

"그런데 말이야."

말을 꺼내는 순간, 히데유키의 미간이 순간 찌푸려지면서 아래턱이 긴장하고 눈매가 매섭게 변하는 것을 테츠는 놓치지 않았다. 그것은 대단히 찰나의 순간이었다. 노련하고 노회한 정치가인 히데유키는 당연히 표정을 잘 숨길 뿐만 아니라 제가 원하는 대로 꾸며내는 데도 능했다. 하지만 그도 인간이었기에 찰나의 순간까지 조종하진 못했다. 그리고 테츠는 그 찰나의 순간을 볼 줄 아는, 보통의 사람이라면 흔히 가질 수 없는 재능이 대단히 발달된 인간이었다.

"윤심덕은 아직도 소식이 없는 거지?"

테츠는 자연스럽게 고개를 끄덕이며 코웃음을 쳤다. 그리고 부러 콧잔등을 찡그려 약간 혐오하는 듯한 표정을 만들어냈다. 마치 입에 올리기도 역겨운 대상을 말한다는 얼굴을 한 채 테츠가 대답했다.

"네. 숨어 있으란 약속을 잘 지키고 있는 것 같습니다. 뭐 똑똑한 계집이니까요."

"그래, 참 고마운 일이야. 앞으로도 그러겠지?"

히데유키의 오른쪽 눈썹이 위로 살짝 올라가더니 순간 콧잔등에 주름이 생겼다가 사라졌다. 테츠가 웃으며 고개를 끄덕였다.

"의당 그래야 하지 않겠습니까. 돈을 얼마나 줬는데, 배신하면 사람도 아니지요."

"그래, 그래야지."

만약에 처음부터 그가 어떤 인물인지 몰랐다면, 아니 자신이 그의 심중을 눈치채지 못했다면, 지금쯤 자신과 심덕은 어떻게 됐을까. 어쩌면 진작 토막 난 시체가 되어 현해탄에 물고기 밥으로 뿌려졌을지도 모른다. 그 생각을 떠올리는 것만으로도 등 뒤로 소름이 돋았다. 부르르 떨리는 몸을 감추기 위해 테츠가 히데유키를 보며 환하게 웃었다. 히데유키의 두 눈에서 순간 경멸의 감정이 떠올랐다가 사라졌다. 새삼 테츠는 철없는 제 부친이 고맙게 느껴졌다. 평소 테츠가 혐오해 마지않던 부친의 그 말도 안되는 사회생활이 아니었다면, 히데유키가 자신에게 이토록 마음을 놓을 일은 결코 없었을 테니 말이다.

모든 아이는 태어나면서부터 부모의 표정을 관찰하는 것으로 생을 시작한다. 자신의 안위를 온전히 부모에게 맡길 수밖에 없는 약자인 아기들은 부모의 표정을 통해서 자신이 얼마나 안전한지, 불안전한지를 매 순간 확인한다. 따라서 불행한 가정에서 태어난 아이는, 자라는 내내 자신의 생존에 대해서 걱정하며 부모의 눈치를 살피느라 전전긍긍하고 불안해한다. 그리고 불우한 가정에서 어떻게든 살아남기 위해서 아이는 필사적으로 부모의 얼굴을, 행동을, 분위기를 읽는다. 그리하여 제가 할 수 있는 최선을 다해 그들의 비위를 맞추기 위해 노력한다. 조금이라도 가정의 분위기가 좋아져야 자신이 좀 더 안전해진다고 믿기 때문이다. 그것이 얼마나 헛된 믿음인지, 얼마나 소용없는 행위인지도 모른 채 아이는 철이 날 때까지 그러한 의미 없는 행동을 끊임없이 되풀이한다. 그러다 어느 순간 제가 무슨 짓을 해도 변하는 게 없다는 걸 깨닫게 되면 아이는 세상에 대해, 사람에 대해 마음을 닫는다. 더 이상 상처받지 않기 위해서 말이다.

테츠는 불우한 집에서 태어난 아이였다. 정략으로 맺어진 부모님의 결혼 생활은 불행하기 짝이 없었다. 아버지는 허세가 심했고 보여지는 것을 중시해서 가정에 소홀했다. 어머니는 아버지의 그럴싸한 허세에 속아서 자신이 주변보다 처지는 결혼을 했단 생각에 그것을 큰 콤플렉스로 여겼다. 당연히 어머니는 아버지의 모든 것을 마음에 들어 하지 않았다. 자신이 불행해진 것이 모두 아버지 탓이라 여긴 어머니는 매 순간 그를 공격했다. 그리고 아버지는 그 공격을 너그러이 받을 만큼 품이 넓지 못했다.

테츠가 기억하는 순간부터 집안엔 조금의 온기도 없이 늘 냉했다. 그리고 부모님은 하루가 멀다 하고 큰 소리를 내며 싸웠다. 어머니는 예민했고, 아버지는 욱했으며 둘 다 조금도 상대를 이해하려는 마음가짐이 갖추어 있지 않았다. 집은 언제나 불행했다. 테츠가 아무리 애를 써도 그건 변하지 않았다.

안 그래도 부모의 눈치를 볼 수밖에 없는 환경인데 거기다 테츠는 타고나길 예민했다. 그래서 남보다 더 빨리, 더 과민하게 상대의 순간적인 감정을 알아차렸다. 처음엔 그리 알아차린 걸로 제가 어떻게든 상황을 반전시키려 애를 썼다. 어머니의 표정이 바뀌면 애교를 떨었고, 아버지가 인상을 쓰면 비위를 맞췄다.

그러나 점점 머리가 굵어지면서 테츠는 자신의 재능으로 부모의 이중성을 알아차리고 말았다. 부모님의 말과 행동이 다르다는 것을, 말과 표정이 반대라는 걸, 눈치채게 된 것이다. 집에선 싸우고 밖에 나가면 세상에서 가장 사이좋은 부부 행세를 한다. 안에선 경멸하면서 밖에 나가 다른 사람들 앞에선 존경의 시선을 보낸다. 부모의 이중생활을 이해할 수 없었다. 그들의 모습이 역겨웠다.

아이는 부모를 통해 세상을 배운다. 그런데 부모가 아이에게 보여주는 게 모두 기만이라면, 아이가 세상을 온전히 받아들일 수 있을 리가 없다. 테츠가 처음 알게 된 세상엔 신뢰나 애정 같은 건 존재하지 않았다. 거짓과 기만, 위선만이 가득했다.

그래서 테츠는 일찌감치 현실 사회와 실재하는 타인에 대한 기대나 신뢰를 포기했다. 대신 책에 빠져들었다. 테츠에게 세상의 모든 완벽한 것은 모두 책에만 존재했다. 사랑 역시 그러했다. 테츠는 책에 나오는 것 같은 완벽한 사랑을 꿈꿨다. 제 부모처럼 살기 싫었다. 제 사랑은 소설에 존재하는 것처럼 조금의 흠도 없이 완전무결해야 했다. 심덕에 대한 집착을 끊지 못하는 것 역시 그런 이유였다.

완벽한 사랑은, 일생에 단 하나여야 했다. 둘일 순 없었다. 그러니 테츠에게 사랑은 오로지 심덕뿐이어야 했다. 테츠는 심덕과의 이별이나 갈등 역시 소설에 등장하는 행복한 결말 직전의 클

라이맥스 정도로 생각했다. 결국 심덕과 자신은 완벽한 해피 엔딩을 이룰 것이고, 제 부모와는 다르게 그림처럼 행복한 가정생활을 할 수 있으리라 믿었다.

순회공연이 끝난 후 심덕은 1년 정도 일본에서 공부를 더 한 뒤 조선으로 돌아갈 예정이었다. 아무리 만나지 않는다 해도, 같은 일본 하늘 아래 있는 것과 조선과 일본으로 떨어져 있는 것은 전혀 다른 느낌이었다. 당연히 테츠는 심덕이 일본에 있기를 바랐다. 어떻게 하면 그녀를 이곳에 붙잡아 둘 수 있을까, 오랜 시간 머리를 싸매고 고민했다. 그리하여 테츠는 고바야시 이치조를 찾아갔다.

"자네 친구에게 스카웃 제의를 해달라 그건가?"

"네. 실력은 충분합니다. 아마 후회하지 않으실 겁니다."

"자네가 직접 물어본 뒤에 하겠다고 하면 나에게 추천을 하면 간단할 일을, 왜 이리 에두르는 겐가?"

"제가 도움을 줬다고 생각하면, 자존심 상해 할 겁니다. 본인의 실력과 예술에 대한 자부심이 높은 친구라서요. 그래서 이런 식으로 부탁드리는 겁니다."

"그녀 모르게 도움을 주고 싶다?"

"네. 그렇습니다."

이치조가 눈을 가늘게 뜨고 테츠를 보았다. 탐색하는 듯한 시선이 테츠의 구석구석을 훑고 지나갔다.

"애인 사인가?"

테츠가 고개를 저었다.

"친굽니다."

"확실한가?"

"네."

"그럼 내 손써보지. 둘이 미래를 약속한 사이였다면 거절했을 거야. 아무리 그래도 자넨 가조쿠(華族: 근현대 일본의 귀족 계급)야. 배경조차 미천한 조센징 계집과 혼인해선 안 되지 않겠나. 부모님이 실망하실 게야."

"네. 알고 있습니다. 그리고 이 일은……."

"비밀로 해야지. 당연하네. 일본의 귀족이 일개 조선인 여학생에게 마음 쓴다는 게 밖으로 새어 나가서야 체면이 말이 아니지 않나. 나는 오늘부로 자네와의 이 대화를 잊을 테니, 자네도 그리하도록."

"감사합니다."

"좋은 가문의 영애를 만나야지, 부모님이 자랑스러워할 만한 그런 가문의 여식 말이야. 내가 선이라도 서줘?"

테츠는 대답 대신 미소 지었다. 이름 앞에 붙는, 거추장스러운 모든 수식어를 극복했기에 심덕과 자신은 진정한 사랑일 수 있다는 말을 하고 싶었으나 억지로 참았다. 대신 감사의 표시로 깊이 고개를 숙였다. 제가 원하는 것을 얻기만 하면 그만이라고 테츠는 들끓는 속을 달랬다.

며칠 후 이치조에게서 온 소식은 테츠를 크게 실망시켰다. 심덕은 다카라즈카 극단으로 오라는 제안을 거절했다고 했다. 그녀는 조선으로 가 최초의 소프라노가 될 거란 꿈에 부풀어 있다고 이치조는 전해주었다.

그 이야기를 전해 듣고 테츠는 좌절했다. 심덕은 실패할 것이다. 일단 아직 조선은 클래식이 받아들여질 만큼 문화적으로, 경제적으로 발달하지 못했다. 그저 듣고 즐기면 되는 대중문화와 달리 클래식은 감상을 위해서 따로 공부가 필요한 장르였다. 현재 조선이 사정은 클래식을 따로 공부까지나 해가면서 수용할 만큼 여유롭지 못했다.

심덕은 아마도 순회극단의 성공에 대단히 고무된 모양이지만, 테츠가 보기에 그것은 특별한 이벤트에 대한 환호에 불과했다. 즉 대중들이 그녀에게 갈채를 보낸 것은 그녀의 실력에 대한 감탄이 아니라 '낯섦'에 대한 호기심이었던 거다. 귀국만 하면 넌 조선의 별이 될 거라고 순회극단 멤버들은 심덕에게 미리 축하 인사를 건넸지만 테츠는 심덕이 조선에서 순수예술로 성공하기는 절대 불가능한 일이라고 확신했다. 그리고 그러한 테츠의 생각은 조선 팔도를 돌아다니는 내내 점점 더 굳어졌다.

예술가, 그것도 순수예술 분야에 종사하는 예술가의 성공은 대중들이 그 문화를 자신들의 것으로 체화해서 지속적으로 응원해 줄 수 있을 때 비로소 가능한 일이었다. 한데 조선의 대중은 심덕을 신기하게 쳐다볼 뿐, 그 예술을 아직 수용할 준비가 되어 있지 않았다. 낯선 것에 대한 경탄은 후원으로까지 이어지기 어렵고, 후원받지 못하는 예술가는 긴 생명력을 가질 수 없으니 심덕의 성공은 불가능하다고 볼 수밖에 없었다.

심덕처럼 똑똑한 여자가 잠깐의 흥분에 도취되어 얄팍한 호응이 어디서 온 것인지 분간해 내지 못하고 조선의 소프라노가 되겠다고 결심하다니, 안타까운 결정이 아닐 수 없었다.

게다가 이건 테츠에게도 악재였다. 테츠가 심덕을 되찾기 위해서는 차라리 그녀가 대단히 성공하는 게 나았다. 심덕은 성공에 목마른 여자였고, 모두의 주목을 받는 걸 누구보다 좋아하는 여자였다. 그래서 아무것도 갖추고 있지 않은 자신이 일본 귀족인 테츠의 옆에 머물게 될 경우 어쩔 수 없이 겪어야 할 난관과 들어야 할 뒷말들이 싫어서 지레 떠난 여자였다. 그러니 차라리 성공한다면, 그 여자는 테츠에게로 화려한 귀환을 꿈꿀 수도 있었다. 조선 최초의 소프라노가 일본 귀족의 마음을 사로잡다, 와 같은 타이틀은 심덕이 충분히 탐낼 만한 거였으니 말이다. 하지만 실패한다면, 그녀는 테츠로부터 더 격렬하게 도망칠 것이다. 절대로 제게 다시 올 리 없었다. 바닥으로 떨어지면 떨어질수록 심덕은 다른 모든 사내와는 뒹굴어도 테츠에게는 죽어도 오진 않을 게 분명했다. 그 자존심을 테츠는 누구보다 잘 알았다.

그녀는 실패할 게 불 보듯 뻔해 보이는 일에 부나방처럼 날아가고 있었다. 분명히 그녀는 완벽하게 실패할 것이다. 그렇다면 끝내 실패해서 바닥을 나뒹굴게 될 그 여자를, 어떻게 다시 제 곁으로 끌어올 것인가. 테츠에게 더할 나위 없이 어려운 고민거리가 생긴 순간이었다.

얼마 후, 심덕은 예정대로 조선으로 떠났고 테츠는 졸업반이 되었다. 부모님은 테츠가 국가에서 헌신하길 바랐다. 물론 심덕이 좀 가능성 있는 일에 자신을 던졌다면, 자신 역시 좀 더 그럴싸하게 보이는 일을 직업으로 삼으려 애를 썼을 것이다. 심덕의 허영심을 충족시켜 줄 만한 적당한 직업을 찾기 위해 고민했을지도 모르겠다. 하지만 심덕이 조선 최초의 소프라노라는 허무맹랑한 꿈을 꾸는 이상, 자신이 더 화려해져서는 안 될 일이었다. 테츠는 관직에 나가는 것을 포기했다. 그리고 문화 산업 분야에서 제가 종사할 만한 일을 구하기로 결심했다. 그리하여 대중문화 산업 중 제가 할 수 있을 적당한 직업들을 탐색하기 시작했다.

1923년 9월 1일, 그날도 평소와 다를 바 없는 그런 날이었다. 테츠는 늘 그러했듯이 이른 아침 일찍 집을 나서 도서관으로 향했다. 아무래도 심덕과 연이 닿으려면 대중문화 중에서도 특히 음악과 관련 있는 직장을 구하는 게 제일 좋을 것 같다는 결론을 대충 내린 상태였다. 오늘은 개중 제가 할 수 있을 만한 일을 찾을 작정이었다. 자신은 작사나 작곡을 할 수도 없었고, 가수를 할 것도 아니었다. 그것들을 다 제외한 뒤 음악과 관련된 일들 중 제가 할 만한 일이 뭐가 있을까, 테츠는 고민에 빠져 있었다.

매일의 일상은 이렇듯 평소와 다를 바 없었지만 돌이켜 생각해 보면 그날 아침은 무언가 느낌이 평소와 달랐다. 무어라 딱 꼬집을 수 없지만, 그날따라 주변에 떠도는 공기조차 불쾌했다. 물론 이 모든 건 결과론적인 이야기일 수 있다. 연결되는 사건들이 좋지 못하니, 처음 시작부터 불쾌했다고 기억을 하는 걸지도 모르겠다. 어느 쪽인지 정확히 구분할 수 없다. 실제 정말 처음부터 나빴던 건지, 후에 기억을 뒤튼 건지는. 어쨌거나 기억되는 것은 그날 아침부터 테츠는 불쾌했다는 것이다.

이른 새벽에 한바탕 비가 내렸음에도 불구하고 그날은 아침부터 마치 한여름처럼 더위가 기승을 부렸다. 그래서 10시경 도서관에 도착했을 때, 이미 테츠의 흰 셔츠는 땀에 흠뻑 젖어 있었다. 9월이 되었음에도 이리 덥다는 것이 기막혔다. 테츠는 셔츠를 펄럭이며 도서관 안으로 들어갔다.

그리고 두어 시간 정도 책을 본 뒤 테츠가 12시 5분 전에 점심을 먹으러 가기 위해 자리에서 일어났다. 날이 더우니 멀리 나가지 않고 학교 내 식당을 이용할 생각이었다. 어깨에 걸친 가방을 치켜올리며 테츠가 도서관을 나섰다. 테츠가 막 도서관 계단에서 내려와 땅을 밟은 바로 그 순간, 세상이 흔들렸다.

그것은 테츠가 살면서 느껴본 것 중 가장 강도가 센 지진이었다. 하늘이 무너지고 땅이 꺼진다는 건 이럴 때 쓰는 말이구나, 그런 생각이 들 정도였다. 그 정도로 주변이 온통 흔들리고 모든 것이 무너져 내리고 있었다.

본래 지진이 잦은 나라이기에 지진 대처법은 어려서부터 배워서 제법 잘 아는 편이었다. 하나 이리 거센 지진엔 대처법 자체가 소용이 없었다. 테츠는 가방으로 머리를 감싼 채 땅에 납작 엎드려 부들부들 떨었다.

한참의 시간이 지난 뒤에야 땅이 움직임을 멈췄다. 하지만 지진이 멈춘 뒤에도 한동안 테츠는 바닥에서 몸을 떼지 못했다. 심

144

장이 두근거렸다. 눈만 들어 주변을 살피자 저처럼 덜덜 떨던 이들이 서서히 몸을 일으키는 것이 보였다. 그제야 테츠도 천천히 몸을 일으키며 시계를 확인했다. 고작 10분이 지나 있었다. 마치 100년과도 같았던 10분이었다. 식은땀을 닦으며 테츠가 주위를 둘러보았다. 나무가 쓰러지고 건물이 무너져 있었다. 뒤늦게 사람들이 고함을 질러댔다. 아비규환이었다. 이 정도라면 제집도 안전할 리 없었다. 요 며칠 머리가 아프다며 침대에서 꼼짝 않고 누워만 있는 모친이 떠올랐다. 테츠가 집을 향해 뛰기 시작했다.

집으로 가는 길에 테츠가 본 풍경은 매우 충격적이었다. 지진으로 인해 많은 건물이 무너진 것은 충분히 예측 가능한 일이었으나 문제는 그 후 일어난 화재였다. 지진으로 인한 피해보다 그 뒤에 일어난 화재로 인한 피해가 더 크지 않을까 걱정될 정도였다. 특히 도시 빈민들이 모여 사는 곳은 모든 집들이 목조건물인데다 다닥다닥 붙어 있어 불길이 한 번 번지는 순간 그 일대는 모두 화염에 휩싸이기 일쑤였다. 때문에 도쿄 곳곳에서 대형 화재가 발생했다. 테츠는 집으로 가는 동안 몇 번이나 연기 때문에 매운 기침을 해야 했다.

"어머니! 괜찮으십니까!"

테츠의 집 역시 피해를 입어 마당의 나무들이 모두 뿌리 뽑힌 채 쓰러져 있었고 입구 쪽의 축대가 무너져 있었으며 대문이 형체를 알 수 없을 정도로 망가져 있었다. 그래도 지진에 화재 피해까지 입은 집들에 비하자면 미미하다고 할 수준이었다. 적어도 집이 무너지진 않았으니 말이다.

“오, 테츠야! 나는 네가 다쳤을까 봐 걱정했단다.”

숄을 걸친 채 소파에 앉아 떨고 있던 모친이 테츠를 보자 반색했다. 집 안은 온통 엉망진창이었다. 벽에 걸려 있던 것들이나 탁자 위에 놓여 있던 것들이 모두 떨어져 바닥은 발 딛기가 겁날 정도였다. 테츠가 조심히 걸어 모친의 곁에 앉았다.

“어머니가 다치셨을까 봐 걱정했어요.”

“나는 땅이 흔들리자마자 침대 아래로 들어가 납작 엎드리고 있었단다. 그래서 살았어. 내가 네 기둥이 다 쇠로 된 침대를 샀을 때 너희 아버지가 사치라고 얼마나 난리를 쳤니? 그런데 봐라. 오늘 같은 때 침대가 나무 기둥으로 만든 거였으면 나는 죽었을 거다. 너희 아버지 말을 들었으면 나는 죽었을 거야.”

“아버지는요?”

“궁에 가셨다. 세상에 뭐라는지 아니? 이런 날 가서 얼굴을 비치고 나라 걱정을 해야 눈에 띈다고 하시더라. 그게 지금 할 말이니? 아픈 부인이 충격을 받아 벌벌 떠는데 그깟 감투가 뭐라고. 아무리 그래봤자 비참의나 하는 자작이면서.”

모친이 늘어놓는 넋두리를 듣기 괴로운 테츠가 말없이 자리에서 일어났다. 부친을 좋아하지 않았다. 하지만 그렇다고 해서 모친이 하는 부친에 대한 험담을 무심히 넘길 수 있는 건 아니었다. 어느 쪽이나 괴로운 건 마찬가지였다. 자식으로서 서로를 조금도 존경하지도, 사랑하지도 않는 부모님을 보는 기분이 얼마나 비참한지 두 사람은 이 나이가 되도록 까맣게 모르고 있었다. 테츠가 조용히 한숨을 내쉬었다.

"일단 어머니는 들어가 쉬세요. 여길 좀 정리할게요."

"얘, 나는 아직도 땅이 흔들리는 거 같아 겁이 나. 내 옆에 있어다오, 응?"

"하지만 집을 이렇게 둘 순 없잖아요. 일손이 부족해요. 쉬세요."

"그럼 여기 있겠다. 안에 혼자 들어가기 싫어."

"그러세요. 여기 다리를 올리고 가만히 계세요."

칭얼거리는 모친을 달래며 테츠가 시종들을 불러 바닥을 정리하기 시작했다. 마치 쓰레기장처럼 온갖 물건이 다 너부러져 있던 바닥이 어느 정도 치워졌을 때, 부친이 집으로 돌아왔다. 상당히 흥분한 듯 상기한 얼굴이었다.

"군 당국에선 일단 비상계엄령을 선포했어. 거리가 흉흉해. 당분간 집에서 꼼짝 마."

"저렇게 몰라. 내가 바깥출입을 언제 하고 안 했는지도 몰라. 그러니 나가지 말란 말을 하지. 내가 언제 나다녔다고 그런 걸 경고랍시고 하는 거예요?"

"자네한테 하는 말인가? 테츠에게 하는 말이지. 알아들었지? 당분간 집에서 자중하도록 해라."

"계엄령을 선포할 정도인가요?"

"그럼! 지금 온 도쿄가 불바다야. 집을 잃은 사람이 한둘인 줄 아니. 이런 때는 꼭 사고 치는 족속들이 생긴다고. 군은 빠릿한데 말이야, 내각 의견이 모아지지 않아. 이런 젠장. 통신이 다 끊긴 데다 무너진 집이 한둘이 아니니, 연락을 안 되는 곳이 수두룩한데 추밀원(枢密院: 일본 천황의 자문기관)에 허가를 받아야만 계엄

령을 내릴 수 있다니 이 무슨 헛소리냔 말이지. 쓸데없이 따져야
할 게 너무 많아.”

부친의 말이 길게 이어질 태세였다. 테츠가 2층 제 방으로 올
라가기 위해 몸을 돌렸다. 그때였다.

“어?”

무언가 허전했다. 그제야 깨달았다. 가방을 학교에 집어 던져
둔 채 왔다. 낭패였다. 마침 오늘 음반 제작과 관련된 자료를 조
사한 참이었다. 꼴이 이 지경이니 한동안은 도서관엘 못 갈 텐데,
그 자료까지 없다면 며칠을 공칠 판이었다.

“너 어디 가는 거니?”

“잠깐만요. 뭘 좀 두고 왔어요.”

“거리가 흉흉하니 나가지 말란 내 말을 어떻게 들은 거야!”

“고함지르지 마요! 머리 아파!”

“가장이 말을 하는데 말야, 집구석에 듣는 사람이 없어!”

“가장이 집구석에서 가장 노릇을 제대로 해야지, 가장이지.”

“뭐야? 이게!”

“또 때리려구? 아픈 부인을? 정말 양심도 없어!”

어느새 싸움으로 번져버린 부모님의 고함 소리를 뒤로한 채
테츠가 집을 나섰다. 어서, 학교로 가야 했다.

하지만 테츠의 발걸음은 급한 마음을 따라가지 못했다. 올 때
는 정신없어서 미처 다 보지 못했던 길 위의 처참한 풍경들이 테
츠의 걸음을 붙잡았다. 집을 잃고 가족을 잃은 이들의 울음이 온
거리에 넘쳐났다. 다치고 상처 입은 이들이 거리에 나앉아 짐승

처럼 울부짖고 있었다. 그러나 무엇보다 테츠를 자꾸만 멈추게 한 것은, 그 슬픔의 얼굴 뒤에 있는 날 선 분노였다.

그들은 분개하고 있었다. 누구를 향하는지 모를 적개심이 고통으로 고함지르고 괴로움으로 울부짖은 이들 사이를 유영하는 것을 테츠는 똑똑히 보았다. 큰일이 일어나겠구나, 테츠가 목을 움츠렸다. 그제야 왜 그리 군대가 발 빠르게 비상계엄령을 선포했는지 알 것 같았다. 사람들은 이 슬픔을 산화시킬 재물을 필요로 하고 있었다.

그도 그럴 만한 것이 하필 이 시기에 일어난 대지진은 울고 싶은 사람 뺨 때리는 격이라고밖에 할 수 없었다. 쌀 폭동이 일어난 지 불과 5년이 채 지나지 않았고, 그로 인한 사회주의운동과 노동운동 때문에 안 그래도 여기저기서 소란이 끊이지 않고 있었다. 연이은 전쟁에 쌀 폭동까지 이어진 데다 혼란을 채 수습하기도 전에 가토 내각의 수상이 사고로 세상을 떠나면서 지금은 임시 내각이 들어서 있었다. 거기에 병환으로 인해 요양 중인 다이쇼를 대신해 세자 히로히토가 섭정을 하는지라 정국은 이루 말할 수 없이 어수선했다. 하필 이런 참에 대지진으로 인한 사회 혼란이라니, 일반 국민들도 정부도 딱 울고 싶은 심정일 거다. 과연 이 상황을 제대로 수습할 수나 있을까, 만약 수습하지 못한다면 이 나라는 어떻게 될까, 걱정이 되지 않을 수 없었다.

"수돗물 이외의 생수는 마시지 마시오! 수돗물 이외의 생수는 마시면 안 됩니다!"

확성기를 가진 관리가 사람들 틈을 돌아다니며 목청 높여 고함을 질렀다. 우물 및 배수 시설이 지진과 화재로 인해 완전히 망가졌을 테니, 물을 잘못 마시면 배탈이 날 게 분명했다. 거리로 나앉은 사람들이 오염된 물을 먹고 앓기 시작한다면 그때는 정말 수습할 수 없을 거다. 관리의 저 고함 소리를 못 듣는 이가 없길 바라며 테츠가 조심히 걸음을 옮겼다.

“왜 우물물은 마시지 말라는 거야?”

“독을 탔다지 않아.”

“독을? 누가?”

“누구긴 누구야! 조센징이지!”

누가 뒷머리를 끌고 잡아채는 것처럼, 테츠가 휙 고개를 돌렸다. 이번 일로 집을 잃은 듯 보이는 이들이 초췌하고 남루한 몰골로 땅에 주저앉은 채 삼삼오오 모여 이야기를 나누고 있었다.

“조센징이 왜 우리 우물에 독을 타?”

“왜긴! 우리 죽으라고 탄 거지!”

“아니 그니까 왜 우릴 죽으라고 하냐고!”

“이 멍청한 사람하고는! 우리가 지네 나라를 침입했다고 미워한다잖아. 그래서 우리 죽으라고 독을 탄 거지! 그 미친놈들이 우리 이토 님도 죽였잖아!”

그들의 대화를 듣는 동안 테츠의 얼굴이 서서히 새하얗게 질렸다. 대체 왜 이런 유언비어가 돈단 말인가. 출처가 어디란 말인가. 경악을 금치 못하는 얼굴로 테츠가 한참 동안 그들을 쳐다보았다. 그 시선을 느꼈는지 앉아 있던 이들 중 한 명이 고개를 돌렸다. 둘의 눈이 마주쳤다. 그는 테츠가 입고 있는 옷이나 하고

있는 행색으로 짐작건대 자기네와 신분이 다르다는 것을 알아차
렸다. 그것을 깨닫자마자 어깨를 둥글게 만 채 대단히 비굴한 미
소를 얼굴에 띠며 눈을 아래로 내리깔았다.

"왜 그러십니까? 나으리?"

"그 조선인이 독을 탔다는 건 누가 한 말인가?"

"아, 관청에서 나온 나으리께서 말씀하셨지 말입니다. 아주
나쁜 놈들 아닙니까? 몹쓸 놈들입니다."

그들은 테츠가 자신들의 처지를 위로하거나 동정해 준다 생
각한 모양인지 한층 더 목소리를 높여 흥분했다. 그들을 향해 예
의상 고개를 두어 번 끄덕여 준 테츠가 말없이 돌아섰다. 머릿속
이 복잡했다.

내각에서 협의하지 않았지만 군부는 계엄령을 선포하고 헌병
대를 끌고 도쿄로 들어왔다. 그리고 곧 조선인들이 우물에 독을
탔다는 소문을 퍼뜨렸다. 무엇을 바라고 이런 짓을 한 건지 안 봐
도 뻔했다. 외부의 적은 내부의 결속을 강화시킨다. 아마도 군경
으로 향할 민심의 분노를 피하기 위한 방법으로 생각해 낸 아이
디어일 것이다. 하지만 이건 너무나 어리숙하다. 아무리 생각해
도 당장 급한 불을 끄기 위한 미봉책에 불과했다. 설마 이런 거짓
말에 모두가 속아 넘어갈 것이라 믿는단 말인가.

연이은 전쟁으로 민생을 도탄에 빠뜨릴 때도 그랬지만, 지금
하는 꼴을 봐도 현재 일본 권력의 주류라고 할 만한 이들은 지나
치게 멍청했다. 이런 식으로 가다간 다 같이 자멸하고 말 것이다.
테츠가 한심해하며 걸음을 빨리했다.

다행히 가방은 테츠가 집어 던지고 간 도서관 앞에 그대로 있었다. 교내에서도 학생들은 삼삼오오 모여 걱정스러운 이야기들을 나누는 중이었다. 아는 이들에게 적당히 눈인사를 한 뒤 테츠가 가방을 들고 교문을 나섰다. 그러다 문득 왜인지 모를 불길한 예감이 머리를 스쳐 지나갔다. 설마 그럴 리 없다 싶으면서도 발걸음이 쉬이 떨어지지 않았다. 테츠가 가방끈을 움켜쥔 채 돌아섰다.

"안녕."

테츠가 향한 곳은 조선에서 온 유학생들이 모여 있는 벤치였다. 대부분은 낯선 이들이었다. 얼굴을 아는 이들도 순회극단 시절 알게 된 친구를 통해 소개받아, 친구의 친구로서 안면이 있는 정도였다.

"어, 오랜만이다."

개중 그나마 몇 번 이야기를 나눠본 적이 있는 박세화가 아는 척을 하며 반가워했다.

"피해 입은 건 없어?"

"어, 난 괜찮은데 다른 친구들은 좀 문제가 있나 봐. 어떻게 해야 하나 우리끼리 고민 중이야."

"저기 혹시, 혹시 말야."

"어."

"혹시 위급한 일이 생겨서 도움이 필요하면 날 찾아와."

테츠가 급히 종이를 꺼내 제 주소를 적은 뒤 세화에게 건넸다. 세화가 의아한 표정으로 테츠를 보았다.

“만약, 혹시 말야. 필요할 수도 있으니까.”

세화가 아무것도 묻지 않길 바랐다. 만약 세화가 캐묻는다면, 무어라 딱 꼬집어 설명할 수는 없기 때문이다. 다만 예감이 좋지 못했다. 단지 예감에 그치길 바라고 있었지만, 아주 좋지 못했다. 그래서 발걸음이 쉬이 떨어지지 않았다. 아직은 그게 다였다. 그리고 앞으로도 그게 다이길 바라고 있었다. 하지만 세상일은 어찌 될지 모르니 미리 신경을 써두는 것도 나쁘지 않겠다, 싶었다. 하지만 이걸 모두 세화에게 구구절절 늘어놓을 순 없는 일이었다.

“그래. 고맙다.”

다행히 세화는 아무것도 묻지 않고 테츠의 호의를 기꺼이 받았다. 그제야 테츠가 작게 숨을 내쉬며 안도했다.

“통신이 다 끊겨서 직접 찾아갈 수밖에 없겠네. 언제든 가면 집에 있는 거냐?”

“응. 있을 거야. 누가 나오면 내 친구라고 하면 돼.”

“그래.”

세화와 인사를 나눈 뒤 비로소 테츠가 한결 가벼워진 얼굴로 교문을 나섰다.

세화에게 연락처를 건네긴 했으나, 테츠가 가장 원한 것은 그것이 사용되지 않는 거였다. 하지만 테츠의 소원은 하루를 채 가지 못했다. 이른 새벽 하얗게 질린 얼굴의 세화가 테츠를 찾아왔다. 아직 날도 밝기 전이었다.

“도와줘.”

그는 테츠에게 어찌 된 일이냐고 묻거나, 너는 어찌 알았느냐고 따지지 않았다. 단지 핏기 없는 얼굴로 테츠에게 매달렸다. 그 절박함에 테츠는 본능적으로 심상찮은 일이 벌어지고 있음을 깨달았다. 테츠가 제 방으로 세화를 들였다.

"무슨 일이야?"

"어젯밤부터 조선인들을 색출하고 있어. 조선인이라고 하면 일단 잡아 가두는 중이야. 거부하면 때리거나 운 나쁜 경우 즉시 사살되는 경우도 있어. 일이 점점 커지고 있어. 곧 더 크게 난리가 날 거 같아."

"애들은?"

"몇몇은 이미 체포되었고, 운 좋게 도망친 몇몇은 일단 학교에 숨어 있어. 그나마도 도망친 애들은 운이 좋은 거야. 하숙집 주인들이 숨겨준 거거든. 하지만 갈 데가 없어. 학교도 안전하단 생각이 안 들어. 그러다 네 생각이 나서 급히 달려온 거야. 오는 동안에도 눈에 띌까 봐 작은 샛길로만 오느라 힘들었어. 어쩌지? 어쩌면 좋지?"

세화의 설명을 들은 테츠가 자리에서 벌떡 일어나 옷장을 연 뒤 값비싼 재킷들을 꺼내 모두 가방 안에 넣었다. 그리고 개중 하나를 세화에게 던져주었다.

"입고 있던 걸 벗어. 그리고 이걸 걸쳐."

"이건 왜?"

"시키는 대로 해."

그리고 아래층으로 조용히 내려가 세탁실로 숨어들었다. 그 속에서 모친과 부친의 겉옷을 찾아내어 가지고 올라왔다. 그것들까지 모두 가방에 챙겨 넣은 뒤 테츠가 자리에서 일어섰다.

"가자."

"어."

테츠가 시키는 대로 재킷을 걸치긴 했으나 세화는 하얗게 질린 채 가늘게 떨고 있었다. 테츠가 그의 양어깨를 붙든 뒤 호통을 쳤다.

"정신 차려! 조선인이랑 일본인은 생긴 게 별반 차이나지 않아. 얼핏 봐서는 구분하지 못할 거라고. 그럼 뭘로 알아차리는지 알아? 표정, 분위기, 인상이야. 네가 그렇게 질려 있는 것만으로도 넌 온몸으로 네가 지금 죽어나가고 있는 조선인이라고 고함지르는 거나 다를 바 없어. 턱을 치켜들어. 어깨를 펴. 눈을 내리깔아. 시건방지게 그들을 노려보는 거야. 그래야 너도 살고, 다른 네 친구들도 살릴 수 있어."

테츠의 말에 마른침을 삼킨 세화가 시키는 대로 턱을 치켜들었다. 여전히 두 눈엔 공포가 서려 있었지만, 다른 사람들 눈에 띌 정도는 아니었다.

"훨씬 나아."

옷을 넣어 두둑해진 짐 가방을 챙겨 든 테츠가 세화를 독촉하며 집을 나섰다.

어제까지만 해도 화염으로 연기가 자욱하고 열기로 후덥지근했던 거리는 밤새 불길이 잡힌 모양인지 공기가 찼다. 집을 잃은 이들이 거리에 모두 나앉아 있었다. 하나같이 표정이 다들 흉흉했다. 어제 테츠가 학교를 오가며 만났던 이들과는 비교도 되지 않을 정도로 무서운 얼굴을 하고 있었다. 심상치 않은 기운이 거리 곳곳에 맴돌았다.

"조센징이다! 조센징이다!"

그때 거리 저편에서 밧줄에 줄줄이 엮인 사람들이 걸어왔다. 밧줄의 끝은 헌병대가 잡고 있었다. 그들이 나타나자, 주위의 공기가 한층 더 험악해졌다. 기운 없이 늘어졌던 이들의 눈에 위험한 안광이 돌았다. 순식간에 밧줄에 엮인 이들 주변으로 몰려든 이들이 그들을 향해 돌을 던지기 시작했다.

"죽어라! 조센징 죽어라!"

"죽어라! 죽어라!"

개중 누군가가 제법 큰 돌을 던졌다. 퍽, 하는 소리와 함께 밧줄에 묶여 있던 한 사람이 머리에 피를 흘리며 바닥에 쓰러졌다. 그러자 같이 묶여 있던 이들 역시 연이어 바닥으로 넘어졌다. 사람들이 우 달려들어 그들을 마구잡이로 패기 시작했다. 헌병대는 그 꼴을 보며 낄낄거렸다.

"표정을 풀어. 헌병대가 이상하게 볼 수 있어. 어서 가자."

테츠가 세화의 옆구리를 지그시 꼬집었다. 테츠를 올려다보는 세화의 두 눈이 어느새 붉게 충혈되어 있었다. 그 눈 뒤에 스민 슬픔과 분노를 보며 테츠가 고개를 저었다.

"학교에서 기다리는 친구들을 생각해."

테츠의 말에 세화가 그제야 한숨을 들이마시며 턱을 치켜들

156

었다. 삐딱하게 서서 고개를 이리저리 돌리던 헌병대의 시선이 테츠와 세화에게 가 멈추었다. 그들을 보던 헌병대가 곧 경례 자세를 취했다. 테츠가 당연하다는 듯 고개를 까딱한 뒤 다시 걷기 시작했다.

"네 말대로 시간을 지체하면 할수록 일은 더 나빠질 거야. 그러니까 어서 가자. 한시라도 빨리 이 거리를 벗어나야 해."

테츠의 말에 고개를 끄덕이며 동의한 세화가 걸음을 빨리했다. 두 사람이 나는 듯이 걸어 학교로 향했다.

세화와 그 친구들은 불이 꺼진 강의실에 모두 몸을 숨기고 있었다. 그들은 대략 열 명 정도 되었다. 테츠는 재빨리 그들에게 옷을 나누어주고 입혔다. 그리고 지금 거리 풍경이 어떤지 설명한 뒤 어떤 식으로 빠져나갈 계획인지 알렸다.

"우린 집이 많이 무너졌어. 그래서 집을 수리할 때까지만 부득이하게 친척 집에 잠시 몸을 의탁하러 가는 거야. 명심해. 지금 이미 군대가 들어와 있는 곳이 많아. 재수 없으면 가다가 심문을 당할 수도 있어. 여기서 중요한 건 절대로 겁을 먹어선 안 된다는 거야. 어깨를 펴. 턱을 치켜들어. 묻는 말에 한 번에 대답하지 마. 아랫사람을 내려다보듯 건방진 시선으로 그들을 훑어봐. 그럼 아무 말 하지 않아도 알아서 그들은 슬그머니 꼬리를 내릴 거야. 명심해. 조금이라도 빈틈을 보여선 안 돼."

"그렇게 해서 넘어갈 수 있을까?

"그게 가능해?"

"만약 헌병대가 붙잡고 뭔가를 물으면 '너희가 감히 나를 심문해?'라는 표정으로 내려다봐. 불쾌하고 역겹다는 듯이. 이 지저분한 도시에 잠시라도 머물고 싶지 않다는 듯이 굴란 말이야. 붙잡는 손을 거세게 쳐내도 괜찮아. 이 비싼 옷에 그 더러운 손이 닿다니, 라는 표정으로 노려봐. 지금부터 너흰 조선인이 아니야. 일본 귀족이야. 일본 귀족은 경찰이나 헌병대가 보호해 주는 대상이지 함부로 할 수 있는 존재가 아니야. 기억해. 이 거리에서 너희들에게 제멋대로 굴 수 있는 사람은 아무도 없어. 그리고 명심해. 가다 어떤 꼴을 보더라도 놀라거나 흥분하거나 울분을 품지 마. 그냥 지나가. 조선인들이 돌에 맞아 죽어도, 창에 찔려 죽어도, 그냥 지나가."

테츠의 말에 모두가 동요하는 기색을 감추지 못했다.

"거기서 너희가 아는 체하면, 너희 중 한 명이라도 아는 체하면, 너희 모두 그 조선인들 꼴을 당하게 될 거야. 살아야 후일도 도모할 수 있는 거야. 죽고 싶지 않으면 눈을 질끈 감아. 너희는 이 거리를 지나갈 때까진 일본인이야. 조선인이 아니야. 그러니까 무얼 보더라도 놀라거나 흥분해선 안 돼. 그게 자신이 없다면 지금 여기서 빠져. 다른 애들조차 위험해질 거야."

놀라서 웅성거리는 이들 앞으로 세화가 나섰다.

"오는 길에 나 봤어. 체포되는 조선인들을. 연행되는 과정에서 이미 일본인들에게 모두 맞아 죽었어. 분통이 터졌지만, 거기서 내가 나선들 바뀔 게 없었어. 테츠 말이 맞아. 살아야, 이 치욕을 딛고서라도 살아야 우리가 이런 꼴을 당했다고 나중에 말이라도 할 수 있어. 이대로 죽으면 개죽음이야. 우린 지금 힘이 없어. 그러니까 버텨야 해. 제발, 버티자. 응?"

세화의 눈물 섞인 설득에 다들 한숨을 내쉬며 동의했다. 그래도 불안해서 테츠는 그들을 향해 몇 번이나 했던 말을 반복하며 주지시켰다. 다들 완벽히 체념하는 얼굴을 하는 것을 확인하고 나서야 테츠는 일행과 함께 학교를 나섰다.

학교에 올 때는 대여섯 시경이라 막 해가 뜨려 하는 어슴푸레한 새벽이었다. 하지만 가는 길엔 이미 해가 완전히 뜬 아홉 시경이었다. 날은 밝았고, 잠들어 있던 모두가 깨어 거리에 사람들이 많이 나와 있었다. 그 말은 곧, 그들이 지나갈 때 지켜보는 눈이 더 늘어났다는 의미였다.

그래서인지 올 때와 달리, 갈 때는 무려 심문소라는 게 생겨 있었다.

심문소는 외길을 막고 선 채 지나가는 통행인들이 조선인들인지 아닌지 체크하는 것이 주요 임무였다. 만약 조선인이라고 밝혀지면, 몹쓸 꼴을 당했다. 그 자리에서 죽기도 하고, 끌려가다 죽기도 하고 맞아 죽기도 하고 칼에 베이기도 하고 조리돌림을 당하기도 했다.

다행히 첫 번째 심문소에서는 그들의 행색만 보고도 알아서 먼저 길을 터주었다. 두 번째도, 세 번째도 별 무리 없이 넘어갈 수 있었다. 짐 가방을 든 한눈에 봐도 말도 못 하게 좋은 옷을 입은 무리를 조선인이라고 의심하는 이들은 없었다. 심지어 멀리서 미리 알아본 헌병대들이 먼저 자경단들에게 길을 터주라 지시하기도 했다. 헌병대장은 테츠에게 인사하면 테츠는 고갯짓만 까딱 했다.

두세 군데 심문소를 그냥 지나치자 어느새 무리들은 자신감이 붙었다. 처음에 다소 떨던 이들도 턱을 치켜들고 뻔뻔하게 나섰다. 그러자 온갖 무기로 무장한 채 흉흉한 기세로 지나가는 자경단들조차 그들을 감히 마주 보지 못했다. 테츠는 이왕이면 큰길이 아니라 뒷길로 둘러 가는 걸 택했다. 연이은 지진과 화재 때문에 채 정리되지 못한 뒷길은 걷기 힘들 정도로 엉망이긴 했으나 대신 자경단을 피하기 좋았다. 아무리 문제없이 지나가고 있다 해도 자주 마주쳐서 좋을 건 없었기에 테츠는 되도록 헌병대나 자경단들을 피하고 싶었다.

날이 밝아오고 해가 높이 뜰수록 길거리의 풍경은 점점 목불인견이 되어 가고 있었다. 이젠 길거리를 지나가는 일 자체가 공포스럽게 다가왔다.

"조센징이다!"

"죽여라!"

해가 떠 있는 환한 대낮에 대로변에서 조금의 거리낌도 없이 살인과 폭행이 벌어졌다. 살육의 현장이었다. 더 무서운 것은 그것을 마치 축제인 양 웃으며 즐기는 사람들이었다. 그들은 사람을 죽이면서, 때리면서, 온갖 잔인한 방법으로 괴롭히면서 진심으로 즐거워하고 있었다. 괴로워하며 어쩔 수 없이 자행하는 일이 아니었다. 그들은 즐기고 있었다. 그들의 입가에 서린 진심 어린 미소를 보자 테츠는 온몸에 소름이 돋았다.

생선처럼 줄줄이 엮인 사람들을 몰고 가며 칼로 쿡쿡 찌르는 이들, 돌을 던지는 이들, 무작정 몽둥이로 숨통이 끊어질 때까지 때려죽이는 이들, 여자를 강간하고 배를 가르는 이들이 넘쳐났다. 괴로운 고함 소리와 함께 낄낄거리는 웃음소리가 여기저기서 들려왔다. 지옥이었다. 테츠를 더 경악하게 한 것은 이 모든 것들이 무법하에 벌어지는 일이 아니라는 것이었다.

관헌들은 멀리서 그 꼴을 보면서 낄낄거리거나 그 폭력에 가담하고 있었다. 심지어 군경들이 나서서 그러한 폭행과 살인을 조장하는 모습도 거리 곳곳에서 볼 수 있었다. 하긴 지진이 일어나고 채 하루도 지나지 않아 이런 상황이 된 것은 분명 군경의 의도가 다분히 개입되었기 때문에 가능한 일이다. 어제 테츠가 예상했던 대로 그들은 처음부터 이것을 목적으로 헛소문을 퍼트렸을 거다. 어제 우물에 독을 탔다고 떠들던, 남루한 행색을 한 이들이 떠올랐다. 군경이 나서서 멀쩡한 사람들을 살인귀로 만든 거다. 지배자란 이들이 가진 시커먼 속내가 역겨웠다. 그리고 거기 놀아나는 민중들의 단순함과 끝없는 잔인함이 짜증스러웠다. 속에서 신물이 올라온 테츠가 인상을 찌푸리며 고개를 돌리다 세화와 눈이 마주쳤다. 세화가 어느새 하얗게 질려 있었다. 테츠가 손으로 세화의 옆구리를 꼬집었다.

"정신 차려."

세화가 다시 고개를 끄덕였다. 뒤를 돌아보자 다른 이들의 얼굴 역시 별반 다를 바가 없었다. 테츠가 얼른 주의를 환기시켰다. 테츠의 눈짓에 정신을 차린 이들이 다시 한번 표정을 가다듬었다. 그때 또다시 그들의 앞에 자경단이 나타났다. 네 번째였다. 이번엔 사람들이 길게 줄을 선 까닭에 자경단이란 이들이 조선인을 구분한답시고 하는 심문이 어떤 건지 엿듣게 되었다.

“너는 누구냐! 조센징 같은데?”

“아니요!”

“15엔 55센을 발음해 봐라!”

심문을 받은 자가 말하지 못하고 머뭇거렸다. 자경단 측은 기다려주지 않았다. 곧장 몽둥이가 그의 등을 내리찍었다.

“조센징이다! 더러운 조센징이다!”

그 꼴을 본 테츠의 입가에 기막힌 웃음이 샜다. 고작 발음으로 사람을 구분하여 죽이는 걸 정당화하다니, 오랫동안 기록에 남아 비웃음을 당할 일이 아닐 수 없었다.

테츠는 긴 줄 뒤에 서는 대신 무리들을 이끌고 맨 앞으로 갔다. 길을 막고 서 있던 이들은 갑자기 자신들 앞에 다가온 한 무리의 사람들을 보고 놀랐다.

“비켜라.”

아래로 시선을 내리깐 채 테츠가 자경단을 내려다보았다. 다른 사람보다 머리 한 개는 더 큰 키, 백옥같이 하얀 피부, 한눈에 봐도 비싸 보이는 재킷에 짐 가방을 든 테츠는 누가 봐도 높은 신분의 사람으로 보였다. 거기에 함께 온 이들 역시 모두 시건방진 표정을 한 채 좋은 옷을 입고 있었다. 기세가 눌린 자경단들이 눈치를 보며 머뭇거렸다.

“비키란 말이 들리지 않아? 내가 니 눈엔 더러운 조센징으로 보이는 모양이지?"

테츠의 호통에 자경단들이 서둘러 길을 열어주었다. 테츠와 무리들은 느긋이 걸어 심문소를 빠져나왔다.

옆길로 새서 둘러오고 심문소를 통과하고, 그 와중에도 지나치게 빨리 걸으면 눈에 띌까 봐 부러 느긋이 걷느라 집까지 오늘 길이 평소보다 훨씬 오래 걸렸다. 이제 두어 개의 골목만 지나면 끝이었다. 그제야 비로소 긴장이 풀린 테츠가 안도의 한숨을 내쉬었다.

그때였다. 아이의 울음소리가 어디선가 들려왔다. 걸어오던 이들이 일제히 그 소리를 따라 고개를 돌렸다. 테츠 역시 자신도 모르게 본능적으로 주위를 두리번거렸다.

"악!"

가장 먼저 아이를 발견한 여학생이 고함을 지르며 주저앉았다. 처참하게 죽은 시체들 더미 속에서 아이가 기어 나오고 있었다. 등에 칼을 맞아 죽어가면서도 온몸을 던져 아이를 감싼 모정 덕분에, 어미의 품속에 있던 아이는 목숨을 건진 모양이다. 자경단은 어른들만 죽인 뒤 아이가 산 것은 신경도 쓰지 않고 지나간 게 분명했다. 아이의 온몸에는 피가 묻어 엉망이었다. 엉금엉금 기어 나온 아이가 테츠와 무리들을 발견하자 본능적으로 다가와 테츠의 발아래 매달렸다. 세화가 얼른 아이를 안아 올렸다.

"아이 울음소리가 들린다!"

"살아 있는 조센징이 있다!"

그때 멀리서 자경단의 고함 소리와 함께 발소리가 들려왔다.

순식간에 무리들의 낯빛이 새하얗게 질렸다. 테츠가 재빨리 수건을 꺼내 아이에게서 묻은 핏물을 닦아낸 뒤 재킷을 벗어 감쌌다. 그리고 덜덜 떨고 있는 여학생을 제 옆으로 데려왔다.

"아이를 살리고 싶지? 정신 차려. 우린 부부야."

테츠의 속내를 알아차린 여학생이 제법 강단 있는 얼굴로 고개를 끄덕였다. 어느새 골목 끝에서 자경단의 모습이 보였다. 테츠가 얼른 아이를 어르기 시작했다.

"아, 우리 아이, 무서웠어?"

"무서운가 봐. 어떡해."

"귀여워."

테츠와 여학생이 아이에게 말을 걸자 곁에 선 학생들 역시 가까이 와서 한 마디씩 거들었다.

"우리 조카가 겁이 많군."

"이리 길게 집을 떠나온 건 처음이니까요."

"낯을 가릴 때니까 당연한 일이야."

"사내대장부가 씩씩해야지."

"모르는 소리. 어려서부터 낯가림이 심한 아이가 더 똑똑한 법이라고."

여러 사람이 저를 보며 한마디씩 말을 건네자, 속 모르는 아이가 어느새 울음을 그치고 벙긋 웃었다. 무리들 사이에서 웃음이 터져 나왔다. 달려온 자경단이 멀리서 그 모습을 본 뒤 고개를 갸웃하며 돌아섰다. 그들의 모습이 사라진 뒤에야 모두 너나 할 것 없이 한숨을 내쉬었다. 테츠가 아이를 세화에게 다시 건넸다.

“아이를 어쩔 거야?”

“데려갈 거야.”

“너희를 우리 집 안 별채 지하에 숨길 생각이야. 아이가 울면, 들킬 거야.”

“안 울릴게. 어떻게든 안 울릴게. 부탁해, 제발.”

아이를 넘겨받은 세화가 아이를 꼭 끌어안았다. 언제 울었냐는 듯, 아이는 방싯방싯 웃으며 눈을 반짝였다. 그런 아이를 쳐다보는 이들의 두 눈이 어느새 붉게 충혈되어 있었다.

“알았어. 알아서 해. 얼른 가자.”

자신마저 감상에 빠지면 안 된단 생각에 테츠가 앞서 걷기 시작했다.

다행히 마당엔 시종들이 나와 있지 않았다. 주변을 살핀 테츠가 재빨리 세화와 그 친구들을 별채의 지하실로 안내했다.

“식료품 저장고야. 좁고 불편할 테지만 일단 여기 있어.”

“네 집에서 일하는 사람들이 오면 어쩌지?”

“모두 집으로 돌려보낼 생각이야. 일이 정리될 때까지 그들을 이곳에 머물게 하지 않을 테니 그런 걱정은 하지 않아도 돼. 바깥이 조용해지면 데리러 올게. 여기 안에 있는 것들은 다 먹어도 되니까 배고프면 뭐든 먹어.”

“고맙다.”

“씻는 거나 화장실은 양해해 줘. 밤이 깊어지면 도와주러 올게.”

"그래, 정말 고마워."

세화의 어깨를 두어 번 주물러준 테츠가 밖으로 나왔다. 집 안으로 곧장 들어가지 않고 테츠는 대문 앞에 서서 골목길을 내다보았다. 어디선가 불어온 바람이 피비린내를 싣고 왔다. 인상을 찌푸린 테츠가 돌아섰다.

집 안은 고요했다. 테츠가 들어서자 곧장 시종이 달려 나왔다.

"아버지는?"

"궁으로 가셨습니다. 안 그래도 아침부터 또 어딜 나갔냐고 찾으셨어요."

"어머니는?"

"머리가 아프시다고 약을 드시고 누우셨어요."

"그럼 사람들을 모두 불러 모으세요. 내가 할 말이 있어요."

평소에 집안일에는 조금도 관심을 보이지 않던 도련님이었기에, 시종은 제가 들은 말을 바로 이해하지 못해 가만히 서 있었다.

"사람들을 부르라구요."

"지금요? 전부 다요?"

"네. 지금 당장, 한 사람도 빠짐없이요."

테츠의 눈짓에 그제야 시종이 재빨리 달려갔다. 그리고 이내 집에서 일하는 사람들이 모두 거실에 모였다.

"여러분들도 이번 지진의 피해자일 거라 생각됩니다. 가족이나 일가친척 중 피해를 입은 사람들이 있죠?"

"네."

대답하는 이들의 얼굴에 순간 길게 그늘이 졌다. 테츠가 위로

하듯 그들을 둘러보며 말을 이었다.

"다들 거기로 가서 가족과 친지들을 위로해 주세요. 국가적 재난으로 인해 모두가 피해를 입었는데, 우리 가족의 안위만을 살피는 건 바람직한 일이 아니란 생각이 듭니다. 가서 피해를 복구하려 애쓰는 사람들을 위로하고 도우세요."

모두 믿기지 않는다는 듯 눈이 휘둥그레진 채 서로 눈치만 살폈다.

"다들 가세요. 부모님께는 제가 말씀드리겠습니다."

테츠가 거듭 권유하자 그제야 하나둘씩 에이프런을 벗었다. 그럼에도 선뜻 밖으로 나가지 못하고 발을 종종거리며 머뭇거리는 이들에게 테츠가 다시 한번 고개를 까딱했다.

"가세요. 정말 괜찮으니까. 가서 우리 가문이 배려를 해줬다고 말씀해 주시면, 오히려 그게 우리에겐 큰 기쁨일 겁니다."

"감사합니다."

그제야 다들 허리 숙여 감사하며 앞다투어 밖으로 나갔다. 그런데 집사만은 여전히 그 자리에 묵묵히 서 있었다.

"안 가세요?"

"아시다시피 전 가족이 없습니다."

무뚝뚝하게 대답하며 이내 자신이 일하던 곳으로 돌아가려는 집사를 테츠가 재빨리 붙잡았다.

"그래도 나가서 다른 사람들을 도와주세요. 그게 아마 아버지도 원하시는 걸 거예요. 혹시 누구나 물으면 마에다 가문에서 나왔다고 하시면 되지 않겠어요?"

부친의 권력욕과 과시욕을 익히 아는 집사는 잠시 생각하다 이내 고개를 끄덕였다. 집사까지 나가자, 넓은 집이 순식간에 고요해졌다. 테츠가 소파에 주저앉아 긴 한숨을 내쉬었다. 몇 시간을 긴장한 탓에 목뒤가 뻐근했다.

본래 테츠는 조금도 다정한 성품이 아니었다. 유일하게 마음을 준 심덕만이 예외였을 뿐, 평소에 테츠는 주변 사람들을 챙기거나 신경 쓰는 타입도 아니었다. 하지만 적어도 테츠는 자신이 인간이라는, 인간으로서 인간답게 인간다운 일을 하며 살아야 한다는 자존심이 있었다. 그래서 이 살육의 현장을 견딜 수 없었다. 제 한 사람이 이 모든 것을 다 막을 수는 없다 해도, 최소한 이 시간이 지난 뒤 자신이 이 일을 묵과했다고 기억하고 싶지는 않았다. 후에 다시 만난 심덕이 관동대지진 때 너는 무얼 했냐고 물을 때, 할 말이 없어 부끄럽고 싶지도 않았다. 그녀에게 당당히 자신이 한 일을 말해주고 싶었다. 누가 뭐래도 저는 지식인이었다. 무지렁이들과는 달랐다.

그래서 테츠는 지금의 군경의 암묵적인 동의와 묵인하에 벌어지고 있는 대학살을 이해할 수도 이해하고 싶지도 않았다. 그들은 민중을 지도해야 하는 책임이 있는 이들이었다. 그들도 역시 무지렁이가 아니었다. 한데 그중에 아무도 이러한 대학살이 인간의 영혼에 어떤 상처를 남길 것인지 진지하게 고민하는 이가 없다는 것이 실망스럽기 짝이 없었다. 이런 식으로 민중의 혼란을 일단 무마시키면 된다고 생각하는 권력자들의 얄팍한 술수가 혐오스러웠다. 대단한 애국자는 아니지만, 살면서 일본인으로

서 일본이란 나라를 부끄럽게 여긴 적은 없었다. 그렇기에 이 사건은 일본인 마에다 테츠의 자긍심에 대단히 상처를 주는 일이었다. 이제 앞으로 어디 가서 제가 일본인이라 말하기엔 수치스러울 것이다. 그 생각을 하자 짜증스러웠다.

"뭐야, 집에 왜 아무도 없어?"

그때 신경질적으로 문을 차며 부친이 집 안에 들어섰다.

"다 어디 간 거야?"

"제가 돌려보냈습니다."

소파에서 벌떡 일어난 테츠가 부친을 향해 다가갔다. 부친이 인상을 잔뜩 찌푸린 채 테츠를 노려보았다.

"니가? 왜?"

"나라가 혼란스럽고 실제 시종들 중에서도 피해를 입은 이들이 있는데, 저희 집의 편의를 위해서 그 많은 사람들을 붙들고 있는 건 보기 좋은 모습이 아니라는 생각이 들어서요. 가서 마에다 가문에서 도와주라고 보냈다고 하라고 했습니다. 다들 매우 기뻐하며 그러겠다고 했습니다."

부친이 네가 웬일이냐는 듯 눈썹을 치켜떴다. 그럴 만도 했다. 평소에 테츠는 나라나 사회에 도통 관심이 없는 것처럼 굴었다. 어떻게든 가문의 영달을 위해 관직에 나가야 한다고 부친이 잔소리할 때마다 아무 말 없이 슬그머니 자리에서 일어나서 혈압을 오르게 한 적도 여러 번이었다.

"시종들을 한 명도 빠짐없이 모두 돌려보낸 거나?"

"네. 다들 가족이나 일가친척 중에 피해 입은 사람이 있으니 마음이 심란하지 않겠어요? 이 사고가 수습될 때까지 있다 오라고 했어요. 다들 대단히 감사했습니다."

"잘한 일이긴 하다. 민중에 마에다 가문의 호의가 소문이 나면 좋겠어. 하지만 말야. 한 명도 빠짐없이 다 보내면, 내 시중은 누가 드니?"

애초에 부친은 고관대작의 아들로 태어나지 않았다. 아들이 없는 귀족 집에 입양되면서 신분이 상승된 케이스였다. 그래서 부친은 제 출신에 대한 콤플렉스를 아랫사람을 마구 부리는 것으로 풀곤 했다. 분수보다 큰 집, 필요한 것보다 많은 시종 역시 부친의 출생에 대한 콤플렉스에서 비롯된 것이었다.

"제가 들어드릴게요."

테츠는 평소 그러한 부친의 습성을 혐오했다. 하지만 지금 숨기고 있는 비밀이 있는 입장에선 어쩔 수 없이 몸을 엎드려야 했다. 얌전한 테츠의 대답에 부친의 얼굴에 더할 나위 없이 흡족한 미소가 떠올랐다.

"너도 이제 곧 관직에 나가야 하니 돌아가는 상황이 어찌 되는지 아는 게 좋겠지. 내무대신 미즈노 렌타로와 경시총감 아카이케가 계엄을 선포했다. 군대가 도시를 장악했어."

"그럼 지금 이 난리는 곧 사그라드는 건가요?"

"지진 이후의 혼란은 곧 수습되겠지."

"그게 아니라, 조선인들과 관련된 것 말입니다."

테츠의 말에 옷을 벗던 부친이 힐끔 그를 보았다.

"오가다 봤니?"

"네. 자경단이 검문소를 세웠더군요."

"꼭 조선인들만 잡는 건 아니야. 사회를 어지럽히는 불온 세력을 잡아들이는 거지. 사회주의운동을 한다느니 그런 쓸데없는 짓거리를 하는 놈들도 이참에 정리해야지. 군대는 아마 자경단들을 적극적으로 도울 거야."

미쳤다. 이들은 계엄 이후 학살을 더욱더 노골적으로 부추길 작정인 것이다.

"생각해 보면 이건 전세 역전을 위해 하늘이 일본에 내린 기회야. 최근 사회가 얼마나 흉흉했나 생각해 보란 말이지. 사회주의운동을 한답시고 조선인들이랑 손을 잡지 않나, 다들 미쳐 돌았거든. 그런데 이런 일이 생겼으니 이번이야 말로 사회에 해악을 끼치는 무리를 쓸어내고 진심을 가진 일본인들끼리 단결할 좋은 기회가 아니겠냔 말야. 이래서 위기는 곧 기회라는 거야. 위기를 위기로만 받으면 좋은 정치가라 할 수 없어. 태세 전환이 빨라야지."

부친은 오랜만에 제 말을 들어주는 테츠 때문에 매우 신이 난 듯했다. 테츠는 묵묵히 부친이 벗어내는 옷을 옷걸이에 걸고 실내복을 건넸다.

"그런데 통신조차 모두 끊겼는데 일이 참 빨리 진행되었네요. 게다가 내각도 아직 임시잖아요."

"그래서 더 빨리 진행한 거지. 계엄령이란 건 리스크가 큰 결정이야. 정식 내각이 이걸 잘못 선포했다가 후폭풍이 불면, 내각을 구성하자마자 해체해야 할 수도 있어. 그러니 미즈노 상이 큰 결심을 한 거야. 본인이 모든 책임을 진 셈이니 말이야."

"내각이 모두 동의했구요?"

"내각의 동의하고 말고 할 것도 없었지. 가장 먼저 원로 후지사와 히데유키가 찬성했으니 말야. 그러자 추밀원에서는 찬성할 수밖에 없었고, 내각은 반대할 명분을 잃었지."

"어떻게 내각의 동의도 안 받고 바로 원로로 간 거죠?"

테츠가 캐묻는 것이 자신의 허영심을 흡족시킨 모양인지 부친이 뿌듯하게 웃으며 가슴을 폈다.

"이건 아무도 모르는 일이야. 특별히 나니까 알게 된 거라고. 지진이 터진 뒤 궁에 들어가기 전 미즈노 상이 예복을 갖춘다며 시종에게 다카나와의 저택에 다녀오게 했지. 한시가 급박한데 예복이라니, 다들 뜨악했다고. 하지만 사실 미즈노 상은 그렇게 사람들의 시선을 돌린 후 이미 후지사와 상을 찾아가 고언을 들었다더군. 그래서 들어오자마자 내각 회의에서 계엄 이야기를 한 거야. 헌데 몸 사리는 자들이 그걸 다 반대했지. 그래서 일단 군에만 요청한 뒤 시간을 미룬 거고. 하지만 점점 혼란을 수습키 어려워지니 어쩔 수가 있나. 추밀원 등에 연락해 끝내 계엄령을 선포한 거야. 표면적으로 후지사와 상이 개입했다는 증거는 없어. 나 같은 인물이나 아는 거지. 이러한 정국의 깊숙한 이야기는 말이야."

정치를 잘 아는 편은 아니었다. 하지만 후지사와 히데유키가 누구인 줄은 알았다. 노부나가를 존경한다며 거침없이 행동하는 그의 행보를 좋아하진 않았지만 그래도 썩 난 인물이라 생각했다. 그런데 고작 이런 식으로 인간의 밑바닥을 이용하는 인간일 줄은 몰랐다.

"전쟁을 치러본 적이 있는 인물은 역시 인간에 대한 통찰력이 달라. 그가 그랬다더군. 분노를 소멸시키는 가장 좋은 방법은 분노의 대상을 지정해 준 뒤 그것을 죽여 없애게 하는 거라고 말야. 그래서 전쟁 직후 한 마을을 병사들에게 몰살케 허락하는 거라고 했어. 그래야 병사들이 전쟁 내내 가지고 있던 억압과 스트레스를 마음껏 풀 수 있고, 그때 얻은 에너지로 다음 전쟁을 대비할 수도 있다고 하더군. 현재 일본인들에겐 응집된 분노가 크고 많아. 그러니 그들에게 그 분노를 소멸할 기회를 제대로 제공해주지 않는다면 그 분노의 화살은 엄한 곳을 향하게 될 거야. 그럼 애꿎은 민간인들이 피해를 입을 수도 있어. 하지만 분노의 대상을 정확하게 정해준다면? 군경은 힘들이지 않고 사회의 문제를 민간과 같이 해결하니, 이 얼마나 국가에 이득이냔 말이지. 그의 생각이 정말 훌륭하지 않아?"

훌륭하긴커녕 혐오스러웠다. 하나 테츠는 아무런 내색하지 않고 고개를 숙여 인사한 뒤 제 방으로 향했다.

"어이, 다시 말하지만 이건 내각에서조차 잘 모르는 일이라고. 네 아비가 얼마나 고생을 해서 이 정부의 핵심층만 공유하는 긴요한 정보에 접근하고 있는지 알기나 알아? 거기서 또 네 칭찬은 얼마나 해대는지 아냔 말이야. 이게 다 졸업한 뒤 너 잘되라고 하는 일이란 말이다! 응? 듣고 있는 거냐?"

계단을 올라가는 테츠의 등 뒤로 부친의 고함 소리가 울렸다.

2층에 올라오자마자 테츠는 곧장 화장실로 향했다. 그리고 변기를 부여잡고 속을 게워냈다. 먹은 게 아무것도 없는 빈속이었기에 노란 위액이 흘러나왔다. 시큼한 위액 때문에 목젖이 따끔거리고 속이 타는 것처럼 아팠다. 그럼에도 다 게워냈다. 역겨웠다.

히데유키의 예상대로 모든 일이 돌아가리라 믿고 싶지 않았다. 그건 전쟁과 같은 상황에서 살생이 익숙한 군인들에게서나 가능한 일이었다. 지금의 이 사태는 군경이 합동으로 민간인을 내몬 역사에 기리 기록될 수치스러운 사건이었다. 분명 제정신을 차린 민간인들은 후에 자신이 한 일을 부끄러워할 것이다. 그리고 더 큰 분노를 군경에게 돌려줄 것이다. 테츠는 그리 믿었다. 그리 믿고 싶었다.

2일부터 4일까지, 약 3일 동안 피의 카니발은 절정으로 치달았다. 죽어나가는 시체가 거리에 쌓였고 흙바닥은 온통 핏물에 젖어 붉게 물들었다. 귀를 막고 창을 닫아도 사람들의 고함 소리와 비명 소리가 방 안에까지 새어 들어와 테츠를 괴롭게 했다.

늦은 밤이 되면 테츠는 사람들의 눈을 피해 조심스럽게 별채로 나와 그들이 화장실을 쓰게 도와주었다. 그때마다 세화는 바깥 상황을 물었다. 테츠는 차마 대답해 줄 수 없었다. 일본인들이 조선인들을 사냥하고 있다고, 아주 즐겁게 다양한 방법으로 죽이는 중이라고 어찌 말한단 말인가. 세화는 테츠가 시선을 피하는 것을 보고 더 이상 캐묻지 않았다. 피차 괴로운 시간이었다.

174

제가 좀 더 많은 이들을 살릴 수 있지 않을까, 싶어 밖으로 나갔던 테츠는 몇 걸음 가지 못하고 집으로 돌아와야 했다. 열 살도 채 되지 않은 아이가 창으로 배부른 임산부의 배를 찌르며 웃고 있었다. 살아 있는 지옥이었다. 정신이 나갈 거 같았다.

사태는 4일이 지나면서 진정 국면으로 접어들었다. 어쩌면 더 이상 죽일 조선인들이 남아 있지 않아서일지도 몰랐다. 대체 그동안 얼마나 많은 조선인들이 죽었을까. 얼마나 죽였을까. 공식적으로 일본 정부는 6000여 명이라고 발표했다. 개소리였다. 적어도 수만 명에서 수십만 명은 될 거다. 과연 도쿄 내에 살아 있는 조선인들이 있기나 할지 의아할 정도였다.

6일이 지나자 군경은 거리를 청소하기 시작했다. 축제는 끝났다. 본래 거대한 축제 뒷모습은 지독하게 볼썽사납기 마련이다. 이번엔 더 심했다. 남은 건 자기들끼리 겹쳐져서 썩어가는 시체 더미였다. 그 청소를 맡은 건 경찰서나 감옥소에 갇혀 있던 조선인들이었다. 그들은 자신들의 동포의 처참한 시체를 땅에 묻거나 태우면서 쉼 없이 울었다. 테츠는 그 모습을 보면 평범한 일본인들이 조금쯤은 가책을 느낄 줄 알았다. 그러리라 믿었다. 하지만 그건 완벽한 테츠의 착각이었다.

멀쩡한 사람을 그리 많이 죽여놓고서, 정작 살인자들은 아주 개운해 보였다. 그들은 정부에게 불만을 품지 않았다. 할 일을 마쳤다는 듯 말간 민간인의 얼굴로 돌아가 생업에 몰두했다. 아이들은 다시 해맑게 웃으며 거리를 뛰어다녔다. 임산부를 향해 돌을 던지고 제 또래 아이들을 도끼로 찍어 죽인 아이들이라고 믿기지 않았다. 히데유키의 말이 맞았다. 분노가 소멸되자 일상이 회복되었다. 테츠는 그 모습에 크나큰 충격에 휩싸였다.

6일 밤이 되자 테츠가 집으로 돌려보낸 시종들이 하나둘씩 도착했다. 아마도 그들 역시 죽음의 축제에 동참했을 거다. 하지만 돌아온 이들은 여전히 언제나처럼 얌전하고 순종적인 얼굴을 하고 있었다. 문득 모든 것이 다 끔찍하게 느껴졌다. 그리고 모두가 두려웠다. 결국 평소엔 저런 얼굴을 하고 있지만 기회만 생기면 아무렇지도 않게 누군가의 목숨을 빼앗을 수 있는 게 인간, 이었다. 히데유키는 그러한 인간의 잔혹한 본성을 누구보다 잘 알고 이용했다. 가장 끔찍한 건 그 인간이었다. 필요하다면 누굴 죽여서라도 원하는 것을 얻을 수 있는 인간, 수십만이 죽어나가도 눈 하나 깜짝하지 않는 인간, 그런 인간들이 일본의 지도자란 족속들이었다. 생각하면 할수록 모든 게 다 혐오스럽기만 했다.

7일 새벽 테츠는 별채에 갇혀 있던 이들을 풀어주었다. 그 며칠 사이 그들의 몰골은 매우 수척해져 있었다. 아마 그들 역시도 지하에 갇혀서 바깥의 울부짖음을 들었을 것이다. 당연히 마음이 편했을 리 없었다.

"천도교 청년회 사무실이란 곳을 알아?"

"알아."

"살아남은 조선인들이 거기 모여 있다고 들었어. 그곳으로 가봐."

"고마워. 정말 고마워."

다들 테츠에게 감사의 인사를 했으나 테츠는 고개조차 들지 못했다. 마지막으로 아이를 안은 여학생이 테츠의 앞에 섰다.

"나중에 이 아이에게 꼭 알려줄게. 널 살린 일본 사람이 있다고. 모두가 잔인했던 건 아니라고."

그 말에 테츠가 고개를 저었다.

"그럴 필요 없어. 그냥 모두가 잔인했다고 해. 나는 자격 없는 인간이야."

여학생의 품에 안겨 잠든 아이의 이마에 테츠가 입을 맞추었다. 세화가 그들을 재촉하여 집을 나섰다. 이내 그들은 어둠 속으로 사라졌다. 한참 동안 테츠는 마당을 서성였다.

한동안 테츠는 멍했다. 다른 사람이 하는 말이 한 번에 들리지 않았고, 제가 원하는 말이 한 번에 나오지 않았다. 머리가 굴러가지 않았다. 혼이 빠져나간 것 같았다.

한참의 시간을 흘려보낸 후 정신을 차리자마자 테츠는 학살이란 행위 그 자체에 깊이 침잠했다. 이 정도 학살은 단순히 외부의 적을 세움으로써 내부를 결속시켰기 때문에 벌어진 일, 그 이상이었다. 민중들은 명백히 이 모든 일들을 즐겼다. 어떻게 그럴 수 있었단 말인가? 어떻게 인간이 아무 이유 없이 다른 인간을 죽일 수 있는가, 어떻게 그토록 잔인해질 수 있는가, 어떻게 죄 없는 생명을 죽이면서 쾌감을 느끼는가, 대체 어떻게 타인의 소멸이 인간에게 기쁨과 흥분을 가져오는가, 이유를 알아야 했다. 만약 알아내지 못한다면 그저 일본 민족이 애초에 잔인하고 끔찍하게 태어났다는 결론밖에 내릴 수 없었다. 그건 정말 제가 내릴 수

있는 가장 끔찍한 결론이었다. 점점 테츠는 죽음 그 자체의 본질
에 대해 파고들기 시작했다.

죽음은 유에서 무로 가는 마지막 관문이었다. 죽었다, 라고
공표되는 순간 현실에서 그와 관련된 모든 것들은 사라졌다. 사
라졌기에 회복 불가능했다. 그래서 아이러니하게도 탄생만큼이
나 생의 소멸에도 인간들은 고양된 쾌감을 느꼈다. 죽음의 카니
발이 가능한 이유 역시 그러했다. 생과 사 모두 인간의 삶에서 두
번 되풀이할 수 없는 유일무이한 사건이었다. 그래서 타인이 사
라지는 것과 태어나는 것은 제3자에게 동일한 흥분을 불러일으
키는 것이다.

다시 올 수 없는 인생의 유일한 순간이기에 탄생과 소멸은 그
자체로 사람들을 울고 웃게 하는 이야깃거리가 될 수 있었다. 그
러니까 생의 시작을 보고 흥분하는 것이나 생의 끝을 보고 흥분
하는 건 본질적으로 맞닿아 있었다. 누군가의 생의 유일한 사건
은, 그저 관찰하는 것만으로도 사람들을 흥분시킨다. 단지 지켜
보는 것이 그러할진대 만약 그 생사가 제 손아귀에 달려 있다면,
흥분은 극대화될 수밖에 없었다.

그러니 생의 유일한 사건을 제 손으로 처리한다는 것은 인간
의 내재된 잔혹한 본성을 일깨우기에 충분했다. 그건 섹스와 비
교할 수조차 없는 큰 쾌감이었다. 타인의 생과 사가 내 손에 달려
있다는 것, 그보다 더 사람을 들뜨게 하는 일은 없었다. 그리고
동시에 그건 인간의 지배욕을 극대화하는 일이기도 했다. 지배욕
이 극에 달하면 인간은 폭력적으로 될 수밖에 없었다.

178

학살이 가능한 건 바로 그런 이유였다. 아이들은 아무런 가책 없이, 그것이 잘못인지도 모른 채 손안에 든 나비의 날개를 떼어내며 죽을 때까지 가지고 논다. 한 인간이 한 생명의 생사여탈권을 손에 쥐는 순간, 그 손에 쥐어진 것은 더 이상 살아 있는 존재가 아니라 즐거이 가지고 놀다 죽여도 되는 장난감과 다를 바가 없었다. 그들에게 그 대상이 나비냐 인간이냐는 큰 차이가 아니었다. 그저 자신이 누군가의 생을 통제한다는 것, 그것이 오르가슴에 가까운 극단적인 쾌락을 주는 거다. 그리하여 인간은 한 인간의 생을 자신이 통제하는 순간, 통제 가능하다고 여긴 순간 끝도 없이 잔인해질 수 있었다. 인간이기에 그럴 수 있었다.

마치 톱니바퀴처럼 모든 것이 맞물린 바로 그 순간, 테츠의 머릿속에 심덕이 떠올랐다. 만약 그녀에게 걸맞은 죽음의 이벤트를 선물한다면, 모두의 시선을 사로잡을 만한 사건을 만들어 그녀를 공식적으로 죽일 수 있다면, 테츠는 그녀를 되찾을 수 있었다. 그리되면 테츠는 심덕의 생사 결정권까지도 가질 수 있게 된다. 그녀는 공식적으로 죽은 채, 영원히 제 곁에서 살게 되는 것이다.

탄생처럼 죽음은 복제 불가능했다. 그래서 죽음은 모든 것을 미화할 수 있었고, 죽음은 모든 평범한 것을 특별한 것으로 만들 수도 있었다. 그러니 어차피 몰락밖에 남지 않은 심덕에게 죽음이라는 하나의 연극을 통해 세상을 뒤흔들 수 있다고 제안한다면 그녀는 그것을 수락할 수밖에 없을 거다. 잘만 된다면 그 일은 그녀의 허영심을 만족시키면서 동시에 테츠의 이기심을 충족시킬 수 있었다. 이건 완벽했다.

순간적으로 떠오른 생각에 흥분한 테츠가 튀어 오를 듯이 의자에서 일어났다. 아무리 생각해도 이건 정말 완벽했다. 모든 게 제 뜻대로 될 수 있었다. 계획이 성공한다면 드디어 심덕을 제 것으로만, 오롯이 제 것으로만 가질 수 있었다. 평생 심덕은 테츠의 품에서만 살게 될 거다. 그토록 오랫동안 꿈꿔왔던 테츠의 소원이 이루어질 수 있을지도 모른다 생각하자 가슴이 터질 것처럼 벅차올랐다.

기뻐 어쩔 줄 몰라 하며 방을 서성이던 테츠가 순간 걸음을 멈추었다. 갑자기 온몸에 벌레가 기어가는 것처럼 섬뜩한 느낌이 들더니 이내 오소소한 소름이 돋았다. 방금 저는 죽음을 이용하려 했다. 비록 그게 개인적인 이기심을 채우기 위함이긴 했지만 결국은 그 죽음을, 죽음에 쏟아지는 대중의 흥분을 악용하려 했다. 결국 자신이 하려는 행위는, 자신이 그토록 혐오했던 후지사와 히데유키와 별다를 바가 없었다. 무엇을 목적으로 하느냐만 달랐을 뿐, 본질은 동일했다. 그랬다. 자신은 후지사와 히데유키와 꼭 같았다. 그래서 그의 속내를 누구보다 잘 알아차렸고, 그래서 더 역겨웠던 건지도 모른다. 자신 역시 그처럼 잔인한 괴물이었다. 목적을 위해서는 무엇이든 할 수 있는 악마였다.

입을 가로막은 테츠가 화장실로 뛰어 들어갔다. 변기를 붙잡은 채 속을 게워냈다. 학살의 그날처럼, 노란 위액이 흘러나왔다.

13장

계획

짐을 모두 싼 심덕이 주변을 둘러보았다. 이제 몇 시간 뒤면 이 지긋지긋한 지하실과도 안녕이었다. 생각해 보면 어떻게 지난 1년 동안 해 한 줌 안 들어오는 곳에서 보낼 수 있었던 건지 스스로도 믿기지 않을 정도였다. 미치지 않고, 돌지 않고, 아프지도 않고, 대견할 만큼 잘 버텨냈다.

이 지하실에서 이렇게나 오래 숨어 있게 될 거라곤 꿈에도 몰랐다. 처음엔 길어야 한 달 정도일 줄 알았다. 당분간 여기서 지내야 할 거라고 처음 말을 해줄 때만 해도, 테츠는 심덕에게 조금도 돌아가는 상황을 설명해 주지 않았기 때문이다.

처음 테츠의 손에 이끌려 이곳에 들어올 때만 해도 얼마 지나지 않아 곧 이태리로 갈 줄 알았다. 음반을 계약할 때부터 테츠와 했던 약속이었다. 그래서 테츠가 비록 두꺼운 철문을 걸어 잠그고 나가는 걸 보면서도 조금도 걱정하지 않았다. 며칠 있다 돌아올 줄 알았기 때문이다. 마치 별장에서 지낸 것처럼 이 지하실에서 달콤한 도피 생활을 잠시 하다가 같이 떠날 거라고 믿었다. 너무나 당연히 조금의 의심도 없이 그리 믿었다.

하지만 테츠는 심덕의 생각처럼 금방 돌아오지 않았다. 지하실엔 심덕 홀로 남았다. 하루, 이틀까지는 괜찮았다. 하지만 일주일이 지나 열흘쯤 되자 미쳐버릴 거 같았다. 쇠문을 두드리고 고함을 지르고 물건을 집어 던졌다. 그러나 문은 꼼짝도 하지 않았고 심덕이 낸 소음은 지하실 안을 울릴 뿐 밖으로 나가지는 못했다. 무슨 수를 써도 소용이 없었다.

그제야 심덕은 제가 있는 이 지하실이 요새처럼 만들어진 공간이라는 것을 알아차렸다. 기본적으로 땅을 깊숙이 파서 만든 데다 네 벽은 모두 두꺼운 쇠로 되어 있었다. 그 말인즉슨, 무슨 짓을 해도 이 안에서 탈출할 수 없다는 의미였다. 그뿐만 아니라 무슨 수를 써도 바깥에 제가 있다는 것을 알릴 수도 없었다. 테츠 외엔 자신이 이곳에 있다는 걸 아는 사람은 단 하나도 없었다. 이대로 죽어도 알아줄 리 하나 없었다. 공식적으로 윤심덕은 이미 죽었으니 말이다.

살아남아 이곳을 빠져나가야 했다. 미치거나 돌지 않고 아프지도 않고 정신 똑바로 차리고 살아서 이 지하실을 벗어나야 했다.

『로빈슨 크루소』나 『몬테크리스토 백작』 같은 책을 읽었을 때, 대체 저런 상황 속에서도 끈질기게 생명력은 어디에서 나오는 것인지 늘 궁금했었다. 저라면 차라리 죽고 말 텐데, 왜 저렇게까지 해서 살아남는지 이해하기 어려웠다. 하지만 막상 제가 그런 상황에 처하게 되자, 심덕은 그들을 이해할 수 있었다.

어리광도 받아주는 이가 있어야 부릴 수 있는 사치였다. 미치거나 도는 것도 비교 대상이 있어야 알 수 있는 법이었다. 죽고 싶다는 우울감도 즐거운 감정이 존재해야만 일어나는 반작용이었다. 정말 아무것도 없으면 생존이 생의 목표 그 자체가 된다. 미치거나 돌 수조차 없었다. 투정을 부리거나 화를 내는 것도 무의미했다.

심덕은 처음 홀로 지하실에서 머물렀던 그 넉 달 동안 생애 그 어느 때보다 똑바른 정신으로 성실하게 살았다. 시계를 확인하여 취침과 기상 시간을 지키려 애썼고 책을 읽었고 일기를 썼고 하루하루 흘러가는 날짜를 정확히 체크했다. 그리고 최대한 감정의 평정 상태를 유지하려 노력했다. 화를 내거나 짜증을 부려봤자 받아주는 이 하나 없으니 결국 그 감정의 뒤처리 역시 온전히 제 몫이었다. 그러니 화를 내거나 짜증을 내거나 우는 것은 괜한 에너지 소모에 불과했다.

그렇게 3개월을 버텼다. 8월에 심덕을 지하실에 처박아 두고 떠났던 테츠는 11월이 되어서야 나타났다. 평생 열릴 거 같지 않던 지하실 문이 열리고 테츠가 모습을 드러냈을 때, 심덕은 석 달 동안 내리눌러 왔던 감정을 모두 폭발시켰다. 닥치는 대로 집어 던졌고 있는 대로 고함을 질렀다. 울고불고 짜증을 내고 화를 내고, 할 수 있는 패악을 다 부렸다. 몇 시간 동안, 그 지하실이 발칵 다 뒤집히도록 난리를 쳤다. 테츠는 단 한 마디 대꾸도 없이 심덕의 분풀이를 모두 받아주었다. 그러다 온몸에 기운이 빠진

심덕이 결국 바닥에 쓰러졌을 때, 테츠는 비로소 몸을 움직였다. 대야에 물을 받아와 물수건을 만든 뒤 엉망이 된 심덕의 얼굴과 손을 조심스럽게 닦아주었다.

"설명하지 못했던 거 미안해. 하지만 미리 설명했다면 당신은 도망치려 했을 거야. 당신이 도망쳤다면 죽었을 거고. 그래서 난 이런 식으로 할 수밖에 없었어."

"무슨 소리야."

숨을 헐떡이며 심덕이 테츠를 노려보았다. 상처 난 심덕의 손을 어루만지며 테츠가 천천히 이야기를 시작했다.

"긴 이야기야. 지겨워하지 말고 들어줘. 다 들으면 당신도 나를 이해할 거야."

어차피 지하실에 갇힌 몸이었다. 거절의 말을 한다 한들, 다른 선택지가 있는 것도 아니었다. 심덕이 피곤한 듯 눈을 감았다.

∼

졸업 후 테츠는 일본축음기상회라는 회사에 입사했다. 회사는 축음기 판매와 음반 발매라는 비슷해 보이면서도 전혀 다른 두 가지 일을 동시에 하고 있었는데 실상은 좀 더 복잡했다. 당시 축음기 관련 사업은 국가가 독점적으로 관리하고 있었고, 레코드 사업은 미국 컬럼비아사와 제휴 관계에 있었다. 레코드와 관련된 사업은 외국인이 투자하고 관리했던지라, 회사 이름은 일본축음기상회여도 실제 회사 관리자가 주력하는 사업은 음반 발매였다.

축음기 사업은 국가 주도하에 회사가 대행하고 있었다.

일축에 입사한 것이 부친의 비위를 거스르지 않을까 테츠는 염려했다. 가뜩이나 신경 쓸 일이 많은데 굳이 부친과 불필요한 마찰을 빚고 싶지 않았기 때문이다. 그래서 끝까지 반대한다면 어떻게 설득해야 하나 꽤 고민을 했다. 그런데 의외로 부친은 테츠의 선택을 흔쾌히 받아들였다.

"결국은 그게 다 나랏일 아니냐. 게다가 축음기라니, 괜찮아. 지금 한창 미개한 조선에 예술을 보급함으로써 그들을 달래려는 정책을 쓰고 있지 않니. 너무 어린 나이부터 딱딱하고 무거운 일을 맡는 것보단 네 나이에 할 만한 다양한 경험을 하는 것도 나쁘지 않아. 그 회사에서 이왕이면 조선과 관련된 일을 맡도록 해라. 후에 본격적으로 관직에 나갈 때 도움이 될 거야. 네가 조선의 축음기나 음반 판매와 관련하여 인상 깊은 족적을 남긴다면 특히 더 좋겠지."

마침 조선 식민지 정책의 기조가 '문화통치'였던 게 테츠에겐 행운이었다. 모든 일이 바라는 대로 흘러가고 있었다. 천우신조란 이런 걸 뜻하는 모양이라 생각하며, 테츠는 이대로라면 심덕과 재회할 그 순간이 머지않았다고 생각했다.

하지만 모든 것이 순조롭기만 하다고 마음을 놓고 있던 때, 정작 문제는 전혀 예상치 못한 곳에서 터졌다. 그건 정말 테츠가 꿈에도 생각지 못한 것이었는데, 바로 일축이 조선으로의 음반 수출에는 큰 관심이 없다는 거였다. 앞서 몇 번의 실패 이후 일축은 조선이란 사회는 아직 축음기로 음반을 듣는 문화가 보급되기엔 경제적 문화적으로 매우 부족하다고 결론을 내린 상태였다. 무엇보다 일본 내 음반과 축음기 판매만으로도 사측, 특히 컬럼비아레코드 측은 충분히 만족하고 있었다. 그 때문에 그들은 조선으로의 수출보다 일본 내수시장의 확대를 더 중요하게 생각했다.

회사가 조선으로 사업을 확장하는 데 조금의 관심도 없다는 사실을 알게 된 테츠는 크게 당황했다. 게다가 아직 말단인 테츠는 제 목소리를 크게 낼 수도 없는 처지였다. 거기다 대놓고 죽음을 통해 음반 발매를 촉진한다는 프로젝트를 말했다간 미친놈이라고 손가락질받을 판이었다. 수출 장려를 위해 새로운 계획을 세우는 게 어떻겠냐는 말을 몇 번 꺼내보았지만 그때마다 시기상조라고 가차 없이 까였다. 이쯤 되자 문제의 심각성을 실감한 테츠는 무언가 다른 대책을 세워야 한다고 느꼈다. 하지만 당장은 아무 생각도 나지 않았다. 일단 회사 기조 자체가 내수시장 확대인데 거기다 대놓고 아무리 다른 아이디어를 내놓아 본들 들어줄 리 만무했기 때문이다.

그러자 오로지 심덕만을 위해 일축에 취직했던 테츠는 서서히 일에 흥미를 잃어갔다. 회사를 다닐 목표가 사라지자, 기운이 빠져 무기력해졌고, 무기력해지자 아무 일도 하고 싶지 않았다. 하지만 아직 다른 대안이 없으니 당장 그만둘 수도 없었다.

점점 시간이 흐를수록 초조해진 테츠는 어떻게든 이 현실을 타파하기 위해 별별 생각을 다 할 정도였다. 조선으로 축음기 세일즈를 하겠다고 간 뒤 그 핑계로 심덕을 만나 제 사비로 음반을 만들어 프로젝트를 실현하면 어떨까, 라는 생각이 심지어 그럴싸하게 느껴지기까지 했다. 일개 개인이 할 수 없는 일이란 걸 뻔히 알면서도 그땐 그거라도 해야겠다고 느낄 정도로 마음이 다급했다. 아마 그대로 좀 더 시간이 지났다면 테츠는 정말 엉뚱한 짓을 저질렀을지도 모른다. 하지만 그때 마침 테츠에게 구원의 손길이 뻗어 와서 그런 잘못된 선택을 하지 않게 도와주었다.

바로 아버지였다.

"너 회사는 어때? 다닐 만하니?"

가족끼리 밥상에 앉아본 지 오래라며 주말 이른 아침부터 불러내더니 식탁에 앉자마자 물은 첫 마디였다. 한창 뜻대로 흘러가지 않는 일에 스트레스가 극에 달해 있던 테츠는 저도 모르게 인상을 찌푸렸다.

"왜? 안 좋아?"

그리고 그 모습에 안 그래도 예민한 모친이 평소보다 더 예민하게 반응했다. 테츠가 서둘러 표정을 풀며 고개를 저었다.

"아뇨. 안 좋은 건 아니고, 막상 시작해 보니 제 생각과 실제 업무가 좀 달라서요. 적응되면 괜찮겠죠."

썩 내키지 않는 주제라, 이 이야기를 길게 하고 싶지 않은 테츠가 무심히 대꾸하며 젓가락을 들었다. 그리고 열심히 밥을 떠서 입 안 가득 밀어 넣었다. 더 이상 말하고 싶지 않다는 표현이었으나 부친은 그리 호락호락 넘어가 주지 않았다.

"어떻게 다른데?"

평소와 달리 부친이 이상하리만치 집요하게 대답을 물고 늘어졌다. 심지어 밥을 우물거리는 척하며 부러 대답을 아주 늦게 하는데도 끈질기게 그 모습을 쳐다보며 기다릴 정도였다. 아무래도 오늘은 적당히 빠져나갈 수 없을 모양이었다.

"별거 아니에요. 아직 적응 기간이라서요."

"그걸 묻는 게 아니잖아. 네가 입사할 때 생각한 것과 실제 회사 일이 어찌 다르냔 말이다."

"아이참, 주말 아침부터 애 밥도 못 먹게 왜 그리 볶아요?"

"아, 아비가 애 일을 궁금해하는 게 볶는 거야? 대답해 봐라. 뭐가 어찌 다르니?"

아무리 대충 둘러댄다 한들 물러나지 않을 기세라 테츠가 물을 한 잔 마시는 척하며 머릿속을 정리했다.

"아버지 말씀대로 일축에 들어가서 조선과 관련 있는 사업을 맡고 싶었습니다. 그런데 일축에선 조선과 관련된 일에 크게 관심이 없어요. 그래서 제가 예상한 일과 하는 일이 다르다고 말씀드린 겁니다."

거짓도 아니면서 동시에 부친이 만족할 만한 대답이었다.

"그래? 너도 조선과 관련된 일을 해서 출세할 생각이 있는 게구나. 그렇지?"

예상대로 부친은 그 대답에 썩 흡족해했다. 테츠는 그 이상 반응하지 않고 다시 젓가락을 들어 식사를 시작했다. 이제 이 대화가 이쯤에서 끝나기를 바랐다. 하지만 부친은 반대였다. 기껏 들고 있던 밥그릇조차 놓고 테츠에게로 몸을 바싹 당겨 앉은 부친이 열변을 토하기 시작했다.

"일축이 미국 자본이라, 이것들이 돈만 벌면 된단 생각뿐이

야. 장기적으로 일본이란 제국에 무엇이 이득이 되는가, 하는 데
는 관심이 없단 말이지. 왜 우리가 당장은 돈이 안 될 거 같아도
조선이란 곳을 문화예술적으로 감화시키려 하는지, 걔넨 몰라요.
양놈들이 대일본 제국의 심중을 알 리가 없지. 안다고 해도 도와
줄 리가 없고.”

　부친의 말을 한 귀로 흘리며 테츠가 젓가락을 그 어느 때보다
재게 움직였다. 어서 빨리 먹고 이 자리를 벗어나고 싶었다.

　“그래서 말인데, 오사카에 닛토레코드라는, 조선으로 축음기
와 레코드를 수출하려 하는 회사가 새로 생겼는데 거기서 일해보
는 게 어떠니?”

　부친이 무어라 하든 말든 식사에만 열중하던 테츠와 모친이
둘 다 먹던 것을 멈추고 부친을 보았다.

　“오사카요?”

　“아니, 지금 애한테 오사카로 가란 거예요? 오사카?”

　“그래. 오사카. 그 회사가 오사카에 있으니, 회사를 다니려면
오사카에 가야지.”

　“아니, 도쿄에도 회사가 천지인데 오사카, 그 시골에 가라구
요? 하고 많은 데 두고 왜 오사카야, 오사카가?”

　“이 사람, 뭘 모르는 소리 하고 있네. 아, 조선 수출이 목표니
까 오사카에 회사를 세웠지. 게다가 이건 순수 일본 자본으로 세
운 일본만의 회사라고. 어떠냐? 네가 만약 닛토레코드에 가서 그
회사를 일본 최초이자 최고의 음반 회사로 키우고, 조선의 축음
기와 음반 판매량을 기록적으로 끌어올린다면 네 출셋길은 보장

된 거란 말이다. 축음기 수입과 판매를 국가가 관리하고 있긴 하지만, 일축은 순수 일본 국영기업이라기엔 수입 자본 비율이 적지 않아 영 찝찝하단 말야. 일본의 기업은 일본의 자본으로만 이루어져야 해. 특히 문화 산업은 더더욱 일본의 것이어야지. 외국물이 어설프게 유입되는 순간 젊은이들을 망친다고. 어때? 응? 이 아비 생각에는 일축보단 닛토레코드가 오히려 네 이름을 알리는 데는 더 좋은 무대가 될 거 같은데 말이다."

부친이 굳이 오사카행을 제게 제안한 이유를 납득할 만했다. 오사카라는 말에 펄펄 뛰던 모친도 부친의 말에 설득당했는지 더 이상 무어라 반발하지 않고 입을 다문 채 테츠의 기색을 조심스럽게 살피기만 했다. 무엇보다 이건 테츠의 입장에서도 손해 볼 게 없었다. 부친의 말대로 닛토레코드가 조선으로의 음반 수출과 축음기 판매를 위해 세운 회사라면, 거기서 제 계획을 말했을 때 환영받을 게 분명했다. 제가 원하는 모든 것을 얻을 수 있는 기회였다. 꽉 잠긴 목을 가다듬으며 테츠가 부친을 보았다.

"아버지는 그 회사를 어떻게 아셨어요?"

덥석 한 번에 그러겠다고 하면 평소의 저답지 않았다. 그래서 당장은 아주 큰 관심이 있지는 않은 것처럼 보이기 위해 던진 질문이었다. 그런데 테츠의 질문을 받은 부친이 움찔했다. 매우 찰나의 순간이었으나 테츠는 분명 부친의 두 눈이 흔들리는 것을 보았다.

"그거야, 내가 너의 장래를 위해 매일 고군분투하며 여기저기서 정보를 모으니까 알게 된 거지. 이 아비가 자식을 위해 얼마나 노력하는지 모르겠니? 난 네 출세만을 보고 산다. 자식이라곤 달랑 너 하나야. 네가 얼마나 내게 귀한지 모른단 말이냐?"

목을 가다듬은 부친이 얼굴에 열을 올리며 흥분했다. 그 모습을 보며 모친이 코웃음을 쳤다.

"자식이 그리 귀한 줄 알았으면 진즉에 좀 잘하지."

"뭐야? 이 여자가 진짜! 가장이 밖에 나가서 얼마나 애쓰는지 알아주는 사람이 이 집안에 없어. 그게 이 집의 문제라고! 어?"

저건 다 변명이다. 분명 다른 이유가 있다. 분명 부친의 두 눈은 들어선 안 되는 말을 들은 것처럼 긴장하여 잠시 떨렸다. 똑똑히 봤다. 단순히 제 출세만을 위한 게 아니다. 이 오사카행에는 제가 모르는 다른 비밀이 있는 게 분명했다.

"알겠습니다. 가겠습니다."

하지만 지금의 테츠는 그런 것을 꼼꼼히 따질 수 있는 형편이 아니었다. 찬밥 더운밥 가릴 만큼 여유롭지 않았다. 심덕을 어떻게든 다시 제 곁에 데려오기 위해 몇 년을 노력했다. 오로지 그 목표만을 위해서 애를 썼고 다 된 줄 알았는데, 난데없는 회사의 기조 때문에 앞길이 막히고 말았다. 그런데 극적으로 부친이 해결책을 구해왔다. 찰나의 순간 부친의 두 눈이 흔들린 게 찝찝하다고 해서 이 금쪽같이 귀한 기회를 놓칠 순 없었다.

"감사합니다."

그저 감사히 제게 주어진 기회를 받았다. 심덕과 제가 인연이라 하늘이 도와주는 거라고 믿기로 했다.

"그래, 그래. 잘 생각했다. 잘 생각했어."

"좋은 기회긴 하지만, 오사카라니. 널 보내놓고 내가 어떻게 살지?"

마음속 저 깊은 곳에서 조금씩 고개를 드는 불안감을 내리누르며 테츠는 심덕을 떠올렸다. 이제 곧 제 곁에 데려올 수 있을지도 모른다고 생각하는 것만으로도 손끝에 열이 올랐다. 그래, 나중에 무슨 일이 기다리고 있든 상관없었다. 일단 심덕을 데려올 수만 있다면 모든 건 다 감수할 수 있었다.

"닛토레코드의 사장 후지사와 히데오입니다. 마에다 상처럼 훌륭한 인재를 맞이하게 되어 기쁩니다."

후지사와, 라는 성에 테츠는 자신도 모르게 움찔했다. 설마 그 후지사와인가, 잠시 고민하느라 순간 머릿속이 복잡해졌다.

"에, 마에다 상은 어떤 음악을 좋아하세요?"

그러나 그와 면담한 지 채 5분이 지나지 않아, 테츠는 이 후지사와와 제가 아는 그 후지사와는 완전히 다른 인물이며 아마도 둘은 아무 상관 없는 사이일 거라고 확신하게 되었다. 후지사와 히데오는 약간 맹한 구석이 있는, 어찌 보면 다소 모자라 보일 정도로 백치 같은 느낌을 주는 사내였다. 그는 좀 순수하달까 순진하달까, 마치 대여섯 살 먹은 아이가 장난감을 좋아하듯이 마냥 해맑게 음악을 사랑했고 레코딩 기술을 찬양했다.

"레코딩은 정말 신이 내린 축복입니다. 현장에 가야만 들을 수 있었던 음악을 이제 하루 중 언제라도 원하는 만큼 들을 수 있어요. 음악과 늘 함께 살 수 있단 말입니다. 정말 아름다운 기술 아닙니까?"

그러니까 그는 세상 물정 모르고 맹한 예술가 타입이었다. 조선으로 축음기와 음반을 수출하고 싶은 이유조차 너무 순진무구해서 기가 막힐 지경이었다.

"나는 이토록 아름다운 기술을 조선인들이 아직 모르고 있다는 게, 그래서 즐기지 못한다는 게 안타깝기 그지없어요. 꼭 보급해 주고 싶습니다. 음악과 함께하는 삶이 얼마나 아름답습니까? 그렇지요, 마에다 상?"

그의 의도는 정말 다섯 살배기 아이처럼 해맑고 깨끗했다. 자신의 이 회사를 어떤 식으로 정치가들이 이용하려 하는지 안다면 울음을 터뜨릴지도 모르겠단 생각이 들 정도였다.

그의 모습은 히데오(英雄: 영웅)라는 이름에도 걸맞지 않았다. 아마도 그의 부모님이 유약한 그의 성정을 염려하여 강한 일본의 영웅으로 이름과 성을 바꾼 게 아닐까 싶었다. 개화된 뒤 없어진 풍습이긴 하나 아직도 노인들 중에는 과거 사무라이시대 때처럼 자식에게 강한 자를 닮으라고 그와 비슷한 성과 이름을 내리는 이들이 남아 있었다. 아마도 그런 영향으로 그는 후지사와 히데오가 된 모양이다.

그는 아무리 봐도 후지사와와 같은 가문에서 나올 수 없는 인물이었다. 하긴 생각해 보면 그런 가문에서 고작 이 오사카 변방에 축음기 회사를 설립할 리 없었다. 원한다면 그들은 도쿄 한가운데 무엇이든 세울 수 있었고, 심지어 알려진 '후지사와 히데유키'의 성정으로 보자면 일축 코앞에 당당히 회사를 세우고도 남을 인물이었다.

"내 말 이해하지요?"

"네, 알겠습니다."

잠시나마 히데오를 보며 다른 후지사와를 떠올린 스스로에게 실소하며 테츠가 그와 악수를 나누었다. 대단히 흡족한 듯 히데오가 테츠의 손을 세게 잡고 흔들었다.

"우리 앞으로 열심히 해봅시다."

"네! 열심히 하겠습니다."

이 인물 정도는 구워삶아 제 뜻대로 할 자신이 있었다. 여기 오길 잘했다. 이제 본격적으로 제가 계획했던 것을 실현시킬 일만 남았다. 어느새 긴장한 테츠의 목에 파랗게 핏줄이 섰다. 이제 곧 심덕을 제 곁으로 올 것이다. 그 생각만으로도 못 견디게 행복했다.

닛토레코드에 취직하자마자 히데오는 테츠에게 문예부장이라는 직위를 내려주었다. 아무리 일축에서 1년여 정도 일한 경력이 있다고 하나, 테츠가 맡기엔 다소 과한 직위였다. 그렇다고 해서 거절할 수도 없는 것이 테츠를 제외하고 나면 회사에 일하는 이들은 주로 기술자들이라 딱히 그 자리를 맡을 만한 사람도 없었다. 히데오의 꿈은 원대했으나 회사는 그것을 따라가지 못해서 닛토레코드는 일축과 비교하면 동네 구멍가게 수준이라 할 만했다. 아마도 부친이 이 회사의 실체를 안다면 자신이 속았다고 난리를 칠 것이다. 그러고 보면 부친의 그 떨리는 두 눈도 결국은 회사의 수준을 정확히 파악하지 못한 채 그럴싸한 타이틀에 혹해서 아들을 밀어 넣는 것에 대한 일말의 죄책감이 아니었나 싶었다. 그것을 그리 심각하게 여겼다니, 잠시나마 제 부친을 지나치게 과대평가한 스스로가 우스웠다.

예상과 많이 다르긴 했으나, 사실 테츠 입장에선 회사가 이 모양인 것이 더 좋았다. 회사에서 음반을 내는 모든 일이 전적으로 테츠에게 맡겨졌기 때문이다. 문예부장이 된 뒤 테츠는 조선에서 음반을 낼 만한 가수를 찾는다는 핑계로 자연스럽게 심덕의 소식을 수소문했다. 그리고 어렵지 않게 몇 년 동안 끊겼던 심덕의 근황을 들을 수 있었다. 테츠의 예상대로 그녀는 조선 최고의 소프라노가 되지 못했다. 그리고 테츠의 예상보다 훨씬 더 많이 망가져 있었고, 앞으로도 더 망가질 일밖엔 남지 않았다.

심덕의 근황을 듣고 테츠는 속으로 쾌재를 외쳤다. 드디어 심덕의 '유일무이한 마지막 사내'가 될 기회가 왔다. 모든 상황은 이보다 더 좋을 수 없게, 테츠에게 유리했다. 드디어 긴 세월 숨죽인 끝에 찾아온 시간을 이제 마음껏 누릴 때였다.

일단 그녀에게 접근하기 위한 사전 작업으로 테츠는 연락책이 될 만한 인물을 찾았다. 얼마 지나지 않아 이기세가 테츠의 손끝에 걸렸다. 기세는 일축의 경성지부장이라는 그럴듯한 명함을 가지고 있었으나 실제로는 날건달에 불과했다.

테츠는 이기세에게 닛토레코드를 신생 회사라며 소개하고 조선 가수들의 음반을 내고 싶다고 제안했다. 그리하여 그를 통해 조선 가수들을 몇몇 소개받았다. 기세가 추천한 이들에 대해

단 한 마디 묻지도 따지지도 않았다. 심지어 기세의 요구 사항을 모두 수용하여 매우 파격적인 조건으로 그들의 음반을 내주었다. 처음에 경계하던 기세는 서서히 테츠를 만만히 보더니, 시간이 흐를수록 점점 더 많은 가수들과 더 많은 음반들의 기획안을 내밀었다. 기세의 제안을 테츠는 모두 군말 없이 들어주었다. 그렇게 테츠는 기세와 친분을 쌓아 언제든 테츠가 심덕을 불러달라 요구해도 거절할 수 없게 만들었다.

테츠가 기세에게 호구가 되어가면서까지 낸 음반은 모두 실패했다. 당연한 일이었다. 테츠를 만만히 본 기세는 돈을 뜯어내서 제 뱃속과 가수들의 잇속을 채우는 데만 관심이 있었을 뿐, 그 음반이 상업적으로 어떻게 보일지에는 조금도 신경 쓰지 않았다. 시답잖은 캐럴 음반과 엔카, 그리고 이제 구식이 되어버린 판소리가 조선이란 음반 불모지에서 히트 칠 리 만무했다. 그건 모두 테츠가 이미 예상한 결과였으며 동시에 바라던 바이기도 했다.

"이번에 또 실패군요?"

"네. 면목이 없습니다."

히데오는 내는 족족 음반이 조선에서 실패하는 것에 크게 실망했다. 게다가 축음기 역시 몇 달간 거의 팔리지 않다시피 했으니 사장으로서 회사의 존폐를 걱정하지 않을 수 없었다. 몇 달 사이 히데오는 완전히 풀이 죽어 한숨만 내쉬었다. 회사에 대한 걱정으로 그의 우울이 극에 달했을 때, 드디어 테츠가 제 진짜 속내를 내놓았다.

"제 생각엔 여태까지 했던 평이한 방법으로는 조선 사람들에게 음반의 필요성을 설득시키기 어려울 거 같습니다. 그들은 사장님처럼 음악의 필요성을 이해하고 있지 않습니다. 아직 이런 문화를 잘 모르니 중요하다거나 아름답다는 생각조차 아예 못 하고 있어요. 당연히 필요하다고 느끼지도 않습니다.”

“그건 정말 안타까운 일이에요.”

“하지만 음악은 분명 위대한 힘이 있습니다. 만약 저 미개한 조선인들이 한 번이라도 제대로 음악의 아름다움에 빠진다면, 계속해서 음악과 함께하는 삶을 살고자 할 거라고 저는 믿습니다.”

“맞아요. 내 생각도 그래요.”

“그러니 그들이 음악에 빠질 만한 어떤 확실한 계기를 만들어줘야 한다고 생각합니다. 그게 아니라면 지금과 같은 실패는 반복될 것입니다.”

“확실한 계기라……. 예를 들면요?”

고개를 갸웃하는 히데오에게 테츠가 손에 들고 있던 서류를 내밀었다. 이 순간을 얼마나 기다렸던가. 어느새 귀가 먹먹할 정도로 테츠의 가슴이 뛰고 있었다.

“여기, 조선으로의 음반 수출량 증대를 위해 제가 만든 기획안입니다.”

관동대학살을 겪으면서 테츠는 심덕의 사라짐이 죽음이어야만 한다고 결론 내렸다. 죽음은 현실 세계에서 존재하는 가장 화려하고 특별한 엔딩이었다. 그리고 절대 회복 불가능한 사건이었다. 후에 심덕이 후회한다 해도 되돌릴 수 없는 일이었다.

심덕을 온전히, 그리고 완전히 가지기 위해서, 제 품 안에서만 완벽하게 살게 하기 위해서는 대단히 치밀하고 거대한 연극이 필요했다. 관객은 세상 사람 모두, 주인공은 윤심덕이다. 표면적으로 이것은 오로지 심덕만을 위한 쇼였으나 실제로 가장 큰 이득을 보게 될 이는 테츠가 될 예정이었다.

처음엔 단지 이 생각을 제가 했다는 것만으로도 기뻐서 펄쩍 뛰었으나 점점 계획을 정교화하는 과정에서 무언가 부족하다고 느꼈다. 좀 더, 조금 더, 자극적인 양념이 필요했다. 단지 죽음만으로는 부족했다. 심덕의 마지막은 이것보다는 훨씬 더 화려해야 했다. 몰락한 한 여류 성악가의 죽음은 아름답고 찬란하기보단 비참하고 쓸쓸했다. 그보다는 더 괜찮은, 근사하고 그럴싸한 이유가 필요했다. 커리어 실패보다 더 멋진 죽음의 이유를 심덕에게 줘야 했다. 그래야만 심덕 역시 이 계획에 동의할 것이다. 심덕을 납득시킬 수 있는 어떤 것이 테츠에게 필요했다.

'왜' 죽었다고 해야 심덕에게 가장 어울릴 것인가. 어떤 죽음이 심덕에게 가장 걸맞을까. 한동안 테츠는 그 생각에 빠져 살았다. 그리고 마침 그때쯤 테츠는 신문에서 '정사(情死)'를 우려하는 기사를 읽게 되었다. 정사란 일본 젊은이들에게서 유행하던 새로운 풍습으로 이룰 수 없는 사랑을 비관해 자살하는 것을 의미했다. 기사는 작가 아리시마 다케오가 혼외 연인과 동반자살하면서 일기 시작한 이 유행에 대해 젊은이들이 쓸데없는 감정놀음에 목숨을 걸고 있다고 강도 높게 비판했다. 그리고 결코 정부가 이 일을 묵과해선 안 된다고 촉구하며 글을 마무리했다. 그 기사를 본 순간 테츠는 내내 찾고 있던 퍼즐의 마지막 한 조각을 찾은 듯했다.

정사라면 죽음이 가진 환상적인 이미지를 가장 극대화할 수 있었다. 보편적으로 죽음은 단절을 의미했지만, 정사라면 그것은 영원을 뜻했다. 즉 내가 사랑하는 사람과 다른 세상 속에서 영원히 함께한다는 아주 로맨틱하고 환상적인 이미지를 부여하는 것이 곧 정사였다. 죽음이 가진 비장함, 우울함, 그리고 슬픔 중 부정적인 것은 모두 버리고 가장 아름다운 이미지만을 가져가서 극대화한 것이 바로 정사였다. 사랑하는 이를 위한 죽음, 그를 위해 이생의 모든 것을 끊고 다른 생으로 간다는 것은 얼마나 아름다운가. 사랑에 빠진 젊은이들 사이에서 정사가 유행할 수밖에 없었다. 자신들의 영원한 사랑을 맹세하기에 죽음보다 더 완벽한 방법은 없었기 때문이다.

그렇다. 심덕의 마지막 죽음은 정사여야 했다. 한때 가장 잘나가던 여자가, 세상 그 누구보다 당당하던 여자가 사랑하는 연인을 위해 죽는다면, 사람들에게 큰 충격을 줌과 동시에 대단한 환상을 심어줄 수 있을 게 분명했다. 거기다 그 여자가 일개 기생이나 여염집 여자가 아니라 배울 만큼 배운 데다가 자유연애까지 표방했던 신여성이라면 파장은 더 클 수밖에 없었다.

무엇보다 정사라면 심덕이 후에 두 번 다시 대중 앞에 다시 모습을 드러낼 수 없었다. 만약 단순한 비관으로 인한 자살이라면, 시간이 흐른 후 대중 앞에 짠 하고 다시 모습을 드러냈을 때 오히려 응원받을 수도 있었다. 죽지 않고 살아 있었던 게 다행이라고 여기는 이들이 있을 테니 말이다. 하지만 정사라면, 정사의 이미지를 이용하여 심덕이 유명세를 떨친다면 후에 살아 돌아왔을 때 대중은 분노할 것이다. 그들은 자신들이 기만당한 것에 대해 용서하지 않을 거다. 그러니 후에 심덕이 제 결정을 후회한다 해도, 정사로 마무리된 죽음은 절대로 되돌릴 수 없었다.

그렇게 심덕의 죽음의 형식까지 결정되면서 테츠의 프로젝트는 흠 없이 완벽해졌다.

"정사?"

"네. 정사요. 음반이 나오기 직전 여가수가 사랑의 아픔을 못 이겨 자살하는 겁니다. 그리고 그 이후 한 달 이내에 노래가 나오는 거죠. 그녀의 유작이자, 자살 당시 심경을 담은 가사가 실린 음반이 발매되는 겁니다. 사람들은 아마 그 노래에 담긴 사연에 열광할 것입니다. 그 음반에 어떤 이야기가 실렸을지 대중들은 호기심을 느낄 것이고, 너도나도 음반을 사려들 게 분명합니다."

"그러니까 마에다 상 말은, 음반 그 자체의 퀄리티가 아니라 음반 외의 것을 활용해 음반 판매량을 촉진하자는 거군요."

"그렇습니다. 음반의 가치를 모르는 이들에게 아무리 좋은 음반을 들이밀어 본들, 그들이 그것에 흥미를 느낄 리 만무합니다. 그들의 수준에 맞추자는 거죠. 일단 호기심을 끈 다음에 음반을 들려줍니다. 그리고 그들이 음반의 가치를 알게 되면, 그 이후 질적으로 훌륭한 음반을 공급하는 겁니다."

히데오는 영 떨떠름한 얼굴이었다. 그도 그럴 것이 그는 진심으로 순수하게 음악을 좋아했으니, 테츠의 꼼수가 마음에 안 들

만도 했다. 테츠는 초조했으나 조급하게 설득하기보다는 잠시 그가 생각을 정리할 수 있게 한숨 기다려주었다. 히데오쯤은 어떻게 해서든 제가 원하는 대로 끌고 갈 수 있다는 확신이 있기에 그리 조급하지 않았다.

"그런데 누군가 죽었다는 게 음반 판매량을 그리 폭발적으로 끌어올릴 정도로 이슈가 될까요? 게다가 정사라……. 너무 흔하잖아요? 조선에서도 기생들이 사랑에 비관해 자살하는 일은 자주 있다고 기사에서 본 거 같은데요?"

"윤심덕 양은 기생이 아니라 신여성입니다. 기생의 자살과 신여성의 자살은 다릅니다. 기생은 남자에게 웃음을 팔아 그 관심을 먹고 사는 존재입니다. 그러니 사랑에 빠져 목숨을 던지는 것이 어쩔 수 없이 정해진 그 직업의 운명이라면 운명이랄 수 있겠지요. 하지만 신여성은 기생과 반대로 제 삶을 스스로 개척하는 강인한 여자입니다. 사랑 따위에 결코 목숨을 걸지 않아요. 그러니 이 프로젝트를 통해 윤 양이 자살을 했다고 알려진다면, 그건 신여성이 사랑으로 인해 자살한 첫 번째 사건이 될 것입니다. 거기다 주인공은 보통 신여성도 아니고 자유연애를 선언한 인물입니다. 사랑 따윈 필요 없다고 외치던 인물이 사랑으로 인해 죽는다면 대중들이 얼마나 흥미를 느끼겠습니까? 신여성을 자살하게 만든 그 대단한 사랑이 무엇인가, 관심을 끌지 않겠습니까?"

"그럴까요? 그래도 죽음을 그런 식으로 이용하는 건 그리 내키지 않아요."

"네. 이해합니다. 대중들을 기만함으로써 장사를 하는 것이니 순수하게 음악을 사랑하시는 사장님은 싫어하실 만도 합니다.”

“아니, 대중들을 속이는 거야 대중문화에서 흔히 일어나는 일이죠. 난 그 정도도 모르진 않습니다.”

에헴, 하며 제법 잘난 척하는 듯한 태도로 히데오가 어깨를 폈다.

“내가 염려하는 것은 과연 윤 양이 이 프로젝트에 협조해 줄까 하는 것입니다. 본인의 죽음을 이용하는 거잖아요. 그 말인즉슨, 실제로는 살아 있는데, 살아 있되 살아 있다고 알리지 못한 채 평생을 죽은 사람이 되어 살아야 한다는 거죠. 사회적 매장이란 말입니다. 이 프로젝트를 하고 나면 윤 양은 앞으로 가족들 앞에도 친구들 앞에도 모습을 드러낼 수 없어요. 심지어 들키게 될 경우 비난과 조롱까지 감수해야 할 거예요. 아직 나이도 어린데 몇십 년을 그리 죽은 사람으로 사는 것을 과연 윤 양이 수긍할까요? 거기다 예술가가 자신의 이름을 건 작품 활동조차 영영 할 수 없게 되는데, 과연 한순간의 유명세를 위해 이 일을 받아들이겠습니까?”

히데오의 반론에 테츠가 잠시 생각에 잠긴 듯 고개를 숙였다. 부러 생각에 잠긴 것처럼 보이기 위해서 한 행동이었다. 잠시 후 테츠는 조금 난처한 얼굴로 고개를 들어 히데오를 보았다.

“사실 그런 고민을 저 역시도 하지 않은 것은 아닙니다만……”

“그렇죠? 마에다 상? 힘들겠죠?”

“아뇨, 고민은 했습니다만, 저는 가능하다고 봅니다. 아직 윤 양에게 직접 묻지 않아서 거절당할 수도 있지만, 저는 결국 윤 양이 이 프로젝트를 수용하리라 생각합니다."

"왜요? 어째서요?"

믿기지 않는다는 듯 히데오가 눈을 동그랗게 떴다.

"사장님도 아시지 않습니까. 한창 절정에 이르렀던 예술가
가 아래로 떨어질 때 얼마나 비참한지를요. 음악가들이 슬럼프에
빠질 때 얼마나 바닥을 치는지 사장님께서 누구보다 잘 아시리라
생각합니다만……."

넌지시 추켜세워 주는 테츠의 말투에 히데오가 허리를 곧추
세우며 고개를 끄덕였다.

"물론, 난 예술가는 아니지만 예술가에 대해 누구보다 잘 알
죠. 그들은 아주 섬세하고 예민하지요. 그래서 마에다 상의 말대
로 한 번 우울감에 빠지면 헤어 나오지 못하고 매우 괴로워합니
다. 그렇기 때문에 가끔 극단적인 선택을 하는 경우도 있구요."

"지금 윤 양의 상태가 바로 그러합니다."

"그래요?"

"네. 유명세는 전성기 때와 별반 다를 바 없지만 작품은 내놓
지 못하고 기량은 전성기 때보다 떨어진 상태라 본인의 우울감
과 좌절감, 낭패감이 상당하다고 들었습니다. 전형적인 슬럼프인
데 문제는 빠져나올 방법이 없다는 거죠. 이제 조소를 들으며 내
려갈 길밖에 남지 않았어요. 그러니 윤 양에게 이 프로젝트는 또
다른 기회일 수 있습니다. 몰락밖에 남지 않은 예술가에게 이보
다 더 화려한 퇴장이 어디 있을까요? 예술가라면 의당 자신의 마
지막을 모든 대중의 뇌리에 선명하게 각인시키고 싶지 않겠습니

까? 조용히 눈에 띄지 않게 사그라들어 한 줌의 재가 되는 것보다는 화려한 마지막 불꽃으로 모두의 주목을 받는 끝을 바랄 겁니다. 그래서 저는 윤 양이 이 프로젝트를 받아들일 거라고 확신하는 겁니다."

고개를 끄덕이며 테츠의 말을 듣던 히데오는 한동안 말이 없었다. 한참의 시간이 지난 뒤 히데오가 숨을 얕게 들이켜며 테츠를 보았다.

"알겠어요. 하지만 지금 무어라 결정을 하기 어렵군요. 좀 더 생각해 봅시다."

"알겠습니다."

당장 허락의 말이 떨어지리라 예상하지 않았다. 히데오는 무슨 일이든 그 자리에서 바로 결재를 해주는 일이 거의 없었다. 물론 이 일은 그 자리에서 결정하기 어려운 큰 프로젝트니 그나마 이해할 수 있지만, 이와 반대로 아주 사소한 일이라도 히데오는 결단을 내리는 데 하루에서 이틀 정도의 시간을 필요로 했다. 그래서 종종 일각을 다투는 일임에도 히데오의 허락이 떨어지지 않아 발을 동동 구르는 일이 왕왕 있었다. 그래서 회사 사람들은 '영웅'이란 이름에 걸맞지 않게 소심하다며 뒤에서 수군거리곤 했다. 테츠는 그것이 감수성이 예민한 사람 특유의 우유부단한 성정이 두드러지게 강한 탓이라 여겼다.

"그럼 내일 뵙겠습니다."

며칠이 걸리건 끙끙 앓겠지만 결국은 허락해 줄 것이다. 허락해 주지 않는다면 끝내 허락할 수밖에 없도록 만들 것이다. 자신 있었다. 테츠는 느긋한 마음으로 자리에서 일어나 히데오에게 인사한 뒤 사장실을 나섰다. 3일? 4일? 혹시 일주일 넘게 걸린다면 미리 할 일이 무에 있을까나, 이미 허가의 말이 떨어지기라도 한 양 방을 나서는 테츠의 머릿속은 바쁘게 돌아가고 있었다.

"대단히 좋아요. 생각할수록 매우 훌륭한 아이디어입니다. 곧장 진행하도록 하세요."

그래도 이렇게 빨리, 이리 환영하면서 허락해 줄 거라곤 생각지 못했는데.

활짝 웃는 히데오의 동그란 얼굴을 테츠가 얼떨떨하게 쳐다보았다. 적어도 이삼일은 걸릴 줄 알았다. 히데오는 바보 같지만 일견 순수한 면을 가지고 있는 인물이었다. 누군가의 죽음을 이용하고, 대중을 기만하여 돈을 버는 게 예술에 흠집을 입힌다고 생각할 거라 여겼다. 그것이 인간에 대한 예의가 아니라고 심각하게 고민할 수도 있다고 생각했다. 끝내는 회사의 어려운 사정 때문에 허락할 수밖에 없겠지만, 그러라고 말하기 전까지 치열하게 내적 갈등의 시간을 가질 줄 알았다.

"지금 곧장요?"

"그럼요. 쇠뿔도 단김에 빼라는 조선말이 있지요? 단김에 빼세요. 하하하."

단 하루 만에, 아니 어제 퇴근할 때쯤 보고해서 오늘 출근하자마자 불러왔으니 정확히는 반나절 만에, 이리 태도가 바뀌리란 건 전혀 예상치 못한 일이었다. 갑작스러운 태세 전환에 테츠가 놀란 표정을 숨기지 못한 채 멍청하게 히데오를 쳐다보았다.

"이다음 계획은 뭡니까?"

"네?"

"다음 계획이요. 생각해 둔 게 있지요?"

"아, 네. 일단 실력이 좋은 작사가를 찾아보려고 합니다."

"그래요. 가사가 훌륭해야 사람들의 관심이 더 커지겠죠. 마에다 상은 안목이 높으니 좋은 사람을 구해오리라 믿습니다."

격려하는 히데오를 보며 멍청하게 고개를 끄덕이던 테츠가 화드득 정신을 차렸다. 뭐 어찌 됐든 허락을 받았으니 이제부터 시작이었다. 눈빛을 단정히 한 테츠가 히데오를 보며 목소리를 낮추었다.

"네. 무엇보다 이 일은 보안이 중요하니……."

"그렇죠. 입이 무거운 작사가여야겠네요."

"네. 그러니 회사 내에서도 기밀로 일을 처리했으면 합니다. 저와 사장님만 아는 일로요."

테츠의 말에 히데오가 흔쾌히 고개를 끄덕였다.

"알겠어요. 우리 둘 다 조심합시다. 나가보세요."

"감사합니다."

인사를 한 뒤 돌아서면서 테츠는 다시 한번 고개를 갸웃했다. 무언가 확실히 이상했다. 무어라 딱 꼬집어 설명할 순 없지만 명쾌하지 않았다. 찝찝했다.

하지만 굳이 여기서 그런 것들을 따질 형편이 아니었다. 하마터면 실현조차 할 수 없을 뻔한 프로젝트였다. 그것을 이리 빨리 실행할 수 있게 된 것에 일단은 감사해야 했다. 지나치게 일이 순순히 풀려간다고 해서 괜히 사서 걱정하며 생각을 깊게 할 필요 없었다. 그만큼 저와 심덕이 인연이라고 여기면 그만이었다.

간단히 제 생각을 정리한 테츠가 힘차게 걷기 시작했다. 드디어 그토록 고대하던 프로젝트의 시작이었다. 심덕과 재회할 날이 이제 얼마 남지 않았다는 사실이 테츠를 설레게 했다.

오랫동안 염원해 온 제 꿈을 완벽하게 만들기 위해서 테츠는 모든 것을 하나하나 아주 섬세하게 살폈다. 누구의 도움도 받을 수 없고, 누구도 알아선 안 되는 일이니만큼 아주 작은 것 하나까지도 스스로 챙겨야 했다. 무엇보다 심덕의 마지막 무대였다. 아주 작은 소품 하나까지도 심혈을 기울여 골라야 했다.

이 프로젝트에서 테츠가 가장 중요하게 생각한 것은 심덕이 죽은 뒤 나올 음반의 질이었다. 유작이 훌륭하면 훌륭할수록 오랫동안 인구에 회자될 것이다. 또 작품이 훌륭해야만 죽어서라도 영원히 남는 게 더 멋지지 않냐고, 이 정도면 네 마지막 작품으로 충분하지 않냐고, 심덕을 설득시키기도 쉬울 거고 말이다.

무엇보다 유서를 대신할 유작인 만큼 특히 가사가 중요했다. 가사가 많은 의미를 포함할수록 파장이 커질 것이다. 그러니 단순히 좋은 것을 넘어서서 사람들의 상상력을 자극하는 무언가가 있어야 했다. 아름다우면서도 미스터리한, 그러면서도 여러 가지 의미로 해석 가능한 가사일수록 좋았다.

"작사가?"

"정확히는 시인이야. 가사에 따라 곡을 쓸 생각이니까."

"시인이야 많지. 어떤 유를 원하는데?"

"음, 형편이 아주 어려운 시인."

"뭐야. 취향을 물었는데 답이 왜 그래? 형편이 어려운 시인? 시인을 찾는 녀석 중 너처럼 특이한 조건을 요구하는 애는 처음 봤다."

"입이 무거운 녀석이 필요해."

테츠의 말에 와세다대학 예과 동기이자 현재 동인지 활동을 하고 있는 가즈야가 안경 너머로 테츠를 흘깃 쳐다보았다.

"대필가를 구하는 모양이군. 어느 귀족 자제가 이름을 내고 싶은 모양이야. 설마 네가 고작 엔카 가수 따위를 위해 대필가를 구하진 않을 테니 말이야."

그리 오해한다면 차라리 다행이다 싶어서 테츠가 난처한 얼굴로 미소 지었다. 가즈야가 혀를 끌끌 찼다.

"이봐. 내 주위엔 그렇게 영혼을 팔 정도로 처지가 곤궁한 시인은 없다고."

"한 명도? 생각해 봐. 예술가, 특히 시인은 배고픈 이들이야. 정말 한 명도 없어?"

"일본인 중엔 없어. 혹……."

"혹?"

"조선인들이라면 모를까. 그래. 조선인들 중엔 좀 있겠다. 그들은 대부분 처지가 곤궁하니까. 그리고 조선인들이라면 더 입을 다물게 하기 쉽지 않겠어? 차라리 일본인들보다 조선인들 중에 찾아보지 그래?"

"일본인이 더 나을 거 같은데……."

심덕의 음반은 일본이 아니라 조선에서 발매할 거였다. 그러니 차라리 일본인이 나았다. 조선인들은 심덕을 잘 알 것이 분명한데, 나중에 음반이 히트 쳤을 때 과연 그들이 끝까지 침묵할지 의문이었다.

하지만 테츠가 내켜 하지 않는 것을 아랑곳하지 않고 가즈야는 조선인들이 주로 활동하는 동인지의 명부를 들고 오더니 한 명씩 훑어보기 시작했다.

"이들 중에 쓸 만한 인물이 있을 텐데."

"난 일본인이 더 낫다니까."

"보자, 아, 여기 있다!"

"가즈야!"

"김우진 어때?"

"김우진?"

가즈야가 눈을 반짝이며 고개를 끄덕였다. 테츠가 고개를 절레절레 저으며 코웃음 쳤다.

"잊어먹었어? 김우진은 집이 부자야. 갑부 집 아들이 뭣 하러 익명의 대필가를 자청하겠어?"

"소식 못 들었나 보네."

"무슨 소식?"

"김우진 가출해서 홍해성 집에 얹혀살고 있대. 거기서 홀로 예술혼을 불태우고 있다더라."

"가출? 왜?"

"기억 안 나? 대학 시절부터 그 댁 부친은 사업하라 하고 걘 글 쓴다고 해서 갈등이 많았잖아. 결국 못 견디고 뛰쳐나온 모양이야. 부잣집 도련님이 고생 꽤나 하고 있는 거 같던데, 네 제안 흔쾌히 받지 않을까?"

우진이 부친과 얼마나 첨예한 갈등을 겪고 있었는지는 누구보다 제가 더 잘 알았다. 저 역시도 아버지와 사이가 좋다고 할 수 없기에, 부친으로 인해 괴로워하는 우진의 감정에 깊이 공감했다. 둘 다 아버지가 실재함에도 감정적으로는 아버지가 부재하다고 느꼈는데, 그런 동질감이 서로를 더 가깝게 했다. 거기다 보통 사람보다 예민한 성정이나 비슷한 문학적 취향 덕분에 둘 다 낯을 가리고 곁을 내어주는 성격임에도 쉽게 친해질 수 있었다.

"정말 가출을 했대?"

"응. 궁금하면 홍해성에게 연락해 봐. 며칠 전에 안 그래도 일감이 없냐고 홍해성이 찾아왔었어. 졸지에 입이 하나 더 늘었다고 그 친구도 꽤나 난처해하더라. 대책 없이 가출해서 완전히 홍해성한테 신세를 톡톡히 지고 있는 모양이더라고."

우진은 희곡도 잘 썼지만 일기나 시를 쓰는 능력 역시 빼어났다. 게다가 기본적으로 우울한 정서가 짙었고 세상이나 삶에 대한 회의감이 컸다. 유서로 읽힐 만한 시를 잘 써줄 적임자이긴 했다.

"그런데 김우진은 글이 좀 우울해서 귀족 집안 도련님과 어울리지 않으려나?"

"아냐. 괜찮아."

“연락처 줘?”

“응.”

순순한 테츠의 대답에 가즈야가 만족한 듯 씩 웃으며 메모지를 찢어 전화번호와 주소를 적기 시작했다.

“그나저나 어느 집 도련님이 유명세를 타고 싶어서 널 고생시키는 거야? 아니 도련님이 아니라 할배가 뒤를 봐주는 엔카 가수인가? 요즘 유명한 가수 중에 누가 있지? 작사를 한다고 하면 사람들의 이목을 끌 만한 애가 누가 있나?”

테츠의 집안 배경을 아는 가즈야는 아마 할 일이 없고 돈은 많은데 시간은 차고 넘치는 귀족 중 누구 하나가 장난을 치는 모양이라고 거의 확신하는 듯했다. 대답 대신 테츠는 콧잔등을 긁적이며 다시 한번 눈썹을 늘어뜨리고 난감한 듯 미소 지었다. 가즈야가 코웃음을 치며 홍해성의 연락처를 테츠에게 건넸다.

“너 정도 되는 녀석이 말도 못 할 정도면 상당한 가문이신가 보군. 뭐 부잣집 자식일수록 배부른 우울감이 크니 그런 면에서 잘하면 김우진과 맞을 수도 있겠다. 가봐.”

“고마워. 또 보자.”

테츠가 감사를 표하며 자리에서 일어났다. 가즈야가 의자를 빙 돌려 삐딱하게 앉으며 담배를 꺼내물었다.

“시가 나오면 한번 가져나 와봐. 궁금하니까.”

아마 그에게 보여줄 일은 없을 것이라고 속으로 생각했지만, 테츠는 내색 않고 웃으며 고개를 끄덕였다. 시작이 나쁘지 않다는 것만으로도 썩 기뻐서 고함이라도 지르고 싶은 심정이었기에 가즈야의 시건방진 말에 얼마든지 순박한 얼굴로 고개를 끄덕여 줄 수 있었다.

　담배 한 보루와 양주 한 병을 손에 든 테츠가 해성의 집 문을 두드렸다. 잠시 후 안에서 우당탕탕거리는 시끄러운 소리가 들리더니 낡은 철제문이 삐걱거리며 열렸다.
　"누구세요?"
　덥수룩하게 기른 수염에 푸석푸석한 머리, 늘어난 티셔츠에 무릎 나온 바지, 그리고 입에 삐딱하게 문 담배까지 해성의 몰골은 너무나 전형적으로 모두가 생각하는 예술가의 모습을 하고 있어서 웃길 정도였다. 테츠가 고개를 까딱하며 인사했다.
　"오랜만이야. 나 기억해? 순회극단에서……."
　"어, 어! 마에다! 마에다 상 맞지?"
　테츠의 얼굴을 확인한 해성이 문을 활짝 연 뒤 반가운 얼굴로 악수를 청했다. 기억하지 못하거나 불청객 취급을 받는다면 꽤나 일이 복잡해졌을 텐데 다행이었다. 해성의 환대에 기쁜 테츠가 활짝 웃었다.
　"기억 못 할 줄 알았는데."
　"그럴 리가 있나. 그때 우리가 네 도움을 얼마나 받았는데. 게다가 너처럼 생긴 녀석을 잊기는 쉽지 않지. 그때 계집애들 중에 너 소개해 달라고 나한테 징징거린 애들이 얼마나 많은 줄 알기나 하냐."
　"들어가도 될까?"

"어, 그래. 들어와. 더럽다고 욕만 하지 말고."

넉살 좋게 농을 치며 해성이 테츠를 집 안으로 안내했다. 사내들이 사는 집답게 제대로 환기되지 않은 좁은 공간엔 쿰쿰한 곰팡내와 담배 냄새가 뒤섞여 있었다. 바닥에 어지러이 흩어진 것들을 정리하며 해성이 뒤늦게 무안한지 머리를 긁적였다.

"미안. 청소를 못 해서."

"뭘 괜찮아. 이거 받아. 빈손으로 오기가 뭣해서."

테츠가 술과 담배를 해성에게 건넸다.

"뭘 이런 걸 다 가져와."

입으로는 그리 말하면서도 순간 눈이 환해지는 것을 테츠는 놓치지 않았다.

"그러고 보니 우리가 몇 년 만이지? 한 3년 됐나?"

"그쯤 됐지."

"넌 고대로다."

"너도 안 변했는데 뭐."

"빈말은. 그런데 어쩐 일이야? 연락도 없이 불쑥? 내가 여기 사는 건 또 어떻게 알고?"

궁금한지 해성이 질문을 쏟아냈다. 하나하나 답해주지 못할 것도 없지만, 해성과 수다를 떨러 온 것이 아니기 때문에 테츠는 대답 대신 곧장 자신의 방문 목적을 밝혔다.

"여기 우진이 있다며?"

테츠의 물음에 해성이 아, 하는 얼굴로 고개를 끄덕였다. 몇 년 만에 불쑥 나타난 테츠가 반가우면서도 좀 황당했으나 우진을 보기 위해서 저를 찾아온 거라면 이해 못 할 일도 아니었다. 잘생기고 매너가 좋음에도 은근히 곁을 비워두며 사람을 가까이하지 않던 테츠가 우진에게만큼은 제 경계를 허물어뜨린다는 것을 익히 알고 있었기 때문이다.

"어. 그 녀석 위에 다락방에서 지내. 우진이가 연락했어?"

"아니. 오랜만에 가즈야를 만나서 들었어. 우진이가 와 있다길래 연락처를 달라고 했어."

"아, 그랬구나."

"목포에 간 후 편지를 주고받다가 끊겼거든. 도쿄에 온 줄은 꿈에도 몰랐어. 가즈야가 아니었으면 쭉 몰랐을 거야. 소식을 들으니 궁금하기도 하고 오랜만에 보고 싶기도 해서 왔어. 연락 없이 불쑥 와서 미안해. 가즈야한테 듣기로는 상황이 좀……."

"어. 그냥 오길 잘했어. 네가 연락했으면 우진이가 안 만난다고 했을지도 몰라. 잘됐다. 녀석 데리고 나가서 맛있는 것도 사주고 술도 한잔 사주고 그래주라. 그 녀석 그 다락방에서 꼼짝도 안 해. 아주 보기만 해도 갑갑해서 죽겠다."

"꼼짝도 안 한다고?"

들어오기 전 해성의 집을 떠올린 테츠가 아연한 얼굴로 해성을 보았다. 이해한다는 듯 해성이 어깨를 으쓱했다.

"그래. 양철 지붕 밑에서 지내. 겨울엔 얼어 죽게 춥고 여름엔 쪄 죽게 더운 데서 도무지 움직이질 않아. 보기만 해도 아주 속이 터져 죽겠어. 무슨 위대한 예술 작품을 써낼 작정이기에 저렇게 고난의 행군을 하는지 도통 나는 모르겠다."

"가출을 했다고 들었는데……. 본가와는 아주 연을 끊은 건가?"

"어. 본가에서 몇 번 사람을 보냈는데 우진이 만나지도 않고 돌려보냈어. 사사로운 인연을 끊고 위대한 예술가가 되겠대. 그런데 예술가가 되기 전에 저러다 사달이 나지 싶다. 고생 안 해본 부잣집 도련님, 세상 물정을 몰라도 너무 몰라서 원."

해성이 안타까워하며 넋두리를 늘어놓았다. 이야기를 할수록 해성의 얼굴은 일그러졌지만 정작 테츠는 말을 들으면 들을수록 기뻐서 자꾸만 올라가려는 입꼬리를 아래로 늘어뜨리기 위해 혼신의 힘을 다해야 했다. 우진에게 이야기를 꺼내는 것은 어렵지 않을 듯했다. 게다가 이 정도 상황이라면 테츠의 제안을 거절하지 않을 확률도 높았다. 테츠는 마지막으로 제게 필요한 것을 확인하기로 결심했다.

"안 그래도 우울한 성정인데, 일이 그쯤 되었으니 우진인 지금 꽤나 많이 힘들겠는걸."

"야, 너 아는구나? 왜 안 그렇겠냐? 안 그래도 내가 쟤 비위 맞추다가 명이 짧아질 지경이야. 하루에도 열두 번씩 기분이 바뀌어. 어쩔 땐 좋아 죽겠다고 난리다가 어쩔 땐 유서를 써놓고 죽겠다고 난리다가, 아주 환장할 노릇이야."

완벽했다. 지금의 우진이라면 테츠가 원하는 수준의 글을 써줌과 동시에 입을 다물어줄 것이다. 어쩜 필요한 것들이 이렇게 필요한 순간에 기막히게 나타날까. 테츠가 자신 앞에 주어진 행운에 가슴 깊이 감사했다.

"어? 일어났나 보다."

귀를 기울이자 천장이 삐걱거리는 소리가 울렸다. 위층에서 누군가 움직이는 모양이었다. 해성이 위로 올라가는 계단을 손짓했다.

"난 요 앞 공원에서 담배 좀 피우고 들어올게. 같이 얘기하다가 데리고 나가. 기분 좀 풀어줘."

"그럴게."

고맙다는 듯 해성이 테츠의 어깨를 두어 번 두드린 뒤 밖으로 나갔다. 테츠가 조심스레 계단을 올라갔다.

"우진?"

빛이 들어오지 않는 다락방은 어두웠다. 구부정하게 허리를 굽힌 채 책상 앞에 앉은 우진이 느리게 눈을 꿈뻑이며 담배를 피우고 있었다. 계단을 올라간 테츠가 근처에 엉덩이를 붙이고 앉았다.

"나야. 테츠."

"테츠? 마에다 테츠?"

"응. 마에다 테츠. 오랜만이지?"

담배를 두어 모금 피울 동안 우진은 답이 없었다. 그리고 한 발 늦게, 마치 이제야 들었다는 듯 고개를 끄덕이며 웃었다.

"그래, 정말 오랜만이네."

"올라가도 될까? 아님 내려올래? 해성인 밖으로 나가서 아래층에 아무도 없어. 근처 어디 술집에 가서 한잔하는 건 어때? 오는 길에 괜찮은 요리점을 봐두었는데."

216

　테츠에 말에 또 한참 동안 아무 대꾸 없이 우진은 담배를 피우기만 했다. 테츠는 가만히 기다렸다. 손에 든 담배가 바싹 짧아지자 그제야 우진이 재떨이에 그것을 비벼 끄며 입을 열었다.

　"나가지. 내려가서 기다려. 옷을 갈아입고 내려가지."

　"그래."

　해성이 왜 그리 걱정했는지 이해할 수 있었다. 그는 주어지는 자극에 정상적으로 반응하지 못했다. 우울증에 빠져서 약이나 술에 취해 있는 제 모친과 흡사했다. 지나치게 예민하거나 지나치게 둔감했다. 그리고 일반적인 상황에서 보편적인 반응을 즉각 하지 못하는 것도 그랬다.

　막역하다곤 할 수 없으나 꽤 가까운 사이였다. 무엇보다 테츠는 우진을, 그리고 우진의 작품을 좋아했다. 좋아하는 친구이자 좋아하는 작가가 저리 망가졌다는 건 분명 대단히 슬픈 일이었다. 하나 그의 망가짐이 속상한 와중에도 한편으론 그에게 부탁하면 정말 좋은 글이 나오겠다는 생각에 설레고 있었다. 정말 자신이란 인간이 얼마나 끝없이 잔인한가, 자책하는 와중에도 그에게 어찌 말을 꺼내야 할지 고민하는 것을 멈출 수는 없었다.

　"가지."

　꽤 시간이 흐른 뒤 우진이 모습을 드러냈다. 밝은 곳에서 보자 그의 변화가 확실히 실감 나서 테츠는 순간 멍해졌다.

　대학 시절 우진은 부잣집 도련님답게 마치 기름 바른 차돌처럼 맨들맨들했다. 사치하진 않았으나 안경 뒤의 날카롭고 총명하게 빛나는 눈매나 꼿꼿이 세운 허리, 단정하고 깔끔한 옷차림만으로도 그가 얼마나 곱고 귀하게 자랐는지 누구나 알아차릴 수 있었다. 하지만 몇 년 만에 만난 그는 과거 와세다대학 교정에서 만난 그 김우진이 맞나 의심스러울 정도로 달라져 있었다. 덥수룩하고 정돈되지 못한 머리, 턱과 입 주변에 거뭇거뭇하게 난 수염, 헝클어지고 구겨진 셔츠에 주름진 바지, 안으로 말리고 말려 굽은 어깨는 그를 궁색하게 보이도록 했다. 무엇보다 안경 너머 두 눈이 예전처럼 반짝이지 않았다. 시선은 흐릿했고 두 눈의 총기는 빛을 잃었다. 해성이 왜 그리 걱정했는지 확실히 알 수 있었다. 그는 망가졌다. 완전히 고장 나버렸다.

"나가지."

"어, 그래."

밝은 곳에서 그의 모습을 보자, 오히려 테츠는 입이 떨어지지 않았다. 어떻게 이런 사람에게 유서와 다를 바 없는 시를 대필해 달라고 말할 수 있단 말인가. 앞서 걷는 테츠의 발걸음이 제 마음처럼 무거워서 자꾸만 느려졌다. 땅에 발을 끌며 뒤따라오는 우진의 걸음 소리가 들릴 때마다 새삼 속이 상했다. 하지만 이제 와서 돌아갈 수도 없는 노릇이다. 오히려 제 제안이 우진에게 도움이 될 수도 있다고 스스로에게 변명하며 테츠가 약해지려는 마음을 다잡았다.

"여기야. 아까 오는 길에 미리 봐뒀어. 중국 음식 괜찮지?"

"응."

테츠는 미리 예약해 둔 근처 중국집으로 우진을 데려갔다. 우진은 아무 말 없이 테츠가 이끄는 대로 가 자리에 앉았다. 자그마

218

한 방에서 마주 보자 그의 초췌한 몰골이 더 두드러지게 느껴져서 테츠는 비스듬히 눈을 내려 시선을 피했다.

“담배 피워도 되지?”

“그럼. 음식은?”

“알아서 해. 난 뭐든 상관없으니.”

테츠가 주문하는 사이 우진이 담배를 찾는지 주머니를 뒤적였다. 종업원과 이야기를 나누면서 테츠가 자연스레 뜯지 않은 담뱃갑을 꺼내 우진의 앞으로 밀어주었다. 물끄러미 그것을 쳐다보던 우진이 새 갑을 뜯은 뒤 담배를 꺼냈다. 이내 주문받은 종업원이 단둘만 남겨놓고 밖으로 나갔다. 뿌연 담배 연기가 좁은 공간에서 피어올랐다. 순간 갑갑해진 테츠가 넥타이를 느슨하게 만들었다.

“정말 오랜만이야.”

“응.”

“잘 지내지?”

“나야, 늘 똑같지. 회사원이야. 나는 재능이 없어 예술가는 못 하니까.”

“어울려. 학창 시절에도 꼼꼼했었잖아. 무슨 회사야?”

“음반 회사야. 주로 조선에 수출할 목적의 음반을 만들어. 축음기를 수입해서 팔기도 하고. 궁극적으로는 음반과 축음기 등 전반적인 모든 분야에서 자력갱생할 수 있는 기술력을 갖추는 게 목표지.”

“몸담고 있는 쪽이 기술은 아닐 테고, 음반 제작인가?”

"응. 제작이랑 세일즈."

우진이 고개를 끄덕이며 담배를 태웠다. 음식이 나올 때까지 두 사람은 각자 생각에 빠진 채 침묵했다. 잠시 후 종업원이 들어와 고량주와 함께 주문한 음식을 식탁 위에 내려놓았다. 따뜻한 스프와 튀긴 빵, 튀긴 돼지고기에 간장 소스를 부은 것과 볶은 해산물 요리 등이었다. 둘이 먹기엔 다소 과하게 시켰는데도 우진은 별반 놀란 기색도 없이 묵묵히 음식들이 놓이는 것을 보기만 할 뿐이었다.

"한 잔 하지."

"응."

테츠가 우진과 자신의 술잔에 술을 채웠다. 둘은 술잔을 가볍게 부딪친 뒤 단숨에 들이켰다. 도수 높은 고량주가 목을 타고 내려가자 순식간에 속이 따끈해졌다. 젓가락을 든 우진이 제 앞에 있는 음식을 집어 먹기 시작했다. 테츠가 다시 잔을 채웠다. 우진이 다시 잔을 비웠다. 그리고 음식을 먹었다. 그렇게 서너 번 반복하자 어느새 우진의 얼굴이 붉게 달아올랐다.

"어때? 작품 활동은 잘 되어가고 있어?"

분위기가 느슨해졌다 싶을 때 테츠가 눈치를 살피며 말을 꺼냈다. 튀긴 돼지고기를 씹던 우진이 피식 바람 빠진 웃음을 지었다.

"작품 활동은 무슨, 쓰레기나 다를 바 없는 걸 혼자 끄적이는 것에 불과하지."

"무슨 소리야. 내가 네 글을 얼마나 좋아했는지 알잖아. 가출을 했다고 들었어. 가출할 정도면 꼭 쓰고 싶었던 글이 있었던 거 아냐? 어떤 건데?"

"있었지. 있었어. 글을 쓰고 싶어 미칠 지경이었어. 그래서 집을 나왔지. 그런데 말야. 막상 집을 나오고 나니까 글을 못 쓰겠더라고. 인생 참 웃기지?"

우진은 늘 순수예술, 그것도 아직 식민지 조선에선 생소한 정통적인 서구 연극을 하고 싶어 했다. 그러나 부친은 장남인 우진이 실용 학문을 하길 원했다. 집안의 기대와 자신의 꿈 사이에서 끊임없이 갈등하다 그 괴로움을 더 이상 견딜 수가 없어서 집을 나왔다. 한 가지로 마음과 행동을 확실히 정하면 더 좋은 결과물을 얻을 수 있으리라 생각했다. 그리 믿었다.

하지만 가출 후 닥친 현실은 우진이 기대하던 것과 전혀 달랐다. 기본적인 의식주가 해결되지 않는 한 배고픈 소크라테스가 배부른 돼지보다 가치 있다는 말은 사치이자 허상이었다. 먹고살 수가 없는데 다른 일을 할 수 있을 리 만무했다.

태어나 처음으로 '도련님'이라는 자리를 박차고 나온 뒤에야 우진은 비로소 제 생각보다 살아가는 데 필요한 게 많다는 것을 깨달았다. 결코 이대로는 '창작만' 할 수 없었다. '창작을' 하기 위해서 해야 할 일들이 산적해 있었다. 수중의 여윳돈이 떨어지자 고작 단 몇 푼에 구질구질해져야 하는 상황이 쉴 새 없이 펼쳐졌다. 그 낯선 환경 속에서 우진은 점점 예민해져 갔다. 가뜩이나 날이 서 있던 신경 줄은 이제 끊어질 것처럼 팽팽하게 땅겨져서 조금의 자극도 견디지 못했다. 편두통이 극심해졌고, 감정 조절이 불가능했다. 환청이 들렸고, 망상이 종종 우진을 덮쳤다. 자신의 선택이 과연 옳은 것이었나, 점점 자신할 수 없어졌다.

"예술이란 게 너무 몸이 편해도 나오지 않는 것이라지만, 지나치게 생활고에 찌들어도 나올 수가 없지. 그래서 예술이 어려워. 아주 날 선 감성으로 절묘하게 현실과 이상 사이를 줄타기해야만 얻을 수 있는 것이니까. 갈등이 없어도 안 되고 지나쳐도 안 되니 정말 힘든 일이지."

"맞아. 모든 요건이 만족한다고만 해서 글이 나오는 건 아니더라고. 너무 늦게 알았어. 그렇다고 해서 돌아간다 한들 해결책이 있는 건 아니고. 배수의 진을 치고 나왔으니 죽이 되든 밥이 되든 여기서 해결을 볼 수밖에."

우진이 까칠해진 얼굴을 손으로 쓸었다. 그의 두 눈가에 짙게 피로가 내려앉아 있었다. 그에게 이런 제안을 하는 것이 일견 굉장히 잔인한 일이란 걸 다시 한번 되뇌면서도, 또 지금만큼 호기가 없단 생각에 테츠가 마른 입술을 핥았다. 그래, 저는 잔인한 인간이다. 테츠가 스스로를 자조하며 입을 열었다.

"그래서 말인데, 내가 도움을 주고 싶은데 말야."

"후견인 같은 거라면 관둬. 그런 건 싫어."

말이 떨어지기 무섭게 우진이 인상을 쓰며 뒤로 물러났다. 테츠가 고개를 저었다.

"후견인이라니, 내가 뭐라고 감히 후견을 하겠어? 난 그런 그릇이 못 돼. 난 비즈니스를 하려는 거야."

비즈니스, 라는 말에 우진이 솔깃했다. 동정은 질색이었지만, 제 재능을 쳐주는 거라면 환영이었다. 지금 우진을 가장 불안하게 하는 것은 고흐처럼 살아생전에 빛도 못 본 채 죽을지도 모른다는 것이었다. 그렇다면 집을 굳이 나올 이유가 없었다. 살아서 조금도 누리지 못하는 죽은 뒤의 영광이란 부질없는 거였다. 종교가 없는 데다 철저하게 사업가의 아들로 자란 덕분에 우진은 감수성이 예민한 작가임에도 불구하고 사후에 대한 낭만이나 환상은 없는 편이었다.

"작사가가 필요해. 나는 네가 해줬으면 해."

"작사라……. 곡에 맞춰서 글을 쓰는 일은 자신이 없는데."

"아냐. 그냥 시를 써주면 돼. 네가 써준 시에 맞춰서 우리가 곡을 쓸 테니까."

테츠의 대답에 우진이 의아한 눈길을 보냈다.

"원래는 곡을 먼저 쓰고 가사를 쓰지 않아? 왜 그리 배려해주는 거지?"

"가사가 더 중요해서 그래. 그리고 그건 내 생각엔 우진만이 써줄 수 있는 거라서."

"어떤 건데?"

"한 가수의 유작으로 남을 가사를 써주면 돼. 죽음을 기꺼이 맞이하겠다는 내용이면 더할 나위 없겠지."

"죽음을 기꺼이 맞이하겠다니, 특이한 내용이네."

"쉽지 않지. 그래서 찾아온 거야."

"죽음을 기꺼이 맞이하겠다라……. 그러니까 죽음을 찬양하는 가사를 써달라는 거네?"

"그렇지."

“죽음을 찬양하다…….”

우진이 낮게 읊조리며 눈을 비볐다. 피곤이 짙게 내려앉은 눈가가 어둡게 아래로 푹 꺼져 있었다. 입 속으로 몇 번이나 제가 한 말을 곱씹던 우진이 안경을 고쳐 쓰며 피식 웃었다.

“제대로 찾아왔어. 지금 내 상태면 죽음을 열렬히 찬미할 수 있을 거 같으니 말야.”

“해주겠어?”

“하지.”

“고마워.”

“무얼. 시 한 편으로 몇 달간 나는 내 희곡을 쓸 수 있을 테니 내가 고마워해야지.”

“사실은 몇 년이야.”

테츠의 대답에 우진이 놀란 눈으로 올려다봤다.

“원한다면 몇 년 동안 편안하게 지낼 만큼 돈을 줄 수도 있어.”

“시 한 편에?”

“시 한 편에.”

“왜? 그게 말이 돼? 대체 왜 그렇게까지…….”

“그 작사가에 네 이름을 싣지 않는다는 대가야. 그리고 그 곡이 아무리 유명해져도 가사를 쓴 게 너라고 밝혀선 안 돼. 괜찮아?”

젓가락을 내려놓은 우진이 고개를 위로 들어 천장을 보았다. 하하, 공허한 웃음소리가 우진의 입에서 흘러나왔다.

대필이었다. 그건 창작가로서 자존심을 파는 것과 진배없었다. 제가 쓴 시가 다른 이의 이름으로 판매된다. 만약 기가 막히게 잘 쓴다면 그치에게 환호가 쏟아질 것이다. 저는 평생 그 꼴을 보며 뒤에 숨어 지내야 했다.

하지만 지금 제게 다른 선택의 여지가 없었다. 몇 년을 돈 걱정 없이 지내게 해준다고 했다. 눈 한 번 질끈 감는 대가치고는 대단한 것이었다. 테츠가 거짓말을 할 위인이 아니라는 것은 누구보다 제가 잘 알았다. 그러니 틀림없는 사실일 거다. 시 한 편에, 몇 년 치의 생활비였다.

"하지. 하겠어."

그걸로 다른 희곡을 써서 유명해지면 그뿐이다. 익명으로 쓴 시보다 제 이름을 걸고 더 유명한 작품을 쓸 것이다. 자신 있었다. 생활고만 해결된다면 작품을 쓰는 데 더 이상 문제 될 게 없었다.

"시의 질이 좋아야 해. 그거 때문에 찾아온 거야. 네 실력을 믿으니까."

"걱정 마. 난 요즘 늘 죽음을 생각하거든. 하루도 빠짐없이, 아니 하루에도 몇 번씩이나 그래. 요 근래 나보다 더 죽고 싶었던 사람은 없을 테니, 잘 찾아온 거야."

구부정하게 어깨를 굽힌 우진이 담배를 꺼내 물었다. 테츠가 재빨리 불을 붙여주었다. 깊게 담배를 빨아들인 우진이 길게 숨을 내쉬었다. 이내 흰 연기가 자욱하게 테츠와 우진 사이를 맴돌았다.

"유서를 쓴 적도 여러 번이야. 그러니 가사에 대한 걱정은 하지 않아도 좋아. 대필이라고 해서 대충 써서 퉁칠 만큼 비열하지도 않으니 그런 걱정도 하지 마. 네 제안은 내게도 충분히 고마운 일이니 나 역시 보답해야지. 역사에 길이 남을 가사를 써주지. 세상 사람들이 아무리 시간이 흘러도 곱씹을 가사를 써주겠어."

"고마워."

고개를 끄덕이며 우진이 담배를 비벼 껐다.

"아, 그리고 가사는 조선어로 써주면 돼."

"조선어? 일본어가 아니라?"

"말했잖아. 조선에 음반 판매를 하는 게 내 일이라고. 조선에 팔 음반에 자네 글이 실릴 거야. 그러니까 조선어로 써줘."

그렇다면 아마도 제가 아는 누군가가 제가 쓴 가사의 작사가가 될 것이다. 조선인이 그 가사를 가져간다 생각하자 조금 더 속이 쓰리고 고까웠다. 하지만 우진은 고개를 흔들어 잡생각을 털어냈다. 사사로운 감정에 얽매이는 건 쓸데없는 일이다. 제가 취할 수 있는 이득만 생각하면 그만이었다.

"언제까지 써주면 되지?"

"빠를수록 좋지. 난 장사꾼이니까."

우진이 고개를 끄덕였다. 테츠가 빈 잔에 술을 따랐다. 어느새 술 한 병이 다 비어 있었다. 우진은 더 시키지 말라는 듯 고개를 저었다. 그렇다면 이것이 오늘 마지막 잔이 될 터였다.

"고마워."

"나야말로."

가볍게 서로를 향해 감사를 표시한 우진과 테츠가 동시에 잔을 비웠다. 우진이 벗어두었던 겉옷을 몸에 걸쳤다.

226

“연락처를 줘. 글이 나오면 연락하지.”

테츠가 명함을 건넸다.

“그리고 이건 아까 말했듯이 비밀이니까.”

테츠의 명함을 주머니에 집어넣으며 우진이 고개를 끄덕였다.

“해성이에게도 아무 말 안 할게.”

“고마워.”

두 사람이 나란히 자리에서 일어나 밖으로 나왔다. 테츠가 계산을 하는 사이, 우진이 식당 앞에서 기다리며 담배를 태웠다. 구부정한 뒷모습을 보던 테츠가 식당 측에 부탁해 봉투를 하나 얻었다. 그리고 지갑에 있는 돈을 모두 꺼내 봉투 안에 집어넣었다.

“그럼, 이만 여기서 헤어지지.”

인사를 하며 돌아서는 우진의 팔을 테츠가 다급히 붙잡은 뒤 봉투를 건넸다.

“계약금이야. 나머지는 가사가 나오면 줄게.”

한참을 서서 물끄러미 봉투를 바라보던 우진이 별말 없이 그것을 받았다.

“연락할게.”

인사를 마친 우진이 잔걸음으로 사라졌다. 그의 뒷모습을 바라보며 테츠가 한참 동안 못 박힌 듯 그 자리에 서 있었다. 왠지 그의 가사는 처절하리만큼 슬프리라는 예감이 들었다.

그 가사가 부디 우진의 우울을 더 부채질하지 않기를, 오히려 가사를 씀으로써 그의 우울감이 가사로 옮겨가고 그의 신경은 좀 더 맑아지기를 빌며 테츠가 돌아섰다. 말할 수 없이 쓸쓸한 밤이었다.

우진으로부터 다시 연락이 온 것은 헤어지고 보름이 채 지나지 않아서였다. 그리 오래 걸리리라 생각하지도 않았지만, 이리 빨리 될 거라고 기대하지도 않았기에 테츠는 꽤 놀랐다. 그리고 한편으론 우진이 쓴 가사의 질이 좋지 않을까 봐 걱정했다.

"훌륭해, 아주 훌륭해!"

하나 우진이 쓴 가사는 테츠의 예상을 보기 좋게 빗나갔다. 그의 가사는 처연하게 아름다웠고, 매혹적이었으며 말할 수 없이 구슬펐다. 정말로 심덕과 같은 여자가 썼을 법하게 감정의 선이 섬세하고 고우면서도 격정적인 것이 테츠의 마음에 쏙 들었다.

홀린 듯이 가사를 읽고 또 읽으며 감탄하는 테츠의 얼굴을 보고 우진이 순간 흐뭇함을 감추지 못하는 얼굴로 씩 웃었다. 누군가 제 작품을 보고 진심으로 감탄하는 모습을 지켜보는 건 창작자로서 가장 기쁜 순간이었다.

"마음에 들어?"

"그럼. 정말 최고야. 역시 우진에게 오길 잘했어."

테츠가 진심으로 고마워하며 그에게 극찬을 쏟아냈다. 우진이 쑥스러운 듯 코끝을 비볐다.

"수정할 건 없어?"

"수정이라니, 완벽해. 이 이상은 없어. 정말 훌륭해. 고마워, 정말 고마워."

"다행이야."

"그 짧은 시간에 이 정도 시를 쓰다니, 정말 천재야."

참으로 오랜만에 쏟아지는 열렬한 호응은 우진을 진심으로 기쁘게 했다. 우진이 아이처럼 활짝 웃었다. 테츠 역시 우진을 보며 오랜만에 밝게 웃었다.

"그런데 말야. 이거 누가 쓸지 알려줄 순 없어? 아니 어차피 나중에 알게 될 테지만, 궁금해서 말이야."

우진이 테츠의 눈치를 살피며 조심스럽게 질문했다. 테츠가 잠시 고민하는 듯 머뭇거리다 이내 결심한 얼굴로 우진을 보았다.

"그래. 어차피 나중에 알게 될 건데 몇 달 빨리 안다고 해서 달라질 건 없겠지."

"그럼. 걱정 마. 누군지 알아도 함구할 테니까. 그냥 순수한 궁금증이야. 그 이상도 이하도 아냐."

"우진도 아는 사람이야."

"뭐 문인이라면 어차피 거기서 거기니, 당연히 내가 아는 사람이겠지."

"문인이 아니야."

"아니야? 그럼 누구?"

"윤심덕이야."

놀란 우진이 입을 딱 벌렸다. 윤심덕이라니, 꿈에도 생각지 못한 인물이었다.

"윤심덕? 윤심덕이라고? 그럼 이 노래가?"

"응. 윤심덕 앨범에 실릴 예정이야. 작사가는 윤심덕으로."

놀랍고 황당해서 우진은 한동안 말을 잇지 못했다. 하지만 충격의 순간이 지나간 뒤 차분히 생각하자 뭐 그리 이상할 일도 아니었다. 테츠는 조선에 많이 판매될 만한 음반을 만드는 것이 제

일이라고 했다. 그러기 위해 세일즈의 일환으로 가수가 직접 작사를 한 것처럼 꾸몄다는 거고, 그 가수가 윤심덕이라는 것이었다. 윤심덕이라면 충분히 화제성이 있는 인물이니 오히려 적절히 잘 골랐다고 칭찬해 줄 만했다.

다만 의아한 것은 왜 하필 죽음을 찬양해 달라고 했을까, 하는 거였다. 우진이 생각하는 심덕의 이미지는 죽음과 꽤 거리가 멀었다. 차라리 자유연애를 찬양하는 노래면 모를까, 죽음이라. 비록 지금 심덕의 처지가 곤궁하다 한들 죽음을 찬양할 성격은 아니었다. 하지만 뭐 그것도 의외성을 노린 거라면 나쁘지 않았다.

그러고 보니 심덕이 평소에 글을 잘 썼던가? 제가 쓴 글을 누가 가져갈지 알게 되고 나자, 이젠 여기저기서 불쑥불쑥 새로운 의문들이 치솟았다. 하지만 다 쓸데없는 질문들이었다. 우진이 머리를 털어 잡생각을 떨쳐냈다. 어차피 이제 제 손을 떠난 일이었다. 수습은 테츠가 할 몫이었다.

"뭐 놀랍긴 하지만, 판매 전략으로 나쁘지는 않을 거 같네."

우진이 더 이상 질문하거나 의심하지 않고 수긍해 주는 것이 고마웠다. 테츠가 준비해 온 봉투를 꺼내 건넸다.

"고마워."

"나도 고마워. 근데 윤 양은 내가 가사를 쓴다는 걸 아나?"

테츠가 웃으며 고개를 저었다.

"조선으로 가서 직접 만날 생각이야. 그때 말해야지."

"그러고 보니 순회극단 시절의 인연이 이리 이어지네. 이래서 옷깃만 스쳐도 억겁의 인연이 쌓인 거라고 불교에서 그랬나 봐. 그때만 해도 네가 윤 양 음반을 내줄 거라곤 아무도 생각하지 못했을 텐데 말이야.”

신기한 듯 우진이 웃음을 터뜨렸다. 수긍도 부정도 안 하는 얼굴로 테츠가 묘하게 웃었다.

이제 가사가 나왔으니 심덕을 만나러 갈 수 있었다. 오로지 그 생각만이 가득해서 머리가 터질 것 같았다. 심덕을 만나러 간다. 3년 만이었다. 그리고 그 만남을 시작으로 이제 테츠는 본격적으로 그녀를 되찾아 올 것이다. 상상만으로도 가슴이 터질 것처럼 뛰었다.

“‘사의 찬미’ 가사입니다. 그리고 여기 윤심덕 양의 계약서입니다.”

경성에서 심덕을 만나고 돌아온 뒤 테츠는 곧장 히데오에게 일의 진행 상황을 보고했다. 오케이 사인만 나면 이제 곧 녹음을 할 참이었다. 하루라도 빨리 그녀를 제 곁으로 데려오고 싶어 마음이 급했다. 다시 만나 그녀를 안고 나자 이제 테츠는 더 이상 조금도 참고 싶지 않았다.

“좋아요, 좋아. 가사도 훌륭하고 곡도 딱이고 무엇 하나 빈 곳 없이 완벽합니다. 마에다 상, 훌륭해요.”

히데오가 웃으며 테츠를 칭찬했다. 테츠가 마른 입술을 핥으며 다음 주라도 녹음 스케줄을 잡겠다고 막 말하려던 순간, 히데오가 말을 이었다.

"그런데 말입니다. 계획을 조금 수정했으면 하는데요."

이게 무슨 소린가. 예상치 못한 말에 테츠의 어깨가 움찔했다. 최선을 다해 평정을 가장하며 테츠가 왜 그러냐는 듯 웃으며 히데오를 보았다. 사실은 발끝에서부터 달달 떨리고 있었다. 계획을 수정하자니, 이게 뭔 개소리인가 싶어 짜증이 치솟았다. 이건 제가 수백 번을 생각하고 다듬어서 완성한 프로젝트였다. 조금이라도 실수하거나 어긋나서는 안 될 계획이었다. 아주 섬세하게 만든 판이었다. 한데 저 바보 같은 동그란 얼굴이 쥐뿔도 모르면서 쇼를 제멋대로 망치려 하고 있었다.

"무슨 말씀이신지?"

"마에다 상은 심덕의 연인을 비밀로 두자고 했어요. 그래야 그 상대가 누구냐를 추측하느라 대중들이 더 흥분하게 될 거라구요."

"맞습니다."

"내 생각은 달라요. 상대가 없는 것보다 상대가 있는 게 더 매력 있을 것 같지 않아요? 게다가 그 상대가 작사가라면, 더 환상적이지 않겠어요? 가수와 작사가가 서로의 사랑을 비관하여 노래를 만든 뒤 자살했다, 소설 같지 않습니까. 그 뭐냐. 젊은 베르테르의 슬픔, 그런 느낌?"

멍청아, 「젊은 베르테르의 슬픔」은 그딴 작품이 아니라고. 욕설이 튀어나오려는 것을 참기 위해선 많은 인내가 필요했다. 실룩거리며 제멋대로 움직이려는 볼 근육을 옆으로 땅겨 테츠가 억지로 웃기 위해 노력했다.

"마에다 상이 보고한 바에 따르면 작사가인 김우진이 유부남
인데, 그럼 더 완벽하지 않아요? 유부남인 김우진과 처녀인 윤심
덕이 사랑을 비관해 자살하다! 타이틀 롤로 완벽하잖아요. 안 그
래요?"

저 병신은 제가 무슨 말을 하는지 알고나 있는 걸까. 테츠가
작게 주먹을 말아 쥐었다가 다시 펴며 숨을 가다듬었다. 흥분하
면 안 된다, 제 감정을 들켜서도 안 된다, 테츠가 제멋대로 날뛰
려는 마음을 다잡기 위해 애를 썼다.

"말씀하시는 바는 충분히 이해합니다만, 안타깝게도 제가 알
아본 바에 따르면 김우진과 윤심덕은 전혀 교류가 없는 사이입니
다. 그러니 연인으로 묶기엔 무리가 있습니다."

"조선 땅은 좁잖아요. 둘 다 비슷한 또래의 예술가인데 어디
서든 몇 번은 서로 만났을걸요? 나만 해도 신문에 나는 인물들을
어디서든 한 번은 다 만난 적이 있는걸. 오히려 대놓고 교류가 없
었다면 후에 기사가 터졌을 때 사람들의 호기심을 더 일으킬 수
있지 않을까요? 온갖 추측이 다 터져 나올 테니 말이에요. 마에다
상의 말대로 이 프로젝트는 많은 이야깃거리가 나올수록 음반 판
매량에 더 좋지 않습니까. 그러니 대놓고 교류가 있던 사이보다
오히려 은막에 싸여 있던 사이에서 스캔들이 터져야 더 대중의
호기심을 자극하지 않겠어요?"

치솟는 울분을 내리누른 테츠가 히데오의 의중을 확실히 하
기 위한 질문을 던졌다.

"그러니까 말씀은, 윤심덕과 김우진의 정사로 계획을 변경하

라는 것입니까?”

“그렇지요. 역시 마에다 상은 똑똑합니다.”

히데오가 무릎을 치며 기뻐했다. 테츠는 순간 그의 목을 비틀
고 싶었다. 그러한 살기를 느낀 것은 태어나 처음이었다.

조만간 심덕과 함께할 생각에 기쁨에 부풀어 있던 테츠에게
우진과 심덕의 정사는 상상만 해도 끔찍한 단어의 조합이었다.
유부남과의 정사라니, 이제 곧 제 여자가 될 이의 마지막을 그렇
게 만들고 싶지는 않았다. 아무리 허구라 해도 역겨웠다. 앞으로
영영 대중 앞에 설 일 없이 제 안에서만 살 심덕이었다. 하지만
아무리 그렇다고 해서 그녀의 마지막이 딴 남자와 함께하는 모습
으로 대중들의 머릿속에 남아선 안 될 일이었다. 그건 정말 끔찍
했다. 상상하는 것만으로도 테츠의 턱 아래 힘줄이 바싹 섰다.

“그럼 작사가도 외국에 보내거나 해야 할 텐데요. 대가를 더
많이 치러야 할 겁니다. 무엇보다 김우진이 그것을 원할지도 의
문이구요.”

“돈이야 얼마든지 줄 수 있어요.”

“단순히 돈 문제가 아닙니다. 아마 김우진이 원치 않을 겁
니다.”

“왜 우진 상은 외국으로 떠나는 걸 원치 않나요? 우진 상도 지
금 처지가 힘들어서 이 프로젝트를 수용했다고 하지 않았어요?”

“물론 김우진도 현재 윤심덕처럼 곤란한 처지에 있는 건 사
실입니다만, 그것은 단지 생활고일 뿐 그의 예술가로서의 능력이
나 명성에 흠을 입은 것은 아닙니다. 그는 최근 작가 생활을 제대

로 하고 싶어 처자식을 버리고 가출을 감행했을 정도로 작가로서 입지를 다지고 이름을 높이고픈 의욕이 큽니다. 세상에 작가로 자신의 이름을 드러내고 싶어 하는 인물이니 대중들 속에서 사라지라는 제안을 받아들일 리 없지요. 안 그렇습니까?”

히데오가 고개를 끄덕였다.

“이해는 가는군요.”

다행이다. 테츠가 겨우 안심을 하려는 순간, 히데오가 다시 고개를 바싹 쳐들더니 입을 열었다.

“그래도 한번 물어봐요.”

아무래도 이 멍청한 고집쟁이는 쉽게 제 주장을 굽히지 않을 모양이다. 만약 테츠가 이 자리에서 끝까지 반대한다면 오기가 나서 더더욱 지지 않으려 들 게 뻔했다. 원래 사태 파악이 안 되는 멍청한 이들이 쓸데없이 고집만 더럽게 센 법이니 말이다. 테츠는 일단 지금은 뒤로 물러나야 할 때라고 결론을 내렸다. 끝내 어떻게 포기시킬지는 차후에 생각해 볼 문제였다.

“알겠습니다.”

끓어오르는 분노를 내리누른 채 테츠가 평이한 얼굴로 고개를 숙여 인사했다. 히데오가 흡족하게 미소를 지으며 그를 보았다.

“김우진을 만나보도록 하겠습니다.”

“좋아요, 아주 좋아요.”

이보 전진을 위한 일보 후퇴였다. 빨리 저 바보를 단념시킬 방법을 찾아야만 했다.

"김우진은 아직도입니까?"

"네. 죄송합니다."

고심 끝에 테츠가 택한 방법은 시간 끌기였다. 히데오처럼 감상적이고 즉흥적이며 예민하면서 쓸데없는 고집이 있는 인물을 논리적으로 설득시키는 건 불가능했다. 이성적으로 안 되는 이유를 조목조목 설명하면 설명할수록 저 오히려 더 제 말이 옳다고 고집을 부릴지도 모르는 일이었다. 대신 저런 성향의 인물들은 대부분 인내심이 부족했다. 테츠는 시간을 질질 끌면 끝내 히데오가 지쳐서 포기하리라 확신했다.

"마에다 상, 오늘도?"

"네. 정말 죄송합니다. 열심히 설득하고 있습니다만, 쉽지 않습니다."

"이런, 너무 늦어지는데요."

"그러게 말입니다."

이런 게임에선 먼저 인내심을 잃는 자가 지는 거였다. 심덕을 곁으로 데리고 오고 싶어 초조한 것은 테츠 역시 마찬가지였다. 성질대로 하자면 사장실로 뛰어들어 그냥 진행하자고 고함을 지르고 싶은 심정이었다. 하나 그래선 안 될 노릇이었다. 테츠는 조급해지는 제 마음을 다잡기 위해 노력했다.

대신 테츠는 오히려 이것이 신이 제게 준비할 시간을 넉넉히 준 것이라 여기고 심덕과의 도피를 다방면으로 착실히 준비하기 시작했다. 여유 자금을 더 넉넉히 마련했다. 그리고 심덕이 조용히 머물 공간도 좀 더 심혈을 기울여 찾기 시작했다. 심덕이 지내는 동안 불편한 점이 없도록 하나부터 열까지 꼼꼼히 살폈다. 그 외 심덕이 오사카로 음반을 녹음하러 왔을 때 지내기 좋은 여관을 미리 알아두기도 하고, 도쿄에서 몸을 숨길 만한 은신처를 찾기도 했다.

무작정 기다려야 할 때는 초조해서 숨이 넘어갈 거 같더니, 같이할 나날들을 생각하며 이것저것 제 손으로 직접 챙기기 시작하자 이젠 이러한 시간들조차 마냥 달콤하기만 했다. 꿈꾸던 날이 이제 곧 현실이 된다 생각하자 테츠는 구름 위를 걷는 기분이었다. 달력에 동그라미 친 날짜를 바라보며 테츠는 밤엔 행복하게 잠이 들었고, 아침엔 웃으며 잠에서 깼다.

"마에다 상, 오늘도 인가요?"

"네. 죄송합니다."

"이런, 심덕 양이 녹음하러 오기로 한 날이 이제 한 달도 채 남지 않았어요. 그 전엔 설득해야 하지 않겠어요?"

"저도 노력하고 있습니다만, 그 친구 고집이 보통이 아니라서……."

테츠가 어깨를 늘어뜨린 채 앓는 소리를 냈다. 그 모습을 보던 히데오가 한숨을 쉬며 손을 내저었다. 돌아서며 사장실을 나오는 테츠의 얼굴은 언제 찡그렸냐는 듯 순식간에 말갛게 변했다.

이제 조금만 더 기다리면 심덕이 올 것이다. 그날까지도 아무 소득이 없다면, 결국 히데오는 제 고집을 꺾을 수밖에 없을 거다. 매일 히데오에게 불려가서 매일 똑같은 변명을 하는 건 지겹고 짜증스러운 일이었으나 이제 곧 그것도 끝이었다. 앞으로 제 앞에 펼쳐질 심덕과의 시간을 떠올리자 가슴에 따뜻한 기운이 차오르더니 몸이 느긋하게 풀렸다. 이제 곧 질릴 정도로 그녀를 안을 수 있었다. 상상만으로 코끝에서 단내가 났다.

"이만 가보겠습니다."

어느새 퇴근 시간이었다. 가방을 든 테츠가 남아 있는 이들에게 인사하며 경쾌한 발걸음으로 회사를 나섰다. 내일 휴가를 냈으니 오늘 밤엔 도쿄로 갈 예정이었다. 서너 군데 심덕이 머물만한 조용한 장소를 알아봐 두었다. 내일 마지막으로 둘러본 뒤 한 군데를 정해 계약할 생각이었다. 제가 바라는 대로 하자면 당연히 심덕을 오사카 근처 제 곁에 두고 싶지만, 그러기에 이곳엔 조선인들이 많이 살았다. 게다가 도쿄보다 상대적으로 작은 도시라 오히려 몸을 숨기기엔 적절치 않았다. 어차피 저 역시도 음반만 발매하고 나면 곧 회사를 관둘 예정이었기에 심덕이 혼자 있을 시간은 한 달도 채 되지 않을 거였다. 주말마다 가서 만나면 된다고 생각하며 테츠는 아쉬운 마음을 달랬다.

막 회사에서 나온 테츠의 앞에 롤스로이스 고스트 한 대가 멈춰 섰다. 이게 제 앞에 선 건지, 아니면 우연히 제 길을 막은 건지 분간이 가지 않아 테츠가 머뭇거리는 사이, 운전석 문이 열리더니 대단히 음습해 보이는 한 사내가 다가왔다.

"마에다 테츠 상입니까?"

낮게 울리는 목소리엔 조금의 온기도 없어 목뒤의 솜털이 솟을 정도였다. 저를 보는 두 눈엔 날이 서 있었다. 위험한 자였다. 보통 사람들 틈에서 평범하게 살아가는 이는 아니었다. 하지만 그것을 알아차린 기색을 그의 앞에서 보이고 싶지 않았다. 적당히 바보 같고 둔한 척하는 것이 살다 보면 훨씬 더 처신하기 좋은 방법이라는 것을 누구보다 잘 알고 있었다. 테츠는 삐딱하게 선 채 짜증스럽다는 듯이 그를 보며 건방지게 고개를 끄덕였다.

"그런데요?"

천지를 모르는 시건방진 젊은이와 같은 그의 모습에 앞에 선 상대가 기막히다는 듯이 피식 웃었다.

"닛토레코드의 고문께서 마에다 상을 보고 싶어 하십니다."

"닛토레코드의 고문이요? 뭐래, 우리 회사에 고문이 있다는 소리는 들어본 적이 없는데요?"

웃기지 말라는 듯이 비웃으며 그를 노려보았다. 하지만 순간 테츠의 속내는 더할 나위 없이 복잡해졌다.

히데오 위에 고문이 있다는 건 회사에서 농담처럼 떠도는 이야기였다. 종종 히데오가 중요한 결정을 늦게 할 때 회사 사람들은 '고문'에게 검사받고 오는 게 아니냐고 비웃곤 했다. 하지만 그건 비아냥거리기 위한 말일 뿐 진지하게 믿는 것은 아니었다. 히데오 역시 고문의 존재를 직접 입에 올린 적은 한 번도 없었다.

그런데 그 고문이 진짜라고? 한눈에 봐도 제 앞에 선 사내는 거짓말을 지어낼 인물은 아니었다. 그렇다면 정말 닛토레코드에 고문이 있단 말인가? 그런데 대체 그 고문이 왜 저를 보고 싶어 한단 말인가?

"닛토레코드엔 고문이 있습니다. 공식적인 직함은 닛토레코드 전무입니다. 그리고 그분께서 지금 마에다 상을 기다리고 계십니다."

"이걸 믿어야 하나……."

상당히 시건방지게 다리를 떨면서 테츠가 그를 아래위로 훑어보았다. 얼굴을 적당히 가린 머리카락과 그 사이로 보이는 날카로운 눈, 온몸 가득 풍기는 서늘한 느낌까지, 자세히 보면 볼수록 그는 보통 인물이 아니었다. 대단히 나쁜 예감이 마에다의 온몸을 뱀처럼 휘감았다.

"일단 가시죠. 가서 확인해 보시면 될 거 아닙니까?"

인내심이 바닥난 듯 그가 인상을 찌푸렸다. 순간 그의 눈에 살기가 서렸다가 사라지는 것을 테츠는 놓치지 않았다. 하지만 테츠는 그것을 모른 척했다. 모른 척해야만 했다. 자신은 아무것도 모르는 사람이어야 했다.

"그쪽 이름은 뭐요? 이름도 모르는 사람을 따라갈 순 없잖아."

"씨입니다."

꽉 다문 이 사이로 짓씹듯이 제 이름을 내뱉은 씨가 신경질적으로 뒷문을 열더니 어서 타라는 듯 고갯짓했다.

"에이 씨, 어딜 데려가려고……."

짜증이 잔뜩 난 얼굴로 툴툴거리며 테츠가 차에 올라탔다. 하지만 이미 차에 앉았을 때 테츠의 손은 땀으로 흠뻑 젖어 있었다. 들키지 않게 손바닥을 차 시트에 닦아냈다. 이어서 차에 올라탄 씨는 차를 매우 빠르게 몰았다. 바깥 풍경이 순식간에 이지러질 정도로 빠른 속도였다.

한참을 달린 차는 오사카 외곽의 한 고급 요정(料亭) 앞에서 멈춰 섰다. 그 앞에는 테츠가 타고 온 것만큼이나 좋은 차들이 즐비하게 늘어서 있었다. 한눈에 봐도 아무나 드나드는 술집이 아니었다.

"따라오시죠."

씨가 두어 걸음 앞장서서 테츠를 안내했다. 지나가다 씨를 본 게이샤들이 복도 양옆으로 붙어 서며 허리를 숙였다. 씨는 그 요정에서도 가장 깊숙한 안채로 향했다.

"들어가십시오."

방 앞에서 멈춰선 씨가 옆으로 비켜나며 허리를 숙였다. 그리고 조용히 방문을 열어주었다. 긴장을 숨기기 위해 마치 습관인 것처럼 넥타이를 정리하면서 떨리는 손끝을 자연스레 감춘 테츠가 방 안으로 들어섰다.

"어서 오게. 오오, 듣던 대로 아주 잘생긴 청년이구만."

방 안에는 백발이 성성하지만 자세는 곧고 매우 정정해 보이는 한 노인이 앉아 있었다. 테츠는 본능적으로 그가 그저 길을 지나다니다 볼 수 있는 흔한 늙은이가 아님을 알아차렸다. 무엇보다 그는 씨를 부리는 자였다. 만만한 상대일 리 없었다.

"안녕하십니까."

방 안에 선 테츠가 허리 숙여 인사했다. 노인의 앞에선 긴장한 모습을 굳이 숨기려 애쓰지 않았다. 어느 누구라도 이런 곳까지 끌려와 저보다 나이가 곱절은 많아 보이는 이를 만난다면 긴장할 것이다. 테츠는 자연스레 제 감정을 드러냄으로써 오히려 상대가 저를 보고 안심하길 바랐다.

“이런 놀랬나 보군. 하긴 저 친구가 좀 무섭지. 그래도 보기
보다 좋은 사람이야.”

“아닙니다. 덕분에 편히 왔습니다.”

“그래? 그럼 다행이군. 아, 어서 앉으시게.”

노인이 친숙하게 손짓했으나 테츠가 여전히 긴장이 어린 얼
굴로 그를 보며 어색한 미소를 지었다.

“죄송합니다만, 누구신지요?”

“아, 저 친구가 말 안 했나? 난 닛토레코드의 고문일세. 전무
라는 직함을 달고 있지.”

“사실 저희 회사에 고문이 있다는 걸 오늘 처음 들어서요. 정
말 고문이십니까?”

“아, 그렇지. 그래, 믿기지 않을 만하군. 정말이야. 난 정말
고문이 맞아. 내가 앞에 나서는 걸 좋아하지 않아서 그랬네. 굳이
숨기려던 건 아니지만, 자네 입장에선 당황했을 만도 하네. 그럼
정식으로 인사하지. 나는 닛토레코드의 고문을 맡고 있는 전무
후지사와 히데유키네. 만나서 반가우이.”

발끝에서부터 피가 식더니 온몸이 차갑게 굳었다. ‘그’ 후지
사와 히데유키였다. 관동대학살의 그 후지사와 히데유키가 웃으
며 테츠를 향해 손을 내밀고 있었다. 테츠가 살아 있는 한 절대로
잊을 수 없는 인물이 지금 바로 제 앞에 있었다.

14장

수정

"내 자네 아버지를 궁에서 뵌 적이 있지."

아버지라는 친숙하면서도 낯선 단어에, 히데유키와 마주하는 순간 어디에 끼워 넣어야 할지 몰라 테츠의 머릿속을 정처 없이 떠돌던 수많은 이야기 조각들이 재빨리 제자리를 찾아가기 시작했다.

"저도 아버님으로부터 말씀을 많이 들었습니다. 저희 아버님이 정말 존경하십니다."

"이런, 과찬이야. 하하하하."

이야기는 두 달 전으로, 여섯 달 전으로, 1년 전으로 거슬러 올라갔다. 그제야 깨달았다. 왜 자신이 음반 관련 일을 한다고 했을 때 부친이 아무런 반대를 하지 않고 오히려 좋아했는지를 말이다. 그리고 어떻게 부친이 오사카에 있는 이 작은 레코드 회사를 알아 와서 테츠에게 이직을 권유했는지를 오늘에서야 알게 되었다. 제 기획안을 그리 마뜩잖아하지 않던 히데오가 왜 단 하루

만에 열렬히 찬성하게 되었는지, 그 이유가 이제 더 이상 궁금하지 않았다. 히데오가 무엇이든 회사 일을 결정하는 데 하루라는 시간이 필요했던 까닭도 확실해졌다. 이제야 비로소 어디서부터 시작된 일이며, 어찌 된 일인지 모든 것이 명확해졌다.

하나 아직 알 수 없는 것은, 이 일이 어디로 흘러갈 것인가 하는 거였다. 히데유키가 자신을 부른 것은 분명 지금 진행 중인 프로젝트와 관계가 있을 것이다. 하지만 히데유키가 이 프로젝트를 통해 무엇을 바라는 것이며, 이 프로젝트를 어떤 식으로 변형시키고 싶은 것인지, 아직 그 속내까지는 테츠가 알아차리기 어려웠다. 은막 뒤에 숨어 있던 실세가 직접 움직일 정도면 결코 가벼운 이유 때문은 아닐 거다. 히데유키가 직접 나서서 지시를 해야할 정도로 중요한 일이 과연 무엇이란 말인가.

"내가 전무라니 깜짝 놀랐지?"

"네. 정말 놀랐습니다. 꿈에도 생각지 못했습니다."

"그럴 만도 해. 앞에 나서는 게 싫어서 뒤에 숨었으니 말야. 생각해 보시게. 내가 전면에 드러나면 사람들이 뭐라고 떠들겠나. 순수한 사업조차 뭔가 다른 검은 속내가 있다고 생각할 거란 말이지. 난 그게 싫었던 게야. 히데오의 말에 따르면, 예술엔 삿된 감정이 없을수록 더 훌륭한 작품이 나온다고 하지 않나. 나 역시 그 말에 동의해. 난 순수하게 예술을 후원해 주고 싶을 뿐, 다른 이유는 결코 없다네."

"그럼 사장님은……."

"하나밖에 없는 조카지. 첫 조카라 그런지, 가끔은 내 자식보다도 더 애틋해. 그 녀석이 어려서부터 워낙에 귀하게 자란 데다 타고난 성품이 여리기 짝이 없어서 말야. 가까이서 봐서 알겠지만, 유약하지 않은가. 천성이 여린 데다 마음이 모질지를 못해. 또 예술을 즐기고 좋아하지만 불행히도 스스로 창작 활동을 할 정도의 재능은 타고나질 못했지. 그저 감상하거나 즐기는 차원인데, 개중 특히 음악 듣는 걸 무척이나 좋아해. 좋아하고 많이 들어서인지 듣는 귀가 꽤 좋은 편이라 기가 막히게 히트할 곡을 골라낼 줄도 알고. 그래서 제가 좋아하는 일이나 마음껏 하고 편히 살라는 뜻에서 회사를 차려준 거야. 그런데 회사라는 게 말야, 단순히 좋아하는 마음만 있다고 해서 굴러가는 게 아니잖나. 회사란 영리를 목적으로 하는 이익집단이란 말이지. 근데 그 녀석은 순진해 빠져서는 이재(理財)엔 도통 밝지 못하니 걱정이 되지 않겠나. 그래서 내가 몇 번 조언을 해주다 보니 본의 아니게 고문이란 역할을 맡게 된 거야. 또 그런 역할이 있으면 직책도 의당 있어야 한다 해서 그럼 전무 자리 다오, 이리된 거란 말일세. 고문을 하는 전무라 해서 대단히 거창한 게 아니야. 그저 그 녀석이 부족한 사업적인 측면을 도와주기 위한 것일 뿐이야. 이 일은 정치가 히데유키가 하는 게 아니야. 히데오의 삼촌 히데유키로서 돕는 거지. 그 외 다른 이유는 없다네."

테츠가 열심히 히데유키의 말을 경청하며 고개를 끄덕였다. 그 진지한 태도에 만족한 듯 웃으며 히데유키가 술병을 들었다.

"술 한 잔 받지."

"감사합니다."

"이런, 그리 깍듯하게 대하면 내가 너무 민망하잖은가."

"늘 멀리서나마 깊이 존경하던 분을 뵙게 되어 진심으로 영광입니다. 아버님께서 이 사실을 아시면 무척이나 기뻐하실 겁니다."

"나도 자네 아버님을 무척이나 좋아한다네."

찰나이긴 했으나 잔에 술을 채워주는 히데유키의 오른쪽 볼이 떨리며 윗입술이 살짝 올라가는 것을 테츠는 놓치지 않았다. 보통 사람들은 인지하지도 못할 만큼 짧은 순간이었지만, 테츠가 알아차리기엔 충분했다. 히데유키가 자신도 모르는 사이 드러낸 감정은 경멸이었다. 히데유키는 테츠의 부친을 경멸하고 있었다.

테츠의 두 눈썹이 아래로 내려가며 눈이 잠시 빛을 잃었다가 이내 빛을 되찾았다. 그 순간 테츠는 제가 어떻게 해야 히데유키의 날카로운 시선에서 벗어날 수 있을지 깨달았다. 저 경멸을 이용해야 했다. 아무리 천하의 히데유키라도 테츠와 부친의 실제 관계나 집안의 속사정까지 모두 알 리 없었다. 자신에 대해 히데유키가 아는 정보는 부친이 표면적으로 떠들고 다닌 이야기가 전부일 거다. 그걸 이용하는 거다. 히데유키의 앞에서 테츠는 제 부친처럼 권력욕에 가득 차 있고, 속물적이며, 과시욕이 크고, 허례허식을 좋아하며, 목소리가 크면서 실속은 없는 사내가 되는 거다. 그런 식으로 그의 주의를 흐트러뜨려 자신에 대한 경계를 느슨하게 해야 했다. 히데유키가 마음을 놓고 자신을 만만하게 생각해야만, 이 만남의 목적이 무엇인지 정확히 알아낼 수 있을 것이다.

테츠는 다소 과장된 자세를 취하며 납작 엎드려 히데유키의 잔을 받았다.

"감사합니다."

"이런, 편하게 하라니까."

"다시 말씀드리지만, 정말 정말 뵙고 싶었습니다. 그런데 이리 뵐 줄은 몰라서 지금 너무 벅찹니다."

"이 사람이, 참."

히데유키가 허허 웃었다. 히데유키에게 받은 잔을 비우기 위해 고개를 돌린 순간 방문 앞에 장승처럼 버티고 서 있는 씨와 눈이 마주쳤다. 씨가 그를 보고 비웃고 있었다. 제게 건방지기 짝이 없게 굴던 녀석이 히데유키에게 설설 기는 게 우스워 보일 테니 당연했다. 테츠는 아랑곳하지 않고 술잔을 들이켜 달게 마셨다. 씨가 자신을 그리 보는 게 더 좋았다. 아니, 더더욱 혐오하고 경멸해 주길 바랐다. 그렇게 보일 수만 있다면 못 할 짓이 없었다.

"제가 술을 올려도 되겠습니까?"

"어, 그럼."

테츠가 술병을 든 채 가까이 다가갔다. 히데유키의 잔을 채우는 손이 달달 떨려 병이 흔들릴 정도였다. 테츠가 무안한 얼굴로 술병을 내려놓고 허벅지에 제 손을 비볐다.

"죄송합니다. 긴장해서, 손에 땀도 너무 나고."

"이 사람, 격려하고자 불렀는데, 자네가 이러면 내가 너무 미안하잖은가."

히데유키가 테츠의 어깨를 두드렸다. 테츠가 다시 술병을 들어 잔을 채우자, 히데유키가 단숨에 들이켰다.

그런 식으로 서너 번, 술잔이 돌았다. 테츠가 처음보다 한결 긴장이 풀린 얼굴로 히데유키의 말을 들으며 간간이 미소 지었다. 둘 사이의 분위기에 여유가 생기자 테츠가 그제야 비로소 젓가락을 들어 음식을 집어 먹기 시작했다. 그 모습을 본 히데유키가 흡족한 미소를 지었다.

"자네 부친이 궁에 들어와 마주칠 때마다 자네 칭찬을 얼마나 했는지 몰라. 자네가 부친의 자긍심이더군. 얼마나 훌륭한지 언젠가는 내 두 눈으로 직접 보고 싶었는데 이리 만나게 되어 정말 기쁘다네."

"늘 아버님의 기대에 미치지 못함을 부끄럽게 여기고 있습니다."

"아니야. 나는 자네가 예과를 나온 뒤 일축에 들어간다고 했을 때부터 이미 시류를 읽는 눈이 다른 젊은이보다 뛰어남을 알아차렸다네. 어찌 그리 기특한 생각을 했나?"

히데유키의 첫 번째 함정이 테츠에겐 첫 번째 기회였다. 질문이 떨어지자마자 테츠가 고개를 살짝 숙이며 수줍게 웃었다.

"사실 솔직히 고백하자면……."

"응?"

"제 생각이 아니었습니다. 아버님께서 권유하신 겁니다."

히데유키가 아, 하며 고개를 끄덕였다. 다시 한번 그의 얼굴에 경멸의 빛이 떠올랐다가 사라졌다. 그것은 번개가 한 번 치는 것보다 더 짧은 순간에 일어난 표정의 변화에 불과했으나 테츠는 똑똑히 그것을 알아보았다.

"조선의 식민지 정책이 문화통치인만큼 예술과 관련된 일을 하는 게 앞날에 도움이 될 거라고 권유하셨습니다. 일축은 국영 축음기 회사이기에 특히 더 도움이 될 거 같아서 입사하기로 한 것입니다."

"그럼 닛토레코드로 이직을 결정한 것도 아버님께서 조언하신 건가?"

"그렇습니다. 닛토레코드는 순수하게 대일본 제국의 힘으로 설립한 회사이니 일축보단 그곳에서 일하는 게 더 나라에 도움이 될 거라고 하셨습니다. 저도 동의했구요."

"자네도 부친처럼 국가의 일을 하길 바라는군."

"애국하길 바라지 않는 젊은이가 어디 있겠습니까."

테츠의 대답에 히데유키가 의미심장한 미소를 지었다.

"이런, 내가 또 불편한 얘길 했구만. 다 잊고 쉬라고 부른 자리인데, 미안하네."

"아닙니다. 이런 이야기를 할 수 있다는 것이 제겐 감격스럽고 벅찹니다."

히데유키가 다시 술잔을 채워주었다. 테츠가 고개를 돌려 술을 마시며 슬쩍 씨를 보았다. 이제 씨는 아예 관심이 사라진 듯 이쪽을 쳐다보지조차 않고 있었다.

다시 술병이 테츠와 히데유키 사이를 서너 번 돌았다. 술잔이 비고 안주가 비워지는 동안 가벼운 잡담이 오갔다. 취미나 좋아하는 운동, 휴가 때 무얼 하느냐 등의 이야기였다. 별로 중요치 않은 이야기였으나 테츠는 그런 말조차 혹시나 문제 될 게 없나

한 번 생각하고 대답하느라 뒷골이 땅길 지경이었다.

"술병이 비었군."

히데유키의 말이 떨어지기 무섭게 문이 열리더니 새로운 술과 안주가 들어왔다. 히데유키가 육고기류를 모두 테츠의 앞으로 밀어주었다.

"고기를 좋아하더구만."

"편식을 들키다니, 부끄럽습니다."

"아니야. 히데오도 그래. 귀한 집에서 곱게 자란 도련님들이니, 그럴 만도 하지."

테츠는 대단히 쑥스러운 듯 고개를 숙인 채 뒷목을 긁었다. 하지만 그마저도 계산된 행동이었다. 실제 테츠는 육류를 즐기는 편이 아니었다. 하지만 다 큰 청년이 고기만을 편식하는 모습을 보일 때 상대가 좀 더 얕잡아 보기 쉽다는 것을 알고 있었다. 그래서 오늘 자리에선 죽어라 고기만 골라 먹었다. 그리고 히데유키는 테츠가 기대한 대로 반응했다. 테츠의 입장에선 참으로 다행이 아닐 수 없었다.

새로 들어온 술은 따끈하게 데워져 주전자 안에 들어있는 정종이었다. 더운술이 안에 들어가자 순간적으로 몸에 열이 오르며 머리가 핑 돌았다. 이러다 술에 취해 흐트러지면 끝장이었다. 테츠가 몸을 곧추세우며 불편한 기색을 내비쳤다.

"왜 그러나?"

"아, 그게, 죄송합니다만 화장실 좀 다녀와도 되겠습니까?"

난처한 기색으로 말을 더듬거리는 테츠를 보며 히데유키가

250

웃음을 터뜨렸다.

"다녀오시게. 가고 싶을 만도 하지."

"죄송합니다. 금방 다녀오겠습니다."

테츠가 굽신거리며 자리에서 일어났다. 문 앞에 선 씨가 역겹다는 듯 고개를 돌리며 문을 열어주었다. 테츠를 뒤따라 나서려는 씨를, 히데유키가 저지했다.

"거기까지 따라가면 불편하지 않겠니."

씨가 고개를 숙이며 뒤로 물러났다. 테츠가 다시 한번 인사한 뒤 방을 나섰다. 테츠의 등 뒤로 방문이 닫혔다. 그래도 여전히 테츠는 다소 출싹 맞게 움직이며 화장실로 향했다. 화장실 안에 들어가 문을 잠근 뒤에야 다리에 힘이 풀린 테츠가 자리에 주저앉았다. 거의 기다시피 해서 변기로 간 테츠가 손가락을 입에 집어넣어 목젖을 건드렸다. 채 소화되지 못한 술과 음식이 고스란히 밖으로 흘러나왔다. 절대로 취해선 안 된다. 여기서 조금이라도 정신이 흐트러져 실수하게 된다면, 그 파장이 어디까지 갈지 알 수 없었다. 배 속에 있는 마지막 술 한 방울까지 토해내기 위해 테츠가 허리를 깊숙이 숙였다.

"어떤 거 같으냐."

히데유키의 낮은 목소리에 씨가 대답 대신 고개를 숙였다. 얼핏 그의 표정이 매우 불편하게 딱딱해지는 것을 히데유키는 놓치지 않았다.

"네가 별로 좋아하는 유형의 인간은 아니지."

“네.”

“따라올 때도 시건방지게 굴었나 보지?”

“네. 매우.”

“원래 저런 부류가 그래. 지 애비도 똑같아. 강자에게 약하면서 조금이라도 저보다 아랫사람이라고 생각되면 있지도 않은 제 힘을 과시하며 깔아뭉개려 들지. 미숙하고 모자란 인간들이야. 그런데 참 이상하지. 히데오에게 보고 들은 바나, 따로 조사해 본 바에 따르면 그래도 제 애비보다는 훨씬 나은 성품인 줄 알았는데, 저리 꼭 닮았을 줄이야.”

“그거야 적당히 꾸며낼 수 있는 거 아닙니까. 돈 있는 데다 인물도 멀끔하고 살면서 고생해 본 적도 없을 테니, 주변 사람들에게 딱히 나쁜 평판을 들을 일이 뭐가 있었겠습니까.”

“그래. 하지만 품성은 꾸민다고 꾸며낼 수 있는 게 아니거든. 하나같이 입을 모아 그리 말했는데, 다들 속았다고 보기엔 좀 이상하지 않니.”

히데유키가 못내 찜찜하다는 듯 고개를 갸웃했다. 테츠의 부친은 허세가 강하고 야심이 큰 데 반해 그릇이 모자란 인물이란 평을 받곤 했다. 모친 역시 허영심이 크고 속물적이며 감정적이라 소견머리가 좁다는 게 사람들이 주로 하는 이야기였다. 그러나 모두들 입을 모아 부모에 비해 아들은 참 괜찮은 편이라고 했다. 그리고 실제 히데유키가 조사해 본 테츠의 행보 역시 좀 특이했다. 예를 들어 조선 유학생들로 이루어진 순회극단에 참여한 것이 그 단적인 예였다. 그래서 히데유키는 그를 직접 보고 판단하고 싶었다. 일단 그가 과연 어떤 인물이기에 그런 프로젝트를 진행하겠다고 나선 건지도 궁금했다. 그리고 제가 그리는 큰 그림에 그가 방해가 될지 아닐지도 판단해야 했다.

"너는 그에 대한 평가를 아주 박하게 하고 있구나."

"송구합니다."

표정이 굳은 씨를 보며 히데유키가 빙글거렸다. 씨가 저 정도로 학을 떼는 걸 보면 오는 길에 부잣집 철없는 도련님 특유의 행패를 보통 부린 게 아닌 모양이다. 그런 부류를 씨는 가장 증오했다.

"일을 맡길 만큼 믿을 만한 인물인지 모르겠습니다."

"일은 안 맡길 거야. 애초에 나는 그에게 일을 맡길 생각 같은 건 없었다."

히데유키의 말에 씨가 놀라 그를 보았다. 애초에 일을 맡길 생각이 없었다면, 왜 굳이 테츠를 이곳까지 불러들였는지 모를 일이었다.

"진짜 일은 아무도 모르게 하는 거지. 아니 그렇니? 내 일은 너와 나만 하는 거다. 나는 다만 그가 지 애비처럼 눈치채지 못할 정도로 둔한지, 아니면 알면서도 입을 다물고 내게 협조해 줄 정도로 영민한지, 아니면 내 일을 방해할 종자인지, 그게 궁금했을 뿐이야. 그에겐 어차피 아무 일도 맡기지 않을 셈이다. 그는 그의 일을 하는 거지, 나는 나의 일을 하는 거고."

히데유키의 설명에 씨가 알겠다는 듯 고개를 끄덕였다.

"혹시나 나는 그가 조센징들과 가까이 지냈다기에, 최악의 경우 세 번째가 되지 않을까 염려했어. 두 번째도 사실 썩 내키지는 않고 말야."

"그는 첫 번째인 것 같습니다."

단호한 씨의 결론에 히데유키가 싱긋 미소 지었다.

"글쎄, 나는 아직 그리 결론 내리긴 좀 이른 것 같긴 하다
만……."

잠시 말을 끊은 채 먼 곳을 보던 히데유키가 고개를 저었다.

"어쨌거나 세 번째는 아닌 게 확실하고 두 번째가 될 만큼 똑
똑하지도 않은 거 같으니 남은 게 첫 번째밖에 없긴 하구나. 어느
쪽이건 그리 걱정할 건 없겠다. 그래도 혹시 모르니 좀 더 조사하
며 주변을 감시하는 건 멈추지 말도록."

"예."

씨가 깍듯이 고개를 숙이며 인사했다. 잠깐의 시간이 흐른 뒤
복도 저편에서 발을 끄는 소리가 들려왔다. 그 발소리가 방문 가
까이 왔을 때 씨가 문을 열었다. 곧 바지와 소매 끝단이 살짝 젖
은 테츠가 방 안으로 들어섰다.

"옷이 왜 그런가?"

"아, 이게……."

히데유키의 시선을 따라 제 옷을 보던 테츠가 머쓱한 얼굴로
콧등을 긁적였다.

"급히 가다가 화장실 앞에서 살짝 넘어져서, 옷을 좀 버리는
바람에 물로 대충 털어내느라 늦었습니다."

귓등이 붉어지며 무안해하는 테츠의 모습에 히데유키가 유쾌
한 웃음을 터뜨렸다.

"이 사람, 멀끔하게 생겨서는 보기보다 허당이구만."

"민망합니다."

"가까이 오시게. 화장실에서 한바탕 비웠으니, 배가 고플 게 아닌가."

테츠가 고개를 끄덕이며 냉큼 히데유키의 앞에 가 앉아 튀김을 집어 먹었다. 양 볼이 불룩해질 정도로 맛있게 먹는 테츠를 흐뭇하게 보던 히데유키가 천천히 잔에 술을 채웠다.

"사실 아무리 숨기려 해도, 어쩔 수 없이 몇몇 사람들은 내가 이 닛토레코드에서 고문 역할을 하고 있다는 걸 안다네. 물론 내가 비밀로 해달라고 당부하긴 했으나, 말이 한 번 퍼져나간 이상 세상에 비밀이란 건 없지. 확산을 좀 늦출 수만 있을 뿐. 아마 자네 아버지도 내가 닛토레코드와 관계가 있는 걸 알 게야."

"아, 그래서 아버지가 제게 오사카행을 추천하신 거군요."

테츠가 이제야 깨달았다는 듯 감탄하는 표정을 지었다. 히데유키가 술잔을 비우는 척하며 눈을 가늘게 뜨고 그 표정을 자세히 살폈다. 혹여나 미리 알고 있었는데 이제야 아는 척을 하는 게 아닌가 의심스러웠기 때문이다. 하지만 테츠는 놀란 얼굴로 무언가를 생각하더니 연이어 놀라고, 놀라고, 또 놀랐다. 아마 기억을 더듬어 그때 그게 이래서였구나를 혼자 맞추고 있는 모양이었다. 그 모습을 보자 더 이상 의심하는 게 무의미하겠다고 판단한 히데유키가 본격적인 이야기를 꺼내기로 결심했다.

"사실 자네가 이번에 제출한 프로젝트가 너무 나이답지 않게 훌륭해서 말야. 혹여나 자네 부친에게 고언을 구한 게 아닌가 생각했다네."

히데유키의 말에 놀란 듯 눈을 동그랗게 떴던 테츠가 이내 온 얼굴 가득 뿌듯한 웃음을 지었다. 칭찬받아 기쁜 걸 숨기지 못하는 어린 소년 같은 미소였다.

"과찬이십니다."

"진짜야. 어찌 아직 젊은 청년이 그런 생각을 해낸 건지, 정말 믿을 수 없을 만큼 놀라운 아이디어였네."

테츠가 감격한 얼굴로 히데유키를 보며 과시하듯 어깨를 폈다. 그를 향해 웃으며 히데유키가 술잔을 채워주었다. 두 사람이 술이 가득 든 잔을 부딪친 뒤 한 번에 들이켰다.

"그런데 말야, 김우진이 고집을 부린다며?"

안주를 건네며 히데유키가 지나가는 말처럼 무심히 흘리면서 흘깃 테츠를 보았다. 잔을 내려놓으며 테츠가 고개를 끄덕이면서 슬쩍 히데유키의 눈치를 살폈다.

"사실 솔직히 말씀드리자면……."

"응. 말해보게."

"김우진이 너무 터무니없는 부탁을 하는데 그걸 차마 사장님께는 말씀드릴 수가 없어서 제 선에서 해결하느라 더 오래 걸리고 있는 부분도 있습니다."

히데유키가 정확히 무엇을 바라고 있는 건지, 오늘 이 만남의 목적이 무엇인지 테츠는 아직 파악하지 못한 채였다. 그러니 히데유키의 속내를 알아차리기 위해선 현재 상태가 조건에 따라 얼마든지 변화 가능하다는 언질을 줘야 한다고 결론을 내렸다. 히데유키가 그 조건을 수용하느냐, 거절하느냐, 혹은 그 조건을 어떤 식으로 변화시키느냐에 따라서 그가 진정으로 원하는 것이 무엇인지 알아낼 수 있을 것이라 여겼기 때문이다.

"터무니없는 부탁이라면?"

히데유키의 질문에 테츠가 고개를 모로 돌린 채 한숨을 푹 내쉬었다.

"말도 안 되는 돈을 대가로 요구합니다. 평생 없는 사람처럼 살아야 하는데 그 정도는 필요한 게 아니냐면서요. 아주 평생 살 만큼의 돈을 내놓으랍니다. 이게 말이 됩니까? 주인공인 윤심덕보다 더 많은 돈을 요구하고 있습니다. 정말 이해하기 어렵습니다."

홍분하여 얼굴이 벌게진 채 분통을 터뜨리는 테츠를 보고 히데유키가 웃음을 터뜨렸다.

"이런, 내 자네나 히데오가 너무 순진하고 고지식하여 일이 꼬이는 건 줄 알았어. 이봐, 그건 자네 잘못이야. 애초에 받아들이기엔 너무 무리한 요구를 했으니 상대가 그리 나오는 거 아닌가?"

"네?"

"대체 왜 자네나 히데오는 윤심덕이나 김우진이 평생 사라져야 한다고 생각하는 건가? 그럴 필요 없어. 어차피 사람들은 순간적인 이슈에 잠깐 불타올랐다가 이내 까먹는다고. 그리고 어찌 멀쩡히 살아 있는 사람이 평생을 숨어 살겠나. 어차피 언젠가는 들킬 수밖에 없어. 그러니까 평생이란 건 애초에 불가능한 가정이란 말일세."

테츠가 입을 헤 벌린 채 멍청하게 히데유키를 쳐다보았다. 전혀 생각지 못한 말을 들어 놀란 표정이었다. 과장되게 꾸며내는 것도 분명 있었지만 일정 부분은 진심이었다. 테츠는 진심으로 히데유키가 대체 무슨 말을 하는 건지 이해하기 어려웠다. 평생이란 가정이 불가능한 조건이니 잘못되었다는 건 대체 무슨 뜻으로 하는 말인 건지 도무지 알 수 없었다.

"그럼 어쩌란 말씀이십니까?"

"내 말은 그냥 한 삼사 년만 사라졌다 와도 충분하단 거야. 그렇게 제안해 봐. 아마 삼사 년 정도 사라지라는 건 그쪽에서도 별 고민 없이 흔쾌히 받아들이지 않겠나?"

"어째서 삼사 년입니까? 왜 삼사 년으로 충분하단 겁니까?"

이건 진심으로 납득할 수 없어서 튀어나온 질문이었다. 당황하는 테츠를 보며 히데유키가 싱긋 웃은 뒤 찬찬히 설명을 시작했다.

"생각해 보시게. 어차피 우린 음반만 팔면 돼. 그리고 삼사 년 정도면 충분히 우리가 원하는 만큼 팔 수 있을 테고 말이야. 그러니 그 뒤엔 그들이 나타나든 말든 우리와 무슨 상관이 있겠나? 그들이 돌아와서 사회적으로 비난을 받는 건 그들의 문제지, 우리의 일이 아냐. 그러니 굳이 평생, 이라는 조건을 달 필요가 없어. 삼사 년이면 될 일을 평생이라고 하니 일이 진척되지 않고 지체되는 거 아닌가. 생각해 보시게. 김우진에게도 삼사 년 정도만 몸을 숨기라고 하면 흔쾌히 받아들이지 않겠나? 돈도 그리 많이 요구하지 않을 거고 말이야. 안 그런가?"

사업적인 측면에서만 보자면, 히데유키의 설명이 그리 이해가 안 가는 일은 아니었다. 하지만 삼사 년이 지나 돌아온 우진이나 심덕이 음반사 측이 장사를 위해 자신들의 죽음을 조작했다고 고백한다면 사회적 비난이 과연 두 사람에게만 쏟아질지는 의문이었다. 윤심덕의 음반이야 삼사 년 뒤엔 더 이상 안 팔린다 쳐도, 회사는 다른 음반을 팔면서 여전히 사업을 하고 있지 않겠는가. 그때 회사를 향해 비윤리적이라고 손가락질하는 대중들의 비난이 과연 사측에 아무런 타격을 주지 않을까? 어쩌면 윤심덕이나 김우진보다 회사가 훨씬 더 곤혹스러운 처지에 놓일 수 있지 않을까?

하지만 그런 제 궁금증을 다 깨놓고 히데유키에게 정확한 설명을 요구하는 것은 무리였다. 그러다 잘못하면 테츠의 속내가 튀어나올지도 모르는 노릇이었기 때문이다. 테츠는 한 발 뒤로 물러나기로 했다. 제가 다가가는 것보다 히데유키가 스스로 다가오게 해야 했다.

테츠는 이해했다는 듯 고개를 끄덕이며 말을 이었다.

"듣고 보니 맞는 말씀 같습니다."

솔직히 말하자면 지금 테츠가 가장 의아한 것은 이런 일 처리 방식이 히데유키답지 않다는 거였다. 그는 철두철미하며 완벽주의적인 성격이었다. 이런 식으로 찝찝하게 일을 마무리하는 건 그답지 않았다. 고작 삼사 년 동안 음반을 팔자고 이런 큰 이슈를 기획한다는 건 말도 안 되는 일이었다. 이런 식으로 잠깐 대중을 기만하여 돈을 벌고 빠지는 건, 수가 얕은 장사치들의 방식이었지 히데유키의 스타일은 아니었다. 분명 이 삼사 년이라는 거래에는 다른 속셈이 있었다. 그걸 알아내야 했다.

"왜? 아직도 여전히 이해가 안 가나?"

"아닙니다. 생각하면 할수록 왜 진작 저는 그런 발상의 전환을 하지 못했을까 스스로를 자책하고 있었습니다. 바보 같네요. 애초에 삼사 년이라고 했으면 김우진과 이리 긴 시간 실랑이를 할 필요도 없었을 텐데 말입니다."

"하하, 아니야. 자네나 히데오가 너무 올곧으니 그런 게야. 그런 음흉스러운 생각은 나 같은 늙은이나 가능한 게지. 예술을 사랑하는 순수한 히데오나 아직 젊고 깨끗한 자네 같은 사람이 어찌 거기까지 생각이 미치겠나."

"송구합니다."

테츠가 고개를 숙였다. 삼사 년, 삼사 년이 무엇일까. 왜 삼사 년이면 충분하다고 했을까. 히데유키의 심중을 알아야 했다. 어떤 질문을 던져야 그의 진심을 알아낼 수 있을지 생각하느라 테츠의 머릿속이 바쁘게 돌아가고 있었다. 하지만 아무리 머리를 굴려봐도 아무 생각이 나지 않았다. 테츠가 고민하는 사이 히데유키가 테츠를 향해 찬사를 쏟아내기 시작했다.

"자책할 필요 없네. 자네의 계획은 이미 이 상태로도 너무나 훌륭해. 그대로 된다면 우리는 국영기업 일축조차 해내지 못한 일을 해내는 거야. 일본 자국의 자본으로 만들어진 회사 닛토레코드가 자력으로 조선 진출을 하는 게지. 미국 음반사도 못 한 일을 하는 거야. 이 얼마나 위대한가? 아마 일축에서 깜짝 놀랄 걸세. 그리고 정부에서도 자네의 업적을 주목할 게야. 조선인들은 미개하고 문화를 모르는 민족이지. 그런 자들에게 문화를 투입하기 위해 대일본 제국은 정말 오랫동안 노력해 왔어. 그러니 이건 나라를 위한 일이기도 하다네. 나이는 어리지만 난 정말 자네가 존경스럽네. 조선에 레코드 문화를 전파하기 위해서 자극적인 홍밋거리가 필요하고, 그를 위해 정사라는 아이디어를 생각해 내다니 이게 어디 보통 사람이 할 수 있을 일인가. 자넨 정말 훌륭해.”

쏟아지는 칭찬에 테츠가 몸을 이리저리 꼬며 어쩔 줄 몰라 했다. 그리고 떨리는 손으로 히데유키의 잔에 술을 채웠다. 흐뭇한 얼굴로 술잔을 비운 히데유키가 은근한 시선으로 테츠를 쳐다보았다.

“그런데 실례가 안 된다면 아주 조금, 내가 자네 계획에 몇 가지를 추가해도 되겠나?”

다행이다. 테츠가 질문하지 않아도 그가 스스로 입을 뗄 모양이다. 테츠가 눈을 반짝이며 히데유키를 보았다. 그가 무슨 말을 할지 정말 궁금했다.

“당연합니다. 부디 고언을 주세요.”

“사람들을 흥분시키기 위해선 이야깃거리가 풍성할수록 좋아. 그러니 반드시 김우진을 설득시켜서 둘이 정사를 한 것으로 만들도록 해. 김우진에게 삼사 년만 사라져도 된다고 하면서 돈은 너무 과하지 않은 선에선 적당히 들어줘. 받은 게 있으면 미안해서라도 몸을 잘 숨길 테니 말이야. 여기서 가장 중요한 건 그네들이 다시 나타날 걸 고민하게 할 정도로 그들의 죽음이 대중들에게 빼도 박도 못하는 완벽한 죽음이어야 한다는 거야. 조금이라도 그 죽음에 의심의 여지가 있어서 사람들 사이에서 생사 여부가 이슈가 된다면, 윤심덕과 김우진은 삼사 년 사라진다고 약속해 놓고도 곧장 모습을 드러낼 수도 있어. 그게 인간의 속성이고, 특히 야비한 조센징들의 특성이지."

조센징이란 단어를 입에 올릴 때, 명백하게 히데유키의 얼굴에선 경멸과 혐오의 감정이 드러났다. 테츠는 히데유키가 조선인들을 상대로 대단히 잔혹한 학살을 아무렇지도 않게 저질렀다는 것을 떠올렸다. 그는 조선인들을 대단히 혐오하고 있었다. 그래서 그토록 많은 조선인들을 죽일 수 있었던 거다. 우리가 파리나 바퀴벌레를 죽일 때 아무런 가책을 느끼지 않는 것처럼, 히데유키에겐 조선인들이 그러했던 것이다.

"어떻게 해야 빼도 박도 못하는 완벽한 죽음을 만들 수 있을까요? 저는 유서를 남긴 뒤 사라져서 자살처럼 조작할 생각을 했습니다만……."

"그걸로는 안 돼. 부족하지. 조센징들은 의심이 많은 족속들이야. 그 정도를 가지고 믿어줄 리 없어. 그래서 내가 자네나 히데오가 순진하단 거야."

"가르침을 주십시오. 어떻게 하면 좋을까요?"

테츠가 바닥에 양손을 짚은 채 허리를 굽혔다. 숙인 어깨 너머로 히데유키의 목소리가 들려왔다.

"단순히 자취방에서 유서 한 장 놓고 몸을 감추는 건 하수야. 분명 사람들이 눈이 벌게져서 생사를 확인하려 할 걸세. 그럼 칠칠치 못한 인물들은 자신들이 어디 있는지 들키고 말 거고 말야.

어쩌면 음반이 발매되기도 전에 모든 일이 끝나버릴 수도 있어."

"그럼?"

"좀 더 확실한, 사람들이 의심하지 못할 곳에서 사라져야겠지. 그래서 말인데."

말을 멈추고 히데유키는 입술을 핥았다. 안경 너머 날카로운 시선이 테츠를 살피고 있었다. 테츠는 고개를 옆으로 갸웃하며 어서 답을 달라고 몸짓했다. 일견 순진한 아이 같은 그 얼굴에 히데유키가 만족한 듯 말을 이었다.

"배 위는 어떤가? 사랑하는 두 연인이 처지를 비관해서 배 위에서 몸을 던졌다, 아름답지 않나? 뒤처리하기도 좋을 거고. 망망대해에 뜬 배는 도망칠 곳도 없지. 사람들은 시체를 찾겠다고 한동안 난리를 치겠지. 현상금이 걸릴지도 몰라. 당연히 시체는 없을 테니 사람들은 더더욱 그들의 죽음에 대해 더 오랫동안 이야기하게 될 테지. 대중들이 길게 떠들면 떠들수록 음반 판매량은 늘어날 거야. 둘이 완벽하게 사라질수록 더 많은 이야기들이 나올 테지. 안 그런가?"

어떤 속셈인지 이제 분명해졌다. 죽일 것이다. 죽일 셈인 거다. 그러니 삼사 년만 설득하라고 한 거다. 일단 우진이 동의하고 난 뒤 스케줄을 파악하게 되면 죽일 목적인 거다. 죽음보다 이 계획을 더 완벽하게 하는 건 없었다.

"그러니까 배에 탄 것처럼 꾸민 뒤 그들의 객실에 유서를 남긴 채 윤심덕과 김우진이 사라진다면 영락없이 배 위에서 빠져죽은 게 되겠군요?"

“그렇지! 이제야 내 말을 알아듣는군.”

히데유키의 목소리가 유쾌하기 그지없었다. 하지만 테츠의 등 뒤론 식은땀이 흐르고 있었다. 들켜선 안 된다. 테츠가 눈을 질끈 감았다가 떴다.

“정말 좋은 아이디어입니다.”

호흡을 가다듬은 뒤 몸을 일으킨 테츠가 히데유키를 보며 감탄한 얼굴로 웃었다.

긴장해서도 떨어서도 놀라서도 안 된다. 테츠가 단전에 힘을 줬다. 절대로 제 속내를 들켜선 안 된다. 히데유키가 눈을 가늘게 뜬 채 테츠를 살폈다. 테츠가 눈을 반짝이며 감격에 젖은 표정으로 홀린 듯이 히데유키를 보았다. 한동안 테츠를 살피던 히데유키가 무릎을 치며 웃음을 터뜨렸다.

“하하, 이 친구 아부가 너무 심한 거 아닌가!”

“진심입니다. 어찌 그런 생각을 하실 수 있습니까? 정말 놀랍기 그지없습니다.”

정말 놀랍기 그지없었다. 설마 죽일 생각을 하고 있을 줄은 몰랐다. 하지만 분명했다. 죽일 생각이었다. 굳이 표정을 상세히 살피지 않아도 알 수 있었다. ‘완벽한 죽음’ ‘의심하지 못할 곳에서 사라져야’ ‘뒤처리하기도 좋을’ 등의 표현에서 명백한 살기가 느껴졌다. 죽일 거다, 단어를 듣자마자 섬광처럼 테츠의 머리를 스치고 지나갔다. 히데유키는 심덕과 우진을 죽일 작정이다. 두 사람을 이 세상에서 흔적도 없이 사라지게 될 것이다. 두 사람의 죽음으로 히데유키는 이 죽음의 프로젝트를 완벽하게 완성시킬 셈인 거다.

"그럼 배에 타는 것으로 계획을 수정하겠습니다. 김우진도 말씀하신 대로 삼사 년만 몸을 숨기는 것으로 설득하도록 하구요."

"그렇지! 그래야지. 할 수 있겠나?"

"네! 맡겨만 주신다면 최선을 다해 반드시 성공해 보이도록 하겠습니다!"

목에 핏대가 설 정도로 고함을 지르는 테츠를 보며 히데유키가 흐뭇하게 웃었다. 테츠 역시 그를 따라 웃었으나 가슴이 터질 것처럼 뛰고 있었다. 다행한 것은 히데유키가 테츠의 붉어진 얼굴을 흥분에 찬 것으로 여기고 있다는 점이었다. 그게 공포나 불안으로 보이지 않도록 테츠는 제 호흡을 조절해야 했다.

처음 이곳에 와서 여기 앉아 있는 그가 히데유키라는 것을 알았을 때부터 테츠는 눈치챘어야 했다. 그가 이런 생각을 하고 있으리란 걸 말이다. 그는 관동대학살을 생각해 낸 자였다. 그에게 조선인들의 목숨이란 하루살이보다 더 하찮은 거였다. 조선이라는 개척되지 않은 시장을 열고 일본 자본으로 만든 음반 회사를 성공시킬 수만 있다면, 두 남녀의 목숨쯤은 아무것도 아니었다. 그것은 히데유키에게 '희생'이라고도 할 수조차 없었다.

"술 한 잔 받지."

"네!"

테츠가 단전에 단단히 힘을 준 뒤 술잔을 들었다. 덕분에 손이 떨리지 않았다. 가득 찬 술잔을 단숨에 비운 뒤 테츠가 크게 소리쳤다.

"대일본 제국을 위하여!"

"대일본 제국을 위하여!"

껄껄 웃으며 히데유키가 복창했다. 썩 만족스러운 얼굴을 한 히데유키가 손을 뻗어 테츠의 어깨를 두드렸다. 등에 와 닿는 굳은살 박인 손이 단단했다. 제 어깨를 한번 훑고 내려가 팔을 두어 번 주무른 뒤 제자리로 가는 히데유키의 손을 테츠가 쳐다보았다.

주름 쥔 손바닥 중간중간에 박인 선명한 굳은살은 히데유키가 칼을 잡았던 인물이라는 것을 알려주고 있었다. 그는 셀 수도 없이 많은 전쟁에서 살아남은 사내였다. 죽음이 일상인 자였다. 그 순간 자신을 데리러 왔던 씨에게서 느껴지던 섬뜩한 살기가 떠올랐다. 조금만 잘못한다면 그는 테츠의 목숨 따윈 아주 가볍게 가져갈 것이다. 마음만 먹는다면 히데유키가 못 할 건 세상에 없었다.

살아서, 이 덫을 빠져나가야 했다. 살아남아야 했다. 제 주변의 모든 사람을 위해서 테츠는 정신을 똑바로 차리고 살아남아 히데유키의 손에서 벗어나야 했다.

히데유키와 헤어지고 집으로 돌아온 테츠는 뜬눈으로 밤을 새웠다. 한동안은 온갖 정보들이 뒤범벅되어 도무지 정리가 되지 않았다. 혹여나 씨가 자신을 지켜보고 있기라도 할까 봐 불안해서 방에 불을 켤 수조차 없었다. 어두운 방 안에서 두세 시간을 서성인 뒤에야 머리끝까지 올랐던 열기가 가라앉았다. 가부좌를 틀고 자리에 앉은 테츠가 산발적으로 흐트러진 정보들을 정리하려 애를 썼다.

일단 히데유키가 직접 나섰다는 건 그만큼 이 일을 중요하게 생각하고 있다는 뜻이기도 했지만, 동시에 히데오에게 자신의 속내를 알릴 수도 없고 알리고 싶지도 않다고 해석할 수도 있었다. 실제로 히데유키는 몇 번이나 테츠와 히데오를 함께 묶어 순진하다고 표현했다. 그 말은 곧 히데오는 히데유키의 속내를 하나도 모르고 있다는 것을 의미할 확률이 높았다. 그게 히데오가 이해를 못 하기 때문인 건지, 아니면 히데유키가 사랑하는 조카에게 모든 것을 알려주고 싶지 않은 건지는 알 수 없었다. 하지만 히데오는 '죽음'까지 생각하고 있지는 않다는 것만은 분명했다. 히데오는 거기까지는 생각 못 할 위인이었다. 그리고 그걸 원치도 않을 인물이었고 말이다.

그렇다면 지금 히데유키가 테츠의 앞에 모습을 드러낸 건 임시 상황일 뿐 계속해서 히데유키가 이 일을 총지휘한다고 보긴 어려웠다. 분명 헤어질 때 히데유키는 '일이 끝난 뒤 다시 보자'라고 했다. 그 말인즉, 여전히 이 프로젝트에 대한 보고는 히데오에게 해야 한다는 의미였다. 즉 테츠는 여전히 히데오만 상대하면 된다는 것이었다.

히데유키는 김우진과 심덕을 죽일 생각이다. 하지만 히데오는 그것을 모르며, 그런 계획에 협조할 리도 없다. 히데유키는 테츠를 통해 계획을 수정할 것을 독촉하긴 했으나 대놓고 죽음에 대해 언급하진 않았다. 히데유키는 테츠 역시 히데오와 같은 부류로 보고 있기 때문에 그가 자신의 속내를 알아차렸다고 생각하지 않을 것이다.

히데오는 히데유키와 테츠의 속셈을 모른다. 히데유키는 히데오의 속셈을 알지만 테츠의 속셈은 모른다. 테츠는 히데오와 히데유키의 속셈을 안다. 세 사람 사이엔 각각 가진 정보에서 차이가 발생하고 있었다. 테츠가 살아남기 위해서는 이 차이를 이용해야 했다. 정확히는 모두 다 아는 테츠가 아무것도 모르는 히데오를 이용하여 절반만 아는 히데유키의 손에서 벗어나야 했다.

어느새 해가 어슴푸레하게 떠오르고 있었다. 테츠가 그제야 방에 불을 켠 뒤 책상 앞에 앉았다. 그리고 새 보고서를 작성하기 시작했다.

다음 주 월요일, 테츠는 히데오에게 배편 두 장과 새 보고서를 건넸다.

"계획 일부가 변경되었기에 보고 드립니다."

"오, 김우진이 드디어 수락했군요!"

히데오의 말투는 해맑기 그지없었다. 아이처럼 좋아하는 모습을 보며 테츠는 히데오가 눈치채지 못하는 것이 아니라 히데유키가 의도적으로 어두운 면들은 아무것도 알려주지 않는다는 것을 깨달았다. 히데유키에게 히데오는 아무리 나이가 들어도 여전히 어리고 여리고 세상 물정 모르는 순진한 조카에 불과했던 것이다.

그렇다면 이제부터 테츠는 히데유키의 진짜 속내에 대해 아무것도 모르는 척하며, 히데유키의 속내에 대해서 아무것도 모르는 히데오를 이용해야 했다. 히데오에게 테츠가 건넨 정보는 히데유키에게 갈 것이다. 테츠는 히데오를 통해 히데유키에게 들어갈 정보를 통제할 생각이었다. 또 히데오를 통해 한 번 걸러서 들어오는 히데유키의 속내를 제대로 이해하지 못한 척 왜곡할 작정이었다. 그리하여 각각의 정보가 전달되느라 틈이 생기는 사이에 자신은 우진과 심덕을 빼돌릴 작정이었다.

"김우진과 윤심덕은 조선으로 가는 배에 탈 것으로 알려질 겁니다. 그리고 그날 밤, 둘은 배에서 떨어져 죽는 걸로 모두가 알게 됩니다. 그 사건은 '정사'로 그다음 날 신문에 뿌려질 것입니다. 하지만 실제로 둘은 배에 타지 않을 겁니다."

"어떻게 둘이 배 위에서 떨어져 죽었다고 모두가 믿게 할 건가요?"

"뱃사람이나 승객 몇 명을 매수하려 합니다."

"매수한 사람들의 입을 잘 단속해야겠군요. 위험 부담이 있는데요."

히데오는 아마 곧 히데유키에게 달려갈 것이다. 그리고 그것이 바로 테츠가 바라는 바였다. 이 계획을 완벽하게 하기 위해서 심덕과 우진이 진짜 죽어야 한다고까지 생각하는 철저한 히데유키가 승객이나 뱃사람을 매수하는 방법 따윌 쓰려고 할 리 없었다. 히데유키는 분명 자신이 가장 믿을 만한 심복인 씨를 배에 태워 이 사건을 조작하려 할 것이다.

"네. 다소 위험 부담이 있긴 합니다만, 제 생각엔 이게 최선인 것 같습니다. 저도 처음엔 두 사람을 직접 배를 타게 할 생각이었으나 배에 타게 되면 오히려 사람들의 눈을 피해 도망치게 하기 어렵다는 생각이 들었습니다. 배에서 자살 사건이 일어나고 나면 분명 승객 전원이 경찰 조사 대상이 될 텐데, 잘못했다간 그때 윤심덕과 김우진이 살아 있다는 것을 들킬지도 모릅니다. 조사 전에 도망치게 한다 해도 그 과정에서 수없이 많은 목격자가 생길 수도 있구요. 또 실제 저 배에 태운다면 윤심덕과 김우진은 조선에서 몸을 숨겨야 하는데, 만약 그 과정에서 아는 사람이라도 마주치게 되면 최악의 경우 이 계획 자체가 완전히 망쳐질 수도 있습니다. 아무리 생각해 봐도 윤심덕과 김우진이 직접 배에 타는 것보단 배에 타지 않고 대리인을 보내는 게 여러모로 훨씬 안전합니다. 저희가 정보를 통제하기도 쉽구요.”

“음.”

“윤심덕 양의 여동생이 그날 낮에 미국으로 떠납니다. 그것을 배웅한 후 두 사람은 변장하여 상하이로 가는 배에 태울 생각입니다. 그럼 사건이 터지기 전, 아무도 주목하지 않을 때 모두의 눈을 피해 두 사람은 사라지게 되는 겁니다. 그럼 실제 사건이 일어난 뒤 아무리 조선과 일본에서 심덕과 우진을 찾으려 해도 찾을 수 없을 겁니다. 완벽하죠. 실제 윤심덕과 김우진이 떠난 뒤 예약된 배에는 닮은 사람들이 탈 것이구요. 그들이 윤심덕과 김우진이 묵을 방에 유서 등을 남겨놓은 뒤 3등실 승객 사이로 사라지는 겁니다. 그럼 윤심덕과 김우진은 배 위에서 자살한 연인이 되는 거지요. 증거 하나 남기지 않고 배 위에서 사라지는 겁니다.”

“그래요. 마에다 상이 깊이 고민하여 내린 아이디어일 테니,

문제 되는 부분이 있을 리가요. 그래도 일단 결재는 내일 하도록 할게요. 괜찮죠?"

"네. 그럼 내일 뵙겠습니다."

히데오의 해맑은 설명과 함께 자신의 보고서가 히데유키에게 전달될 것이다. 테츠는 부디 히데유키가 제가 기대하는 대로 반응해 주기만을 바랐다.

"아, 저 김우진을 설득하긴 했으나 돈이나 이런 기타 계약 관련 사항을 마무리 짓지 못했습니다. 괜찮다면 이번 주말을 끼고 며칠간 도쿄에 다녀와도 되겠습니까?"

"그렇게 해요. 간 김에 김우진 문제는 확실히 매듭짓고 오도록."

"네."

현재 테츠가 가장 우려하는 것은 히데유키가 심덕과 우진 둘을 진짜 배에 태우는 것이었다. 적어도 그 배에 타지라도 않아야, 테츠에게 기회라도 있었다. 만약 심덕과 우진이 배에 타게 된다면 테츠는 더 이상 손 쓸 수 없었다. 심덕과 우진을 그 배에 태우고 씨가 같이 탄다면, 씨는 배 위에서 둘을 진짜로 죽여 바다에 빠뜨릴 것이니 말이다.

그러니 일단은 히데유키가 둘을 배에 태우는 걸 포기하게 만들어야 했다. 배에 태우는 게 더 위험한 일이라는 걸, 배에 타지 않았을 때 씨가 처리하기 더 쉬울 거란 걸, 히데유키가 수긍하길 바랐다.

그래서 부러 배에 태울 때의 위험에 대해서 히데오에게 길게 설명했다. 만약 히데오가 제대로 설명하기만 한다면 히데유키는 배에서 모든 일을 처리하는 게 생각보다 여러모로 까탈스럽다는 걸 깨닫게 될 것이다. 무엇보다 배 위에서 소란을 피웠다가 일이 틀어지면 씨가 도망갈 장소가 없다는 걸 히데유키가 깨닫길 바랐다.

만약 테츠의 수정안을 히데유키가 받아들여 심덕과 우진을 배에 태우는 것을 포기한다면, 씨는 심덕과 우진을 미리 처리한 뒤 홀로 배에 탈 것이다. 그리고 씨는 직접 그들의 죽음이 타인에게 보이도록 조작할 거다. 반드시 씨가 직접 배에 타서 심덕과 우진의 죽음을 조작해야 했다. 현재 테츠가 가장 바라는 상황이 바로 그것이었다.

테츠에게 우진과 심덕을 빼돌리는 데 가장 중요한 키는 씨의 유무였다. 어차피 히데유키는 직접 움직이는 인물이 아니었다. 그리고 현재 실권한 상태에서 이러한 일에 스스로를 노출하는 것을 원치 않기 때문에 이 일에 굳이 군경을 끌어들일 리도 없었다. 결국 이 일에 투입되는 건 씨와 그의 수하들일 거다. 그러니 씨의 동선이 정확하게 파악되어야 우진과 심덕의 도피로를 만들 수 있었다.

만약 히데유키가 '배에 태운 뒤 죽인다'라는 계획을 버리고 테츠의 생각을 받아들여 배에 타기 직전 죽이는 것으로 계획을 수정해 준다면 성덕이 떠나기 전까지는 일단 시간이 있는 셈이었다. 성덕조차 언니가 자신을 배웅한 뒤 사라진 것으로 알아야 완벽하다고 히데유키는 생각할 게 분명했다. 굳이 보고서에 성덕의 일정을 자세히 쓴 건 그런 것을 노린 거였다. 히데유키는 성덕이 떠날 때까지는 심덕을 내버려 둘 것이다. 성덕이 있는 동안 심덕의 안전이 확보된다면 그사이 우진을 빼돌릴 수 있었다. 그리고 성덕이 사라지기 전 심덕을 도망치게 만들면 되었다.

그런 식으로 심덕과 우진을 예정된 배 시간까지만 숨길 수 있다면, 씨가 배를 타는 하루 정도의 시간을 벌게 되는 셈이었다. 우진과 심덕을 죽이든 죽이지 못하든 씨는 그 배에 타서 그들의 죽음을 조작해야만 하기 때문이다. 씨의 눈을 완벽하게 피할 수 있는 그 하루 동안, 어디로든 그들을 도망치게 만들어야 했다. 그 하루 동안 최대한 둘을 히데유키에게서 멀리 떨어뜨려 놓을 수 있다면, 살릴 수 있었다.

그러니 제발 해맑은 히데오가 테츠의 뜻을 제대로 히데유키에게 전달하기를, 그리고 히데유키가 배 위에서 둘을 죽이는 계획을 포기하기를 빌었다. 그 계획만 히데유키가 변경해 준다면 테츠는 심덕과 우진을 살릴 자신이 있었다.

"사라지라니? 정사라니? 이게 무슨 미친 소리야? 돌았어? 미친 거야?"

우진이 뜨악한 얼굴로 테츠를 노려보았다.

"얼마나 황당하게 들릴지 알아."

"황당하지! 뭐? 현해탄의 정사? 나랑 심덕이? 지금 제정신이야?"

흥분해서 펄펄 뛰는 우진을 조용조용 달래가며 테츠가 침착하게 지금 처한 상황을 설명하기 시작했다. 히데유키에 대해 최대한 상세하게 설명하며 우진을 이해시키기 위해 노력했다. 이야기의 마무리를 다소 협박하는 어투로 끝내게 되는 건 어쩔 수 없는 일이었다. 어차피 논리를 떠난 사안이었다. 감정적으로 몰아붙이는 수밖에 없었다.

"죽을 수도 있어. 정말로 죽일지도 몰라."

우진의 두 눈이 튀어나올 것처럼 커졌다.

"관동대학살 때 어떤 일이 벌어졌는지 들었지?"

"세화가 네가 도와줬다고……."

"내가 도와준 건 중요한 문제가 아니야. 일본 정부는, 자신들의 목적을 위해서 사람을, 그것도 조선인들을 죽이는 건 아무렇지도 않게 생각하는 집단이야. 많은 전쟁을 치르면서 수없이 많은 죽음을 경험한 까닭에 생명에 대한 존중이 사라진 지 오래야."

"그러니까 레코드판 좀 팔기 위해 조센징 두 명 죽이는 건 아무것도 아니다?"

우진의 목소리가 온기 없이 냉혹했다. 테츠가 차마 마주 보지 못하고 고개를 돌렸다.

"하!"

우진이 기막힌 한탄을 토해냈다. 그리고 아무 말 없이 한동안 담배만 피웠다. 테츠가 묵묵히 기다려주었다. 담뱃갑의 절반을 비우고 나서야 우진이 테츠를 보았다. 테츠가 그제야 어렵게 입을 열었다.

"미안해. 정말 미안해. 만약 일이 이리될 줄 알았다면 나는 절대로 너를 끌어들이지 않았을 거야. 맹세해. 진심이야."

274

떨리는 테츠의 목소리에 우진이 다시 괴로운 얼굴로 고개를 돌렸다. 그가 거짓말을 한다고 생각되지 않았다. 그는 쉬이 거짓말을 하고 가벼이 상대를 속이는 사내가 아니었다. 사실은 그의 말이 전부 진실이란 걸 알기에 더 무서웠다. 정말로 죽음이 코앞에 있지 않다면 테츠가 와서 이리 다 털어놓을 리가 없었다. 위험한 상태인 게 분명했다. 어쩌면 테츠가 표현한 것보다 훨씬 더 위급한 상황일 수도 있었다.

하지만 머리로는 이해하면서도 가슴으로는 와닿지 않았다. 현재 제 몸에 일어나는 직접적인 불편함이나 위기감이 없기 때문에 더 그러했다. 당장은 제 현실이 모두 뒤틀린 채 예상치 못한 곳으로 흘러간다는 사실이 짜증스러웠다. 테츠가 예상한 일이든 예상치 못한 일이든 이런 일에 휘말린 것 자체가 신경질이 났다.

"아일랜드로 갈 수 있게 도와주겠어."

말이 채 떨어지기도 전에 우진이 고개를 휙 돌려 테츠를 보았다. 믿을 수 없다는 표정이었다. 아일랜드는 우진이 늘 꿈꾸던 곳이었다. 그건 테츠 역시 잘 알고 있었다. 부러 낚이라고 던진 미끼라는 걸 알면서도 우진의 두 눈에 호기심이 일었다.

"설마 그 늙은이가 백 살 너머까지 살진 않을 테지. 안 그래? 이미 여든이야. 아무리 정정하다 한들, 죽음 앞에는 장사가 없지. 이 계획은 철저하게 그 노인네 혼자만의 생각이야. 그러니까 그만 죽는다면, 우진은 언제든지 돌아와도 돼. 평생 죽은 사람이 되라는 게 아니야. 그 노인이 죽고 난 뒤 짠하고 세상에 다시 나타나면, 사람들 사이에서 진짜 영웅이 될 거야. 죽은 줄 알았던 사람이 살아 있었고, 심지어 새 작품을 가지고 나타나면 얼마나 주목을 받겠어? 생각해 봐. 어쩌면 이게 대단히 좋은 기회일 수도 있어. 돌아온 뒤 지금 우진이 겪었던 이 이야기까지 풀어낸다면 사람들이 얼마나 열화와 같은 성원을 보내겠어, 응?"

우진의 두 눈이 혼란스럽게 흔들렸다. 긴 한숨을 내쉬며 우진이 마른세수를 했다. 까끌한 턱수염이 맨손을 쓸고 지나갔다.

"대체 나더러 뭘 어쩌란 거야?"

테츠가 우진의 손을 붙잡았다.

"나를 믿어. 내가 시키는 대로만 하면 돼. 걱정 마. 안전하게 아일랜드로 가게 될 거야. 내가 그렇게 할 거야."

테츠의 손을 뿌리친 우진이 자리에서 일어났다. 유혹이 달콤할수록 위험 부담이 큰 법이다. 하지만 이미 덫에 걸린 이상 다른 방법도 없었다. 등을 돌린 채 서서 생각을 정리하던 우진이 결심한 듯 테츠를 돌아보았다.

"좋아. 하란 대로 하지. 하지만 마지막 부탁을 하나 들어줘."

"뭔데?"

"작사자로 내 이름이 나오길 원치 않아. 윤 양 이름으로 해줘. 윤 양과의 정사는 어쩔 수 없지만 그 음반에 내 이름까지 실리는 건 원치 않아. 그 노래 가사가 김우진으로 기록에 남으면……."

우진이 괴로운 신음을 토해냈다.

"가족들이 뭐라고 생각하겠어. 그런 괴로움까지 주고 싶지는 않아. 부탁해."

희고 동그란 아내의 얼굴이 떠올랐다. 떠나올 때 차마 제 팔

276

에 매달리지도 못하고 멀리서 바라만 보던 그 모습이 눈앞에 생생했다. 냉정하게 돌아서면서도 바람에 날리던 옥색 치마가 참 곱다는 생각을 물색없이 했다.

여자 문제로 속을 썩이진 않겠다고 했는데, 정사로 생을 마무리하다니. 혼자 남은 아내가 대체 어찌 그 시간을 견뎌나갈지 눈앞이 캄캄했다. 참으로 몹쓸 남편이다. 아버지보단 나은 사내가 되겠다고 했는데, 아버지만도 못한 사내가 되고 말았다.

"가족들에게 못 할 짓이야."

우진이 괴롭게 신음을 토해내며 양손에 얼굴을 묻었다.

"앞으로 긴요한 이야기는 편지로 할게. 발신자가 없는 편지가 도착하면 나인 줄 알고, 받은 편지는 곧장 태우도록 해. 그리고 해성도 속여야 해. 그러니까 시기를 봐서 적절할 때 심덕과 연락을 하고 있다는 언질을 주도록 해."

테츠의 말에 우진이 기운 없이 고개를 끄덕였다. 그러다 문득 고개를 들고 테츠를 보았다.

"정말 많이 위험하구나. 나한테 설명한 것보다 훨씬 더 많이 위험해. 그렇지?"

"괜찮아. 안전할 거야. 다치지 않을 거야. 약속하지."

"나 말고, 너 말야."

우진의 말에 테츠가 잠시 말을 잇지 못했다. 하긴 생각해 보면 가장 위험한 건 어쩌면 자신이었다. 우진과 심덕은 어디론가 숨긴다 치지만, 자신은 어디 도망가지도, 숨지도 못한 채 히데유키의 압박을 고스란히 견뎌야 했다. 1년, 2년, 대체 언제쯤 그 손아귀에서 완전히 벗어날 수 있을지 알 수 없었다. 이 일이 이렇게까지 커질 줄은 몰랐다. 만약 알았더라면, 히데유키가 회사의 전무로 있다는 걸 미리 알았더라면…….

테츠가 고개를 저었다. 의미 없는 가정이었다. 알았더라도 저는 똑같은 짓을 했을 거다. 이것 외에 심덕을 가질 방법을 찾아낼 수 없었다면 저는 위험해지는 걸 알면서도 결국 이 일을 벌였을 것이다. 결국 제가 스스로 판 무덤이었다. 그러니 끝까지 제가 수습해야 했다.

"나는 괜찮아. 너만 조심하도록 해."

"정말 괜찮은 거야?"

"괜찮아. 생각보다 나쁘지 않아. 우진만 나를 도와준다면."

그래도 다행인 것은 히데유키가 테츠의 수정안을 받아들여 배에 그들을 태우라고 우기지 않았다는 것이었다. 테츠가 보고하고 난 다음 날, 히데오는 모든 것이 좋으니 그대로 진행하라고 했다. 덧붙여 배에 탈 이는 자신이 알아서 구할 테니 신경 쓰지 말라고까지 했다. 그러니 그것은 곧 히데유키의 뜻이었다. 테츠는 제가 원하는 대로 시간을 벌었다. 그러니 괜찮았다. 자신 있었다. 심덕과 우진을 안전하게 빼돌릴 것이다. 관동대학살의 난리 속에서도 조선인 학생들을 살려냈다. 그러니 이 일도 할 수 있었다.

"연락 줘."

테츠가 고개를 끄덕이며 자리에서 일어났다. 짧은 인사를 나눈 후 우진의 집에서 나온 테츠가 바닥을 보며 묵묵히 걷기 시작했다. 그때 조용하지만 분명한 인기척이 뒤에서 느껴졌다. 테츠는 굳이 돌아보지 않았다. 자신의 뒤를 쫓는 이가 진짜든 아니든 이미 상관없었다. 어쨌거나 저는 위험에 빠져 있었고, 제 신경은 언제 끊어져도 이상하지 않을 만큼 팽팽하게 땅겨진 상태였다. 과연 이런 상태로 미치지 않고 모든 일을 무사히 마무리 지을 수 있을지, 그것만이 걱정될 뿐이었다.

“불이야! 불이야!”

시종들이 우왕좌왕하며 물을 퍼 날랐다. 뒷마당에서 시작된 불은 별채를 태운 뒤에야 꺼졌다.

“어느 놈이 불을 낸 건지 내 찾아내고야 말 테다!”

부친이 화가 나서 씩씩거렸다. 테츠가 조용히 그런 부친을 말렸다.

“별채 식품 저장고에 기름이 있으니 거기에 불이 붙어 더 커진 거 같아요. 뒷마당에 종이 등을 쌓아두는데 거기에 종종 지나가는 이들이 담배꽁초를 던져서 문제라고 집사가 그랬잖아요. 오늘 바람이 좋으니 거기서부터 불이 붙은 거죠. 분명 애써서 찾아내봤자 길 가는 행인의 실수일 텐데 그런 사람을 벌준다고 하면 보기 좋은 모양새가 아니에요. 잘못했다간 식품 저장고에 뭘 그리 많이 쌓아뒀기에 불이 저리 크게 나냐고 의심스러운 시선만 받을 겁니다. 불경기잖아요.”

테츠의 차분한 설득에 펄펄 뛰던 부친이 열을 가라앉혔다.

“그래. 안 그래도 불구경한다고 몰려온 사람들이 저리 많은데 괜히 여기서 말이 잘못 나봤자 좋을 게 없지.”

"다행히 별채만 탔으니 행운이에요. 순경이 오면, 지나가는 행인이 했을 걸로 생각되니 크게 일을 벌이지 않았으면 좋겠다고 하세요."

"알았다."

순경이 왔을 때 부친은 대문으로 나가 몰려든 사람들 앞에서 들으란 듯이 목청을 높였다.

"여기 지나가는 행인들이 담벼락 안으로 담배꽁초를 버리는 경우가 흔해요. 그래서 우리 집도 피해를 입었다고. 아마 그들이 고의로 한 일은 아니겠지만, 이런 문제가 생길 수 있다는 걸 무지해서 모르는 탓이지요. 나는 그 행인 하나를 잡아서 벌주는 건 사회에 이익이 되지 않는다고 생각합니다. 담배를 피우다가 불씨가 남은 꽁초를 바닥에 버리거나 남의 집 담벼락 안으로 던지는 일이 없도록 시민들에게 홍보하세요. 그래야 우리와 같은 피해가 없지 않겠습니까. 문제를 일으킨 놈을 잡으면 좋겠지만, 잡아봤자 고의가 아닌 실수일 터, 크게 처벌받는 것을 바라진 않습니다. 쓸데없는 경찰력을 그런 데 쓰는 것도 국가적 낭비구요."

주변에 둘러선 이들이 경외 어린 시선으로 부친을 보며 수군거렸다. 박수를 치거나 잘한다며 고함을 치는 이들도 있었다. 부친이 뿌듯한 얼굴로 경찰을 돌려보낸 뒤 가슴을 펴고 안으로 들어왔다.

"이 마에다 가문이 얼마나 그릇이 큰지 그들도 똑똑히 알았겠지. 그나저나 별채의 수리는 어찌하면 좋을꼬?"

"제가 할게요. 아버지. 아버지께서 신경 쓰시지 않게 이 일을 제가 맡아 하도록 하겠습니다."

"그럴래? 하긴 이제 너도 곧 장가가야 할 나이이니, 집수리 같은 일을 어찌하는 건지 알아둘 때도 됐지. 그럼 네가 알아서 한 번 해봐라."

부친이 집 안으로 들어가고 뒤처리를 한 시종들까지 모두 사라진 뒤 테츠가 조용히 잿더미가 된 별채로 향했다. 그리고 그 속에서 새카맣게 탄 기름병을 꺼냈다.

불은 테츠가 일부러 낸 것이었다. 히데유키가 관련되어 있는 이상 심덕을 저에게서 떨어뜨려 놓을 수 없었다. 아무도 모르게 심덕을 제 근처에 둬야 했다. 그러기 위해선 별채를 이용하는 수밖에 없었다. 하지만 아무 이유 없이 별채를 수리한다면 당장 부모님부터 의심할 것이다. 자신의 주변을 살피고 있을 게 분명한 히데유키 역시 의아하게 생각할 게 분명했다. 별채를 수리할 이유를 만들어야만 했다.

테츠가 기름병을 옷 속에 숨겨 제 방으로 가지고 올라왔다. 그리고 그것을 서랍 깊숙한 곳에 보이지 않게 숨겼다.

책상 앞으로 간 테츠가 며칠 내내 그렸던 두 장의 도면을 꺼냈다. 얼핏 보면 비슷해 보이지만, 자세히 보면 완전히 달랐다. 두 번째 도면엔 비밀 통로와 지하실이 추가되어 있었다. 업자에겐 두 번째 도면을, 집엔 첫 번째 도면을 보여줄 생각이었다. 별채에 은밀한 금고를 만드는 것은 귀족들 사이에선 흔한 일이었다. 일을 맡길 자는 귀족들의 집수리를 전문으로 하는 이라서 입이 무거웠다. 말이 새지 않을 거다. 설마 말이 샌다 해도, 히데유키가 딱히 문제 삼을 명분이 없었다. 나중에 식구들에게 들킨다 해도 그곳은 제가 관리하고 싶다며 열쇠만 넘기지 않으면 될 일이었다.

테츠가 피곤한 두 눈을 내리눌렀다. 오랫동안 신경이 곤두선 까닭에 뒷골이 땅겨왔다. 이제 심덕이 도착할 날이 얼마 남지 않았다. 아무리 빨리한다 해도 별채의 수리를 그때까지 끝낼 순 없을 거다. 빨리 서둘렀다간 의심의 시선을 받을 위험도 있으니 일을 재촉할 수도 없는 처지였다. 그러니 적어도 한 달 정도는 다른 곳에 심덕을 둬야 했다. 어디가 좋을까. 생각하느라 머리가 깨질 것 같았다.

그러다 문득 테츠는 다가올 재회에 대한 기쁨을 제대로 누리지 못하고 있다는 것을 깨닫고 슬퍼졌다. 그도 그럴 것이 테츠는 지금 조금의 실수도 용납지 않는, 실수를 만회할 기회 따윈 없는 게임을 하는 중이었다. 한 발만 잘못 디뎌도 위험한 천길 낭떠러지였다. 저뿐 아니라 관련된 모두가 다칠 것이다. 부담감에 책임감까지, 테츠의 어깨를 짓누르고 있었다.

심덕에겐 얼마나 위험한지 알릴 수조차 없어서 테츠는 더 힘들었다. 심덕은 우진처럼 벌어진 일을 수용할 인물이 아니었다. 그녀는 어디로 튈지 알 수 없었다. 테츠는 이 상황에서 심덕을 통제할 자신까지 없었다. 그래서 침묵했다. 단지 계획이 좀 달라졌다고만 했을 뿐이다.

다행인지 불행인지 심덕은 변한 계획에 크게 관심을 기울이지 않았다. 오히려 우진과 스캔들이 난다는 사실에 즐거워했다. 예민할 대로 예민한 테츠의 입장에서는 심덕의 그러한 가벼운 태도가 마음에 들지 않았으나 그것을 내색할 수도 없는 노릇이었다. 모든 일은 테츠가 감내해야 할 몫이었다.

내일 할 일을 머릿속으로 다시 되새기며 테츠가 침대에 드러누웠다. 피로가 온몸을 잠식했으나 잠이 오지 않았다. 정신은 오히려 점점 또렷해졌다. 깊게 잠들지 못한 지 오래였다. 힘들었다. 하지만 자신은 결국 이 시기를 견딜 것이다. 위기가 없는 사랑이란 없었다. 이 시간이 흐르고 나면 저와 심덕의 애정은 더 굳건해지고 더 찬란한 사랑을 하게 될 거다. 테츠는 힘들 때마다 심덕과 마주 보며 웃을 그날을 떠올리며 마음을 다잡았다.

"여기, 마지막 보고서입니다."

우진과 심덕의 정사로 계획을 변경하면서 테츠는 총 네 개의 도항증명서를 만들었다. 두 개는 진짜 심덕과 우진이 쓸 것이었고 두 개는 독립운동을 하는 조선 친구들 용이었다. 독립운동하는 이들은 우진을 통해 은밀히 선을 댔다.

보고서에는 독립운동을 하는 조선 친구들에게 준 것을 윤심덕과 우진의 것이라고 올렸다. 독립운동하는 두 친구는 상해로 가는 배에서 내리자마자 도항증명서를 버리고 숨을 것이다. 난다긴다 하는 일본 정보국도 따돌리는 이들이니 천하의 씨도 따돌릴 수 있을 것이다. 군경의 촘촘한 수사망도 빠져나가는데, 설마 씨한 사람쯤 못 따돌릴까 싶었다.

"우진과 심덕은 이 도항증명서로 상해로 떠난다 이거지요?"

"그렇습니다."

"좋아요. 이제 다 끝났군요. 김우진과 윤심덕이 몸만 잘 숨겨주면 되겠어요."

"배에 심덕과 우진의 소지품이 있어야 할 텐데 그건 어떻게 할까요?"

"아, 그건."

히데오가 잠시 생각에 잠긴 듯 고개를 갸웃했다.

"그 전날 제가 심덕과 우진에게 들러 소지품을 좀 가져올까요?"

테츠의 말에 히데오가 고개를 끄덕였다.

"그렇게 합시다. 그게 좋겠어요. 소지품을 가져와서 사장실에 두도록 해요."

"네. 알겠습니다."

깍듯하게 인사를 한 테츠가 사장실을 나섰다. 끝이 아니었다. 사실 테츠의 일은 이제부터가 시작이었다.

보고서엔 8월 3일 새벽 상하이로 떠나는 배에 우진과 심덕이 탄다고 되어 있었다. 가장 큰 문제는 3일까지, 씨의 감시망을 피할 수 있을까 하는 거였다. 씨나 히데유키가 보고서 이면에 숨겨진 테츠의 다른 속내를 알아차린다면 모든 것은 끝이었다. 결국 이 부분은 그저 운에 기댈 수밖에 없었다. 만약 씨나 히데유키가 이 일을 미리 알게 된다면? 그저 상상만으로도 온몸의 피가 바싹 마르는 기분이었다. 신이 제발 저의 편을 들어주기를 테츠는 마음속으로 간절히 빌었다.

내일 심덕은 성덕과 함께 오사카에 올 예정이었다. 앞으로 닥쳐올 일들이 두렵긴 했으나, 내일 그녀를 만날 생각을 하면 여전히 가슴이 뛰었다. 피곤한 눈을 내리누르며 테츠가 깊이 숨을 들이켰다. 그 순간 심덕이 자주 쓰는 플로럴 계열의 향수 냄새가 떠올랐다. 내일 그녀를 만난다면, 그 흰 목덜미에 코를 박고서 몇 번이고 숨을 들이켜리라. 생각만으로도 가슴이 뻐근해졌다. 어쨌거나 이 위기만 넘기면 심덕은 이제 평생 제 것이었다. 그것만으로도 이건 한번 해볼 만한 도전이었다.

～

"미국에서 음악 공부를 할 예정인가?"

"그렇습니다."

그리고 끝내 저는, 성공했다. 살얼음판을 걷는 것과 같은 1년이었다. 테츠가 처음 말했던 것보다 훨씬 오랜 시간 지하실에 갇혀 있어야 했던 심덕의 히스테리와 우울증은 이제 절정에 달해 있었다. 테츠는 그것을 견디며 히데오와 히데유키의 눈치를 살폈다. 대체 언제쯤 사표를 쓰고 이곳에서 도망칠 수 있을지 테츠조차 가늠할 수 없었던 시간이었다.

"미국에서도 소식 전하게."

"그러겠습니다."

예상치 못하게 히데유키가 다시 정권을 잡게 되면서부터 상황이 급변했다. 히데유키의 도쿄행이 결정되면서 자연스레 닛토레코드의 고문을 그만두게 되었다. 그러자 테츠의 부친은 더 이상 테츠가 오사카 구석에 처박혀 있길 바라지 않았다. 부친에게 테츠는 미국 유학을 가고 싶다고 했다. 짧게나마 해외를 다녀오는 게 당시 귀족들 사이에서 유행이었기에 부친은 반대하지 않았다. 그리하여 결국 테츠는 드디어 이 지옥으로부터 탈출할 수 있게 되었다.

"미국에서도 소식 전하게."

"그러겠습니다."

히데유키는 테츠가 회사를 관두고 미국 유학을 가기로 했다는 소식을 듣자마자 직접 오사카까지 내려와 격려했다. 도쿄에서 만날 경우 보는 사람들의 눈이 많은 것을 경계한 탓인 듯했다. 테츠는 그저 감격스럽다는 얼굴로 몇 번이나 허리를 굽혀 감사 인사를 했다. 히데유키가 그의 어깨를 웃으며 두드려준 뒤 차에 올라탔다.

"그럼 잘 가게."

"안녕히 가십시오."

떠나기 전 씨가 냉혹한 눈빛으로 테츠를 노려보았다. 테츠는 아무렇지도 않게 그 시선을 받았다. 곧 히데유키가 탄 차가 시야에서 사라졌다. 이제 정말 끝이었다.

다리에 힘이 풀린 테츠가 벽에 몸을 기댔다. 그러다 이내 정신을 차리고 몸을 바로 했다. 조금이라도 이곳에 더 머물고 싶지 않았다. 어서 떠나야 했다. 테츠가 서둘러 지나가는 택시를 붙잡았다.

"오사카역으로 가주세요."

막 택시가 출발하려는 순간, 뒤에 다른 택시가 멈춰 섰다. 그리고 거기서 상기된 얼굴의 한 사내가 내렸다. 남상철이었다.

저치는 왜 또 나타난 것일까, 테츠가 고개를 갸웃하다가 이내 머리를 털었다. 이제 다 끝난 일이었다. 더 이상 생각하고 싶지 않았다. 저자가 난리를 쳐본들 이제 더 이상 어찌할 수 있는 방도 도 없었다.

도쿄 본가의 지하실에선 심덕이 기다리고 있을 것이다. 짐을 싸둔다고 했으니 정리는 마친 뒤일 거다. 오늘 밤, 곧장 요코하마 로 가서 미국으로 가는 배를 탈 거다. 이제 그럼 정말 끝이었다. 테츠가 시트에 몸을 기댔다. 피로가 몰려왔다.

テ츠에게서 모든 이야기를 다 들은 뒤 심덕은 히데유키에 대 한 공포보다 철저하게 자신을 소유하기 위해 일을 이렇게까지 만 든 테츠가 더 무서웠다. 그래서 저도 모르게 테츠에게서 뒷걸음 질 치며 지하실을 빠져나가려고 했다.

"죽든 살든 상관없어. 난 여기서 나갈 거야."

"심덕!"

"당신이랑 한 공간에 있는 게 더 끔찍해! 이 길로 곧장 경찰 서로 갈 거야. 아님 신문사로 뛰어들겠어. 그래서 모든 사실을 다 밝힐 거야!"

"그럼 미친 여자 취급을 받겠지."

"뭐?"

"당신의 주장은 아무것도 증명할 수 없을 테니까. 김우진은 이미 도망쳤고 음반 회사는 모르는 일이라고 주장하면 끝이야.

그럼 당신은? 사랑에 미쳐 정신 나간 여자가 되거나 음반을 팔기 위해 죽음까지 조작한 무서운 미친년이 되거나 둘 중 하나야. 그렇게 되길 원해?"

그제야 심덕은 제가 옴짝달싹할 수 없는 지하 감옥에 갇힌 몸임을 실감했다. 테츠의 말대로 자신이 지금 뛰쳐나가서 이 모든 사실을 말해본들, 증명할 수 없었다. 심덕의 입장에선 사실을 밝히는 거겠지만 받아들이는 이들이 보기엔 그저 환상에 사로잡힌 미친 여자일 뿐이었다. 기적적으로 누군가 믿어준다 해도 음반을 성공시키기 위해 죽음까지 조작하는 데 동의했다는 건 빼도 박도 못하는 사실이니, 그것만으로도 이미 사람들에게 좋은 이미지로 남을 리 없었다. 결국 대중들은 밝힐 수 없는 진실보단 눈앞의 사실에 집중할 거고, 심덕이 했던 행위를 우선 비난할 것이다. 그리 산다면? 죽은 것보다 못한 삶이 될 거다. 그렇게까지 해서 사는 건 의미가 없었다. 그저 목숨 줄만 붙어 있는 삶을 살기 싫어서 애초 이 계획에 동의한 거였다.

"여기서 뛰쳐나간다면 당신에게 남은 건 그저 사는 것뿐이야. 마치 집 안에 있는 가구처럼 아무것도 못 하고 숨만 쉬면서."

테츠의 확인 사살에 심덕의 몸에 힘이 빠졌다. 기운 없이 늘어지는 심덕을 테츠가 제 품으로 끌어당겼다.

"1년만, 1년만 기다려. 틀림없이 이태리로 데리고 가줄 테니까 1년만 기다리면……."

"당신이랑 같이 안 가. 당신 끔찍해. 징그러워."

심덕이 냉혹하게 쏘아붙이며 그를 밀어냈다. 테츠가 그녀를 보며 쓰게 웃었다.

"나도, 내가 끔찍하고 징그러워. 그런데 우리 둘 다, 어쩔 수 없잖아?"

"어쩔 수 없게 만든 게 누군데!"

화가 났다. 정말 너무너무 화가 났다. 그리고 그가 미웠다.

갇혀 있는 갑갑함과 어찌할 수 없는 상황에 대한 짜증은 오롯이 테츠를 향했다. 분풀이를 해야 했다. 심덕은 그때부터 테츠를 괴롭히기 위해 최선을 다해 노력했다 그가 싫어하는 것 같다고 느껴지는 모든 행위를 다 했다. 그게 다소 자기 파괴적일지라도 상관없었다. 혼자 미칠 수만은 없었다. 눈앞에 있는 이가 고통스러워하며 얼굴을 찡그려야만 속이 시원했다.

식료품으로 저장된 술을 몽땅 다 먹어버리거나 쫄쫄 굶다가 갑자기 마구 음식을 집어 먹은 뒤 다 게워내거나 수면의 질을 나쁘게 만들어 불면증과 우울증에 시달리는 등, 당시 심덕은 제가 할 수 있는 선 안에서 최대한 테츠를 괴롭힐 수 있는 일들을 하기 위해 골몰했다. 그러느라 몸이 망가지고 정신이 너덜너덜해져 갔다. 알고 있었다. 하지만 그렇게라도 해야 했다. 절대로 바라는 대로 곱게 안겨주지는 않을 거라고, 당신 뜻대로 원하는 여자가 되진 않을 거라고 심덕은 온몸으로 외쳤다.

몸이 좋지 않은 심덕을 위해 테츠가 구해온 약을 끝내 삼키지 않고 모두 뱉어냈을 때, 테츠는 결국 무너져 내렸다.

"같이 죽을까?"

그 역시 지쳐 있었다. 밖으로는 히데유키의 눈치를 살피고 안으로는 심덕을 챙기느라 테츠의 신경 줄 역시 닳을 대로 닳아 끊어지기 직전이었다.

"나는 이대로, 당신이랑 죽어도 좋아. 당신이 죽어준다면 어쩌면 더 기쁘겠지. 같이, 죽을까?"

협박도 그저 욱해서 내뱉는 혼잣말도 아니었다. 낮게 읊조리는 그 말은 진심이었다. 그 순간 심덕은 그 언젠가 형부의 장례식을 보며 성덕과 함께 주고받았던 대화가 떠올랐다. 축제 같다고 감탄하는 심덕에게 성덕은 그래봤자 죽으면 끝이라고 했다.

그래, 죽으면 끝이었다. 아무리 축제를 벌인다 해도 그것은 산 자를 위한 것일 뿐, 죽은 자가 누릴 수 있는 즐거움은 아니었다. 알고 있었다. 그럼에도 심덕이 이 계획에 동참한 것은 죽음의 화려함을 살아 지켜볼 수 있기 때문이었다. 살아서는 못 누릴 영광을, 살아서 누릴 수 있기 때문에 죽기로 결심했다. 하지만 이대로 정말 죽는다면, 모두 다 끝이었다. 정말 다 끝이었다.

"아니, 살래."

그제야 심덕이 테츠의 팔을 붙잡았다.

"살래. 살 거야."

살아서 이곳을 빠져나가야 했다. 어떻게 해서 이은 생인데, 여기서 분노에 잠식당해 모든 걸 잃을 순 없었다.

끼익, 쇠문이 열렸다. 침대에 앉아 멍하니 지난 시간들을 반

추하던 심덕이 화들짝 놀라 자리에서 일어났다.

"준비 다 했어?"

"응."

테츠의 손에는 시종의 옷이 들려 있었다.

"이걸로 갈아입어."

"걔는?"

"수면제를 먹였으니, 곧 잠들 거야."

집에 있는 시종들 중 심덕과 체격이 가장 비슷한 사내가 하나 있었다. 테츠는 1년 전부터 그 녀석만 자신을 시중들게 했다. 본가에 오면 늘 그 녀석을 데리고 다녔다. 그리하여 오늘도, 다들 으레 그 녀석이 테츠를 시중들 거라고 생각했다. 하지만 오늘 그는 테츠가 건네준 음식을 먹고 잠에 곯아떨어질 예정이었다. 그리고 그의 옷을 입은 심덕이 대신 시종인 척 테츠와 함께 떠날 거다.

옷을 건네주며 테츠가 다정하게 심덕의 머리를 쓰다듬었다. 둘의 눈이 마주치고, 이내 가볍게 서로 입을 맞춘 뒤 떨어졌다.

살아야겠다고 결심했다고 해서 곧장 테츠에 대한 증오가 사그라든 건 아니었다. 여전히 그가 미웠다. 다만 더 이상 분풀이를 하지 않게 되었을 뿐이었다. 여기서 나가기만 하면 테츠와 헤어질 거라고 심덕은 다짐하고 또 다짐했다. 그때까지 살아남는 데만 집중하기로 했다. 미치지 않고 아프지 않고, 살아남는 데만 말이다.

그날 이후 심덕은 다시 제대로 먹었고 제시간에 잠들었으며, 일기를 썼다. 그런데 이제 헛짓을 안 하게 되자, 어쩔 수 없이 테츠에게 집중하게 되었다. 당연한 일이었다. 그는 이곳에 찾아오는 유일한 인간이었기 때문이다.

말짱한 정신으로 그를 기다리고 그와 이야기하다 보니 어느 순간 심덕은 그를 이해하고 있었다. 분명 어딘가 한군데가 고장 난 걸 거다. 그게 아니라면 자신이 타인을 이리 잘 이해할 수가 없었다. 어쩌면 이 자체가 자신이 이미 미쳐버렸다는 방증일 수도 있었다.

"다 갈아입었어?"

"응."

그러다 끝내 심덕은 의자에서 자는 테츠를 침대로 끌어들였다. 그날은 테츠가 우진이 죽었다는 소식을 가져온 날이었다. 괴로움에 몸부림치는 그를 심덕은 진심으로 위로했다. 그날 이후 둘은 다시 한 베개를 베게 되었다. 이제 더 이상 그에게서 도망치는 것이 생의 목적이 아니게 되었다. 심덕은 테츠와 함께 이태리로 가기로 결심했다.

"나 또 그 기자를 봤어. 남상철."

시종이 완전히 잠에 빠져들기까지는 한 시간 정도의 시간이 필요하다고 했다. 나란히 앉아 그것을 기다리는 동안, 테츠가 이곳에 오기 직전 있었던 일을 이야기했다. 상철의 이름을 말하며 테츠는 슬쩍, 심덕의 눈치를 살폈다.

"어떤 남자야?"

묻는 말끝에 어쩔 수 없는 질투가 묻어났다. 참으로 무서운 인간이 아닐 수 없었다. 이렇게, 이런 짓까지 벌여서 심덕을 가졌으면서도 여전히 다른 사내를 질투하다니 말이다. 이런 남자가 몇 년을 먼발치서 그저 바라보며 기다리기만 했다는 것이 믿기지 않았다. 그땐 어찌 그런 인내심을 발휘할 수가 있었던 것이 놀라웠다.

"그 남자가 날 좋아했지."

물론 이런 상황에서도 이런 질투를 즐기는 심덕도 딱히 정상이라고는 할 수 없겠지만.

말이 떨어지기 무섭게 눈을 치켜뜨는 테츠를 보며, 심덕이 푸스스 웃었다.

"그는 좋은 남자였어. 당신처럼 그 역시도 여자의 옷에 붙은 단추를 채워줄 줄 아는 남자였으니까."

대부분의 남자는 여자가 옷을 어떻게 입었느냐엔 별 관심이 없었다. 그들이 관심을 가지는 것은 어떻게 벗길 것이냐였다. 당연히 대부분의 남자들은 여자의 옷에 단추를 채워줄 줄 몰랐다. 단추가 열려 있으면 더 열기를 바라거나 그 속을 훔쳐보기 위해 애쓸 뿐이었다. 그나마 제 부인일 경우 그 남자들은 그녀의 옷깃을 여미며 단속했다. 문제는 부인이 되고 나면 단추를 채우고 싶어만 할 뿐, 그것을 풀고 싶어 하지는 않는다는 거였다. 부인이 되어버린 여자의 속살은 더 이상 궁금하지 않으니까.

테츠와 연애할 때는 몰랐다. 세상 모든 남자가 테츠 같을 줄 알았다. 예쁜 옷을 입혀주고 벌어진 옷 단추를 채워주는 사랑만 받아서, 모든 남자들이 여자에게 그리해 주는 줄 알았다. 아니, 적어도 사랑하는 여자에겐 그리하는 줄 알았다. 그리고 자신은 일생 동안 사내에게 그런 대접을 받을 수 있으리라 확신했다.

그와 헤어지고 수없이 많은 남자들을 만나면서 한때의 확신이 그저 환상에 불과했다는 것을 깨달았다. 대부분의 남자들은 테츠 같지 않다는 것을 깨닫고 나서야 심덕은 제가 어떤 남자에게 어떤 사랑을 받았는지 깨달았다. 테츠는 흔치 않은 좋은 남자였다. 그리고 자신은 그 흔치 않은 좋은 남자에게 매우 지극한 애정을 받은 아주 운이 좋은 여자였다.

그 애정을 박차고 나와서 제 옷 아래에 감춰진 몸뚱이에만 관심을 가지는 수없는 남자들 사이를 전전하는 데 지쳤을 무렵, 상철을 만났다. 상철 역시 테츠와 같았다. 그녀는 흐트러진 심덕을 추슬러주었다. 테츠 이후 처음 만나는 좋은 남자였다. 그래서 진심으로 한때는, 흔들렸다.

"연애했어?"

몇 번 입을 달싹이던 테츠가 결심한 듯 질문을 던졌다. 심덕이 웃으며 고개를 저었다.

"아니. 우린 아무 사이도 아니었어."

"왜? 좋은 남자였다면서."

뭐랄까, 그걸 어떻게 말해야 좋을까. 심덕이 잠시 생각하다 이내 웃으며 고개를 저었다. 굳이 설명하고 싶지 않았다. 이제 와 그런들 그리 의미 있는 되새김질도 아니었다.

1924년도 동아일보에 실린 이광수의 '민족적 경륜'이라는 사설 때문에 세상이 발칵 뒤집혔다. 보기에 따라서 그 내용은 일제의 식민지 지배를 정당화하며 지금 현 상황에 만족하는 것 같은 논조였기 때문이다. 외부적인 비난이 폭발했던 것은 물론이고 내부적으로도 기자들이 대거 사퇴하면서 동아일보는 난리가 났다.

취체역들이 바뀌고 주필과 사장단이 퇴진했음에도 반발을 멈추지 않은 꽤 많은 기자들이 동아일보에 사표를 던졌다. 하지만 그 젊은 기자들에 상철은 포함되어 있지 않았다. 그때 우연히 그와 다방에서 만났다. 심덕은 왜 동아일보에서 나오지 않느냐고 물었다. 그러자 그는 오히려 이광수의 사설이 무엇이 잘못됐느냐고 되물었다.

"그의 논조가 일부 왜곡될 수 있는 내용을 포함한 것은 분명 잘못이었습니다. 하지만 전체적인 내용 자체는 뭐가 문제죠? 일단 힘을 가져야 한다는 건데 맞는 말 아닌가요? 우리 민족이 자체적인 힘을 가져야 독립을 할 수 있는 거죠. 인간도 일정 부분 짐승이죠. 어쩔 수 없는 약육강식이 존재하는 겁니다. 우리가 지금 힘이 약하니, 먹힌 건 어쩔 수 없는 겁니다. 그러니 우선 힘을 길러야죠. 나는 그의 의견에 동의합니다."

"의외네요. 기자님은 농사꾼의 자식이라 당연히 그러한 부르주아적인 논지에 반발할 줄 알았는데."

"그게 왜 부르주아적인지 모르겠어요. 씨 뿌리면 풀 나는 것과 같은 자연의 섭리죠. 많은 일을 한 사람이 많은 소득을 가지는 거고, 강자가 약자를 먹는 건 너무나 당연한 이치 아닌가요? 억울하다면 이를 갈며 기회를 기다려서 언젠가는 내가 더 높은 위치를 차지하면 되는 거구요. 조부모님은 노비였죠. 하지만 죽도록 노력해서 우리 아버지는 지금의 부를 이루셨습니다. 왜 이것밖에 안 되느냐 떼쓸 시간에 남들보다 앞설 수 있도록 노력하는 게 먼저 해야 할 일이라고 생각합니다."

그때 깨달았다. 그는 반듯한 모범생이었다. 씨 뿌리면 열매 맺는 게 당연한 그런 세상에서만 살아온 사내였다. 과분한 것을 욕심내 본 적도 없을 테니, 불합리한 현실에 처해본 적도 없을 거다. 아니, 불합리한 현실에 처해본 적이 없을 테니 과분한 것을 욕심내 본 적도 없다고 해야 하나.

어쨌거나 그의 세계는 밝고 활기찼고 논리적이었으며 반듯했다. 그리고 그래서 재수 없었다. 아마 그는 심덕을 일생 온전히 이해할 수 없을 것이다. 사랑은 할 테지만, 이해하진 못할 거다. 그와 같이 산다면 저는 일생 외눈박이처럼 어딘가 하자 있는 인간 취급을 당하는 걸 감수해야 할 것이다.

어쩌면 농꾼의 자식이니까 자신과 같은 이를 더 잘 이해해주지 않을까, 잠시나마 했던 기대가 부서지자 더 가슴 아팠다. 단호히 대답하는 그를 보며 심덕이 얼마나 사무치게 속이 쓰렸는지는 혼자만 아는 비밀이었다.

생각해 보면 심덕이 사랑했던 사내는 다 그랬다. 어쩔 수 없었다. 심덕이 욕심내는 사내들은 무언가 많은 것을 가진 이들이었다. 많은 것은 가진 이들은 둘 중 하나였다. 노력했거나 강탈했거나. 하지만 온갖 악독한 방법을 다 동원해서 돈을 긁어모은 이들보다 상철과 같은 이가, 심덕에겐 더 뼈아팠다.

그 순간 깨달았다. 저는 평생 그 어느 사내에게도 온전히 이해받지 못할 운명이라는 것을 말이다. 그래, 어차피 사내에게 온전히 사랑받거나 이해받을 수 없을 거라면, 그리 타고난 것이 제 운명이라면 가장 비싼 값을 쳐주는 이에게 몸을 던지는 것이 이로웠다.

그래서 심덕은 상철을 외면했다. 그는 좋은 남자였다. 지나치게 좋은 남자였다. 그래서 심덕은 죽어도 그와 함께할 수 없었다. 십 대의 끝자락에 서 있는 테츠를 떠날 수밖에 없었던 것과 꼭 같은 이유로 심덕은 그 순간 상철에게서 마음을 닫았다.

"이제 가자."

테츠가 자리에서 일어서며 옆에 놓인 모자를 심덕에게 깊게 눌러 씌웠다. 그러면서 심덕의 옷매무새를 살폈다. 심덕이 그 모습에 조용히 미소 지었다.

헤어지기 직전 상철에게 그리 말했던 것은 질투 때문이었다. 그가 좋은 남자라는 것을 다른 여자가 알지 않기를 바랐다. 그가 닳고 닳은 그저 그런 남자처럼 보이기를, 그래서 다른 여자들이 그저 길에 다니는 흔한 남자인 줄 알고 그를 욕심내지 않기를 바랐다. 그래서 아주 오랫동안 그가 외롭다면, 조금쯤 덜 배가 아플 거 같아서 그랬다. 아마 그는 끝까지 무슨 말인지 못 알아들은 거 같지만 말이다.

지하실의 문이 열렸다. 테츠가 먼저 나가라는 듯 옆으로 비켜섰다. 문에 점점 가까이 갈 때마다 심장이 두근거렸다. 이 문을 나가는 날이 올 줄이야, 정말 꿈만 같았다. 문을 나서기 직전, 심덕이 테츠를 올려다보았다. 테츠가 그녀를 보며 따뜻하게 미소 짓고 있었다.

갇혀 있으면서 테츠의 마음을 이해했다. 또 헤어져 있는 동안 테츠가 그녀를 깊이 이해하게 되었다는 것도 알게 되었다. 그 순간 심덕은 오랫동안 자신을 괴롭혀왔던 결핍으로부터 어느 정도 해방됨을 느꼈다.

심덕은 자신의 기벽스러움을 누구도 온전히 이해하지 못한다는 것 때문에 오랫동안 아주 많이 외로웠다. 가족조차 심덕에겐 온전한 쉼터가 되어주지 못했다. 하지만 테츠는 달랐다. 아니, 달라져 있었다. 그의 품 안에서 심덕은 해방감을 느꼈다. 그를 떠날 수 없었다. 떠나고 싶지 않았다.

어쩌면 이리되어 버린 것 자체가 조금, 미친 건지도 모르겠다. 종종 결국 이 모든 게 그가 꾸민 일이고 모든 것이 다 그의 뜻대로 되었다 생각하면 분해서 견딜 수 없는 기분에 사로잡힐 때도 있었다.

"가자."

하지만 지금은 그와 떨어지고 싶지 않았다. 이것이 결국 악연이라 해도 상관없었다. 그의 목을 조를 수 있는 시간은 앞으로도 수없이 많이 남아 있었다. 하지만 아직은 죽이고 싶지 않았다. 죽고 싶지도 않았다.

₹

성덕과 헤어진 그 길로 곧장 해성을 찾아갔다. 오랜만에 만난 해성은 이전보다 훨씬 수척해져 있었다. 상철은 해성에게 테츠의 사진을 내밀었다.

"이 사람, 아십니까?"

해성은 미간을 찌푸린 채 한참 동안 사진 속의 테츠를 쳐다보았다. 그리고 이내 무릎을 쳤다.

"마에다 상 아닌가!"

"기억하시는군요."

"우진과 아주 가까운 사이야. 순회극단도 함께 했고, 또 이곳에 우진이 와 있을 때 잠깐 들르기도 했어."

놀란 상철이 잠시 해성의 말에 반응하지 못하고 버벅거렸다. 테츠에 대한 새로운 사실은 하나씩 나올 때마다 놀랍기 그지없어서 상철을 경악하게 했다. 순회극단 멤버이자 우진의 친구이며 과거 심덕과 사랑하는 사이였다는 것도 기절할 지경인데 심지어 그냥 친구도 아니라 우진이 도쿄에 머무는 동안 이곳에 들렀을 정도로 절친한 사이란다. 그런 주제에 제 앞에서 그리 깜찍하게 심덕과 우진의 관계를 부인했다니 아무리 생각해도 정말 무서운 인간이 아닐 수 없었다.

"왜 그러나? 왜 그리 놀라?"

"마에다 상은 어떤 사람이었습니까?"

"테츠는 좋은 친구야. 일본인인 데다 귀족임에도 전혀 조선인들에 대한 편견 없이 우리를 아주 잘 대해줬지. 실제 순회극단도 테츠가 아니었다면 공연을 못 했을지도 몰라. 많이 도와줬어. 기술적인 면, 금전적인 면 모두. 그러고 보니 둘 다 부잣집 도련님이라 잘 통했던 건가."

"마에다 상이 귀족입니까?"

"응. 귀족이야. 꽤 좋은 가문이라고 들었던 거 같은데, 또 아니라는 이들도 있고. 잘 모르겠어. 우리나라랑 달리 일본은 귀족 내에서도 계급이 있다고 하더라고. 우리가 생각하는 것보다 낮은 귀족이라는 이들도 있긴 했는데 뭐 그런 것까진 자세히 모르겠고 하여튼 넉넉한 집안의 외아들이라는 것만은 확실해."

테츠가 귀족이라면, 심덕과의 관계가 좀 더 명확하게 설명되었다. 청산학원 시절 심덕과 만난 이가 테츠인 게 분명해지니 말이다. 두 사람이 연인이었다고 성덕이 이야기할 때 아마도 청산학원 시절이리라 예상하긴 했으나 확실치는 않았다. 하지만 그가 귀족이라면 더 이상 의심할 나위가 없었다. 청산학원 시절 심덕과 테츠는 함께 했을 거다. 그가 청산학원 시절 심덕을 성장시킨 그 '연인'이었던 것이다.

"김우진 씨가 이곳에 머물 때 마에다 상이 여러 번 찾아왔습니까?"

"내가 아는 건 한 번이야. 내가 외출한 사이 들른 건 모르니, 몇 번 더 왔을지는 정확히 말해주기 어렵네. 소식을 듣고 왔다고 하더라고. 그때 돈을 좀 준 모양이야. 우진이 나한테 진 빚을 갚고 방값도 내고 그랬거든."

"그럼 김우진 씨가 아일랜드에 관심이 있었다는 걸 마에다 상도 알았을까요?"

"아마 그랬을걸? 둘은 문학적인 취향이나 감수성도 비슷했으니까. 우진인 대학 시절부터 아일랜드 희곡에 빠져 있었으니 마에다 상도 이미 알고 있었을 거야."

테츠가 이미 아일랜드에 대한 우진의 관심을 알고 있었다면 부러 상철 앞에서 아일랜드 이야기를 꺼낸 게 분명했다. 헷갈리라고 판 함정에 아무런 의심 없이 퐁당 빠졌다는 게 분해서 순간 상철은 속에서 열이 올랐다. 테츠가 아일랜드에 대해 알고 있는 것이 우진과 심덕이 연인이라는 결정적인 증거라고 생각했는데, 이제 와 보니 전혀 아니었다. 그건 오히려 테츠와 우진이 가까운 사이였다는 걸 말해주는 증좌였다.

그렇다. 우진과 테츠는 매우 가까운 사이였다. 그럼 질투였을까? 가까웠던 친구와 사랑했던 여자가 연인이 된 것에 분노해 계획을 세워서 둘 다 죽여버린 걸까? 그게 현재 상철이 할 수 있는 가장 간단한 설명이었다. 하지만 그러기엔 성덕이 했던 말이 걸렸다. 성덕은 분명 테츠가 절대로 심덕을 죽일 수 없다고 그랬다. 그렇다면 대체 이 상황은 어찌 설명해야 한단 말인가. 테츠를 중심으로 엮인 우진과 심덕, 그리고 죽은 두 사람, 아무리 생각해도 이걸 명쾌하게 설명할 수가 없었다.

"그런데 갑자기 마에다 상에 대해서는 왜 묻는 거야? 자네가 그를 어떻게 알고?"

"순회극단 조사를 하다 일본인이 있었단 이야기를 듣고 놀라서요. 그래서 어떤 사람이기에 참여하게 된 건가 궁금해서요."

해성을 만나기 전부터 미리 준비해 둔 거짓말이어서 막힘없이 술술 나왔다. 해성이 납득한 듯 고개를 끄덕였다.

"그 친구 좋은 사람이야. 다른 속셈이 있었던 게 아닌가 오해할 필요 없어. 본인이 굳이 밝히길 원치 않아서 우리 역시 어디가서 말하고 다니진 않지만, 그 친구가 관동대학살 때 유학생들을 몰래 숨겨서 살려줬어."

놀라서 말문이 막힌 상철이 입을 딱 벌린 채 해성을 보았다. 어떻게 된 게 마에다 테츠에 대한 정보는 이토록이나 모두 다 예측 불가능한 것들뿐이란 말인가. 테츠는 계속해서 상철이 상상할 수 있는 범위를 넘어서고 있었다. 그가 어떤 인간인지 이젠 정말 알 수 없었다.

"밝혀졌을 때 그가 일본 내에서 혹시나 핍박을 받게 될까 봐 우리 역시 쉬쉬하며 숨겨주고 있는 사실이야. 그러니 자네도 이건 기사에 쓰면 안 돼. 그가 조선인 유학생들을 도와줬어. 자기 집 별채에 숨겨줬다고 하더라고. 그땐 조선인이라면 무조건 다 죽였거든. 인정사정없이 죽였지. 관동 내에 조선인 씨가 말랐을 정도니까. 그때 테츠가 도와준 덕분에 열 명 남짓, 목숨을 건졌다고 들었어. 고마운 사람이야. 혹시나 그를 오해하지는 말게."

해성은 오해하지 말라고 했으나 상철의 오해는 점점 깊어졌다. 대체 그에 대한 정보를 어찌 엮어야 제대로 납득 가능한 이야기가 나올지 혼란스럽기만 했다.

"저기, 순회극단 시절 김우진과 마에다 상 그리고 윤심덕의 관계는 어땠습니까?"

해성이 눈을 꿈뻑거리며 상철을 쳐다봤다. 이게 무슨 소린가, 질문 자체를 완전히 이해하지 못한 얼굴이었다. 한참의 시간이 흐른 뒤 해성이 폭소를 터뜨렸다.

"뭐야, 자네 아직도 윤심덕에 매달려 있는 건가? 게다가 지금은 뭐? 마에다 상에 김우진에 윤심덕? 상상력이 너무 과한 거 아냐? 대체 뭘 얼마나 어디까지 상상하는 거야?"

해성이 기가 막히다는 듯이 배를 잡고 굴렀다. 하나 그 모습을 보며 상철은 딱 울고 싶은 심정이었다.

뭘 얼마나 어디까지 상상해야 할지 누가 알려줬으면 좋겠다. 누더기처럼 조각조각 난 정보들은 하나도 짝이 맞지 않았다. 심란한 상철이 긴 한숨을 내쉬었다.

어쨌거나 결론은 마에다 테츠를 다시 만나야 한다는 거였다. 결국 이 모든 의문에 대한 해답은 그만이 쥐고 있었다. 그와 심덕, 그와 우진의 관계가 확실해졌고, 증인들도 모두 확보했으니 더는 발뺌하지 못할 것이다. 다시는 그에게 말리지 않으리라 단단히 결심한 상철이 대판역에 발을 디뎠다.

걸어갈까 하다가 마음이 급해 택시를 탔다. 이젠 입에 익어버린 스미요시 신사를 말하자 택시는 순식간에 그를 닛토레코드 앞에 내려주었다. 차에서 내려 회사를 한번 올려다본 상철이 크게 심호흡한 뒤 안으로 들어갔다.

"마에다 상이요? 그분 그만뒀습니다."

"네? 언제요? 왜요?"

상철의 질문에 데스크에 선 안내원이 난처한 듯 웃었다.

"자세한 건 개인정보라 말씀드릴 수 없습니다."

"이직한 겁니까?"

허리를 반절이나 꺾은 상철은 데스크를 금방이라도 넘어갈 기세였다. 안내원이 당황하여 뒷걸음질 쳤다.

"이미 회사를 그만뒀으니 저희 쪽 사람이 아닙니다. 그런 분의 신상을 아무에게나 함부로 말씀드릴 수 없습니다."

안내원이 제법 단호한 얼굴로 고개를 저었다. 그 순간 상철은 그가 귀족이라는 것을 떠올렸다. 더 이상 회사 직원도 아닌 귀족의 사적인 이야기를 제멋대로 떠들 만큼 안내원은 간이 크지 않은 모양이었다. 상철이 더 이상 조르는 것을 포기하고 기운 없이 돌아섰다.

놓쳤다. 회사 밖으로 나온 상철이 근처에 아무렇게나 주저앉았다. 온몸에 기운이 쭉 빠져 손 하나 까딱할 수가 없었다. 놓쳤다. 놓치고 말았다. 이 모든 문제의 키를 가지고 있는 핵심 인물을 정말 바보같이 놓치고 말았다.

이런저런 생각을 곱씹자, 순간적으로 머리에 열이 훅 올랐다. 제 성질을 못 이긴 상철이 주먹으로 힘껏 바닥을 내려쳤다. 두 번, 세 번, 주먹이 피범벅이 되고 나서야 상철이 행동을 멈추었다. 손은 욱신거리며 아팠지만 홧홧거리는 속은 조금도 풀리지 않았다. 그를 놓쳤다. 그를 붙잡고 물을 수 있는 수없이 많은 기회가 있었는데 두 눈을 뻔히 뜨고도 그를 돌려보냈다. 그리고 이젠 모든 것을 다 놓치고 말았다. 상철은 어리석은 스스로가 한심해서 도무지 견딜 수가 없었다.

15장

도피

마에다 테츠가 김우진과 윤심덕을 죽였을까? 끔찍한 생각이었으나 불가능한 이야기는 아니었다. 그리고 현재 상황에서 상철이 내릴 수 있는 결론 중 가장 가능성이 높은 것이었다. 그게 아니라면 우진과 심덕, 테츠 세 사람을 엮을 수 있는 다른 경우의 수가 없었다. 적어도 상철이 쥐고 있는 정보에 한해서는 그랬다.

성덕은 테츠가 절대 심덕에게 위해를 가할 수 없다고 단언했으나, 그건 성덕의 입장에 불과했다. 성덕의 단호한 발언에 상철은 잠시 헷갈리기도 했었다. 하지만 돌아서서 모든 이야기를 엮었을 때, 성덕의 증언만으로 테츠가 범인이 아니라고 판단하는 것은 무리였다. 오히려 성덕이 테츠의 잘생긴 외모나 다정한 호의에 넘어가 그가 좋은 사람일 거라고 오해했다고 보는 게 지금으로선 더 납득 가능한 설명이었다. 일단 그런 식으로 결론을 내린 상철은 성덕의 증언을 가볍게 밀어냈다. 그리고 제가 취합한 정보를 토대로 이야기를 정리해 나가기 시작했다.

청산학원 시절에 처음 만난 심덕과 테츠는 연인이 되었다. 둘은 열렬히 사랑했다. 아니 적어도 테츠는 그랬다. 테츠의 헌신적인 애정과 전폭적인 지지로 인해 심덕은 그 시대 최고급 문화와 교양을 습득할 수 있었다. 그렇게 심덕은 테츠에게서 취할 것을 다 취한 뒤 더 이상 그가 필요 없다는 판단이 들자, 냉정히 그의 곁을 떠났다.

심덕이 떠나고 테츠는 배신감에 치를 떨며, 대단히 분개했을 거다. 하지만 그럼에도 사랑하는 마음을 다 버릴 수는 없어서 여전히 미련을 가지고 있었다. 그리하여 테츠는 그녀의 근처를 맴돌았다.

그렇게 심덕과의 관계를 되돌릴 기회를 노리며 곁에 머물렀지만, 시간이 지나면 지날수록 아무리 애를 써도 심덕을 되찾을 수 없다는 사실만을 깨달을 뿐이었다. 극심한 좌절과 지독한 상실감은 얼마 지나지 않아 걷잡을 수 없는 분노를 불러일으켰다. 거기에 설상가상으로 제 친한 친구와 심덕이 열애 중이란 사실까지 알게 되었다.

심덕과 우진의 관계는 아마 우진이 도쿄에 온 뒤 테츠와 연락이 되면서 우연히 알게 되었을 확률이 현재로선 가장 높았다. 우진은 테츠와 심덕의 사이를 꿈에도 몰랐을 테니, 친한 친구에게 근황을 말하다 우연히 털어놨을 거다. 하지만 테츠에게 그 사실은 큰 충격이었을 게 분명했다. 그리고 당연히 분노했을 거다. 언젠가는 되찾고 싶었던 여자가 끝내 손에 잡히지 않는 것도 분한데 심지어 이제 상대는 제 절친한 친구가 되었으니 테츠가 얼마나 화가 났을지 충분히 이해할 수 있는 바였다. 그래서 질투와 증오에 사로잡혀 눈이 뒤집힌 테츠는 둘 다 죽일 수 있는 계획을 짠 뒤 함정을 파서 둘을 끌어들여 죽였다…….

제가 만든 가설은 그럴싸했다. 상철은 테츠란 사내를 좋아하지 않았지만, 심덕을 죽이기까지 이르는 그 심정만큼은 이해할 수 있을 것 같았다. 짝사랑하는 여자가 제 것이 되지 못할 바엔 차라리 죽었으면 좋겠다고 술주정하는 사내들을 본 적이 있다. 미친 소리라고 여겼던 그 말들이 어떤 심정에서 비롯된 것인지, 심덕을 짝사랑하면서 어렴풋이 이해했다. 갖고 싶은 여자, 그러나 절대로 가질 수 없는 여자에게 남자가 갖는 심리란 다 거기서 거기다. 아무리 잘나고 부족할 것 없어 보이는 테츠라고 해도 제 손에서 빠져나가 다른 사내 품에 안긴 심덕에 대한 감정이 그리 특별났을 리 없다. 복수심과 정복욕, 소유욕이 뒤섞였을 게 뻔했다.

그래, 테츠의 입장에서만 이 사건을 보자면, 이건 오히려 매우 심플한 치정극이었다. 하지만 딱 거기까지라는 게 문제였다.

테츠란 개인의 한 사내는 사랑에 머리가 돌았든 질투에 눈이 뒤집혔든 이런 생각을 할 수 있다. 사실 사람의 머릿속으로 못할 생각이란 없다. 생각만이라면 상철은 이미 수없이 심덕을 안았다. 중요한 건 그것의 실천 여부였다.

어떻게 테츠는 그러한 자신의 생각을 실제로 구현해 낼 수 있었는가, 상철의 의문이 풀리지 않는 것은 바로 이 지점이었다. 설마 테츠가 정말 머리가 돌지 않은 이상 회사에 대놓고 내가 전에 사랑했던 여자와 내 절친한 친구가 바람 난 꼴을 보니 두 연놈을 죽이고 싶습니다, 라고 말하진 않았을 거였다. 그렇다면 무언가 대단히 그럴싸한 핑계를 대서, 마치 죽음과는 전혀 상관없는 일인 것처럼 꾸며 심덕과 우진을 이 계획에 끌어들였을 게 분명했다.

과연 사측이 혹할 만큼 그럴싸했던 테츠의 변명은 무엇이었을까? 그럼 사측은 이런 일이 벌어질 걸 전혀 몰랐나? 혹은 조금쯤은 짐작하고 묵인한 걸까? 사측은 대체 테츠의 계획을 어디까지 알고 어디까지 동조해 준 것일까?

히데오를 만났을 때, 히데오는 둘의 죽음이 백 퍼센트 우연의 일치로 일어난 사건인 줄로 아는 것처럼 보였다. 그 반응을 믿는다면, 사측은 정말 순수하게 심덕의 음반을 내는 것으로만 알고 있었다고 봐야 했다. 그렇다면 테츠는 정말 순수하게 심덕의 음반을 내는 것처럼 행동하면서 사측과 우진 양쪽을 모두 속였다는 것인가.

뭐 우진을 속이기는 어렵지 않았을 거다. 우진은 당시 어디로든 도망치고 싶은 상태였을 테니 말이다. 현실에서 도피하고픈 우진에게 선심을 쓰는 척하며 작사를 하면 돈을 원하는 대로 주겠다는 둥, 잠시만 죽은 사람이 되면 아일랜드로 갈 수 있게 도와주겠다는 둥 하면서 미끼를 던졌다면, 우진이 거절했을 리 없다. 그런 식으로 일단 꼬드겨 내서 배에 태운 뒤 거기서 떠밀었다고 생각할 수 있었다. 이 가설은 영 말이 안 되는 건 아니었다. 하지만 이 이야기에 심덕이 끼면, 처음부터 끝까지 단 하나도 말이 되는 부분이 없었다.

애초에 이 모든 계획이 테츠에게서 나온 거라고 한다면, 그걸 알면서 심덕은 왜 이 일에 협조했단 말인가. 심덕이라면 일단 테츠가 음반을 내자고 제안했을 때 그조차 거절했을 여자였다. 거래가 아닌 무조건적인 호의를 심덕은 달가워하지 않았다. 그런 심덕이 테츠의 호의를 순진하게 받아들여 그가 하자는 대로 했을 리 없었다. 이용문도 손안에서 쥐고 흔든 심덕이었다. 그 윤심덕이, 천하의 윤심덕이 저를 노리는 사내의 뜻대로, 계획대로 움직여 줬다는 건 있을 수 없는 일이었다. 아무리 돈이 궁해도 그런 짓을 할 리 없는 여자였다. 사내의 감정을 누구보다 잘 알고 이용했던 심덕이었다. 자신에 대해 테츠가 어떤 생각을 가지고 있는지 뻔히 알고 있었을 게 분명한데, 그걸 알면서도 테츠의 의도대로 움직여 줬을 리 없었다. 거기에 전 연인과의 일에 현 연인인 우진까지 끌어들인다는 건 더더욱 말도 안 되는 소리다. 테츠가 우진을 끌어들이고 싶어, 심덕이 아닌 우진 쪽으로 그런 제안을 했다손 치더라도 심덕이 나서서 단칼에 쳐냈을 거다. 상철이 아는 윤심덕은 그랬다.

아무리 해도 이야기 중간중간이 삐걱거리며 어긋났다. 테츠의 입장에서만 보면 완벽한 서사이지만, 실제 이것을 현실로 구현했을 때 이 이야기엔 빈 공간이 너무 많았다. 무엇보다 상철이 제일 잘 알고, 가장 확실하다고 생각하는 심덕의 관점에서 이 이야기를 서술하자면 이건 처음부터 끝까지 말도 안 됐다.

그렇다면 대체 이 모든 건 어찌 된 일일까. 여전히 해결되지 못한 의문들이 한가득이었다. 상철이 괴롭게 머리카락을 움켜쥐었다.

생각이 제대로 풀리지 않고 엉켜갈수록 상철은 스스로가 한심해 미쳐버릴 거 같았다. 이 모든 것을 명쾌하게 설명해 줄 수 있는 유일한 인물인 테츠를 눈앞에서 놓쳤다는 사실이 점점 상기되어 상철을 괴롭혔기 때문이다. 심지어 이 사건이 모두 처음부터 계획된 살인이라면 테츠는 가장 유력한 용의자였다. 그런데 두 눈을 멀쩡히 뜨고도 그걸 눈치채지 못하고 그자를 놓쳤다. 생각할수록 참으로 환장할 일이 아닐 수 없었다.

갑갑증이 난 상철이 자리에서 벌떡 일어났다. 심호흡을 하며 상철이 홧홧한 속을 삭이기 위해 애를 썼다. 테츠는 떠났다. 어디로 갔는지 모르니 찾을 수도 없다. 테츠의 부재는 이제 더 이상 상철이 어찌할 수 없는 결과였다.

그렇다면 테츠가 없는 이 상황에서 대체 어디서부터 이 문제를 파헤쳐야 사건의 전말에 그나마 가장 가까이 접근할 수 있을까. 유력한 용의자가 범인이라는 결론을 확실히 내리기 위해선 무엇을 알아봐야 할까.

상철이 초조한 걸음으로 방 안을 서성였다. 그러다 문득 걸음을 멈추었다.

만약, 죽지 않았다면? 테츠가 죽이지 않았다면? 죽인 게 아니라면?

상철은 내내 심덕과 우진이 정사를 했다는 전제하에 모든 것을 거기에 맞추려 했다. 그런데 아무리 애를 써도 증거들은 아귀가 맞지 않고 조금씩 어긋나서 전제를 뒷받침해 주지 못했다. 그럴 때마다 상철은 제가 수집한 증거가 어딘가 모자라고 부족해서, 딱 떨어지지 않는 줄 알았다.

한데 만약 애초에 전제가 잘못된 것이었다면? 둘이 연인도 아니었고, 정사도 하지 않았고, 심지어 지금 어딘가에서 살아 있다면?

내내 바닥을 향해 있던 상철의 고개가 위로 번쩍 들렸다. 번개라도 맞은 표정으로 상철이 흰 벽을 보며 우뚝 섰다.

그러니까 만약 이 모든 게 계획된 살인이 아니라 계획된 도피라면?

살인이 아니라 도피라면, 조각났던 이야기 조각들의 아귀가 맞아떨어진다. 심지어 성덕이 말했던, 테츠는 절대 언니를 죽일 수 없다는 말도 설명 가능했다. 심덕이 테츠의 기획에 순순히 협조한 것도 납득할 수 있었다. 그러니까 질투에 눈이 멀어서 죽인 게 아니라, 제 것으로 갖고 싶어서 이 사건 자체를 테츠가 조작했다면, 그래서 지금 심덕과 도피를 떠난 거라면 이 모든 이야기는 완벽했다. 우진이 거기에 긴 건, 아마 시인이 필요한 테츠와 돈이 필요한 우진의 합작품이었을 거다.

대충 정리해 보면 이런 거다. 테츠는 심덕을 사랑했으나 놓친 후 호시탐탐 되찾을 기회만을 노리고 있었다. 그러다 심덕이 더 할 수 없이 몰락한 것을 알게 되었다. 지금이 기회란 생각에 테츠는 음반을 내준다고 접근했다. 그리고 대중들 앞에서 화려한 이벤트를 하나 기획해 줄 테니 자신과 재회할 것을 제안했다. 어차피 오롯이 제힘만으로 재기할 수 없다는 것을 깨달은 심덕이 그러한 테츠의 제안을 받아들였다. 우진에게서 가사를 받은 후 '사의 찬미' 음반을 완성했다. 둘은 배에 탄 뒤 죽은 것처럼 상황을 조작한 후에 사람들 틈으로 숨어들었다. 그리고 1년간 몸을 숨긴 채 기다렸다가 상황이 잠잠해졌을 무렵 테츠와 심덕은 어딘가로 떠났다.

완벽했다. 이건 완벽했다. 금방이라도 고함이 튀어나올 것 같은 입을 틀어막은 상철이 자리에서 펄쩍 뛰어올랐다. 쉬지 않고 뜀박질을 한 사람처럼 심장이 제 속도를 벗어나 쿵쿵거리며 빠르게 뛰었다.

이거라면 심덕이 테츠의 뜻대로 움직인 것도, 우진이 제안을 받아들인 것도 모두 이해 가능했다. 지금 우진과 심덕은 신분을 숨긴 채 어딘가 숨어 있을 거다. 어쩌면 우진은 제가 그토록 가고 싶다는 아일랜드에 갔을지도 모르겠다. 심덕은 테츠와 함께 이탈리아로 갔을까. 아마 둘 다 평생 숨어 있을 작정은 아닐 거다. 어느 정도 시간이 흐른 후 다시 화려하게 복귀할 생각일 게 분명했다. 죽음에서 돌아온 연인이라니, 사라질 때 대중의 관심이 폭발했던 것처럼 돌아왔을 때도 세상이 발칵 뒤집힐 게 분명했다. 어차피 심덕이나 우진은 대중들의 관심을 먹고 사는 예술가였다. 그러니 그 둘에게 어떤 식으로든 사람들의 시선을 끄는 건 나쁠 리 없었다.

앞엣것보다 뒤엣것이 더 말이 되었다. 이 가설이 확실한지 아닌지 확인하기 위해선 무엇을 해야 할 것인가. 상철이 잠시 고민에 빠졌다. 그러다 이내 손뼉을 마주쳤다.

배다. 배를 조사해야 했다. 사건이 터졌을 당시 상철은 배에 대해 조사할 생각을 아예 하지 않았다. 당시 상철은 심덕이 '어딘가' 살아 있을 거라 믿었기 때문에 그 '어딘가'를 찾는 데만 집중했다. 뒤늦게 심덕이 죽었다고 확신했을 땐, 죽은 게 확실하다고 생각했기에 굳이 배에 대해 조사하려 하지 않았다. 결과적으로 상철은 진짜로 두 사람이 배에 탔는지, 안 탔는지 전혀 몰랐다. 그들의 마지막 장소라고 알려진 배에 대해 조금도 알아보지 않았기 때문이다. 만약 진작 배를 자세히 조사했다면, 어쩌면 꽤 많은 것을 알아낼 수도 있었을 텐데, 너무 안일했다. 거대한 비밀을 숨기고 있을지도 모르는 것을 여태까지 놓치고 있었던 거였다.

배에 탄 승객들을 대상으로 조사한다면 심덕이 죽었는지, 도피한 건지 짐작할 수 있을 것이다. 대부분의 승객들은 공식적으로 심덕과 우진이 배에서 떨어졌다고 증언했다. 하지만 그 증언 사이사이, 상철이 찾는 정보가 숨겨져 있을 게 분명했다. 상철이 바라는 건 증언과 증언 사이의 빈 곳 어딘가였다. 승객과 선언들의 증언을 종합해 본다면 상철은 테츠가 살인 용의자인지 사랑의 파트너인지도 알 수 있을 것이다.

상철이 마른침을 삼켰다. 그 짧은 시간 혼자 얼마나 흥분했던지 등 뒤가 땀으로 흠뻑 젖어 있었다.

그녀가 살아 있을 수도 있다. 몇 달 만에 상철에게 다시 희망이 생겨난 순간이었다.

"남상철이라……."

씨에게 보고 받은 사진을 들여다보는 히데유키의 눈이 어둠 속으로 깊게 침잠했다.

"익숙한 얼굴이군."

"아시는 자입니까."

"전에 닛토레코드에서 본 적이 있어."

"저에게도 낯이 익은 얼굴입니다."

"네가?"

씨의 말에 테츠가 놀랐다.

"네. 윤심덕을 찾으러 평양과 하얼빈에 갔을 때, 마주친 적이 있습니다. 동선이 비슷했습니다. 기자라는 것 같았습니다."

"닛토레코드에도 윤심덕의 죽음과 관련하여 물을 게 있다며 찾아왔었다. 그저 냄새나는 곳에 꼬이는 똥파리인 줄 알았는데."

씨와 행동반경이 겹쳤다는 게 결코 유쾌하지 않았다. 히데유키의 미간에 깊게 주름이 졌다.

"지금 이자가 뭘 한다고?"

"윤심덕과 김우진이 떨어져 죽었다고 알려진 도쿠주마루의 선원과 승객들에 대한 정보를 찾아다닌다고 합니다."

"그건 이미……."

"네. 제가 처리했습니다."

씨의 대답에 히데유키가 고개를 끄덕였다. 어둠을 응시하는 히데유키의 가느다란 두 눈이 날카롭게 빛났다.

"1년이나 지난 일을, 그자가 왜 관심을 가지는 거지."

"어쩌면 그저 똥파리일 수도 있습니다."

"아니야, 똥파리는 악취가 나는 곳에 들끓지. 이미 윤심덕과 김우진의 죽음은 냄새가 사라진 지 오래야. 가족들조차 이젠 시체를 찾는 일을 그만두지 않았나. 그런데 고작 기자가 대체 왜 아직도 그 근처를 떠도냔 말이지. 그런 건 더 이상 똥파리가 할 일이 아니야."

히데유키의 손가락이 일정한 속도로 테이블을 두드렸다. 심기가 불편하다는 방증이었다. 이 일은 얼핏 보면 완벽하게 정리된 듯 보이지만 히데유키의 입장에선 꽤나 찝찝한 구석이 많았다. 일단 제 계획대로 일을 마무리 짓지 못했다는 것만으로도 히데유키는 이 모든 것이 다 거슬렸다.

"씨."

"네."

"그 남상철이란 자에 대해서 조사해 봐. 몸 구멍에 털이 몇 개 났는지까지 알 수 있을 정도로 남김없이 다 조사해 오도록."

"네. 알겠습니다."

씨가 깍듯하게 허리를 굽혔다. 히데유키가 눈을 지그시 감았다.

뒷마무리가 찝찝한 것은 질색이었다. 히데유키의 생에 그건 있을 수도 없고, 있어서도 안 되는 일이었다. 그런데 그런 일이 생겨버렸다. 거기다 지저분한 조센징 기자가 끼어들기까지 하다니, 여러모로 정말 역겨웠다. 대체 어디서부터 잘못되었단 말인가, 수십 수백 번을 곱씹어 봐도 명쾌하지 않았다. 히데유키의 미간에 깊게 주름이 졌다. 그 모습을 씨가 가만히 지켜보았다.

아무리 1년이 훌쩍 넘은 일이라 해도 승선한 선원들과 승객들에 대한 정보를 찾는 것이 이리 어려울 줄은 몰랐다. 일본은 대단히 기록을 중시하는 나라였다. 그래서 아무리 사소한 것이라도 모두 기록하여 남겼다. 그런데 심덕이 탄 배 도쿠주마루에 대한 정보는 어디에서도 찾아볼 수 없었다. 비슷한 시기, 다른 배들은 관련 정보가 고스란히 남아 있었지만 도쿠주마루와 관련된 것만은 모두 사라져 아무것도 남아 있지 않았다.

어쩌면 이 일이 제가 예상했던 것보다 훨씬 심상치 않은 사건일 수도 있다는 생각이 든 건 그때였다. 공식적인 기록을 지운다는 건 단순히 일개 개인이 저지를 수 있는 범위를 넘어선 일이었기 때문이다.

"경찰이 조사를 위해 가져가지 않았을까 싶습니다만……."

선박 회사가 내놓은 설명은 그게 전부였다. 하지만 그리 말하는 직원의 눈에서도 의구심이 가득했다. 결국은 자신들도 왜인지 이유를 모른다는 거였다.

"그럼 이 정보는 어디서도 구할 수가 없는 겁니까?"

"여기 없다면, 지금으로선 그렇습니다. 좀 더 찾아보긴 하겠습니다만……."

상철의 어깨가 아래로 축 떨어졌다.

"아, 승선한 선원들의 정보는, 선원들끼리 돌려보는 일정표가 있습니다. 주간 계획표인 셈인데, 그걸 가지고 있는 선원이 만약 있다면 확인해 볼 수 있겠죠. 하지만 이미 1년이 더 지난 일이라……."

"대부분 그런 계획표는 받고 자기 일정을 체크한 뒤 버리죠."

"그렇죠."

애써 주었지만 역시나 별로 도움이 되는 이야기는 아니었다. 안타까워하는 직원에게 혹시나 다른 자료를 찾으면 연락 달라 당부한 뒤 상철이 돌아섰다.

아무리 마에다 테츠가 일본의 귀족이라 한들 이러한 정보를 모두 지워버릴 만큼 권력이 있다고 생각되진 않았다. 이건 그보다 더 힘 있는 자가 할 수 있는 일이었다. 어쩌면 단순히 테츠가 사랑 때문에 이 일을 벌였다는 가설을 수정해야 할지도 모르겠단 생각이 들었다. 이게 정말 누군가가 의도적으로 지운 거라면 그것이 가능할 정도로 큰 배후가 있는 게 분명했다. 그리고 정말 그런 배후가 개입되어 있다면, 경찰서나 관공서를 찾아간다고 해서 이 정보를 손에 넣을 수 있을 리 없었다. 뭔가 다른 방법을 모색해야 했다.

몇 날 며칠을 고민하던 중 그때 사건과 관련된 신문 기사를 모으면 어느 정도 정보의 조각들을 맞출 수 있지 않을까 하는 생각이 떠올랐다. 당시 심덕의 죽음은 대단한 이슈였기에 당연히 관련 기사가 쏟아졌는데 거기엔 심덕과 같이 탑승한 승객들이나 선원들의 인터뷰 역시 포함되어 있었다. 앞장서서 신문사와 인터뷰한 이들이니만큼 자신들이 가진 정보에 대단히 자신이 있다는 것을 의미했다. 즉 그들의 말은 증언으로서 가치가 높았다. 상철은 일단 그들을 만나보기로 결심했다.

　그래서 상철은 관련된 모든 신문 기사들을 정리한 뒤 인터뷰한 이들의 명단을 만들었다. 그리고 각 신문사에 요청하여 그들의 연락처를 받아냈다. 다행히도 1년이 갓 지난 사건이었기 때문에 대부분의 기자들은 인터뷰이들의 연락처를 아직 가지고 있었다. 상철은 1년이 지난 뒤 추적조사를 한다는 둥 온갖 핑계를 다 둘러대어 기자들로부터 연락처를 모두 받아냈다.

　그 후 상철은 인터뷰한 승객들과 선원들에게 갖은 방법을 통해 직접 연락을 취했다. 편지를 보내기도 하고, 전화를 걸기도 하고, 직접 찾아가 보기도 했다. 하지만 예상보다 일은 쉽지 않았다. 대부분의 사람들이 과거 일을 다시 언급하길 대단히 꺼렸다.

　"동아일보 기자 남상철입니다. 윤심덕, 김우진과 관련하여 묻고 싶은 게 있어서요."

　"할 말 없소."

　"동아일보 기자 남상철입니다. 윤심덕, 김우진 씨와 같은 1등석 객실에 타셨다고 해서요. 몇 가지 질문하고 싶은 게 있는데 시간 내주실 수 있으십니까?"

　"오래전 일이라 기억나지 않아요. 죄송합니다."

　"동아일보 기자 남상철입니다. 윤심덕, 김우진 씨가 탔던 배의 선원이셨는데요. 혹시 특별히 기억하는 거 없으신가요?"

　"죄송합니다. 아무것도 기억나지 않습니다."

편지의 답장은 오지 않았다. 직접 찾아가면 문전 박대당했다. 전화는 말이 채 끝나기도 전에 끊기기 일쑤였다. 일단 상철의 입에서 윤심덕, 김우진이란 이름이 나오는 순간 모두가 하나같이 인상을 찌푸리며 뒤로 물러섰다. 대단히 불쾌한 질문을 받았다는 듯한 태도였다. 타인의 죽음을 다시 입에 올리는 게 영 찝찝한 모양이라고 상철은 그들을 이해하려 애썼다. 원래 인터뷰가 다 이런 거 아니냐고 자꾸만 처지는 마음을 애써 추슬렀다.

하지만 아무리 그래도 수첩에 적힌 이름들이 하나씩 지워질 때마다 점점 마음이 초조하고 조급해지는 건 어쩔 수가 없었다. 하지만 괜스레 어설픈 조급증을 냈다가 그것이 상대에게 들키면 인터뷰를 따낼 가능성만 더 떨어진다는 걸 다년간의 기자 생활로 인해 누구보다 잘 알고 있었다. 상철은 애써 앞서 나가려는 제 마음을 달랬다.

어느새 상철의 수첩에 적힌 이름이 다섯 명도 채 남지 않았다. 그때 상철의 앞에 기적처럼 한 여인이 나타났다. 그건 정말 기적이라는 말로밖에는 설명할 수 없었다. 만약 오마쓰 교코 부인을 그때 만나지 않았다면, 상철은 영영 이 배에 얽힌 비밀을 알 수 없었을 테니 말이다.

"안녕하십니까. 동아일보 기자 남상철입니다. 윤심덕과 김우진 관련하여 여쭙고 싶은 게 있는데, 실례가 안 된다면 인터뷰할 수 있으실는지요?"

그때 이미 상철은 어느 정도 자포자기하여 이게 아닌 다른 방법을 찾아야 하지 않을까 하는 고민을 하고 있던 참이었다. 이런 식으로 해서는 인터뷰를 한 건도 따낼 수 없으리란 절망감이 상철을 사로잡았다. 어차피 안 되리란 우울한 확신을 하면서도 끝까지 시도한 것은 그저 여기까지 온 게 억울해서였다. 그래서 그다지 기대도 없이 수첩에 적힌 전화번호를 기계적으로 돌렸다. 밑져야 본전이지 이보다 더 나빠질 게 있으랴, 란 생각으로 한 행동일 뿐 낙관적인 희망 같은 건 버린 지 오래였다.

— 동아일보 기자분이시라구요?

그러나 수화기 너머에서 자신의 신분을 확인하는 낮고 은은한 목소리가 들려오는 순간 아래로 축 처졌던 상철의 눈이 위로 치켜 올라갔다. 이런 반응은 처음이었다. 언제나 늘 상대는 상철의 설명이 채 끝나기도 전에 자신의 할 말만 쏟아낸 뒤 일방적으로 전화를 끊었다. 그런데 이번엔 달랐다. 어쩌면 일이 성사될 수도 있다는 본능적인 직감이 짜릿하게 척추를 타고 흘렀다. 상철이 허리를 곧추세웠다.

"네. 동아일보 기자 남상철입니다."

— 뭐가 궁금하신 거죠?

"윤심덕과 김우진이 탔던 배 도쿠주마루 1등석에 타셨다고 알고 있습니다. 그때 상황을 좀 더 자세히 듣고 싶어서요. 혹시 가능하다면 직접 뵙고 이야기를 나눌 수 있을까요?"

상대는 오랫동안 말이 없었다. 긴 침묵이었다. 상철이 숨소리조차 죽인 채 수화기 너머의 상황에 집중했다. 한참의 시간이 흐른 뒤 상대가 낮은 한숨을 내쉬었다.

— 이거 실명으로 나가는 인터뷰인가요?

"아니요. 기사에 실리는 인터뷰가 아닙니다. 저는 기자 신분이지만, 개인적인 목적으로 자료 수집을 하는 것입니다. 신문에 실리는 기사가 아님에도 기자라는 제 신분을 밝힌 것은 신원을 확실히 하고자 하는 것일 뿐입니다. 신문에 실리는 것이 아니니 그런 부분은 절대로 걱정하지 않으셔도 됩니다."

안도한 듯 숨을 들이켜는 것이 수화기 너머로 느껴졌다. 또 한참의 시간이 흐른 뒤 교코가 어렵게 입을 뗐다.

— 어디서 뵈면 될까요?

너무 좋아서 순간 고함을 지를 뻔했다. 상철이 손으로 입을 틀어막은 뒤 떨리는 가슴을 진정시켰다.

"어디가 편하십니까? 편한 시간과 장소를 말씀해 주시면 제가 가겠습니다."

세상에 죽으라는 법은 없는 모양이다. 수화기 너머 상대가 말하는 약속 장소와 시간을 메모지에 받아 적는 상철의 손이 덜덜 떨리고 있었다.

1등석 승객인 데다 통화 당시 수화기 너머로 느껴지는 분위기도 굉장히 우아해서 당연히 일본 귀족일 거라 생각했다. 교코가 약속 장소로 제국호텔 커피숍을 잡는 순간 그러한 상철의 추측은 확신이 되었다.

커피숍 입구에 들어서서 주변을 둘러보았다. 창가에 기모노를 곱게 차려입은 중년의 부인이 홀로 앉아 있었다. 무늬가 화려하진 않았지만 매끄러운 결의 기모노는 얼핏 봐도 대단히 값비싼 것이었고, 희끗한 머리는 누가 손을 봐준 듯 한 올의 흐트러짐 없이 곱게 틀어 올려져 희고 긴 목이 우아하게 드러나 있었다. 상철이 생각했던 딱 그 모습이었다. 상철이 그 앞에 가 허리를 깊게 숙이며 인사했다.

"남상철입니다."

천천히 교코가 고개를 돌려 상철을 보았다. 교코는 가느스름한 눈매에 흰 피부를 가진 일본의 전통적인 미인이었다. 꼿꼿한 허리나 반듯한 어깨, 물일 한번 안 해본 듯 나이에 비해 고운 손이 그녀의 신분을 말해주고 있었다. 어쩌면 예상했던 것보다 훨씬 더 높은 신분의 귀족일지도 모르겠다는 생각이 들었다.

"오마쓰 교코예요. 반가워요."

자리에서 일어난 교코가 깍듯하게 인사하며 상철에게 맞은편 자리를 권했다.

"차는?"

"커피로 하겠습니다."

웨이터를 불러 교코가 커피 두 잔을 주문했다. 마치 기다렸다는 듯 금방 커피 두 잔이 나왔다. 덕분에 교코와 상철 사이의 어색한 침묵의 시간은 그리 길지 않았다.

"드세요."

"네."

차를 권한 후 교코는 설탕 통을 열어 테이블 가운데 놓았다. 각설탕을 스푼 위에 몇 개 올린 다음 그대로 잔 속으로 집어넣고는, 스푼 위에 올려진 각설탕이 뜨거운 커피 속으로 녹아들어 가는 것을 주의 깊게 들여다보았다. 모든 움직임은 물 흐르듯 매끄러웠고 동시에 대단히 느렸다.

상철은 일단 불가능하리라 여겼던 이런 자리가 성사된 것만으로도 기뻐서 제가 이야기를 끌고 가기보단 교코가 편하게 말할 수 있도록 내버려 둘 생각이었다. 설탕을 다 녹인 후에야 교코가 천천히 커피를 한 모금 마셨다. 그리고 난 뒤 결심한 듯 고개를 들어 상철을 보았다.

"사실 나올까 말까 꽤 고민했어요."

상철이 다 알겠다는 듯 고개를 끄덕이며 동조했다.

"이해합니다. 좋지도 않은 기억을 떠올려야 한다는 게 괴로운 일이겠……."

상철이 말을 채 끝내기도 전에 교코가 단호한 얼굴로 고개를 저었다.

"괴로워서가 아니에요. 실수를 인정하고 수정해야 한다는 게 두려워서예요."

"네?"

전혀 예상치 못한 대답에 상철이 멍청하게 입을 벌린 채 교코를 보았다. 교코가 고개를 돌려 창 너머 해자를 바라보았다. 해가 비쳐 해자의 수면 위가 구슬처럼 반짝거리고 있었다.

"그게 무슨 말씀이신지……?"

기다리겠다고, 무슨 말이든 그냥 듣기만 하겠다고 생각했지만 조급한 마음을 다 숨길 순 없었다. 교코가 채근하는 상철을 물끄러미 쳐다보다 천천히 입을 뗐다.

"제 방은 심덕과 우진의 옆방이었어요. 솔직히 말하면……."

교코가 꽤나 괴로운 얼굴로 말을 멈춘 뒤 긴 한숨을 내쉬었다. 다시 한번 재촉하고 싶은 마음을 내리누르며 상철이 마른침을 삼켰다.

"저는 윤심덕과 김우진을 본 적이 없습니다."

상철이 입을 딱 벌렸다. 교코가 차마 상철의 두 눈을 마주 보지 못하고 고개를 숙였다.

"그러니까 이 남상철이란 기자는 원래 윤심덕에게 아주 관심이 많았구만?"

"네. 전담 기자여서 늘 쫓아다닌 데다 알아본 결과 꽤 긴 시간 짝사랑한 것으로 유명했습니다."

"그년 엉덩이가 가벼운 걸레였군."

히데유키가 코웃음을 치며 혀를 찼다. 하긴 뭐 예술 한답시고 돌아다니는 년들이 다 그렇지, 고개를 절레절레 저으며 히데유키가 상철에 대한 자료를 찬찬히 살폈다.

"심덕과 관련된 가장 최근 기사는 정사가 확실하다는 내용인데."

"네, 그렇습니다."

"그런데 대체 왜 다시 뒤지고 다니기 시작한 거지?"

이해가 가지 않았다. 심덕과 관련하여 상철이 마지막으로 쓴 글은 윤심덕과 김우진의 정사가 확실하다는 결론을 내린 기사였고 그 후 영업직으로 옮긴 뒤부터 심덕에 대해서 뿐 아니라 기자로서의 활동도 쉬고 있는 상태였다. 그런데 새삼 이제 와서, 1년이 훨씬 지난 심덕의 죽음과 관련된 내용을 다시 조사한다는 게 납득이 가지 않았다.

이 정도로 한 여자의 뒤를 집요하게 쫓아다닌 사내라면 다시 사건을 헤집는 데도 제 나름의 확실한 근거가 있기 때문인 게 분명했다. 대체 무엇이 이 사내를 다시 움직이게 한 것인지, 히데유키는 그것이 궁금했다.

상철에 관련된 자료를 내려놓은 히데유키가 자리에서 일어나 창가에 놓인 난 화분 옆으로 다가갔다. 그리고 길게 늘어진 난 잎사귀를 조심스럽게 어루만지기 시작했다.

"계집에게 집착하던 사내가, 그 계집이 결국 정사를 했다고 결론 내린 기사를 썼을 정도면 이 프로젝트는 완벽했다는 건데, 대체 어디가 어긋나서 물이 새고 있단 말인가."

새하얀 손수건으로 난 잎사귀를 하나하나 닦아내며 히데유키가 생각에 잠겼다. 히데유키의 손이 거쳐 간 잎사귀는 반질반질 윤이 났다. 정성을 쏟으면 식물도 달라지게 마련이다. 그런데 사람이 오죽하랴. 한 계집에게 온 마음을 다해 정성을 쏟은 사내가 제 행보를 달리한 데는 분명한 이유가 있을 것이다. 대체 그게 무엇일까. 무엇이 저 사내로 하여금, 이 일에 새로운 의심을 품게 만들었단 말인가.

상철은 조선에 있을 때, 심덕의 죽음이 정사임을 인정하고 그녀의 생애를 정리하는 기사를 썼다. 하지만 일본으로 건너온 뒤 심덕의 죽음을 재조사하기 시작했다. 조선에선 정사라고 생각했는데, 일본에 온 뒤엔 그 생각이 바뀌었다는 거다. 대체 무엇이 일본에서 상철의 생각을 바꾸도록 만들었단 말인가. 조선과 달리 일본에서 심덕의 죽음에 상철이 의구심을 품게 된 이유가 무엇이란 말인가.

느리게 잎사귀를 닦던 히데유키가 순간 무언가 번뜩 생각난 듯 고개를 들었다.

"테츠다."

자신도 모르게 신음처럼 튀어나온 한마디였다. 히데유키의 일갈에 씨가 놀라 고개를 번쩍 들었다.

"네?"

"저 기자는 일본에 건너오자마자 닛토레코드에 들렀어. 남상철을 보고 내가 불쾌해하자, 테츠는 자기 선에서 알아서 정리하겠다고 했지. 그리고 히데오를 통해 기자에게 잘 설명했고 다시는 찾아오지 않을 거라고 했어. 그 뒤 조선의 동태를 살폈을 때 별다른 이야기가 나오지 않았고 실제로 저 기자가 다신 찾아오지 않아서 우린 마음을 놨어. 그렇지?"

"그랬습니다."

"그런데 만약 그때부터 기자가 의심을 한 거라면? 테츠가 기자의 마음속에 의심의 씨앗을 심었고 그게 오랜 시간이 지나 지금 발현된 거라면? 그럼 어떡하지?"

본래 씨앗이 싹을 틔우기까지는 오래 걸리는 법이었다. 비록 땅속에 있어 드러나지 않는다고 해서 그 씨앗이 싹을 틔우기까지 아무 일도 안 하는 건 아니었다. 땅을 뚫고 나오기까지가 씨앗에게는 어쩌면 제일 치열한 시간이라 할 만했다. 만약 그 치열한 고민 끝에 상철이 끝내 싹을 틔웠고, 그래서 대단한 확신으로 움직이는 거라면? 저런 사내는 본디 끈질긴 법이었다. 아주 자그마한 심증이라도 있으면 그게 무엇인지 밝혀질 때까지, 제 직성이 풀릴 때까지 파고 또 팔 게 분명했다.

"테츠가 기자에게 의심의 씨앗을 심을 일이 뭐 있었을까요? 게다가 윤심덕인데요."

씨가 고개를 갸웃했다. 윤심덕을 짝사랑한 기자와 테츠가 연결되는 것을 씨는 이해할 수 없었다.

그도 그럴 것이 애초에 테츠와 윤심덕의 관계는 히데유키에게 고려 사항이 아니었다. 테츠는 처음부터 윤심덕을 별반 신경 쓰지 않는 것처럼 보였기 때문이다. 테츠가 내내 신경 쓴 것은, 그리고 절대로 이 프로젝트에 참여시키지 않으려고 한 건 김우진이었다. 그래서 김우진과 테츠에 대한 교차 조사를 실시했다. 그 결과 김우진과 테츠는 와세다대학 예과 동창이었으며 순회극단에 함께 참여한 절친한 사이라는 것이 밝혀졌다. 히데유키가 나선 건 그때쯤이었다. 과연 테츠가 어떤 놈인지 알아야 했다. 이 계획의 완벽한 성공을 위해선 실제 실무자인 테츠가 조센징에 대해 어떤 태도와 생각을 가지고 있는지 파악할 필요가 있었다. 그리고 알아본 결과 테츠는 제 아비와 별다를 바가 없어 보였다. 그래서 히데유키는 별걱정 없이 계획을 진행시켰다.

그런데 만약 히데유키의 추측과 정반대로 애초에 테츠가 신경 쓴 게 윤심덕이었다면? 그럼 모든 이야기는 완전히 달라진다. 테츠는 윤심덕을 신경 썼는데, 히데유키가 김우진으로 오해한 거라면, 이건 장님 코끼리 만지기를 한 것과 다를 바가 없었다. 히데유키는 지금까지 코를 만지며 뱀이라고 확신했는데, 실제는 코끼리였던 거다. 만약 그렇다면 더할 나위 없이 완벽하게 속은 거였다. 참으로 분한 일이 아닐 수 없었다.

"씨."

"예."

"그때 윤심덕에 대한 조사는 가수 활동에 국한되어 있었지?"

"네. 가수 윤심덕의 활동 이력과 조선에서의 최근 활동 동향을 조사했습니다."

"그것 외에 그 계집애의 신상에 대해 조사하진 않았지? 출생부터 따지지 않았던 거지?"

"네. 굳이 그럴 필요가 없었으니까요."

윤심덕의 죽음이 필요했던 이유는 축음기 판매를 위해서였다. 그녀의 죽음에 대중들이 지갑을 열 것인가만 따졌을 뿐, 그녀의 히스토리 전체를 중요하게 생각지는 않았다.

"테츠와 윤심덕에 대한 교차 조사도 진행하지 않았고?"

"네."

"씨! 윤심덕을 샅샅이 조사해 오도록 해. 그리고 테츠와 윤심덕에 대한 교차 조사도 진행하도록."

“예. 알겠습니다.”

만약 테츠가 처음부터 윤심덕을 위해 이 계획을 짰고 김우진이 재수 없게 휩쓸렸던 거라면? 그래서 테츠가 미안한 마음에 김우진을 이 일에 깊게 끌어들이지 않으려 했던 것일 뿐, 그게 김우진에 대한 관심이나 애정이 아니었다면?

이제 와 돌이켜 보니 이 역시도 충분히 가능해 보였다. 생각을 연결하면 할수록 히데유키의 얼굴이 딱딱하게 굳어갔다. 어느새 턱 근육이 땅길 정도로 팽팽해져 있었다. 분노를 숨기지 못하는 얼굴로 히데유키가 짓씹듯 말을 내뱉었다.

“조센징 놈이 도움이 될 때도 있군. 그 기자가 아니었다면 가증스러운 마에다 테츠가 무슨 짓거리를 했는지 평생 모를 뻔하지 않았나.”

남상철은 테츠를 만난 뒤부터 윤심덕의 죽음에 새로운 의구심을 품었던 게 분명했다. 그리하여 그때부터 제 나름대로 조사를 해오다가 드디어 그것이 수면 위로 올라와서 이번에 히데유키의 망에 걸린 거다.

엉덩이 가벼운 계집애가 일본 귀족까지 꼬여냈을 줄이야. 아니, 샌님 같아서 여자 문제라곤 없던 마에다 테츠가, 그래서 심지어 남자를 좋아하는 게 아닌가 의심을 잠깐 했을 정도였던 마에다 테츠가 그 계집애와 관계가 있었을 줄이야. 정말 꿈에도 몰랐다. 상상도 못 한 일이었다.

그러니까 히데유키가 마에다 테츠의 비밀을 알아차리지 못한 건, 감히 거기까지 생각조차 못 했기 때문일 거다. 세상에 대일본 제국의 귀족과 미천한 조센징 계집이라니. 테츠의 곱고 새하얀 얼굴을 떠올린 히데유키가 고개를 절레절레 저었다. 역겨움에 속이 매슥거렸다.

ح

"하지만 인터뷰 당시엔 심덕과 우진을 봤을 뿐 아니라 심지어 떨어지는 것도 봤다고 하지 않으셨습니까?"

"네. 그랬죠. 그랬어요. 제가 그런 거짓말을 했다는 게 부끄러워서 이 자리에 나올까 말까 망설였던 거예요."

고개를 숙인 교코는 상철과 눈을 마주치지 못했다. 그녀는 진심으로 수치스러워하고 있었다.

"사실은 아무것도 보지 못했어요. 심지어 그 방에 사람이 드나드는 것조차 본 기억이 없어요."

아니 그럼 대체 왜 그런 거짓말을 했단 말인가. 도무지 이해가 가지 않아 상철이 멍하니 교코를 보았다. 이미 식은 커피를 들어 입술을 축인 뒤 교코가 말을 이었다.

"처음부터 작정하고 거짓말을 한 건 아니었어요. 그냥 처음엔 솔직히 말하려고 했어요. 난 아무것도 못 봤다구, 그런 사람들 배에 탄지도 몰랐다구요. 그런데 내 앞에 증언한 모두가 김우진과 윤심덕을 봤다고 하는 거예요. 하나, 둘, 봤다는 사람이 늘어날수록 난 당황했어요. 난 못 봤는데, 분명 못 봤는데 거기서 내가 아무것도 못 봤다고 하면 나만 이상한 사람이 될 판이었어요.

잘못 말했다간 모든 기자들과 경찰들의 타깃이 내가 될 거 같았어요. 그러자 곁에 선 남편이 슬그머니 우리도 봤다고 하자고 하더라구요. 괜히 주목받는 건 질색이라구요. 나 역시도 복잡한 상황에 처하기 싫었어요. 모두가 저렇게 말하니까 저게 맞나 보다, 내가 잠시 잊어먹었던 건지도 모르지, 그렇게 스스로를 설득했죠. 괜히 다른 사람들과 다른 증언을 하는 것보다 앞서 말한 사람과 비슷한 말을 하는 게 제일 무난할 거 같아서, 그래서 그랬던 거예요."

막상 거짓말을 내뱉고 나자, 그게 들통나면 안 되기에 더 그럴싸하게 꾸며냈다. 옆에서 다른 사람이 한 이야기를 듣고 살을 붙여 제 이야기를 만들었다. 그렇게 말하다 보니 나중엔 자신이 꾸며낸 거짓이 진짜인 것처럼 느껴지기까지 했다.

"찝찝하긴 했지만, 별생각 없었어요. 그 수많은 사람들이 봤다고 하는데, 그럼 맞겠거니 한 거죠. 그러다 보니 진짜 그 사람들을 만난 거 같기도 했어요. 실제로는 한두 번 스치다 본 거 같다는 생각까지 들 정도였으니까요. 어쩌면 못 봤다는 게 내 기억의 왜곡이 아닐까 싶었어요. 그런 식으로 그 상황을 스스로 납득시켰던 거죠."

"둘을 못 본 게 확실하단 걸 알아차린 건 언제입니까?"

"몇 달 뒤 우연히 그 배에 탄 사람들과 사교계 모임에서 만난 적이 있어요."

술에 취했을 때 누군가 중얼거렸다. '사실 아무것도 못 봤어.' 눈치를 보던 이들이 너도나도 고개를 끄덕였다. 그때 깨달았다.

사실 그들을 본 사람은 아무도 없다는 것을 말이다.

"하지만 솔직했던 건 그 밤뿐이었어요."

술에 깬 뒤에 그들은 모두 과거 자신들의 발언을 번복했다. 되돌리기 이미 너무 늦은 일이었다. 자신들이 분위기에 쓸려 거짓말을 했다고 이제 와 솔직히 고백하기엔 그들의 사회적 지위가 높았고, 나이도 많았다. 그들은 하나같이 다들 사회에서 존경을 받는 어른들이었던 거다. 그런 인물들이 분위기에 휩쓸려 거짓말 했다는 걸 그들 스스로도 인정할 수 없었다. 결국 그들은 남들에게 솔직해지기보단 자기 자신을 속이는 길을 택했다. 그게 그들이 취할 수 있는 여러 선택지 중 가장 쉬웠기 때문이다.

"저도, 많이 망설였습니다. 하지만 누군가 한 명은 솔직해야 할 듯싶어서요."

교코가 다시 한번 부끄러운 듯 고개를 숙였다.

"그 거짓말이 누구로부터 시작된 것인지는 모르는 건가요?"

교코가 고개를 저었다.

"몰라요. 다들 자기는 아니라고 했어요. 나처럼 다 다른 사람들이 그렇다고 하니까 일이 복잡해지기 싫어서 거짓말을 한 거라구요. 시작은 아무도 기억하지 못했어요."

목격자도 없고 시체도 찾지 못했는데, 김우진과 윤심덕은 조선에서 가장 떠들썩하게 죽은 주인공이 되었다. 대체 어떻게 이런 일이 가능할 수 있었단 말인가. 돌이켜보니 참으로 기가 막힌 일이 아닐 수 없었다.

"이야기를 털어놓고 나니, 마음이 편하네요."

교코는 처음보다 훨씬 가벼워진 얼굴로 상철을 보았다.

"솔직히 말씀해 주셔서 정말 감사합니다."

"도움이 되었나요?"

"정말 큰 도움이 되었습니다."

"다행이군요. 더 궁금하신 건 없으신가요?"

"네. 이 정도면 충분합니다.

남은 커피를 모두 마신 뒤 교코가 자리에서 일어났다.

"그럼 이만 가보겠습니다."

"혹시 제가 좀 더 묻고 싶은 게 생기면, 다시 연락을 드려도 될까요?"

교코가 선뜻 대답하지 못하고 머뭇거렸다. 그러다 결심한 듯 고개를 끄덕였다.

"네. 솔직하기로 했으니, 끝까지 도와드려야겠죠. 그러세요."

"정말 감사합니다."

상철이 허리를 깊이 숙여 인사했다. 맞절한 뒤 교코가 몸을 돌려 호텔을 나섰다. 총총거리는 뒷모습이 시야에서 사라진 뒤에야 상철이 쓰러지듯 의자에 주저앉았다.

세 사람이 모이면 호랑이도 만들어낼 수 있다는 말이 있다. 그 말대로 누군가가 군중심리를 이용해 정말 호랑이를 만들어냈다. 심지어 확실한 목격자조차도 속일 정도로 완벽한 호랑이였다. 그게 이런 식으로 가능할 거라곤 생각도 못 했다. 상철의 목 뒤가 서늘해졌다.

교코의 증언대로라면 심덕과 우진은 배에 타지조차 않았다.

그럼 대체 그들은 어디로 갔을까. 배에 타지조차 않은 이들이 어떻게 죽은 사람이 될 수 있었을까.

물론 교코를 통해 거짓 증언이 가능하다는 것을 안 이상, 교코의 말을 백 퍼센트 신뢰할 수도 없었다. 이 기억 역시 조작된 것일 수도 있었다. 최악의 경우 이것 역시 또 다른 함정일지도 모르는 일이다. 이쯤 되자 상철은 이제 무얼 믿고 무얼 믿지 말아야 할지조차 헷갈렸다.

더욱 정확한 증언을 해줄 이가 필요했다. 이제 더 이상 신문사와 인터뷰했던 이들을 쫓아다니는 것은 무의미했다. 이제야 비로소 왜 그들이 하나같이 그 이야기를 입에 올리기 꺼렸는지 알 것 같았다. 그들은 자신들이 거짓말을 했다는 사실이 밝혀질까 봐 걱정했던 것이다. 상류층이라서나 누군가의 죽음을 입에 올리기가 불편해서 꺼린 게 아니었다. 하긴 애초에 그런 낭만적인 이유를 들이댄 것 자체가 상철의 실수였다. 여관 주인과 히데오를 떠올려보면, 결국 누군가의 죽음은 타인에겐 흥미로운 이야깃거리에 지나지 않았다. 인터뷰를 거부했던 1등석 승객들은 그 이야깃거리가 실재하는 것이 아니라 자신들이 만들어낸 것이라는 걸 들킬까 봐 두려워한 것에 불과했다. 생각하면 할수록 참으로 기막힌 일이었다.

교코의 말이 사실인지 아닌지 확인해야 했다. 그러기 위해선 다른 이의 증언을 확보한 뒤 그것을 교코의 증언과 교차 확인하는 수밖에 없었다. 하지만 교코의 말대로라면 신문사에 인터뷰한 이들은 오염된 증언을 한 셈이니 모두 제외해야 했다. 오히려 나서서 인터뷰를 하지 않은 이들이 더 진실된 인물들일 가능성이 높았다. 그들은 차마 거짓을 말할 수 없어 차라리 입을 다무는 길을 택한 게 분명했다. 진실을 알지만, 침묵을 택한 이를 찾아야 했다.

어쩌면 승객들보다 선원들, 특히 1등석 서빙을 했던 선원들이라면 윤심덕과 김우진이 탔는지 안 탔는지 또렷이 기억하고 있을 가능성이 높았다. 신문사와 인터뷰하지 않은 선원 중 1등석에서 일했던 이를 찾아야 했다.

여전히 당시 선원이나 승객들에 대한 공식적인 자료는 나오지 않았다. 그렇다면 어떻게 당시 승선했던 선원들을 찾을 수 있을까. 직접 선박 회사를 찾아가 발로 쫓아다니다 보면 비공식적으로 선원들이 자기들끼리 공유하는 스케줄표 같은 것을 구할 수 있지 않을까. 아무리 누군가가 의도적으로 자료를 모두 지웠다 해도, 개개인이 가진 기록까지 전부 삭제하는 것은 불가능했다. 분명 개인적인 기록은 여전히 남아 있을 것이다. 그것들을 노려야 했다.

이제 공식적인 기록 같은 건 더 이상 믿을 수 없었다. 상철은 직접 발로 뛰어 아직 드러나지 않은 정보들을 수집하기로 결심했다. 지금으로서 그나마 희망이 남아 있는 단 하나는, 선원들이 받는다는 일정표였다. 1년도 더 지난 것을 누가 아직 가지고 있을지는 의문이었으나, 일단은 그것부터 찾는 게 우선이었다.

"이거였군."

히데유키가 손가락으로 책상을 탁탁 치며 이를 갈았다. 히데유키가 손가락으로 가리키는 종이엔 ‘靑山學園(아오야마학원)’이라는 글자가 선명히 적혀 있었다.

“이거였어. 그놈이 날 아주 가지고 놀았어.”

낮게 읊조리는 히데유키의 목소리가 음습했다. 씨가 저도 모르게 몸을 떨며 허리를 숙였다.

“죄송합니다.”

“니가 왜?”

“처음 봤을 때 그 뱀 같은 놈의 속셈을 알아차렸어야 하는데…….”

“나도 못 알아차린 걸, 네가 어찌 알아차렸으랴. 됐다. 널 탓하는 게 아니다.”

단호히 말한 뒤 히데유키가 자리에서 벌떡 일어났다. 눈앞에 테츠의 허여멀건 얼굴이 떠올랐다 사라지길 반복했다. 순식간에 속이 홧홧해졌다.

“우리가 속은 건, 그놈이 뛰어나서도, 너와 내가 모자라서도 아냐.”

씨가 무슨 의미냐는 듯 고개를 들어 히데유키를 보았다.

“우리가 착각한 게지. 그 애비 때문에 자식까지 착각한 게야. 내가 늙어 신인류의 변화를 이해하지 못한 거야.”

히데유키가 삼국지에서 가장 좋아하는 대목은 유비가 죽은 관우와 장비의 복수를 위해 관우의 아들과 장비의 아들을 데리고 전쟁을 떠나는 것이었다. 거기서 창칼을 휘두르며 앞서 나가는 관우와 장비의 아들을 보며 유비가 그랬다. 어찌 범 같은 아비에게서 개 같은 자식이 나올 수 있으랴, 라고. 하지만 훗날 유비가 죽은 뒤 그 아들을 보면서 다른 이들은 한탄한다. 어찌 범 같은 아비에게서 개 같은 자식이 나왔느냐고.

그것은 히데유키에게 하나의 지침서였다. 사내는 죽은 뒤에도 그 이름을 온전히 남기기 위해선 제대로 된 자식을 가져야만 했다. 아무리 잘 살아도, 자식이 개라면 죽은 뒤 자신도 개가 될 수밖에 없었다. 노부나가, 히데요시, 이에야스 모두 불세출의 영웅이었으나 묘지와 유적을 남긴 건 이에야스가 유일했다. 어떤 자식을 남기느냐가 결국 후세 백 년, 천 년을 좌우한다고 히데유키는 늘 생각했다. 모자란 조카라고 내치지 않고 어떻게든 껴안고 가려는 것 역시 그러한 히데유키의 생각이 반영된 결과였다. 후손을 잘 챙겨야 했다. 극락왕생은 거기에 달려 있었다.

히데유키가 보건대 아비보다 더 뛰어난 자식은 나오기 어려운 법이었다. 아비만 하거나 아비에 미치지 못하더라도 아비와는 다른 덕을 자식이 가지고 있으면 그래도 되는 집안이었다. 대부분 뛰어난 아비 아래엔 그보다 못한 자식이 있었다. 그리고 못난 아비 아랜 그보다 더 못난 자식이 있었다.

철저하게 귀족 가문에 차등을 두고 관직조차 차별해 내리는 것은 그러한 가문의 힘, 혈통의 보존성 때문이었다. 하등 가문은 아무리 애를 쓴다 한들 하등 가문이었다. 상등 가문은 태어나는 그 순간부터 유구한 역사 속에 타고 내려온 그 고고한 정신을 물려받았기에 뛰어난 인재로 자랄 수밖에 없었다.

　테츠의 부친은 뱀과 같은 사내였다. 하층민의 집에서 태어나 조금 똑똑한 머리로 귀족의 눈에 들어 양자로 입적되었다. 그리고 특유의 반지르르한 외모로 여자를 꼬여 정략결혼을 해 다시 한번 신분을 상승했다. 그런 유의 인간을 히데유키는 가장 혐오했다. 테츠를 만나기 전부터 그런 아비에게서 난 자식, 이라는 편견이 히데유키의 두 눈을 가렸다. 그게 치명적인 실수였던 것이다.

　"이래서 내가 신교육이 싫어. 고고히 내려오는 집안과 가문 고유한 정신을 흐리게 만들거든. 장점도 있겠지만, 결국 이런 식으로 되면 일본의 정신이 이어지지 않는다고. 젊은이들을 오랑캐에게 갖다 바치는 셈이란 말이지."

　히데유키가 혀를 끌끌 찼다. 씨가 동의한다는 듯 두 손을 바닥에 짚은 채 고개를 숙였다.

　"아마도 아오야마학원 시절부터 사귀었던 거겠지?"

　"그랬을 것으로 생각됩니다."

　"그럼 쭉 계속해서 관계를 맺어왔단 말인가? 순회극단 시절에도?"

　"윤심덕을 조사한 결과 순회극단 시절엔 다른 애인이 있었던 거 같습니다."

　"아, 그 홍영후인가 하는 사내? 그럼 그 엉덩이 가벼운 계집은 대체 사내가 몇 명이나 있었던 거야? 그런 계집에게 목을 맸단 말인가. 정말 한심한 자로군."

　히데유키가 분통을 터뜨렸다. 하급 귀족이라도 귀족은 귀족이었다. 감히 대일본 제국의 귀족이란 사내가 부끄러운 줄도 모르고 엉덩이 가벼운 조센징 계집애에게 반해서 이런 어마어마한 일을 벌였다는 게, 그리고 그것도 모른 채 자신이 속았다는 게 생각하면 생각할수록 분했다.

"그래서 김우진이 죽었다는 뉘앙스를 풍겨도 눈 하나 깜짝 안 했던 거야. 윤심덕만 제 손에 들어오면 되니까 말이지. 처음부터 김우진은 연막이었던 건데 그 꼴을 보고 안도했으니, 기가 막히는군."

정말 뼈 채 갈아 마셔도 시원찮은 연놈들이 아닐 수 없었다. 히데유키가 이를 아드득 갈았다.

"테츠의 위치는?"

"파악 중입니다."

"아마 쉽게 잡히지 않을 거야. 애초에 도망갈 때부터 내가 죽기 전엔 돌아오지 않을 생각으로 도망가 숨었을 테니, 찾아질 리 없지. 저 넓은 미국이나 유럽 어느 구석에 숨어 있다면 찾는 게 보통 일이 아닐 게야."

"집에 편지는 보내오는 거 같던데요."

히데유키가 고개를 저었다.

"그것도 아마 두어 군데를 거친 뒤 본가로 도착하게 했을 거야. 치밀한 놈이야. 흔적을 남길 리 없어. 우리 손을 유유히 빠져나갔던 걸 생각해 봐. 만만히 보면 안 돼. 들키지 않게 추적하라고. 특히 마에다 테츠의 그 입 가벼운 애비가 눈치채선 안 돼. 조용히 움직이도록 해."

“알겠습니다.”

대답하는 씨의 말투가 단단히 날이 서 있었다. 눈앞에 있다면 당장 모가지를 비틀고 싶을 만큼 속이 부글부글 끓었다.

“그 기자 놈은 이제 어떻게 할까요?”

당장 손에 잡히지 않는 놈에 대한 풀 수 없는 분노는 쉽게 손 뻗을 수 있는 놈을 향했다. 눈에서 불이라도 뿜을 기세로 이글거리는 씨를 보며 히데유키가 고개를 저었다.

“아직은 아니야. 게다가 그는 기자잖나. 기자란 피곤하고 시끄러운 족속들이야. 난데없이 죽는다면, 그 주변에 있는 벌레 같은 다른 기자 놈들이 가만있을 리 없어. 윤심덕을 조사하던 기자가 의문사했다, 이보다 더 흥미로운 이야기가 어디 있겠나. 그러니 안 돼. 아직은 아니야.”

분하다는 듯 씨의 턱이 경직됐다. 하지만 이미 히데유키의 관심은 남상철에 머물러 있지 않았다. 조센징 기자 따위야 마음만 먹는다면 언제라도 죽일 수 있다. 언젠가는 그 기자도 처리할 거다. 단지 시기상의 문제일 뿐, 히데유키에게 그건 조금도 중요한 일이 아니었다.

“대체 어떻게 빼돌렸던 걸까.”

어떻게 천하의 후지사와 히데유키를 상대로 그런 짓을 벌여서 성공할 수 있었단 말인가.

대체 제가 무엇을 놓쳤고, 테츠는 그것을 어찌 알아차렸으며, 어느 빈틈을 파고든 것인지, 아무리 생각해도 명쾌한 답을 찾을 수가 없었다. 갑갑증과 짜증이 솟은 히데유키가 자리에서 벌떡 일어났다.

　돌이켜 보면 테츠는 그리 정교하지 않았다. 만약 히데유키가 조금만 그를 의심했다면, 눈치채고 바로잡을 기회는 여러 번 있었다. 이제 와서 생각해 보면 8월 3일만 해도 충분히 이상했다. 그런데도 그를 의심하지 않았으니, 이건 누굴 탓할 것도 없었다. 제 발등을 제가 찧은 격이었다.

　윤심덕과 김우진은 8월 3일 밤 11시 배를 탄 뒤 4일 새벽에 거기서 떨어져 죽을 거였다. 그리고 그들의 첫 기사는 사건 직후인 5일에 내보낼 예정이었다. 입소문이 나기 전에 기사가 먼저 나야 그 충격과 파급력이 더 클 것이기 때문에 히데유키는 부러 일정을 빠듯하게 잡았다. 5일에 바로 기사가 나갈 수 있도록 미리 손을 써두기까지 했다.

　진짜 윤심덕과 김우진은 3일 새벽 배를 타고 하얼빈으로 떠날 예정이었다. 하지만 단지 예정일 뿐이었다. 윤심덕과 김우진은 그리 알고 있었으나 히데유키는 그들을 배에 태울 생각이 없었다. 씨가 선착장에서 기다리다 배를 타기 위해 오는 그들을 조용히 처리할 것이다. 그리고 그들의 처리가 끝나면 씨는 선원으로 변장한 뒤 3일 밤에 출발하는 도쿠주마루에 승선하여 심덕과 우진이 정사한 것처럼 실내를 꾸밀 예정이었다.

　완벽했다. 흠잡을 데가 없었다. 그런데 윤심덕과 김우진이 3

일 새벽에 배를 타러 선착장에 나타나지 않으면서, 히데유키는 무언가 잘못됐다는 것을 깨달았다.

"나타나지 않았다고?"

"네."

"그럼 어딨다는 거야"

"윤심덕이 묵었던 여관에 가서 주인에게 물었더니 2일 아침에 편지 한 장만 써두고 이미 사라졌다고 했습니다."

"녹음이 끝나면 여동생과 도쿄로 잠시 놀러 간다고 하질 않았나? 설마 그때 떠나서 다시 돌아오지 않았단 건가?"

"그런 듯합니다."

"김우진은?"

"지붕을 타고 올라가 안을 살펴보았는데, 이미 사람의 흔적이 없습니다."

"빌어먹을!"

히데유키가 찻잔을 집어 던지며 분개했다. 이게 대체 어떻게 된 일이란 말인가. 어떻게 알고 이들이 모두 사라졌단 건가.

"마에다 테츠를 데려와."

"네."

대답이 끝나기 무섭게 씨가 바람과 같이 사라졌다. 히데유키가 이를 아드득 갈았다.

이른 아침부터 씨의 손에 끌려온 테츠는 도무지 알 수 없다는 표정으로 눈만 꿈뻑거리고 있었다. 당장이라도 그 반반한 얼굴을 후려치고 싶은 마음을 애써 참으며 히데유키가 침착함을 가장했다.

"오늘 새벽에 윤심덕과 김우진이 상하이로 가는 배를 탈 거라고 하지 않았나?"

"네. 그랬습니다."

"그런데 선착장에 그들이 나타나지 않았는데?"

"아, 두 사람은 어젯밤에 이미 떠났습니다."

"뭐?"

"심덕 씨 여동생인 성덕 양이 장학 증서를 집에서 가져오지 않아서 요코하마에서 하루 더 묵어야 한다고 하더라구요. 심덕 씨가 여동생과 더 묵기 싫다고 먼저 떠나면 안 되냐고 했습니다. 김우진도 어차피 떠날 거 지체하고 싶지 않다고 했구요. 어차피 심덕 씨 여동생 때문에 날짜를 그리 잡은 건데 둘 다 빨리 가고 싶다고 하고, 또 마침 자정 배편에 여유가 있다며 표를 바꾸겠다고 하더라구요. 어젯밤 늦게 연락이 왔습니다. 그래서 그러라고 했구요."

이야기를 들은 씨가 재빨리 밖으로 뛰쳐나갔다. 테츠의 말이 사실인지 아닌지 선착장에 연락해 알아보기 위해서였다.

"그걸 왜 자네 맘대로!"

히데유키가 버럭 하며 성질을 냈다가 놀라서 눈이 휘둥그레진 테츠의 얼굴을 보고 표정을 풀었다.

"새벽에 떠나지 않고 자정에 떠난 게 그리 큰 문제가 될 줄 몰랐습니다. 몇 시간 차이인데요. 늦게 가는 것보다 일찍 가는 게 차라리 더 낫지 않습니까? 제가 잘못한 겁니까?"

도무지 이해할 수 없다는 태도였다. 히데유키가 화를 내리누르며 재빨리 머릿속으로 생각을 정리했다. 이게 의도적으로 테츠가 수를 쓴 건지, 정말 단순한 실수인지 빨리 파악해야 했다. 만약 그들을 살리기 위해 의도적으로 빼돌렸다면, 테츠는 공범이니 그를 족쳐야 했다. 하나 정말 백치 같은 놈이 저지른 단순 실수라면, 한시바삐 수습해야 했다. 멍청한 놈을 붙들고 늘어질 시간이 없었다.

"확인했습니다."

씨가 달려왔다.

"새벽 배편과 자정의 배편을 바꿨다고 합니다. 도항증명서를 확인한 결과 저희가 만들어준 것과 일치했습니다. 윤심덕과 김우진은 자정 배편을 탄 듯합니다."

그것 보라는 듯, 순간 테츠의 표정이 의기양양해지기까지 했다. 정말 단순한 우연이란 말인가. 히데유키가 눈을 가늘게 떴다. 묘하게 찝찝한데 이걸 가지고 걸고넘어지기는 어려웠다. 확실치도 않은데 테츠를 붙들고 씨름해 봐야 시간 낭비였다. 히데유키가 얼른 께름칙한 마음을 털어냈다.

"알겠지만 나이가 들면 일이 계획대로 되지 않는 것이 매우 짜증 난다네. 젊은이들 입장에선 그런 우리가 꽉 막힌 늙은이 같아 한심해 보일 테지만, 자네도 나이가 들면 알 거야. 예상에서 벗어나는 일이 노인들에겐 더할 나위 없이 피곤하다는 걸 말일세."

"네."

대답은 쉽게 나왔지만 여전히 얼굴은 삐죽거리고 있었다. 대체 네가 무얼 잘했다고 그런 표정을 짓느냐고 호통을 치고 싶은 것을 히데유키는 억지로 참았다.

"알겠네. 그리고 앞으로는 절대 이런 일이 없도록 해줬으면 좋겠어. 작은 일이라도 변화가 생기면 즉각 보고하도록."

"어제는 밤이 너무 늦어서 보고할 수가 없었습니다."

테츠가 끝까지 항변했다. 히데유키의 속이 다시금 뒤집어졌다.

"나가보게."

불편한 기색을 감추지 않은 채 히데유키가 등을 돌렸다. 눈치를 살피던 테츠가 자리에서 일어나 인사한 뒤 밖으로 나갔다. 몰아내듯이 서둘러 테츠를 내보낸 씨가 히데유키 가까이 앉았다.

"어떡할까요? 계획대로 합니까?"

"아니할 수도 없지 않니."

"정말 상해에 있는지 일단 확인하고 그들을 죽인 뒤에!"

히데유키가 고개를 저었다.

"괜한 일에 쓸데없이 진 뺄 거 없다. 신문사까지 포섭해 뒀는데 이제 와서 판을 엎고 새로 만들기엔 일이 너무 커. 예정대로 간다. 조금 늦게 죽이는 것뿐이야. 너는 밤배에 탄다. 먼저 배를 꾸민 뒤 그다음에 상하이로 가서 그들을 죽이고 돌아오는 거다."

"그 며칠 사이, 미꾸라지 같은 것들이 어디로 튈지 알구요."

"테츠의 말대로라면 그저 단순히 반나절 앞당겨 배를 탔을 뿐이야. 그들은 자신들의 목숨이 위험한 걸 여전히 모르고 있어. 아마 이후엔 자기들이 계획한 대로 움직이겠지. 남자 놈은 아일랜드고 계집년은 이탈리아랬지? 미리 배편이나 동선을 알아둔 뒤 그대로 뒤를 쫓으면 어렵지 않게 찾을 수 있을 거야. 게다가 저들은 조선인들과 마주쳐선 안 되니, 매우 조용하고 은밀히 움직이느라 생각보다 움직임이 더딜 게야. 걱정할 거 없어. 바로잡을 기회는 언제든 있다.”

히데유키의 설명에도 불구하고 씨가 여전히 조금은 찜찜한 얼굴을 한 채 뒤로 물러났다.

“다만 저녁까지 시간이 있으니, 이거나 좀 알아봐라.”

“뭐 말입니까?”

“지난 1일부터 오늘 아침까지 테츠가 무얼 했는지 조사해 봐.”

왜인지 이유를 굳이 설명하지 않아도, 눈빛만으로도 충분했다. 씨가 고개를 끄덕이며 허리를 숙였다.

“지난 금요일 밤부터 어제저녁까지 가족들과 가루이자와에 있는 별장에서 시간을 보냈다고 합니다. 그래서 어제 하루는 결석계를 냈답니다. 여름휴가를 간다고요. 이른 아침 첫차를 타고 도쿄에 도착한 거랍니다. 저희가 연락을 했을 때 막 집에서 짐을 풀고 있었던 모양입니다.”

보고를 하는 씨도 기가 막히는지 목소리에 기운이 없었다. 히데유키 역시 어이없다는 듯 허탈한 웃음을 지었다.

“그걸 히데오가 허락했다고?”

“네. 힘든 일을 끝냈으니 쉬고 오라고 했답니다.”

“정말 팔자 좋은 두 도련님이네.”

얼마나 이 일을 테츠가 가볍게 생각했는지 드러났다. 만약 심각하게 여겼다면 거사를 코앞에 앞두고 느긋하게 가족과 별장에 가서 노는 일 따위는 하지 않았을 거다. 이제 다 끝났고 제 일이 아니라 생각하니까 휴가 따위를 갈 수 있는 거다. 혹여나 테츠가 이 모든 걸 눈치챈 건 아닐까 의심을 한 게 무색했다.

무엇보다 문제를 키운 게 히데오라는 것이 더 짜증스러웠다. 멍청한 게 하나로도 모자라서 둘이 합쳐지니, 이건 뭐 히데유키 혼자 감당하기 어려울 지경이었다. 그러나 조카를 원망할 순 없으니, 결국 분노는 고스란히 테츠를 향했다.

"정말 사람 찝찝하게 할 정도로 멍청해서 재수 없는 놈이군."

히데유키가 신경질적으로 찻잔을 내려놓았다. 씨 역시 그 말에 꽤 수긍한다는 표정이었다.

"테츠 쪽을 파는 건 무의미할 거 같습니다. 차라리 즉시 부릴 수 있는 애들 몇몇을 상해로 보내 윤심덕과 김우진을 추적하도록 하겠습니다."

그러라는 듯 히데유키가 고개를 끄덕였다. 너무 똑똑해도, 너무 멍청해도 탈이었다. 요즘 젊은이들 중 제 성에 차게 일을 하는 이는 단 한 명도 없었다. 곱씹을수록 기가 차서 히데유키가 혀를 끌끌 찼다.

뱃사람들은 외부인에 대한 경계가 심했다. 드나듦이 많은 곳

일수록 사람들은 내 사람과 아닌 사람을 구별하는 데 더 신경을 곤두세우곤 하기 때문이었다. 그러니 별거 아닌 일정표일지라도 기자에게 그런 것을 쉬이 보여줄 만큼 호락호락한 곳이 아니었다.

그래서 상철은 신분을 숨긴 채 한 달 넘게 선착장에서 살다시피 했다. 상철은 광고를 따내고 신문을 팔기 위해 온 영업사원으로 둔갑한 채 넉살 좋게 다가갔다. 잡일을 돕기도 하고 뱃사람들과 한데 섞여 술을 마시기도 했다. 신문을 구독하라 권하기도 하고 찾고 싶은 사람이 있으면 싼값에 광고 자리를 주겠다고 호의를 보이기도 했다. 그런 식으로 조금씩 친해졌다. 달포쯤 지나자 이젠 상철은 그들과 살가운 농담을 주고받을 수 있는 사이가 되었다.

이제 그쯤 되자 뱃사람들이 상철이 단지 신문팔이만을 위해 이곳에 온 것이 아님을 알아차렸다. 덩치는 크고 힘은 좋은데 그렇다고 해서 일을 해본 태가 나지는 않고, 사람 자체는 진국인 거 같은데 또 넉살이 대단히 좋지는 않은 것이, 아무리 해도 영업사원처럼 보이진 않은 까닭이었다. 눈이 매운 그들은 그런 것들을 빨리 구분해 냈다. 그런데도 곁에 다가와서 싹싹하게 굴면서 뭐든 도와주려는 젊은 청년이 마냥 싫지만은 않았던 것을 보면 품성은 괜찮다고 할 만했다. 그런 청년이 굳이 속내를 감춘 채 여기 머무는 것이 의아했다.

"대체 여기 왜 있는 거요? 우리한테 부탁할 게 뭐요?"

언젠가 속내를 털어놓겠거니 하고 기다렸는데 상철의 꾹 닫힌 입은 열릴 줄 몰랐다. 결국 목마른 사람이 우물을 파는 법이라, 뱃사람들이 먼저 물었다. 그제야 상철이 보기 좋은 미소를 지었다.

"작년 8월 3일 밤 11시 이곳에서 출발한 도쿠주마루에 어떤 선원이 탔는지 궁금합니다. 알 수 있을까요?"

"그거야 회사에 가서 물으면 바로 나올 텐데?"

"자료가 없더라구요. 그날, 그 시간만."

상철에 대답에 선원들이 이해가 가지 않는다는 얼굴로 서로를 쳐다보며 고개를 갸웃했다.

"부탁합니다. 꼭 좀 필요해서요. 선원들끼리만 보는 일정표가 있다고 들었습니다. 실례가 안 된다면 제게 좀 보여주십시오."

상철이 깍듯하게 예를 갖췄다. 자신들 앞에서 그 정도로 머리를 숙이는 이는 본 적이 오랜만이라 선원들은 일순 당황했다.

"아이고, 젊은이가 뭘 이렇게까지."

"누구 아는 사람 없어?"

"1년도 더 전에 것을 누가 가지고 있을라고."

"그 창고에 가면 폐지가 있지 않을라나."

"1년 전 폐지가 아직 있을라고."

"거 왜 거기 청소부들이 손이 야물지 못해서 싹싹 치우질 않잖아. 잘 뒤져보면 삼사 년 전 것도 나와."

주고받는 시선들이 그리 썩 유쾌하지 않았다. 그러나 그것 외엔 별 뾰족한 수가 없는지, 한 선원이 머리를 긁적이며 상철을 돌아보았다.

"거기라도 가보겠소?"

"네, 가보겠습니다."

권하는 이는 영 미안한 얼굴을 하고 있었으나, 상철의 입장에
선 다 무너진 하늘에서 한 줄기 빛이 새어 들어온 셈이었다. 싱글
벙글 웃으며 상철이 선원의 뒤를 따라갔다.

낡아빠진 창고 하나가 폐지함이었다. 아니, 거긴 거의 쓰레기
통에 가까웠다. 창고엔 온갖 종이와 나무판자들이 잔뜩 쌓여 있
었다. 주기적으로 치우기는 하나 정말 선원의 말대로 깨끗이 비
우질 않아서인지 오래된 쓰레기와 새로 들어온 쓰레기가 한데 뒤
엉켜 있었다.

상철은 그 창고를 꼬박 사흘 동안 뒤졌다. 사흘씩이나, 그 결
벽증도 잊고 온몸에 먼지를 뒤집어쓰고도 씻을 생각조차 하지 않
았다. 그리고 사흘째 되던 날, 상철은 끝내 반으로 찢어진 1926년
8월 첫째 주 일정표를 찾아냈다.

그 일정표 덕분에 상철은 당시 1등석을 담당했던 선원을 찾
을 수 있었다. 참으로 오랜 노력 끝에 얻은 결과였다. 그를 만나
면 상철이 궁금해하던 모든 게 확실해질 것이라 생각했다. 그러
나 힘들게 만난 그의 입에서 나온 말은 상철의 예상을 뛰어넘는
것이었다.

"나는 그날 배에 타지 않았소."

이게 대체 무슨 소리란 말인가. 상철이 멍청하게 그의 얼굴을
보며 중얼거렸다.

"명단에 선원님이 있었는데요."

"명단엔 그랬지. 하지만 그날 쉬라고 연락이 와서 난 집에서 쉬었소."

"누가 쉬라고 연락을 했습니까?"

상철의 질문에 선원이 뭘 그런 걸 묻느냐는 듯 어이없다는 얼굴을 했다.

"회사겠지. 누가 나한테 그날 쉬라고 연락을 했겠소?"

"정말 회사로부터 연락이 온 게 확실합니까?"

"당연하지. 아니면 무단결과를 한 셈인데, 그럼 회사로부터 징계를 받지 않았겠소? 하지만 난 그 이후로도 지금까지 이리 멀쩡하게 회사를 다니는걸. 그러니 회사가 쉬라고 한 거지."

"그러니까 그날 확실히 그 배엔 타지 않으셨다는 거죠? 타지 말라고 전화가 와서 안 타셨다는 거지요?"

"맞소. 난 그날 배 안 탔소. 그런 적은 처음이라 똑똑히 기억하고 있지. 난 분명 안 탔소."

선원은 단호하게 대답했다. 그가 거짓을 말하는 것 같지는 않았다. 그날 배에 타지 않았다는 이에게 더 물을 건 없었다. 상철이 기운 없이 돌아섰다.

상철은 선박 회사 측에 8월 3일 도쿠주마루 1등석 객실 담당 선원에게 당일 쉬라고 한 일이 있냐고 확인했다. 사측은 선원 개인이 요청하지 않는 한, 당일에 선원을 교체하는 경우는 없다고 단언했다.

"특히 1등석 선원은 책임감이 있어야 합니다. 선원들 중에서도 서비스 정신이 뛰어나고 용모가 단정하며 평소 행동거지가 우수한 사람들로만 골라서 뽑아서 교육을 한단 말이죠. 그러니 그런 사람을 당일 날 저희 맘대로 교체하는 일은 없습니다.”

그 배에 타지 않았다는 선원만큼이나 단호한 사측의 답변이었다. 다시 한번 코너에 몰렸다. 두꺼운 벽이 상철을 가로막았다. 이젠 또 어떻게 해서 이 벽을 넘어야 하나, 숨이 턱 막혔다.

그 순간 오마쓰 교코 부인이 떠올랐다. 그녀는 1등석에 탔다. 그러니 자신을 서비스한 선원의 얼굴 정도는 기억하고 있을 것이다. 정확히는 몰라도 적어도 사진을 보여주면 분간할 수 있을 정도는 될 거다. 이리된 이상 이젠 그녀가 마지막 희망이었다. 상철이 교코에게 다시 연락을 취했다.

“혹시 이 사람이 그날 부인의 시중을 든 1등실 담당 선원입니까?”

선원의 사진을 유심히 보던 교코가 고개를 저었다.

“아니요. 이 사람이 아닙니다.”

교코의 말대로라면 그날 누군가가 일등실 선원을 쉬게 하고 배에 탔다. 어쩌면 그자가 심덕과 우진이 죽은 것처럼 분위기를 조성한 인물일 가능성이 높았다.

“혹시 담당 선원 얼굴을 기억하십니까?”

“얼굴까지 상세히 기억나진 않지만 느낌은 분명히 기억나요. 그날 그 선원은 분위기가 굉장히 독특했거든요. 다른 1등석 선원들과는 분명 달랐어요.”

"분위기요?"

"네. 선원이면 서비스업이잖아요? 그런데 그는 서비스업 종사자답지 않았어요. 움직임이 아주 고요했어요. 꽤 젊은 미남자여서 1등실 선원치고는 어려서 신기하다는 생각도 했어요. 배를 여러 번 타봤지만 그렇게 어린 사람은 처음이었거든요. 대부분 1등실 선원은 경력이 있는 사람을 써요. 까다로운 서비스에 능숙하게 대처해야 하니까요."

상철의 머릿속에 순간 테츠가 떠올랐다. 교코의 묘사와 테츠의 외양은 크게 다르지 않았다. 상철이 안주머니를 더듬거려 테츠의 사진을 꺼냈다.

"혹시 이자입니까?"

교코가 테츠의 사진을 보다 웃으며 고개를 저었다.

"아뇨. 이 사람은 귀공자처럼 생겼네요. 그 사람은 이런 느낌은 아니었어요."

아닌가. 그렇다면 새로운 인물이다. 이자는 또 누구란 말인가.

아직 제 손에 쥔 것들조차 제대로 해석을 하지 못하고 있는데, 어디선가 자꾸만 새로운 정보가 튀어나오고 있었다. 피로했다. 상철이 머리를 쓸어 넘겼다.

"다른 기억나는 건 없으십니까?"

"손이 거칠었어요. 곱상한 얼굴인데 손은 험해서 역시 뱃사람이구나, 생각했죠."

테츠의 손은 희고 길었다. 확실히 테츠는 아닌 모양이다. 그 순간 상철의 머릿속에 오래전 이야기 나누었던 여관 주인과의 대화가 떠올랐다.

"혹시 그 선원의 분위기가 오싹했나요?"

상철의 물음에 부인이 고개를 갸웃했다.

"오싹하다, 그런 느낌은 못 받았어요. 하지만 분명 밝은 느낌을 풍기는 사람은 아니었어요."

그럼 여관 주인이 봤다는 사람과는 또 다른 사람인가. 그렇다면 대체 이 일에 개입된 자가 몇 명이란 말인가.

머리가 지끈거렸다. 어쩌면 둘의 죽음과 관련하여 상철이 추측하는 것보다 훨씬 더 많은 사람들이 이 사건에 관계되어 있을지도 모르겠다는 생각이 들었다.

배에 대한 조사를 끝내고 나자 상철은 제 가설을 새로이 점검할 필요성을 느꼈다. 마에다 테츠는 확실히 범인이 아니었다. 그리고 이 판을 짠 것도 그였다고 보기는 어려웠다. 오히려 그는 구출자거나 심덕과 우진의 협조자라고 봐야 했다. 그렇다면 누가 범인인가. 대체 누가 이 사건을 기획해서 그들을 공식적으로 죽게 만들었단 말인가. 새로운 시각에서 제가 가진 정보들을 다시 정리해야 했다. 그러다 보면 이 잡힐 듯 잡히지 않은 실체가 좀 더 선명해질 것이었다.

기세에게 연락이 온 건 그때쯤이었다. 지금 동경에 와 있으니 만나자고 했다. 여러 일들로 머리가 터질 것처럼 복잡한 상철은 다음에 보자고 했으나, 기세는 여기까지 온 거 꼭 보고 가야겠다고 난리를 쳤다. 하는 수 없이 시간을 쪼개 약속을 잡았다. 기세는 술자리를 원했으나 요즘 기분에 술을 마시면 기세에게 할 말 못 할 말을 다 늘어놓을 거 같아 상철은 바쁘단 핑계를 대고 낮에 차 한잔 마시자고 했다. 기세는 무언가 불만스러운 듯했으나 아니면 못 만난다는 상철의 말에 차마 반대하지 못하고 그러마 수긍했다.

한량이 또 무슨 볼일이 있어 일본까지 오셨는지 모를 일이라고 상철은 속으로 혀를 찼다. 설마 저만을 위해 기세가 굳이 동경까지 왔을 거라곤, 만나러 나갈 때만 해도 전혀 생각지 못했기 때문이다.

윤기가 나는 콧수염을 손가락 끝으로 비비며 기세가 고개를 이리저리 갸웃거렸다. 이내 조용한 다방 문이 벌컥 열리더니 가볍게 땅이 울렸다. 굳이 몸을 돌려 확인하지 않아도 누가 왔는지 짐작할 수 있었다.

"여긴 어쩐 일이요?"

겉보기엔 기자보다 운동선수에 더 적절한 모습을 한 주제에 이상하게 꼼꼼하고 결벽증적으로 깨끗하며 여인처럼 섬세하고 아이처럼 순수한 남상철. 심덕을 용문에게 소개해 준 게 기세란 것을 알고 나서 자신을 찾아와 아이처럼 엉엉 울고선 반년 넘게 삐져서 말도 안 하던 이 덜 자란 소년 같은 이 사내를 기세는 좋아했다. 척박한 시대, 진심을 알 수 없는 이들 속에서 살아왔다. 그랬기에 기세는 누구보다 잘 알 수 있었다. 제 앞에 앉은 사내가 이 시대에서 보기 드문, 정말 꽤 괜찮은 놈이라는 것을 말이다.

"뭔 생판 남 보듯이 하나? 어쩐 일이긴. 일축 관련해서 동경에 왔는데, 아 이 이기세가 동경까지 와서 너를 안 보고 갈 수는 없지 않겠어?"

"참나. 언제부터 그리 살가운 사이였다고."

경상도 사내답게 퉁명스럽고 무뚝뚝하게 말하면서도 쑥스러운지 코를 문지르며 상철이 어깨를 으쓱했다. 오랜만에 보는 그 모습이 기꺼웠다. 속을 숨기지 못하는 남상철, 순진한 남상철, 기세가 좋아하는 남상철이었다.

"차 시켜라."

가만히 보고 있자니 괜스레 마음이 답답해져서 기세가 서둘러 차를 권했다.

"커피요."

"그래, 동경 생활은 할 만하고?"

"뭐 사람 사는 데 다 똑같지. 괜찮아요."

찬찬히 기세가 상철의 얼굴을 뜯어보았다. 안색이 나빠 보이진 않는 것이, 진짜 지낼 만한 모양이다. 살 만하면 여자 만나 연애나 하지 왜 쓸데없는 짓을, 기세가 속으로 조용히 혀를 찼다.

"형님은 어때요? 축음기 잘 팔립니까?"

"뭐, 윤 양 음반 나오고 미친 듯이 나가더니, 이제 또 잠잠해. 뭐 살 사람은 이제 다 샀을 테니 이 장사도 때려치워야지. 축음기가 장마철 김치처럼 해마다 필요한 것도 아니고, 한 번 사면 고장 나 망가질 때까지 다시는 안 사는 물건 아니냐. 이제 팔 만큼 팔았지, 뭐."

"축음기 파는 거 관두고 뭐 하려고요?"

"뭐, 니가 내 걱정을 다 하냐? 뭐든 하고 살겠지. 산 입에 거미줄 칠 리야 있겠어?"

기세가 유쾌하게 껄껄 웃었다. 잠시 후 상철이 주문한 커피가 나왔다. 뜨거운 커피를 후후 불어 마시는 상철을 물끄러미 보던 기세가 천천히 입을 열었다.

"기주가 그러던데, 너 윤 양 글 쓰려고 관련 자료 모으는 중이라며?"

저 아무한테도 말 안 해요, 라고 했지만 그 '아무나'에 기세는 포함되지 않는 모양이다. 하긴 기세와 심덕의 사이가 각별했으니 기주가 기세에게 제 이야기를 한 게 아주 납득이 안 가는 건 아니었다. 상철이 별로 놀랍지도 않다는 듯 무심한 얼굴로 고개를 끄덕였다.

"네. 제가 아니면 또 누가 쓰겠습니까."

"뭘 얼마나 찾았나?"

질문이 이상했다. 커피 잔을 내려놓으며 상철이 고개를 갸웃했다.

"뭐요?"

"어디까지 찾았나?"

"형님."

"이쯤에서 그만해라."

이 말을 하려고 굳이 온 거다. 상철은 그제야 기세가 동경에 볼일이 있어 온 게 아니라 오로지 자신을 만나기 위해 왔다는 걸 깨달았다. 기세는 자신을 만나 이 이야기를 해야만 했던 거다.

대체 왜? 왜 이렇게까지?

"여기서 그만해. 이제 좀 잊고 살아. 윤 양이고 일동이고 다 잊어버리라고."

심덕을 잊으라는 건 기세가 오래전부터 제게 실이 노가 되도록 한 말이었다. 그런데 일동을 잊으라니. 왜 콕 집어 일동을 잊으라고 한단 말인가.

그 순간 깨달았다. 기세는 상철이 윤심덕에 대해 조사하는 걸 걱정하는 게 아니었다. 기세는 상철이 일동레코드에 대해 조사하는 걸 걱정하고 있었다. 손수 동경까지 와서 경고할 정도로, 기세는 혹시나 상철이 일동레코드에 가까이 접근할까 봐 염려하고 있었다.

그 염려의 근거가 어디에서 비롯된 것인지 알면 좀 더 이 문제가 확실해질 거 같았다. 상철은 부러 뻔뻔한 표정을 지으며 기세를 보았다.

"잊든 말든 그건 내가 알아서 할 일이지 형님이 신경 쓸 건 아니잖아요. 이왕 시작한 거 난 끝을 볼랍니다. 사내가 칼을 뽑았으면 두부라도 썰어야지, 뭐가 무서워서 하다 관둔대요?"

상철이 부러 세게 내지르며 기세의 기색을 살폈다. 속에서 열이 나는지 기세가 앞에 놓인 물 잔을 들어 물을 벌컥벌컥 들이켰다.

만약 저녁에 술집에서 만났으면 술 꽤나 마셨겠다. 술 한잔하면서 이런 이야기가 나왔다면, 상철 역시 이리 예민하게 기세가 하는 말의 숨은 속내를 알아차리지 못했을 수도 있었다. 고집을 부려 굳이 다방에서 만난 것이, 상철에겐 천운이었던 셈이다.

"너 4년 전 관동대지진 사건 기억하나?"

"관동대학살 말이요? 그거 모르는 조선인이 어디 있습니까."

"너 그때 심덕이한테 미쳐서 뒤꽁무니만 쫓아다닐 때였잖아. 그래도 그런 건 기억하나 보다?"

"놀리지 마쇼. 난 뭐 기자 아니요? 그거 취재하러 석구 형이 동경까지 특파되어서 갔는데, 그걸 왜 까먹어요? 아무리 심덕 씨한테 미쳐 있었어도 기사에 난 단어 하나까지도 나 기억합니다."

관동에서 일어난 조선인 학살 사건은, 조선인들의 가슴 깊숙한 곳에 분노로 남아 있는 일이었다. 얼마나 많이 죽였는지, 얼마나 처참하게 죽였는지 조선에까지 알려졌을 때 타국에서 그리 죽어야만 했던 동포를 떠올리며 나라 잃은 슬픔을 다시 한번 느꼈다.

"너 전에 나한테 그해 9월에 어딨었냐고 물은 적 있었지."

그랬던가. 가물거리는 기억에 상철이 모르겠단 얼굴로 뒷머리를 긁었다. 그 모습을 물끄러미 보며 기세가 입을 열었다.

"난 그때 동경에 있었어."

기세가 그때 동경에 있었다는 건 처음 안 사실이었다. 떠올리기 괴로운 기억에 기세의 얼굴이 구겨졌다. 그리 고통스러워하는 기세의 표정은 처음이었다.

"축음기 물량 관련해서 출장을 갔었거든. 일주일 예정으로 간 거였는데, 내 인생 최악의 일주일이었지."

느긋하게 자리에서 일어나 호텔에 막 점심을 먹으러 내려왔을 때, 땅이 흔들렸다. 호텔의 샹들리에가 바람에 휘날리는 낙엽처럼 흔들리던 기억이 아직도 선명했다. 태어나 처음 겪는 일에 얼마나 혼비백산했는지 모른다. 하지만 진도 7.9의 지진보다 더 끔찍했던 것은 그 뒤에 일어난 사건이었다.

"그때 검문소를 세워두고 자경단이 조선인인지 아닌지 지나가는 사람 모두를 검문했어. 15엔 55센을 발음해 보게 한 뒤 발음 못 하면 조선인이라고 죽였지. 웃긴 건 류큐인(琉球人: 오키나와현에 주로 정착해 사는 민족)들도 그 발음이 안 돼. 그래서 조선인들로 오해받은 류큐인들도 많이 죽었어. 자국민이 희생되는 걸 뻔히 알면서도 군경은 말리지 않았어. 왠지 아나?"

"왜입니까?"

"희생이 필요했으니까. 국민들이 국가로 향할 분노를 쏟아낼 다른 곳이 있어야 했으니까. 그게 일본인이야. 필요하다면 자국민의 목숨조차 희생시키는 데 주저하지 않지. 한데 조선인들? 그들에게 조선인들 목숨은 바퀴벌레보다도 가치가 없어. 언제든 가장 쉽게 희생시킬 수 있는 게 바로 조선인들의 목숨이라고."

처음 테츠를 만나 심덕에 대해 이야기를 나누는 순간, 기세는 그의 두 눈에 떠오른 숨길 수 없는 애정을 눈치챘다. 그제야 왜 처음부터 테츠가 그토록 너그럽게 제 모든 부탁을 들어줬는지 깨달았다. 테츠의 최종 목표는 심덕이었던 거다. 받아먹은 게 있으니 모른 척할 수가 있나. 찝찝해 하면서도 어쩔 수 없이 원하는 대로 심덕과 연결해 줬다.

그리고 일은 일사천리로 진행되었다. 심덕은 녹음을 앞두고 근래 보기 드물게 기분이 좋아 보였다. 저년이 드디어 일본 부자를 잡아서 팔자 피려나 보다, 기세는 그리 생각했다. 잘되면 양복이나 얻어 입으면 되려나, 혼자 그런 계산을 하기도 했었다.

하지만 심덕과 우진의 사망설이 돌면서부터 무엇인가 잘못되었다고, 자신이 뭔가 판단을 잘못한 거 같다는 생각이 들었다. 자신은 이 일에 우진이 관계되어 있다는 것도 기사가 난 뒤에야 알았다. 이게 우진까지 개입된 일이란 말인가? 단순히 윤심덕 음반 한 장 내주고 일본 부자에게 넘기는 일인 줄 알았는데? 김우진이라니, 대체 어디서 어떻게 왜 튀어나온 김우진이란 말인가?

기세의 예상과 벌어진 사건의 사이즈는 전혀 달랐다. 왈칵 두려웠다. 생각을 정리하기 위해 일단 몸을 숨겼다. 기세는 살아남는 데 도가 튼 자였다. 죽음과 삶의 경계선 위에서 언제나 아슬아슬하게 줄타기를 해왔다. 허허 웃는 얼굴을 하고 있었지만 실제로는 한걸음 내딛는 데 누구보다 주의하는 게 기세였다. 그래서 살기 위해 기세는 모두의 눈을 피했다.

몸을 낮춘 채 아무리 생각해 봐도 김우진과 마에다 테츠, 윤심덕 사이에는 연결고리가 없었다. 그 셋이 대체 어떻게 엮여 있길래 그런 기사가 난 건지 이해할 수 없었다. 일단 김우진과 윤심덕이 연인이 아니라는 건 세상 누구보다 제가 제일 잘 알았다. 그런데 정사라니, 대체 무슨 목적으로 왜 이런 기사가 났단 말인가. 분명 의도가 있었다. 그런데 그 의도가 무엇인지 기세의 머리로는 도무지 예측할 수가 없었다.

제일 간단한 건 테츠에게 연락해 물어보는 거겠지만, 그 제일 간단한 일이 제일 하기 두려웠다. 윤심덕이 진짜 죽었을까? 그런 생각을 하면 등 뒤에 소름이 돋았다. 자신이 대체 무슨 일을 저질렀단 말인가. 괴로움에 머리를 감싸 쥐며 방을 굴렀지만, 아무리 그래봐도 답은 안 나왔다.

심덕의 음반이 나온 뒤에야 기세는 어렴풋이 이 일의 목적과 이유를 알아차릴 수 있었다. 그랬구나, 일의 실체를 깨닫고 나자 두려움이 기세를 엄습했다. 모든 사실을 알게 된 뒤 기세는 오히려 깊이 생각하지 않기로 결심했다. 일본인 그리고 죽음과 관련된 일이다. 관동대학살을 겪으면서 기세는 일본이란 나라의 적나라한 맨얼굴을 두 눈으로 똑똑히 보았다. 그때의 공포가 마치 흉터처럼 기세에게 남아 있었다. 절대로 엮이고 싶지 않았다. 그래서 피했다. 눈을 감고 모른 척했다.

심덕의 음반과 축음기가 미친 듯이 팔릴 때마다 속에서 신물이 올라왔다. 그래도 모른 척 고개를 돌렸다. 그러지 않으면 살 수가 없었다. 심덕과 우진이 죽었을까, 살았을까, 그런 생각을 하면 먹은 게 역류했다. 기를 쓰고 모른 척했다. 제게 심덕과 우진의 관계를 묻는 수많은 이들이 있었으나 그 누구에게도 대답해 주지 않았다. 살기 위해 그랬다. 살아남기 위해 그래야 했다. 목숨 하나 보전하려고 불알 두 쪽 단 사내가 참으로 치졸해지는구나, 잠이 오지 않는 새벽마다 스스로를 향해 온갖 욕을 다 퍼부으면서도, 그것 밖에는 기세가 할 수 있는 일이 없었다.

아무튼 그 덕에 기세에겐 그 후 아무 일도 생기지 않았다. 되었다. 이거면 된 거다. 기세는 애써 그렇게 스스로를 위로했다.

그렇게 다 끝난 일인 줄 알았다. 이제 다 지나간 일인 줄 알았다. 그러나 기주를 통해 남상철이 윤 양 관련 책을 쓰기 위해 자료를 모으고 있다는 소식을 듣고, 기세는 이 일이 결코 끝난 일도 지나간 일도 아니라는 걸 깨달았다.

남상철이 어떤 놈인지 아주 잘 알았다. 남상철 같은 놈이 대책 없이, 겁도 없이 온몸을 던져 이 일에 덤벼들고 있었다. 집요하고 편집증적인 남상철이 만약 이 일에서 모순을 발견한다면, 기세가 생각을 멈춘 그 지점을 집요하게 파고 들어가 무언가를 밝혀내게 된다면, 과연 어떤 일이 벌어질 것인가. 생각만 해도 등 뒤로 땀이 솟았다. 두려웠다.

남상철을 말려야 했다. 그 생각에 사로잡혀 앞뒤 가리지 않고 여기까지 달려왔다.

"난데없이 관동대지진 이야기를 왜 합니까?"

상철이 도무지 모르겠다는 얼굴로 멀뚱히 기세를 보았다. 기세가 눈을 가늘게 뜨고 남상철의 얼굴을 살폈다. 이놈이 다 알아듣고 부러 모르는 척을 하는 건지, 진짜 모르는 건지 알아내야 했기 때문이다. 그러거나 말거나 시큰둥한 표정으로 찻잔을 비운 상철이 자리에서 일어났다.

"취재가 있어서 이만 일어납니다. 동경에서 어지간히 놀고 돌아가십쇼."

"야, 남상철이!"

어떻게든 상철을 말리고 싶었다. 좋아하는 동생을 잃고 싶지 않았다. 정확히 그게 무엇인지 기세도 딱 꼬집어 말할 수는 없지만 지금 상철은 위험했다. 이건 위험한 일이라고 온몸의 세포 하나하나가 다 경고하고 있었다.

"갑니다."

인사를 한 상철이 미련 없이 돌아섰다. 잡지도 못하고 보내지도 못한 어정쩡한 자세로 자리에 선 채 기세가 상철의 뒷모습을 멍청하게 쳐다보았다. 이내 다방 문을 열고 상철이 밖으로 나갔다. 그가 나가고 나서야 깨달았다. 이미 자신이 찾아온 것만으로도 남상철은 모든 것을 알아차렸다는 것을 말이다.

저놈은 멈출 생각이 없구나. 털썩 자리에 주저앉은 기세가 괴롭게 두 손에 얼굴을 파묻었다. 윤심덕이 죽었을 때도 나오지 않았던 눈물이 나올 것 같았다.

그거였구나.

다방에서 나와 정처 없이 거리를 걸어가는 상철의 이마에 어느새 땀이 송글송글 맺혀 있었다. 덥지도 않은 날씨인데 등 뒤는 이미 땀으로 흥건해서 셔츠가 들러붙은 지 오래였다. 이 얼굴을 기세에게 들킬까 봐 서둘러 자리에서 일어날 수밖에 없었다.

기세가 말해준 관동대학살은 이 모든 사건이 어디서부터 비롯되었고 어떻게 된 일인지 알려주는 완벽한 힌트였다. 기세가 관동대학살을 이야기하는 순간, 부분 부분으로 머릿속에서 존재하던 조각들이 이제야 완벽하게 하나로 이어졌다.

왜 오사카에 일동레코드가 있었는지, 왜 기획이란 말이 히데오에게서 나왔는지, 왜 김우진이 필요했는지 이제야 완벽히 이해할 수 있었다.

죽인 거다. 레코드사에서.

음반을 팔고 축음기를 팔아먹기 위해 조선인 두 명을 죽인 거였다. 바퀴벌레보다 더 하찮은 조선인들을 죽이면 어마어마한 돈이 나오는데, 그런 일을 안 할 리 없었다. 음반 판매를 위해 이보다 더 좋은 수가 없는데, 어찌 안 죽일 수 있으랴.

순간 다리에 힘이 풀린 상철이 벽에 몸을 기댔다. 눈앞이 흐릿해졌다. 고개를 숙이자 후두둑 눈물이 떨어졌다.

이토록이나 오래 헤매며 밝혀내고자 했던 사건의 원인이 고작 돈이었다. 엄청난 비밀이 숨겨져 있다거나 대단한 사연이 있을 거라고 생각해 고심했는데, 너무나 간단하고 허무한 결론이었다.

돈 때문이었다. 돈 때문에 죽였다. 생때같은 두 남녀가, 아직 꿈도 다 펼쳐보지 못한 두 예술가가 무려 불륜, 정사라는 오명을 뒤집어쓴 채 죽었다. 레코드판 몇 장과 축음기 몇 대가 그 생명의 대가였다.

그 사실이 참으로 기가 막혔다. 정말 기가 막혔다.

16장

추적

윤심덕과 김우진은 살았을까, 죽었을까.

처음 목포에 다녀온 직후 석구와 했던 대화가 떠올랐다. 그때 분명 음반 회사가 짠 판이고 누군가가 기획자가 있을 거라고 상철은 확신했었다. 만약 그때 그 주장에 대한 증거를 찾는 데 골몰했다면, 어떻게 됐을까. 상황이 무언가, 달라졌을까.

책상 앞에 앉은 상철이 생각에 잠긴 얼굴로 연필을 굴렸다. 종이에 적힌 윤심덕, 김우진, 마에다 테츠, 후지사와 히데오 등의 이름 위에는 동그라미와 화살표, 엑스 등의 표시가 어지러이 겹쳐져 있었다.

히데오와 처음 만났을 때, 그는 분명 이 일을 '기획'이라고 했다. 테츠는 자신이 음반 판매량을 촉진하기 위해 이 일을 '기획'했다고 했다.

히데오와 테츠의 주장에 반박할 다른 증거가 현재로선 없었다. 그러니 일단은 이들의 증언이 맞는다는 전제하에 이 사건을 재구성해야 했다. 그리하여 만들어본 이야기는 이제껏 상철이 가지고 있는 정보를 바탕으로 세운 가설들 중 가장 빈틈없이 맞아떨어졌다.

테츠는 일명 '사의 찬미' 프로젝트를 기획했다. 이유는 아마도 심덕을 되찾고 싶어서였을 거다. 공식적으로 심덕을 잠시 죽은 사람으로 만들면, 은신처가 필요한 심덕은 테츠의 곁에 머물 수밖에 없었다. 심덕에게 미련이 많았던 테츠는 그러한 은신처 노릇이라도 해서 심덕과 재회하기를 바랐다.

그는 자신의 아이디어를 그럴싸하게 포장하여 심덕에게 제안했다. 때마침 돈은 물론이거니와 무엇보다 대중의 관심이 누구보다 고팠던 심덕에게 테츠의 제안은 더할 나위 없이 매력적이었다. 게다가 영 모르는 사람도 아니고 한때 연인이었던 테츠와 재회하는 대가로 돈과 명성을 되찾을 수 있다니, 어떻게 봐도 심덕에겐 나쁠 리 없는 조건이었다. 심덕은 테츠의 제안을 수락했다.

심덕의 유작이 될 앨범에 실을 만한 작사가가 필요해서 찾던 테츠는 우진과 접촉했다. 그리하여 돈이 필요했던 우진을 이 프로젝트에 합류시켰다. 그 결과 심덕과 우진이 포함된 '사의 찬미' 프로젝트가 완성되었다.

테츠는 제가 만든 프로젝트를 히데오에게 보고했다. 테츠는 이것이 음반 판매량을 획기적으로 향상시키기 위한 기발한 방법이라고 설득했을 것이다. 히데오는 음반 판매량 촉진을 위한 하나의 이벤트라고, 이 일을 가볍게 여겼을 수도 있다. 평생 사라지는 게 아니라 한 삼사 년 은거하는 정도로 서로 합의했을 가능성도 높다.

어쨌거나 여기까지는 모두에게 '윈윈'인 거래였다. 이슈를 만들어 사측은 레코드를 팔고, 김우진은 돈을 벌고, 윤심덕은 다시 유명세를 얻으며, 테츠는 심덕을 되찾는다. 모두 매우 만족하여 동의했고, 테츠는 일을 진행했다.

그런데 어디서 어떻게 말이 샌 것인지, 아주 높은 자리에 앉은 데다 권력을 가진 '윗선'이 이 일에 관심을 보이기 시작했다. 그 혹은 그들은 이 계획에 호기심과 흥미를 느꼈을 뿐만 아니라 이것이 대일본 제국을 위해 반드시 필요한 일이라고 확신했다. 윗선은 국익을 위해서 이 일이 반드시 성공하기를 바랐다.

문제는 여기서부터였다. 윗선에서는 프로젝트 후에 심덕과 우진이 살아 있다는 게 영 못마땅했다. 이 계획이 완전무결해지기 위해선, 심덕과 우진이 정말로 죽어야 했다. 윗선이 판단하기에 완벽한 계획은 그런 거였다. 그리하여 그들은 심덕과 우진을 죽이기 위해 이 일에 개입했다. 보다 더 완벽하고 흠 없는 계획의 성공을 위해서였다.

그렇다면 윗선에선 왜 하필 조선에 레코드판을 파는 일이 대일본 제국에 꼭 필요한 일이라고 판단한 것일까? 그 답은 최근 일본이 조선의 식민 통치를 운영하는 방식에서 찾을 수 있었다.

1919년 3·1 운동을 계기로 일제는 조선을 통치하는 방식을 이전과 달리해야 한다고 판단했다. 그와 동시에 그들은 왜 조선이 중국에는 스스로 몸을 낮춰 알아서 섬기면서 자신들은 그리 대우해 주지 않는지 의아하게 여겼다. 중국은 큰 나라 대우를 해 줬던 조선이, 왜 그리 자신들에겐 지독하게 반발하는지 일본의 입장에선 이해할 수 없었다. 그리고 그들은 그 문제에 대한 답을 바로 문화에서 찾았다.

불교사상, 유교사상 모두 중국을 거쳐 조선으로 유입되었다. 즉 조선인들은 중국이 문화적으로 자신들보다 우월하다고 생각했다. 그리고 좀 더 우월한 사람에게 통치받는 것을 조선인들은 당연히 여겼다. 그래서 같은 지배자임에도 일본과 중국에 대한 조선인들의 태도가 다른 것이다. 따라서 일본이 문화적으로 우월하다는 것을 조선인들에게 납득시키면, 조선인들이 알아서 일본 앞에서 허리를 숙이리라 결론 내렸다.

조선인 입장에서 생각해 보면 참으로 말도 안 되는 논리 전개였으나, 일본의 입장에선 제법 그럴싸해 보이는, 설득력 있는 이야기였다.

그리하여 일본은 1920년대에 들어오면서 조선보다 앞선 선진 문화를 들여와 조선에 알리는 작업에 몰두했다. 그리고 그 문화 사업 안에는 축음기와 음반 역시 포함되어 있었다.

하지만 영화나 연극이 금방 대중들의 사랑을 받았던 것과 달리 음반 문화는 아무리 해도 쉽게 사람들 사이에서 확산되지 않았다. 무엇보다 음반 산업이 성장하는 데 가장 큰 문제는 축음기의 값이 너무 비싸다는 것이었다. 본래 새로운 문물은 젊은 층이 먼저 받아들인 뒤 점차 외연을 확대해 나가는 법인데, 축음기 한 대의 값이 집값과 맞먹다 보니 젊은 층은 음반에 접근하고 싶어도 할 수가 없었다. 그리고 축음기를 구입할 수 있는 경제력을 가진 중장년층은 음반에 관심이 없었다.

영화도 연극도 다 어느 정도 '시장'이라 부를 수 있을 만한 토양이 만들어졌는데 음반 시장은 형성될 기미조차 보이지 않았다. 이쯤 되자 일본은 초조해졌다. 그들은 다른 그 어떤 문화의 확산보다 축음기가 조선의 대중들에게 보급되길 원하고 있었기 때문이다.

오감 중 청각처럼 사람의 정신을 손쉽게 장악하는 자극은 없었다. 결국 일본이 축음기를 보급해 음반 시장을 활성화하려는 이유는 보다 쉽고 빠르게 조선인들의 정신을 장악하기 위해서였다. 조선 전통 민요나 판소리 대신 일본의 창가나 엔카가 전국에서 유행하기를 바랐다. 대여섯 살 먹은 어린아이들이 마치 동요를 부르듯이 기미가요를 제창하는 것이 일본이 원하는 바였다.

축음기만 보급된다면, 시골구석에서도 엔카나 기미가요를 듣게 할 수 있었다. 그리된다면 조선의 정신은 조선인들조차 모르는 사이에 서서히 말살될 것이다. 따라서 당시 일본은 그 무엇보다 축음기가 보급되길 바라고 있었다.

하지만 윗선은 축음기 보급의 필요성을 느끼면서, 동시에 어려움과 한계를 느꼈다. 과연 어떻게 해야 축음기라는 비싼 물건을 사람들로 하여금 사게 할 수 있을 것인가, 고민을 하지 않았을 리 없다. 그저 단순한 홍보만으로 집값과 맞먹는 사치품을 사게 만들 순 없었다. 사람들의 지갑을 열게 하기 위해선 특별한 이유가 필요했다. 죽음기란 존재의 필요성과 그것에 호기심을 느낄 만한 어떤 것을 사람들에게 던져줘서 구매까지 이어지도록 만들어야 했다. 그게 과연 무엇일까, 아마도 대단히 치열한 논의가 오갔을 것이다.

그런 고민에 빠져 있던 권력자들의 감시망에 테츠의 기획서가 걸려들었다. 어떻게 일개 지방 사기업의 프로젝트 보고서가 윗선에까지 닿았냐고 묻는다면, 이미 오사카란 위치에 레코드사가 있다는 거 자체가 그 질문에 대한 답이라고 할 수 있겠다.

처음 그곳에 갔을 때부터 생각했지만, 애초에 오사카에 있는 레코드 회사 자체가 이상한 존재였다. 어쩌면 테츠조차 몰랐을 어떤 음모가, 처음부터 그 회사에 숨어 있었을 게 분명하다. 게다가 처음에도 그리 느꼈지만, 지금 생각해 봐도 히데오는 한 회사를 이끄는 사장이라기엔 좋게 말하면 지나치게 순진하고 나쁘게 말하면 좀 멍청해 보이는 구석이 있었다. 아마도 그는 바지 사장에 불과할 것이다. 실제로 일동레코드를 움직이는 이는 따로 있는 게 분명했다. 그리고 그 숨은 권력자는 정권의 실세와 맞닿아 있는 인물일 거다.

바로 그 윗선이, 테츠의 계획에 개입하면서 모든 일은 완전히 어그러지기 시작했다. 이것이 상철이 생각하는 사건의 전말이었다. 그리고 이것이 가장 상철이 수집한 정보들에서 어긋나지 않는 가설이었다.

자, 그렇다면 과연 윤심덕과 김우진은 살았을까, 죽었을까.

윗선이 개입한 것까지는 상철이 가진 정보로 유추 가능했다. 하지만 그 뒤 이야기는 추측조차 쉽지 않았다.

무엇보다 윗선의 개입을 테츠가 알아차렸는지, 못 알아차렸는지를 상철이 현재 가진 정보만으로는 짐작하기 어려웠다. 그러다 보니 윗선의 개입이 성공했는지, 실패했는지 역시 알 수 없었다. 이 질문들은 두 사람의 생사와 맞닿아 있는 가장 중요한 문제이기 때문에 이것에 대한 답을 찾지 못한다면, 두 사람의 생사를 유추하기는 더더욱 힘들 터였다.

심덕의 행보는 8월 1일에서 끊겼다. 우진의 행보는 동거했던 홍해성이 딱히 별다른 증언을 하지 않았던 것을 보면 3일에 집에서 떠났을 것으로 추측된다. 해성이 우진의 동선에 대해 따로 언급하지 않은 걸로 보건대, 3일 밤 11시 배를 탔다는 우진의 마지막 행보와 해성이 아는 우진의 부재가 별로 차이 나지 않는 모양이었다. 그 말은 곧 3일까지는 해성의 집에 우진이 머물렀다는 뜻과 같다.

그러나 상철의 조사 결과 우진과 심덕은 3일 밤 11시 배에 타지 않았다. 그렇다면 그들은 지금 어디 있을까? 성공적인 도피를 했을까? 아니면 죽임을 당해서 세상에서 사라졌을까? 세상 어디에서도 그들의 생사 여부에 대한 증거는 찾을 수 없으니 섣불리 죽었다 살았다 단언하기 어려웠다.

다만, 후에 보인 테츠의 행보로 짐작건대, 적어도 심덕은 살아 있을 가능성이 높았다.

히데오와 상철이 만나는 것을 경계했던 거나 부러 잘못된 정보를 던져주어 상철이 더 이상 이 사건 자체에 접촉하지 못하도록 차단한 것은 자신 역시 숨긴 비밀이 있었기 때문에, 그것이 밝혀질까 봐 두려워 그리 행동했다고 볼 수 있다. 상철이 사건을 파헤치면 파헤칠수록 테츠의 비밀도 까발려질 확률이 높았다. 그리고 상철이 이 사건에 관심을 가질수록 윗선은 불편해할 게 분명했다. 윗선의 심기를 거슬려서 테츠에게 이로울 게 하나도 없었다. 테츠는 자신의 비밀을 숨기기 위해서라도 어떻게든 상철이 더 이상 이 사건에 접근하는 것을 차단해야 했다.

만약 실패해서 심덕이 죽었다면 테츠가 그와 같은 태도를 보일 리 없었다. 애초에 테츠는 심덕을 사랑해서 되찾고 싶은 마음에 이 일을 기획했다. 따라서 심덕의 죽음은 테츠에게 이 프로젝트의 실패를 의미했다. 그러니 심덕이 죽었다면, 테츠가 그리 편안한 태도로 저를 맞이했을 리 없다. 저보다 더 혈안이 되어 심덕이 왜 죽었는가, 밝혀내려 애썼을 것이다. 어떤 짓을 벌여서라도 갖고 싶은 여자가 죽었는데, 테츠와 같은 자가 고분고분 그 처분을 받아들였을 리 없다.

거기다 1년이 지난 뒤의 도피 역시, 심덕이 살아 있다는 상철의 확신을 굳히게 했다. 만약 심덕이 죽었다면 테츠는 그 즉시 타격을 입었을 거다. 그런데 테츠는 멀쩡히 일하며 1년을 버텼다. 그건 감시자들이 마음을 놓게 하기 위한 시간이었음이 분명했다. 그리고 모두의 시선으로부터 자유롭다고 판단한 순간 몸을 숨겼다. 즉 심덕과 완벽하게 도피하기 위해 테츠에겐 1년이란 시간이 필요했던 것이다.

심덕은 1일 오후 동경에서 성덕과 헤어졌다. 여관 주인은 심덕의 짐이 2일에 사라졌다고 하지만, 그것만으로 심덕이 2일까지 여관에 있었다고 보긴 어려웠다. 상철이 추측건대 아마도 1일에 이미 심덕은 테츠에게 갔을 거다. 테츠는 모처에 심덕을 숨겨둔 후 1년간 몸을 낮추고 윗선이 그를 향한 경계심을 낮추길 기다렸다. 그리고 드디어 도망치기 적절하다 생각한 순간, 심덕과 함께 미국으로 떠났다.

궁금한 건 바로 그 지점이었다. 분명 이 일엔 권력이 개입했다. 그런데 어떻게 테츠가 그들로부터 윤심덕을 빼돌릴 수 있었을까. 그리고 어떻게 그 엄중한 감시에서 벗어나 심덕과 함께 떠날 수 있었던 걸까. 천하의 마에다 테츠라 해도 그건 결코 쉬운 일이 아니었을 거다. 과연 어떻게 그게 가능했던 걸까.

토요일 이른 아침, 테츠는 가족들과 함께 가루이자와로 향했다.

"몇 년 만에 같이 가는 여름휴가니."

모친은 한껏 들떴다. 부친 역시 기쁜 기색이었다. 하지만 테츠는 마냥 즐거울 수 없었다. 처음으로 제가 먼저 제안해서 가는 가족 여행이었지만, 기차에서 바깥 풍경조차 살피지 못할 만큼 테츠는 여유가 없었다.

입이 바싹 마르고 등에서 진땀이 솟았다. 이건 테츠에게 대단한 모험이었다.

저는 지금 우진과 심덕만을 남겨둔 채 도쿄를 떠나고 있었다. 그들이 계획대로 잘해낼 수 있을지 없을지, 변수가 생겨 씨가 혹시나 먼저 움직이진 않을지. 걱정되는 것들은 끝도 없이 많았다. 제가 가까이 없으니 급한 문제가 생겼을 때 도움을 줄 수도 없었고, 최악의 경우 일을 다 당한 뒤에 알게 될 수도 있었다. 수없이 많은 위험 요소가 있다는 걸 알면서도 테츠는 과감하게 여행을 결정했다.

어차피 이건 장기전이었다. 눈앞의 일에 마음을 조급하게 먹어선 안 된다. 길게 봐야 했다. 오히려 제가 도쿄에 머물지 않는 것이 씨와 히데유키의 눈을 흐리게 만들고 경계심을 흐트러뜨릴 수 있었다. 그것을 기대하고 테츠는 과감하게 모험을 결정했다.

불안한 마음을 내리누르고 심덕과 우진이 제대로 움직여 주리라 믿기로 한다. 그리고 히데유키와 씨의 그 완벽주의적이고 철저한 성격에 희망을 건다. 그리하여 모든 것이 제 예측에서 어긋나지만 않는다면, 저는 내일 심덕을 품에 안을 수 있을 것이다. 테츠는 울렁이는 마음을 가라앉히기 위해 크게 심호흡했다.

씨와 히데유키에게는 8월 3일 새벽 6시 배로 우진과 심덕이 떠날 예정이라고 보고했다. 그들이 탈 배의 출항 시간과 일정대로 움직였을 때 심덕과 우진이 선착장에 도착할 시간까지 친절히 보고서에 적어두었다. 심덕은 2일 저녁 요코하마에서 성덕을 배웅하는 것이 공식적인 일정의 마지막이었다. 우진은 집에서 머물다가 이른 새벽 홍해성에게 인사를 건넨 뒤 심덕을 만나러 간다고 하고 집에서 나오기로 되어 있었다.

테츠가 이렇게 보고를 하면서 기대한 것은 씨나 히데유키가 선착장 근처에서 기다렸다가 도착하는 심덕과 우진을 죽이기로 결정하는 것이었다. 테츠는 그것이 가장 확실하고, 동선이 엉키지 않으며 위험 요소가 적은 방법처럼 보이기를 바랐다. 테츠의 보고서는 씨와 히데유키에게 그 방법이 가장 좋을 거라고 알려주는 교본과 같았다. 만약 미리 움직였다가 변수가 생겨 동선이 꼬이면서 계획이 어긋난다면 최악의 경우 둘 중 하나를 죽이지 못할 수도 있었다. 그럴 바에야 달이 자취를 감추고 해가 아직 모습을 드러내지 않은 이른 새벽, 으슥한 선착장 어귀에서 그들을 기다렸다가 배를 타러 올 때 하나씩 처리하는 게 가장 간단하고 위험 부담이 적어 보였다. 테츠의 보고서는 자연스레 그런 결론을 내릴 수밖에 없도록 만들어져 있었다.

씨와 히데유키가 심덕과 우진의 모든 동선을 확보했다고 안심한 사이, 심덕과 우진은 사라질 것이다. 그리고 씨가 도쿠주마루에 승선할 때까지 몸을 숨길 계획이었다. 절대로 미리 배를 타거나 섣불리 일본을 떠나려고 시도해선 안 된다. 씨가 선착장에 사전 답사를 가거나 미리 동선을 확보하기 위해 근처를 어슬렁거릴 수도 있기 때문이다. 일단 안전하다고 판단되는 모처에 몸을 피했다가 씨가 도쿠주마루에 탄 이후, 일본을 떠나야 했다. 그게 테츠가 생각하기에 가장 위험 부담이 적은 탈출 방법이었다.

일단 우진은 저가 알아서 3일 밤까지 들키지 않게 안전한 곳에 숨어 있겠다고 했다. 어디에 어떻게 숨을 거냐고 테츠는 자세히 묻지 않았고, 우진 역시 굳이 이야기해 주지 않았다. 만에 하나라도 일이 잘못되었을 때, 서로가 서로에 대해 모르는 게 둘 중 하나라도 살아남는 길이라는 걸 알고 있기 때문이다. 이런 일은 서로 정보를 적게 공유할수록 오히려 좋았다.

— 확실한 건 네가 2일 밤에서 3일 새벽 사이에 떠난 것으로 홍해성이 알아야 한단 거야. 그래야 후에 너와 심덕의 기사가 터졌을 때, 홍해성의 말이 증언이 될 테니까. 그리고 동시에 그들에게 혼란을 줄 수도 있을 거고.

— 이중 플레이를 해야 한단 거군.

— 맞아.

— 이해했어. 걱정 마.

— 몸조심해.

— 너도.

그게 우진과 나눈 마지막 대화였다.

그리고 우진은 3일 자정, 씨가 도쿠주마루에 올라타 있을 그 시간에, 보고서에 올리지 않은 도항증명서를 이용하여 상해로 갈 예정이었다. 도쿄를 떠나고 나면 이제 더 이상 우진의 생사를 테츠는 알 수 없을 거다. 시간이 지나 아무리 궁금하다 해도 절대로 알아봐선 안 될 일이었다. 우진과 심덕을 놓치고 나면 자연스레 히데유키와 씨의 의심은 테츠를 향할 거였다. 이제 곧 테츠의 일거수일투족은 감시의 대상이 될 예정이니 섣불리 움직일 수 없었다.

다만 히데유키와 씨를 통해 우진의 생사를 짐작할 수는 있을 터였다. 그들이 초조해한다면, 불안해한다면, 그래서 계속해서 테츠를 들들 볶는다면 우진은 살아 있는 거였다. 그들이 난리를 치면 칠수록 우진이 살아 있다는 이야기니, 테츠는 안심하게 될 것이다. 우진이 생존해 있기만 한다면, 얼마든지 그들의 괴롭힘쯤은 참아줄 수 있었다.

심덕은 1일 오후 도쿄에서 성덕과 헤어질 예정이었다. 그건 이미 조선에서 출발하기 전부터 심덕과 계획한 거였다. 그러기 위해서 심덕은 몰래 성덕의 장학 증서를 짐에서 빼내어 집에 두고 왔다. 장학 증서 없이 성덕은 미국에 갈 수 없었다. 조선의 집으로부터 그것을 받기 위해 성덕은 계획보다 하루 더 요코하마에서 머물러야 했다. 누가 봐도 너무나 자연스러운 일정 변경이었다. 이 역시도 후에 히데유키와 씨에게 더할 나위 없이 훌륭한 변명거리가 될 것이다.

1일 오후 성덕과 도쿄에서 헤어진 심덕은 곧장 도쿄역으로 갈 예정이다. 그리고 그곳 화장실에서 사람들의 눈을 피해 사내옷으로 갈아입은 후 남장을 하고 움직일 참이었다. 심덕은 보통 사내들만큼, 혹은 그보다 더 키가 컸다. 그러니 몸에 맞춘 남자 정장을 입고 모자를 눌러쓴다면 자세히 보지 않는 한 영락없는 사내로 보일 거였다. 그리 옷을 바꿔 입은 후 심덕은 가루이자와 행 기차를 타고 테츠가 미리 마련해 둔 별장으로 올 것이다.

테츠는 고심 끝에 가루이자와를 심덕의 도피처로 선택했다.

일단 이곳은 휴양지이라서 외부인들이 자주 다녀갔다. 서양인들부터 시작해서 일본 귀족들까지 쉼 없이 드나드는 곳이 바로 여기였다. 그러니 어느 낯선 사람이 이곳에서 몇 달 머무른다 한들 여기선 그 누구도 신경을 쓰지 않았다. 그런 일은 가루이자와에선 너무나 비일비재했기 때문이다.

애초에 가루이자와는 외지인들이 잠시 머물다 가는 휴양지라 거기 있는 사람들은 서로가 서로에게 깊게 신경 쓰지 않았다. 그래서 소리 소문 없이 스며들기엔 도쿄보다 오히려 이곳이 더 적절했다. 게다가 심덕은 영어와 일본어 모두 능숙했다. 사내처럼 옷을 입고 조선말을 쓰지 않는다면 다들 이곳에 잠깐 쉬러 온 여행객으로 여길 터였다. 또 하나 이곳의 장점은 조선인들이 없다는 거였다. 가루이자와는 서양인들과 일본 귀족들이 주로 쓰는 고급 휴양지였다. 따라서 이곳이라면 심덕의 신분이 노출될 일도 없었다.

심덕이 머물 만한 별장은 이미 알아두었다. 테츠는 그것을 가명으로 구입했다. 이름만 보면 미국에서 온 사업가가 사는 것처럼 보였다. 물론 그 누구도 의심하지 않았다. 다시 말하지만 여기는 그러한 일들이 낯설지 않은 동네였다.

하지만 그렇다고 해서 마냥 이곳에 심덕을 혼자 둘 순 없었다. 한 달 정도 뒤면 별채가 완성될 거였다. 그때 심덕을 데려올 생각이었다. 그땐 또 어떤 핑계를 대서 씨와 히데유키의 시선을 외부로 돌려야 할지, 걱정이었다.

하지만 그런 건 다 나중 일이었다. 지금은 일단 성공적으로 도피하는 게 우선이었다. 다음 계획은 그 후에 생각해도 충분했다.

창밖의 풍경을 보며 테츠가 초조하게 입술을 뜯었다. 이른 아침부터 서두른 까닭에 피로한 건지, 어느새 부모님은 단잠에 빠져 있었다. 요 근래 제대로 깊은 잠을 자지 못한 테츠의 눈은 붉게 핏발이 서 있었다. 그럼에도 조금도 졸리지 않았다. 피로했으나 날 선 신경은 계속 깨어 있길 원했다.

계획대로 심덕이 내일 오후에 온다면, 다시 그녀를 두 팔에 안을 수 있다면 그때는 비로소 깊은 잠을 잘 수 있을 것이다. 제발 무사히, 아무 일도 없기를, 테츠는 수천 번도 넘게 반복한 소원을 다시 한번 읊조렸다.

그나마 테츠 덕분에 심덕의 생사는 유추라도 가능했다. 아무리 생각해도 도무지 알 수 없는 건 바로 김우진의 생사였다.

분명 테츠는 심덕은 살렸을 거다. 테츠라면 무슨 짓을 해서라도 심덕은 기필코 살렸을 게 분명했다. 그렇다면 김우진은 과연 어떻게 됐을까? 김우진도 살았을까? 테츠가 김우진도 살리기 위해 노력했을까?

우진의 당일 행보에 대해 홍해성은 딱히 특별한 증언을 하지 않았다. 만약 우진이 심덕처럼 하루나 이틀 전에 사라졌다면, 홍해성은 반드시 언급했을 것이다. 하지만 홍해성은 우진이 심덕과 사라졌다는 사실에 무게를 실어줬을 뿐, 그가 일찍 떠났다는 말은 한 번도 한 적이 없었다. 그 말은 곧 우진은 함께 동거했던 홍해성의 기억에 남을 만큼 빨리 집에서 나가지 않았다는 것이다. 그렇다면 아마도 우진은 3일에 집에서 떠나왔을 것이다. 그래서 해성은 딱히 그에 대해 언급할 게 없었던 거다.

만약 그렇게 본다면 심덕과 우진 사이엔 무려 하루라는 시간 차이가 있다. 둘 다 동시에 테츠가 손을 썼다고 보기엔 김우진과 심덕의 동선이 조금도 겹치지 않는 데다 시간 차도 너무 많이 났다.

테츠는 한 사람이었고, 숨겨야 하고 살려야 하는 인물은 두 사람이었다. 추적자의 눈을 피해 한 사람이 두 사람을 숨기려면, 둘의 동선이나 시간 차가 적을수록 좋았다. 하지만 심덕과 우진의 동선은 하루 넘게 차이가 났다. 누군가의 눈을 피해서 움직이기에 그건 너무 위험할 정도로 긴 시간이었다.

아무리 생각해도 하루라는 시간은 너무 길었다. 우진을 빼돌리기 이전에 심덕이 사라진 것을 그들이 알아차리게 된다면, 우진은 도망갈 시도조차 하지 못하고 죽임을 당할 수도 있는 시간이었다.

의자에 몸을 기댄 채 앉아 있던 상철이 그 순간 갑자기 몸을 곧추세웠다. 불현듯 무서운 생각이 떠오른 것이다.

만약 그 하루라는 시간을, 테츠가 의도한 것이라면? 의도적으로 하루라는 시간 차를 두고, 부러 우진의 도피가 들키도록 유도한 것이라면?

어차피 테츠의 타깃은 심덕이었다. 우진은 심덕을 더 화려하게 꾸며주기 위해 불러온 조연에 불과했다. 그런데 불청객이 끼어들면서 주연의 목숨마저 보장하기 어려운 지경에 이르렀다. 그때 과연 테츠가 조연까지 살렸을 것인가.

둘이 절친한 친구였다는 과거나 관동대지진 당시 테츠가 조선인 유학생들을 살렸다는 증언을 믿는다면, 테츠가 우진까지 살렸을 가능성이 결코 낮지 않았다. 그러나 그땐 심덕이 없었고, 심덕이 위험에 처해 있지도 않았다. 그리고 테츠에게 윤심덕이란 변수는 모든 것을 뒤바꿀 수 있을 만큼 강력했다.

만약 테츠가 심덕을 살리기 위해 우진을 희생시킨 거라면? 김우진이라는 희생양을 맹수 앞에 던져주는 대가로 윤심덕을 살릴 수 있었던 거라면?

애초에 '사의 찬미'라는, 죽음을 이용한 기획을 생각해 낸 게 테츠였다. 죽음의 의미가 무엇인지 누구보다 정확히 알고 있는 자였다. 이기세처럼 테츠 역시 관동대지진을 겪었다. 게다가 그는 일본인이었다. 흘러가는 상황을 판단하는 데 이기세보다 테츠가 모자랐으리라 생각되지 않았다. 그러니 윗선에서 무엇을 원하는지 알아차리지 못했을 리가 없었다.

그렇다면 우진은 죽었을까? 죽은 걸까, 죽임을 당한 걸까, 거래의 대가로 비참하게 버림받아 먹잇감으로 던져진 걸까. 밝혀내야 했다. 심덕이 살아 있을 가능성이 높아졌음에도 마음이 좋지 못했다. 우진의 죽음을 담보로 심덕이 살았다고 생각하자, 심덕이 죽었다고 생각할 때 보다 마음이 훨씬 더 불편해졌다.

우진의 생사를 추측하기 위해선 우진의 마지막 동선을 좀 더 확실히 할 필요가 있었다. 상철은 홍해성을 다시 만나기로 결심했다.

{

대체 무슨 수로, 어떻게 빼돌렸을까.

아무리 곱씹어 봐도 이야기가 딱 떨어지지 않았다. 묘하게 중간중간이 비었다.

예정대로라면 심덕과 우진이 3일 새벽에 선착장에 나타나야 했다. 그러나 그곳에 심덕과 우진은 나오지 않았다. 그 후부터 히데유키는 틈날 때마다 왜 계획이 어그러졌는가, 그들이 어떻게 도망갈 수 있었는가, 곱씹었다. 하지만 어떻게 해도 명쾌한 답은 안 나왔다. 그땐 테츠가 빼돌렸다는 걸 확신할 수 없어서 더 그랬다. 하지만 테츠가 빼돌렸다는 걸 아는 지금도 여전히 이야기는 명쾌해지지 않았다.

"나도 이제 많이 늙은 거 같아."

히데유키가 허탈한 어투로 중얼거렸다.

"왜 그런 생각을 하십니까."

"아무리 생각해도 이야기가 비어. 어찌 채워야 할지 모르겠단 말이지. 마에다 그놈이 나보다 더 똑똑한 거 같지는 않은데, 아무래도 내가 늙은 모양이야."

"모두 제 탓입니다."

씨가 바닥에 이마를 댄 채 잘못을 빌었다. 히데유키가 조용히 고개를 저었다.

"다시 말하지만, 이건 네 탓이 아냐. 그런 자책은 할 필요 없다. 벌어진 일의 책임 소재를 따지자는 게 아냐. 이미 벌어진 일은 벌어진 일이지. 그거에 연연할 필욘 없어. 앞으로 어찌할지만 생각하면 그뿐. 다만 나는 알고 싶은 거야. 어떻게 그게 가능했는지 말이다."

10년쯤 전에 이런 일이 생겼다면 씨를 탓했을지도 모르겠다. 심덕과 우진이 사라졌다는 걸 알자마자 씨의 목을 잡아 비틀었을 수도 있다. 나이가 든다는 건 현명해진다는 말이기도 하지만 동시에 기운을 잃어간다는 의미이기도 했다. 나무와 같았다. 나이테가 생기면 점점 덩치가 커져 더 넓은 그늘을 나그네에게 내어주지만, 종내는 하늘을 향해 서 있지 못하고 거꾸러지고 만다. 사람의 일생도 그러했다. 주름진 손이 나무 책상을 가만히 쓰다듬었다. 부드럽고 다정한, 위로하는 듯한 손놀림이었다.

"만약 윤심덕이 살아 있었다면, 대체 김우진은 마지막에 왜 그런 말을 했단 말인가."

이 사건에는 수없이 많은, 아무리 애를 써도 히데유키가 다 알아내지 못한 비밀들이 가득 담겨 있었다. 그중 가장 이해가 가지 않는 것이 바로 이 대목이었다.

만약 죽기 전에 김우진이 그런 말만 하지 않았어도, 일이 이렇게 꼬이진 않았을 거였다. 죽기 전 김우진이 남긴 말은 히데유키가 테츠에 대한 의심을 거두게 한 결정적인 한마디였다. 그래서 테츠가 미국에 가는 것마저 허락했는데, 끝내 일이 이렇게 어그러질 줄은 정말 꿈에도 몰랐다.

§

도쿠주마루에서 내린 씨는 지체 없이 오사카로 돌아왔다. 예정대로라면 곧장 상해로 갈 계획이었으나 테츠의 보고 때문에 씨는 계획대로 나가지 못하고 발이 묶이고 말았다.

"조선에 있는 김우진의 본가에서 아주 강하게 반발하고 있습니다. 사체에 현상금을 걸었을 뿐 아니라 남동생이 총독부를 찾아가 사건을 재조사해 달라고 강력하게 요청했다고 합니다. 어쩌죠?"

그 말을 보고하며 테츠가 벌벌 떨었다고, 히데오는 말을 전하면서 그 역시도 떨었다. 모질이 두 명, 이라고 히데유키는 속으로 혀를 차며 히데오를 돌려보냈다.

"그놈 말을 순순히 믿을 수 없습니다."

이미 테츠에게 감정이 좋지 않은 씨가 이를 으드득 갈았다. 히데유키 역시 동의한다는 듯 고개를 끄덕였다.

"나도 그놈이 미심쩍긴 해. 하지만 어쨌든 들어온 정보는 확인해야 할 게 아니냐."

히데유키는 잠시 씨를 머물게 한 뒤 경성으로 연락을 넣어 상황을 알아봤다. 테츠의 말은 사실이었다.

"어쩌면 우리가 테츠를 의심하느라 정작 중요한 걸 놓쳤을 수도 있어."

"무슨 말씀이십니까?"

"저 어리석은 놈이 연놈에게 놀아났을 가능성도 있단 말이야. 만약 연놈들이 딴맘을 품었는데 우리가 조센징이라 만만히 생각하고 테츠만 의심한 거라면? 그것들이 음반 발매일에 맞춰서 짠하고 경성에 나타날, 그런 깜찍한 생각을 하고 있는데 멍청한 테츠와 히데오가 놀아난 걸 수도 있단 말이다. 우리가 애초에 의심의 타깃을 잘못 정한 걸 수도 있어."

영 틀린 말도 아니었다. 지금까지 씨와 히데유키는 오로지 테츠만을 지켜보았다. 모든 수상쩍은 일은 다 테츠에 의한 것인 줄 알았다. 한데 정말 테츠가 멍청한 거라면 완전 헛다리를 짚은 것과 다를 바 없었다. 바보를 과대평가하느라 정작 체크해야 할 걸 놓친 셈이니 말이다. 만약 우진과 심덕이 딴맘을 먹고 테츠와 자신들 모두에게 뒤통수 날릴 작정을 한 건데 그걸 생각하지 못했다면? 그건 상상할 수 있는 일 중 가장 끔찍한 일이었다.

"경성으로 가겠습니다."

"경성만 아니라 김우진의 고향인 목포와 윤심덕이 지냈던 곳까지 모두 훑고 오도록 해라. 만약 발견하면 현장에서 즉시 처리하도록."

"알겠습니다."

씨는 경성을 거쳐 목포, 평양, 하얼빈으로 향했다. 그 과정에서 상철과 마주쳤다. 자신과 동선이 겹치는 것을 잠시 의심하긴 했으나 기자라는 것을 안 뒤 씨는 상철을 굳이 뒤쫓지 않았다. 기자라면 심덕과 우진의 주변을 조사하는 게 그리 이상한 일은 아니라고 생각했기 때문이다.

씨는 하얼빈에서 가장 오래 머물렀다. 직접 둘러보며 판단컨대 목포나 경성은 몸을 숨기기 적절치 않았다. 경성엔 지켜보는 사람들의 눈이 너무 많았고, 목포는 너무 좁았다. 하지만 평양과 하얼빈은 잠시 몸을 의탁하기에 썩 괜찮아 보였다. 평양과 하얼빈에 잠시 숨었다가 음반 발매일에 맞추어 경성에 우진과 심덕이 나타나는 것이, 씨와 히데유키가 생각하는 최악의 시나리오였다. 그래서 평양과 하얼빈을 유독 샅샅이 뒤졌다. 특히 평양보다 더 넓고 외지인이 많은 하얼빈에서 씨는 심덕과 우진의 흔적을 찾기 위해 애를 썼다.

그때 씨가 미리 상하이로 보낸 이들에게서 연락이 왔다. 상하이에서 김우진을 찾았다는 소식이었다.

᎗

상하이에 도착하자마자, 우진은 자리보전을 하고 누워 오랫동안 일어나지 못했다. 본래도 썩 건강 체질이라 할 수는 없었는데 가출한 이후 내내 제 몸을 혹사한 데다 신경증까지 도져 몸도 마음도 모두 나약해질 대로 나약해져 있던 상태였다. 거기에 난데없이 휘말린 사건 때문에 근 한 달은 신경을 바짝 세운 채 살얼음판을 걷는 것처럼 예민하게 지내야 했으니 피로가 오랫동안 누적되어 있었다.

상해 땅을 밟고서야, 마음이 놓였다. 이제 살았다, 다 끝났다는 생각에 온몸에 긴장이 풀렸다. 뒷골목 허름한 여관방에 몸을 뉘자마자 잠에 빠져들었다. 그렇게 오래, 깊게 자본 것은 몇 달 만에 처음이었다.

긴장이 풀린 몸은 몇 달간 혹사당한 것에 대한 대가를 요구했다. 게다가 그다지 깨끗하지 못한 상해의 식수 환경이 상황을 엎친 데 덮친 격으로 만들었다. 복통을 동반한 몸살이 우진을 괴롭혔다. 얼굴을 내놓고 병원을 당당히 드나들 수도 없고 함부로 누구에게 도움을 청할 수도 없는 처지였다. 시커멓게 곰팡이가 핀 여관방의 벽지를 바라보며 우진은 생으로 끙끙 앓았다.

보름이 지난 뒤에야 겨우 정신을 차리고 자리에서 일어날 수 있었다. 하지만 병환에서 몸을 겨우 추스른 것일 뿐이라 움직일 만해졌다고 해서 섣불리 여행길에 오를 마음이 안 들었다. 게다가 아일랜드는 상해에 온 것과는 비교되지도 않을 긴 여로였다. 보름 동안 호되게 앓고 나자 그 길을 과연 혼자 떠날 수 있을까, 겁이 나서 움츠러들었다. 며칠 동안 기차를 타고 가서 또다시 배를 타야 하는, 생각만으로도 토 나올 정도로 오랜 시간이 걸리는 여정이었다. 체력이 약해지자 마음도 약해져서 자꾸만 우진의 발목을 붙잡았다.

게다가 수중에 돈이 넉넉하니, 좋게 말하면 여유로워졌고 나쁘게 말하면 게을러졌다. 느긋하게 일어나 적당한 걸 사 먹고 책을 구해 읽으며 글을 끄적이다 잠이 드는, 누구도 간섭하지 않고 아무것도 신경 쓰지 않아도 되는 그 생활이 우진의 마음에 들었다. 태어나 처음 겪어보는 나태와 방종이었다. 죽은 사람이 된 채 산다는 건 생각보다 그리 나쁘지만은 않았다. 무슨 짓을 해도 신

경 쓸 필요가 없다는 것이, 자신의 활동을 증명하기 위해 쫓기듯
이 글을 쓰지 않아도 된다는 것이, 우진은 썩 기꺼웠다.

내일은 떠나야지, 내일은 가야지, 하면서도 선뜻 발이 떨어지
지 않아 계속 미적거렸다. 어차피 제가 어디서 무얼 하는지 아는
사람은 세상에 아무도 없었다. 이미 죽은 사람이 되었으니 시간
에 쫓기지 않아도 좋았다. 모로 가든 한양으로만 가면 된다고, 언
제 가든 가면 되지, 라는 생각을 먹은 그 순간, 우진은 수중에 있
던 돈을 모두 도둑맞았다.

하나도 남김없이 전부 말이다.

테츠는 우진에게 2일 밤에서 3일 새벽 사이 떠난 것으로 홍
해성이 알아야 한다고 했다. 그러나 동시에 2일 낮부터 모처에 몸
을 숨길 것을 요구했다. 두 가지 요구 사항은 상충하는 것이었다.
하지만 그런 불만을 말할 수조차 없었던 것이, 그 말을 하면서 돈
을 더 보내왔기 때문이다. 이미 보내온 돈만으로도 과분한데 돈
을 더 건네며 부탁을 하니 거기다 대고 불평불만을 말할 수가 없
었다.

결국 고심 끝에 우진은 거울을 이용하기로 마음먹었다. 이전
에 연극 연출을 공부할 때 거울을 이용하여 무대를 넓게 보이도
록 하는 방법을 배운 적이 있었다.

우진은 한 사람이 몸을 늴 수 있는 공간 정도만 남겨둔 채, 다
락방의 높이와 너비에 맞는 거울을 맞췄다. 가져온 거울을 제가
생각한 위치에 두자 영락없이 방 안의 풍경이 이어지는 것처럼

보였다. 계단에서 위를 보거나 창밖에서 안을 들여다보면 감쪽같았다. 다락방은 빛이 잘 통하지 않아 어둡기까지 해서 직접 올라와서 자세히 보지 않으면 그것이 거울인지 실제 방 풍경인지 절대로 알 수 없었다.

됐다. 이 정도면 추적자의 눈을 피하기에 맞춤이었다. 어설프게 낯선 곳에 몸을 숨기느니 익숙한 공간을 이용하는 게 오히려 나았다. 게다가 어차피 자신은 어딘가로 도망칠 예정이었다. 설마 도망자가 집 안에 숨어 있으리라고 생각지는 않을 거다. 여러 모로 집 안에 숨는 것은 꽤 그럴싸한 아이디어였다.

2일 낮, 우진은 수면제를 탄 위스키를 가지고 해성의 방에 들어갔다.

"우리 오랜만에 같이 술 한잔하자."

해성은 조금 얼떨떨해하면서도 거절하지 않았다. 특히 요 근래 우진의 기분은 썩 괜찮아 보였기에 더더욱 해성은 별다른 의심을 품지 않았다.

"앞으로 너 신경 쓰게 하는 일 없을 거야."

나중에 해성은 이 일을 어떻게 기억할까. 이건 우진에게 하나의 연출이었다. 해성은 배우고, 저는 각본가이자 감독이었다. 전체 극본에서 이 사건은 복선에 해당될 예정이었다. 후에 해성은 오늘 밤을 떠올리며 그게 유언이었던 모양이라고 생각할 것이다. 그리고 그게 바로 정확히 우진이 바라는 바였다.

뜻하지 않은 상황에 휘말린 것에 대해 테츠는 대단히 미안해 어쩔 줄 몰라 했다. 물론 저 역시도 처음엔 굉장히 짜증이 났던 건 사실이다. 하지만 시간이 흘러 이야기를 맞추기 위해 상황을 하나씩 세팅할수록 솔직히 말하자면 좀 재밌었다. 저는 희곡을 쓰고 연출을 하며 거기서 즐거움을 느끼는 자였다. 그런데 지금 저는 거대한 연극의 한가운데 들어와 있었다. 의도적으로 꾸민 무대가 주는 희열과는 비교할 수 없는 짜릿한 자극이 우진의 온몸을 타고 흘렀다. 위험하다고 테츠가 말하면 말할수록 두려웠지만 한편으로는 흥분되었다. 그 모든 위험으로부터 완벽하게 도망치는 것, 이 판을 짠 총연출가를 제 식대로 속아 넘기는 것, 그것은 우진에게 하나의 도전이었다. 그리고 동시에 제 식대로 연출하여 상황을 제 쪽으로 끌고 오는 것이 궁극적으로 우진이 바라는 바이기도 했다.

사라진 뒤에 어떻게 보일지 생각하며 해성에게 말 한마디 한마디를 주의를 기울여 하고, 거울을 사서 방을 꾸미고 술에 수면제를 타고 시간을 계산하는 등등 그 모든 일이 재밌었다. 그리고 점점 취하는 해성을 보며 저는 술을 마시는 척 아래로 흘려버리는 일 역시도 생각보다 꽤나 즐거웠다.

술과 수면제에 취한 해성은 얼마 지나지 않아 그대로 곯아떨어졌다. 우진은 조용히 해성의 방을 빠져나와 제 공간인 다락으로 향했다. 그리고 마치 급히 도망친 사람이 짐을 챙기느라 엉망으로 만든 것처럼 다락방을 어질렀다. 옷가지와 책들이 여기저기 흩어졌다. 누가 봐도 도망자의 방처럼 보이게 만든 후 거울 뒤로 들어갔다. 그리고 두꺼운 담요를 머리끝까지 뒤집어썼다.

들키지 않을 거라고 생각했지만 완전히 마음이 놓이진 않았다. 숨도 크게 못 쉬었다. 가슴이 뛰었다. 단순히 긴장되기 때문만은 아니었다. 손가락 하나 까딱 못해서 온몸이 뻣뻣하게 굳어 뼈마디가 아려왔다. 그렇게 해가 지고, 해가 뜨고 다시 해가 졌다. 드디어 3일 밤이 되었다.

테츠는 3일 밤부터는 몸을 움직여도 좋다고 했다. 우진이 시계를 확인한 뒤 자리에서 일어났다. 오랫동안 움직이지 않았던 까닭에 뼈 마디마디가 아려서 삭신이 쑤셨다. 미리 챙겨둔 짐 가방을 들고 조용히 아래로 내려왔다.

거실엔 아무도 없이 고요했다. 우진이 해성의 방문을 두드린 뒤 조심스럽게 문을 열었다. 해성이 아직도 엎드린 채 잠에 빠져 있었다. 우진이 가까이 다가가 그를 흔들어 깨웠다.

"어?"

"저녁이야. 좀 더 자. 나 잠깐 나갔다 올게."

"어, 그래. 밤이라고?"

"응."

"어, 그래."

그리고 해성은 다시 곧장 잠에 빠져들었다. 우진이 이불을 덮어준 후 문을 닫았다.

"미안."

작게 읊조린 후 우진이 걸음을 빨리했다.

긴 여행에 오르는 우진의 짐 가방엔 좋아하는 소설책 두어 권과 속옷 두 벌, 그리고 갈아입을 여분의 옷 한 벌이 전부였다. 나머지 공간엔 전부 돈이 들어 있었다. 몸을 무겁게 해서 움직일 수는 없고 돈은 챙겨야 하니 다른 짐을 줄여야 했던 것이다.

상하이에 도착하자마자 아픈 몸을 이끌고도 우진이 제일 먼저 한 일은 방바닥을 뜯어 거기에 돈을 숨기는 거였다. 싸구려 여관방의 바닥은 흙과 짚으로 되어 있는지라 쉽게 속을 파내고 무언가를 숨기기에 좋았다. 그 위에 장판을 깔고 이불을 덮자 감쪽같았다. 우진은 제가 썩 좋은 생각을 해냈다고 좋아했다.

겨울 동안 먹을 것을 굴속에 숨겨둔 다람쥐처럼, 매일 조금씩 그것을 빼내어 쓰면서 우진은 행복해했다. 힘들게 도망쳐 온 시간에 대해 전부 보상받는 기분이었다.

그런데 잠시 외출한 사이 바닥에 숨겨놓은 돈을 모두 도둑맞은 것이다. 한 푼도 빠짐없이 몽땅 다.

텅 빈 방바닥을 보자 맥이 탁 풀렸다. 분명 여관 주인의 짓일 거다. 하지만 따질 수 없었다. 저는 이제 이런 것을 따질 수 없는 처지였다. 경찰을 부를 수도 없었다. 이제 그러한 공권력에 기댈 수도 없는 신세였다.

죽음은, 완벽한 자유를 뜻하지만 동시에 세상으로부터의 소외를 의미하기도 했다. 이제 저는 완전히 사회적 안전망에서 벗어난 처지였다. 아파도 병원에 갈 수 없었고, 부당한 일을 당해도 경찰에 호소할 수 없었다. 우진이 허탈하게 웃으며 바닥에 주저앉았다. 휑한 마음에 찬바람이 불었다.

그날 밤, 도망치듯 그 여관방을 떠났다. 그나마 다행인 것은 수중에 있던 돈이 좀 된다는 거였다. 그거면 기차를 타고 러시아 까진 갈 수 있을 것이다. 하지만 문제는 그 후였다.

어쩔 수 없었다. 누군가의 도움이 필요했다. 인간은 그런 존재였다. 개인으로는 절대 완벽해질 수도, 완전할 수도 없었다. 도움을 주면서도 입을 다물 만한 사람이 누가 있을까 고민하다 우진은 도항증명서를 주선해 준 독립운동하는 친구들을 떠올렸다. 그네들이라면 말이 새지 않을 것이다.

어렵게 그들에게 연락을 취했다. 그때 아무 대가 없이 도움을 줬던 까닭에 이번엔 선뜻 어느 정도 돈을 마련해 주겠다고 했다. 결코 많은 양은 아니었지만 그래도 우진에겐 그마저도 어디냐 싶었다. 늦은 밤 조용한 곳에서 만나 돈을 받기로 했다.

그러한 과정에서 제 위치가 노출될 수 있다는 것을, 우진은 꿈에도 몰랐다. 한 달 넘게 아무 일이 없기에 다소 경계가 느슨해진 데다 돈을 잃어버려 당황한 것이 패착이었다. 저를 뒤쫓는 누군가가 있다는 것을 까맣게 잊고 있었다.

늦은 밤, 돈을 받으러 가는 길에 검은 양복을 입은, 나이를 종잡을 수 없는 사내와 마주한 순간 우진은 제게 주어진 시간이 끝났음을 깨달았다. 이런 일이 제게 닥치면 어떻게 해야 하나 수없이 상상했다. 그 덕인지, 막상 상황이 눈앞에 닥치자 별로 당황스럽지 않았다. 그저 약속 장소에서 만나기로 한 이들에게 미안하다는 팔자 좋은 생각을 했을 뿐이었다. 곧 죽을 게 분명하다는 걸 알면서도 당장에는 그것이 두렵기보단 일상에서 남은 일들이 먼저 떠올랐다.

"윤심덕은 어디 있나?"

빠르게 칼을 뽑아 든 씨가 우진의 목에 칼을 겨누며 낮게 물었다. 그것이 살려주기 위한 질문이 아니라 같이 죽이기 위한 물음이었다. 굳이 말해주지 않아도 본능적으로 느낄 수 있었다. 그는 자신만을 죽이러 온 게 아니었다. 그러니 자신을 죽였다고 해서 쉬이 돌아가지 않을 자였다.

우스운 일이었다. 살면서 한 번도 좋아해 본 적 없는 여자에게 죽기 직전에 연민이 치솟는 것은. 정확히는 심덕을 향한 것이라기보단 테츠를 향한 것이라고 보는 게 맞을 것이다. 어떻게든 자신을 살리기 위해 종종거리던 테츠의 창백한 흰 얼굴이 떠올랐다. 테츠와 한 번도 심덕을 주제로 이야기 나눈 적이 없었으나, 어느 순간부터인가 우진은 자연스레 테츠가 심덕을 사랑한다는 것을 알게 되었다. 왜 이렇게 일이 꼬인 건지, 이 일이 어디서부터 시작된 건지 생각을 더듬던 과정에서 알게 된 것이다. 처음부터 이건 테츠가 심덕만을 위해 짠 판이었다. 저는 휘말린 거다.

처음엔 분노가 솟았으나 위험한 상황임에도 끊임없이 수신인을 바꿔가면서 연락을 취해 무슨 도움이든 주려 노력하고, 어떻게든 저에게 피해가 가지 않게 하려고 애를 쓰는 테츠의 모습에 원망은 길게 이어지지 않았다. 정말로 테츠가 나쁜 맘을 먹었다면 우진에게 솔직히 밝히지도 않았을 것이다. 어쩌면 우진을 먹잇감으로 내놓고 심덕만 제 품에 안는 방법으로 상황을 모면할 수도 있었다. 하지만 테츠는 그러지 않았다. 어쩌면 심덕보다 저를 더 신경 쓴다고 느껴질 정도로 테츠는 우진을 위해 최선을 다했다.

같은 문학도로서 그런 식으로 제 사랑에 모든 것을 거는 테츠의 모습이 다소 낭만적으로 보여 부럽기도 했다. 한 번쯤은 저도 꿈꿔본 사랑이었다. 저 역시도 소설에 나오는, 전부를 거는 운명과 같은 사랑이 제게 오기를 바란 적이 있었다. 그러한 여러 이유로, 우진은 어느새 테츠에게, 정확히는 테츠의 그 사랑에 깊은 연민을 느끼고 있었다.

이제야 그는 겨우 그리운 정인을 품에 안았을 것이다. 씨의 두 눈을 보는 순간 우진의 머릿속에 가장 먼저 떠오른 건 함께 있는 두 사람의 모습이었다.

어차피 자신은 죽을 게 뻔했다. 그렇다면 죽기 직전 살아 있는 누군가에게 좋은 일을 해도 괜찮을 것이다. 대단한 의협심이거나 정의감이 아니었다. 그저 조금의 객기라면 객기일 터였다. 제 운명이 끝났다고 해서 남의 사랑까지 박살 내는, 그런 치졸한 인간이 되고 싶지 않았다. 그건 너무 치사스러웠다.

"그 여자는 죽었소. 도착하고 얼마 지나지 않아 이질(痢疾)에 걸려서."

사내의 눈에 잠시 의문스러운 기색이 스쳐 지나갔다.

"그 여자가 있는 곳을 말하면 살려주겠다."

우진이 씨의 발아래 매달렸다.

"살려주시오. 사실을 말하잖소? 그 여자는 진짜 죽었단 말이오!"

씨의 두 눈엔 여전히 의구심이 가득했다.

"그 여자가 죽었다면, 시체는 어떻게 했나?"

"10일 전에 비바람이 많이 몰아치던 날, 바닷가에 몰래 버렸소."

실제 그때는 상해에 비가 많이 온 날이었다.

"정말이냐?"

"정말이오! 저 바닷속에서 벌써 고기밥이 되었겠……."

그 순간 씨가 우진의 목을 그었다. 우진이 바닥으로 쓰러졌다. 빚을 남겨두고 떠나지 않게 되어서 다행이라고, 까무룩 정신을 잃어가며 우진이 쓰게 웃었다.

{

"김우진이 마지막에 그렇게 말했다고?"

"네."

씨가 확인한 결과 우진이 말했던 그때 상해에선 거센 바람을 동반한 태풍이 왔던 게 맞았다. 하지만 그 말이 맞는다고 해서 심덕이 죽은 게 사실이라고 단언하기는 어려웠다.

한참을 생각에 잠긴 채 손가락으로 책상을 두드리던 히데유키가 고개를 들었다.

"테츠를 불러라."

"네."

씨가 곧장 밖으로 나갔다. 히데유키가 천천히 의자를 돌려 창밖을 가만히 내려다보았다.

얼마 뒤 씨가 테츠를 데려왔다. 테츠는 자신을 왜 불렀는지 도통 모르겠다는 얼굴을 하고 있었다.

"혹시나 김우진과 윤심덕이 딴맘을 먹거나 경솔한 짓을 하지 않을까 싶어 내 상해에 사람을 보냈거든."

히데유키의 말에 테츠가 잠시 놀란 얼굴을 했다가 이내 이해한다는 듯 고개를 끄덕였다.

"조센징들은 믿을 수가 없지요."

"그래, 그렇지."

입으로는 그리 말하면서도 히데유키의 두 눈은 꼼꼼히 테츠의 얼굴을 살피고 있었다. 조금이라도 빈틈을 보이면 놓치지 않을 참이었다.

"그런데 거기서 누가 김우진 같은 이를 봤다는 거야."

"어디서요?"

테츠가 눈을 동그랗게 뜨고 물었다. 거기엔 순수한 궁금증 그 이상의 감정은 보이지 않았다.

"병원 영안실에서. 이질에 걸려 죽은 부랑자들 틈에 섞여 있었는데, 분명 얼굴이 김우진과 꼭 닮았다고 그랬어."

테츠가 잠깐 충격을 받은 얼굴을 했다 이내 찌푸렸다.

"돈을 그렇게 많이 줬는데 부랑자들 틈에 있었다고요? 그 돈들은 다 어쩌고요?"

그리고 나온 첫말이 돈 얘기였다.

"그래, 그러게. 그 돈들은 다 어쩌고 거기 있었을까."

히데유키가 호쾌하게 웃었다. 참으로 그 애비의 그 아들다운 발언이라고 생각하면서도 마음 한편이 이상하게 찝찝했다. 하지만 불퉁하게 입을 내밀며 투정 부리는 듯한 얼굴이 된 테츠를 보자 점점 의심이 사그라들었다.

"그런데 꼭 그자를 김우진이라고 볼 수는 없어. 비슷하게 생긴 인물일 수도 있으니 말이야."

"그렇겠지요."

"만약 죽지 않았다면, 어딘가 잘 숨어 있겠지?"

"그래야 하지 않겠습니까? 돈을 얼마나 줬는데요."

"그래, 그렇지. 돈을 얼마나 줬는데."

히데유키가 흡족한 얼굴로 고개를 끄덕였다. 그 순간 뒤에 서 있던 씨와 눈이 마주쳤다. 히데유키가 작게 고개를 저었다. 씨 역시 동의한다는 듯 고개를 끄덕였다.

"하여튼 확실치는 않더라도 새로운 정보라 자네도 알아야 할 거 같아 불렀네. 바쁜 사람을 이리 오라 가라 해서 미안하네."

"아닙니다. 알려주셔서 감사합니다."

"그럼 이만 나가보시게."

"예."

테츠가 인사한 뒤 밖으로 나갔다. 곧장 뒤따라가지 않고 씨가 잠시 히데유키의 앞에 섰다.

"데려다주고 와라. 그리고 기본적인 체크는 앞으로도 계속하도록 해라."

“예.”

대답한 뒤 씨가 밖으로 나갔다. 히데유키가 피곤한 얼굴로 의자에 몸을 기댔다.

창문 너머로 씨의 차가 떠나는 엔진 소리가 들렸다. 그제야 테츠가 무너지듯 바닥에 주저앉았다. 내도록 긴장해 있던 몸에서 힘이 빠지자 덜덜 떨리며 오한이 들었다. 테츠가 이불로 몸을 감쌌다. 이내 눈물이 뚝뚝 떨어졌다.

김우진이 상해에서 죽었다. 씨가 죽였다. 대체 왜 한 달이나 상해에 있었단 말인가, 바보같이. 빨리 떠나라고, 빨리 움직여야 한다고 그렇게 말을 했는데, 어리석은 사람아.

집엔 아무도 없는 게 분명한데도 혹여나 우는 소리가 새어 나갈까 봐 테츠가 이불로 입을 틀어막았다. 몸을 최대한 작게 웅크린 채 이불에 온 얼굴을 처박고 오열했다. 이불이 흠뻑 젖도록 테츠는 한참을 울었다. 미안하고 죄스러워서 견딜 수가 없었다.

오늘 밤 이리 우는 것으로 모든 것을 떠나보내야 한다. 내일은 멀쩡한 얼굴로 저들을 또 만나야 했다. 그를 추모하러 신사에 갈 수도 절에 갈 수도 없었다. 상해에 사람을 보내 시신을 수습할 수도 없을 거다. 우진의 본가에 아들이 죽었다고 알릴 수도 없었다. 아무것도 저는 할 수 없었다. 죽은 우진의 명복을 빌어주기 위한 그 어떤 행동도 할 수 없었다. 이 지옥 같은 시간을 온전히 혼자 견디는 것, 그것이 테츠에게 남은 벌이었다.

미안하다는, 잘못했다는 말조차 할 수 없었다. 그저 테츠는

한없이 울면서 지옥엔 제가 갈 거라고, 꼭 지옥엔 저만이 갈 거라
는 말만 수없이 되뇌었다.

{

"김우진 씨의 마지막 행보에 대해 묻고 싶어서요."

"자네 설마 아직도 마에다 상을 의심하고 있는 건가?"

"그런 거 아닙니다. 다만 전 직업이 기자니까요. 조금이라도
궁금한 건 못 견디는 성미라 제 직성이 풀릴 때까지 모두 다 알아
보고 싶어서 그럽니다."

상철의 말에 해성이 너털웃음을 웃었다. 그래도 그 이상 별반
따지지 않고 질문해 보라는 듯 고개를 까딱했다.

"김우진 씨가 언제 집에서 나갔는지 기억하십니까?"

"응. 날이 어둑할 때 나갔어. 밤에 나간다고 그랬어."

"3일 밤입니까, 2일 밤입니까?"

"3일 밤 11시 배를 탔으니, 3일 밤 아니겠나?"

대답이 이상했다. 상철이 고개를 갸웃했다.

"직접 보신 게 아닙니까?"

"나가는 건 직접 봤지."

"그런데 왜 날짜를 그리 말씀하시는지?"

"아, 그게……."

해성이 머쓱한 듯 머리를 긁적였다.

"사실 그 전날 술에 많이 취했어서 하루를 꼬박 쓰러져서 잤

402

어. 완전 비몽사몽이었거든. 우진이가 깨워서 자기 나간다고 할 때 인사하고 또 그대로 잤어. 깨니까 3일 자정이었어."

"술을 언제 드셨는데요?"

"2일 낮에 우진이가 술 한잔하자고 하더라고. 그때 같이 마셨는데, 분위기가 좋아서 좀 과하게 취했어. 그때 우진이가 미안하다고 앞으로 신경 쓸 일 없게 하겠다고 했는데, 생각해 보면 그게 유언이었던가 싶어. 만약 그때 내가 깨 있어서 나간다는 애한테 어딜 나가냐고 물었더라면, 심덕 씨 만나러 나간다고 했을 때 말렸다면 우진은 안 죽었을까? 우진이랑 술 마시면서 마지막에 나눴던 얘기는 지금 자네한테 처음 하는 거야. 이전엔 왠지 말하는 게 안 내키더라고. 나한테 마지막으로 그렇게 말하고 나가서 죽었다고 하면 빼도 박도 못하는 자살, 정사잖아. 그때까지만 해도 우진이 본가에선 그럴 리가 없다고 애를 찾는다고 난리를 쳤는데 거기 찬물 끼얹고 싶은 마음도 안 들고, 제수씨 얼굴도 눈에 아른거리고. 죽어도 정사 아니라고 음모라고 하는 애들한테는 내가 들은 말이 있으니 그게 아니라고 딱 잘라 말하긴 했지만, 그래도 내 손으로 마지막까지 확실하게 도장 찍고 싶진 않더라고. 사람 마음이 참 이상하지, 안 그래? 이해 가나?"

"이해합니다."

하지만 정작 상철이 이해가 가지 않는 건 다른 부분이었다.

"그럼 정확히 김우진 씨가 언제 나갔는지는 모르시는 거네요?"

"뭐 정확한 시간은 모르지. 우진이가 날 깨우더니 밤이다, 나 좀 나간다, 해서 어어, 대답하고 잤으니까."

2일에 나갔냐, 3일에 나갔냐는 대단히 중요한 문제였다. 만약 해성이 술에 취해 잠들자마자 우진이 나가면서 '밤이다'라고 거짓말을 한 거라면? 그럼 이야기는 전혀 달라진다. 왠지 초조한 기분이 상철이 마른 입술을 핥았다.

"혹시 다락방을 치우셨습니까?"

"다락방? 우진이가 지내던?"

"네."

"아니. 안 치웠어. 아직 못 치웠지."

"제가 올라가서 좀 봐도 되겠습니까?"

"그래. 그렇게 해. 진짜 마지막 정리를 한 건지, 자기가 쓴 원고만 책상 위에 깨끗하게 두고 갔더라고. 죽고 나서 그것만 가지고 내려왔어. 나머지 물건들은, 아직 그대로야."

"김우진 씨 본가에서 사람을 보내오지 않았습니까?"

상철의 물음에 해성이 고개를 저었다.

"뭐가 이쁘다고 사람을 보내 여기 있는 물건을 달라고 하겠나? 혹시나 해서 한 번 물었더니 알아서 하라더군. 그 집에서야 이제 며느리 눈치 봐야 하는데, 죽은 아들 유품이 대순가."

문득 1년 전에 목포에 내려갔을 때 봤던 점효가 떠올랐다. 점효라면 이러한 유품이라도, 우진의 손을 탔던 것들이라면 가지고 싶어 할지도 모르겠다는 생각이 들었다. 본가에서는 점효의 눈치를 보느라 어쩔 수 없이 그리 처리했다고 생각했겠지만, 그거야말로 점효의 마음을 짐작하지 못한 행동이 아닐 수 없었다.

"그럼 올라가서 책상 위에 정리된 유작을 가지고 내려오신 것

404

이외엔 방 안에 있는 다른 물건들은 조금도 손대지 않으신 겁니까?"

"그렇다니까. 사실 난 우진이 그렇게 되고 저길 아예, 안 올라 갔어. 기분이 왠지 이상해서. 치우기도 그렇고 안 치우기도 그렇고, 그렇네. 혹시 자네 볼 거 보고 나면 나랑 같이 치워주겠나?"

해성의 제안에 상철이 흔쾌히 고개를 끄덕였다. 해성의 얼굴이 순간 밝아졌다.

"도움이 필요하시면 도와드리겠습니다."

"그래, 그럼 온 김에 나 좀 도와주고 가게."

"네."

"어서 올라가서 봐."

천천히 상철이 다락방으로 향하는 계단을 오르기 시작했다. 낡은 계단은 상철이 발을 디딜 때마다 시끄럽게 삐걱거렸다. 다락 입구는 워낙에 낮아서 상철은 아주 깊이 허리를 숙여야만 했다. 그리고 안에 들어가서도 허리를 다 펼 수 없었다. 천장이 아주 낮은 탓이었다.

아주 갑갑했겠구나. 처음 든 생각이 그거였다. 빛도 잘 들어오지 않는 좁은 다락방은 그냥 가만히 앉아 있기만 해도 숨이 턱턱 막혔다. 왜 이곳에서 우진의 신경증이 발병했는지 알 거 같았다. 가뜩이나 예민하고 섬세한 성향의 사람이 가출이란 극단적인 사고까지 쳤는데 닥친 현실조차 녹록지 않았으니 속에 쌓인 화가 스스로를 잡아먹었던 거다.

뭔가를 살펴보겠다고 올라왔는데, 막상 올라오고 나자 무얼 봐야 할지 알 수 없었다. 두 평 남짓한 다락방엔 좌식 책상과 쌓여 있는 책들 그리고 이부자리가 전부였다. 책상 앞에 앉아 주변을 둘러보던 상철이 창에 두툼하게 처진 커튼을 걷었다.

"어?"

그 순간, 대단히 밝은 빛이 상철의 눈을 부시게 했다. 그건 단순히 창을 통해 새어 들어오는 햇빛 때문만은 아니었다. 실내에 있는 다른 물건이 햇빛을 더 환하게 반사시키고 있었다. 잔뜩 눈을 찌푸린 채 상철이 주위를 두리번거렸다.

상철의 등 뒤, 창과 마주 보는 위치에 거울이 놓여 있었다. 방의 크기에 꼭 맞춘 거울이 방 안의 풍경을 고스란히 비추고 있어서 그것이 거울인 줄 여태껏 몰랐던 거였다. 놀란 상철이 서둘러 커튼을 내렸다. 다시 방 안이 어둑해졌다. 엉금엉금 기어 상철이 거울 가까이 다가갔다.

우진이 머무는 다락방은 여느 다락방이 그러하듯 천장의 높이가 일정하지 않고 안쪽으로 갈수록 좁아지는 구조였다. 거울은 그 좁아지는 부분 거의 끝쪽에 위치해 있었다. 딱 맞게 끼워져 있어 그것을 이리저리 움직여 빼내는 데만 한참이 걸렸다. 겨우 거울을 빼내자 안쪽엔 딱 한 사람이 누울 만큼의 자리가 남았다. 그리고 거기엔 담요가 놓여 있었다.

여기 숨어 있었구나. 담요를 손에 쥔 상철이 털썩 자리에 주저앉았다. 그 순간 끝까지 삐걱거리던 마지막 조각이 제자리를 찾아갔다.

우진은 2일 낮 해성과 술을 마셨다. 아마 부러 해성을 취하게 하기 위한 의도적인 술자리였을 것이다. 계획대로 해성은 술에 취해 쓰러졌다. 해성이 잠든 것을 확인한 뒤 위로 올라온 우진은 거울로 방 안의 구조를 조작한 뒤 그 뒤에 숨어 있었다. 아마 심덕이 사라진 것을 확인한 후에 이어질 추격으로부터 몸을 숨기기 위함이었을 거다. 등잔 밑이 어둡다는 진리를 이용한 참으로 영리한 방법이었다.

이곳에서 우진은 타기로 예정되어 있었던 배, 도쿠주마루가 떠날 때까지 숨어 있었을 게 분명하다. 그리고 3일 늦은 밤 부러 해성에게 자신이 떠난다는 것을 알린 뒤 집을 빠져나왔다. 해성을 일부러 깨워 자신이 나가는 시간을 알린 것은 증언을 확보하기 위함이었을 거다. 해성은 잠결이라 우진이 언제 떠났는지 정확히 기억하지 못한 까닭에 상철이 이른 저녁에 떠났다고 생각했다. 하지만 상철이 추측건대 해성이 깨기 얼마 전, 우진은 이곳을 떠났을 것이다. 윗선에서 당장 떠나는 배 도쿠주마루에 집중하는 사이, 우진은 달아난 것이다.

테츠가 개입한 거다. 테츠가 개입해서 일정에 대한 상세한 정보를 주지 않았다면 우진이 이러한 도피를 했을 리가 없다. 부러 해성을 증인으로 하여 심덕과의 정사를 확실하게 만든 것 역시 테츠의 의도였을 것이다. 빼돌리기 직전까지 테츠는 윗선의 마음에 들기 위해 제가 할 수 있는 모든 짓을 다 했다. 그리고 우진 역시 거기에 충실히 협조토록 했다. 그리하여 윗선의 감시가 느슨해진 틈을 타 심덕을 빼돌리고, 연이어 우진을 도피케 한 것이다.

우진은 아마도 아일랜드로 갔을 거다. 테츠는 제게 모든 것을 다 거짓말했지만, 단 하나는 사실이었다. 우진이 아일랜드로 갔을 거라는 것 말이다. 우진은 아일랜드로 갔을 거다. 추적자들은 결코 우진이 아일랜드로 가고 싶어 한다는 사실까진 알 리 없었다. 그러니 아마 우진은 무사히 살아서 아일랜드 땅을 밟았을 거다.

상철이 크게 심호흡했다. 이제 다 끝났다. 정말로 이제 다 끝났다. 테츠가 심덕과 우진 모두를 살렸다면, 이제 더 이상 제가 할 일은 없었다. 아니, 더 이상 아무 일도 해선 안 된다. 만약 제가 잘못 움직인다면 테츠의 신변이 노출될 것이다. 그것은 곧 우진과 심덕의 생존이 걸린 문제이기도 했다.

생각할수록 참으로 대단한 사내가 아닐 수 없었다. 결국 테츠는 제가 원하는 것을 모두 가졌다. 그리고 모두를 속이고 심덕과 함께 도피했다. 어떻게 그렇게 완벽하게 일을 끝낼 수 있었단 말인가.

우진이야 당장 도망치게 했다지만 대체 심덕은 어떻게 1년이나 숨겨둘 수 있었던 걸까. 테츠의 성격에 그리 멀리 두지도 않았을 텐데, 어떻게 그렇게 완벽하게 심덕을 1년 동안 숨겨놓았다가 데리고 미국으로 갈 수 있었을까.

궁금증이 솟았지만 상철이 고개를 흔들었다. 더 이상 궁금해하는 건 금물이었다. 이건 제 몫이 아니었다. 담요를 접은 상철이 자리에서 일어나 아래층으로 내려갔다.

"가루이자와에 있는 모든 별장의 소유주들을 다 조사해 봤습

니다. 그 결과 추적 불가능한 이름이 열 명 정도 되었습니다.”

히데유키는 씨에게 가루이자와를 다시 조사해 보라고 시켰다. 테츠가 심덕을 빼돌렸다면, 동선 내에서 심덕을 도피시켰다고 봐야 했다. 그렇다면 휴가 핑계를 대고 떠난 가루이자와가 가장 유력했다.

물론 당시 심덕과 우진이 사라지고 테츠가 수상하다고 생각되었을 때, 가루이자와를 조사했었다. 그러나 그때 조사한 결과론 딱히 미심쩍은 구석을 찾을 수가 없었다.

일단 휴가 때 테츠의 별장엔 가족만 왔다 간 것이 맞고, 테츠의 가족이 떠난 뒤 그곳에 머무르는 사람은 없었다. 근래 수상한 인물이 가루이자와에 별장을 구입한 사실이 있나 확인했을 때도 특이한 점을 발견할 수 없었다. 수상해 보이는 여자나 조선말을 쓰는 사람이 드나드나 수시로 체크해 보았지만, 그런 인물은 없었다. 그래서 히데유키는 가루이자와에 대한 조사를 종결했다. 무엇보다 당시엔 테츠를 향한 의심이 확신이 아니었기 때문에 그 이상 알아볼 필요를 못 느꼈다.

하지만 지금은 달랐다. 이젠 테츠가 심덕을 빼돌렸다는 게 거의 확실해진 이상, 가루이자와는 분명 그들의 도피처였다. 그곳이 아니라면 굳이 테츠가 휴가로 가루이자와를 택했을 리가 없었다.

“모두 양놈들이군.”

“그렇습니다.”

주름진 손가락이 종이에 적힌 이름을 더듬어 내려갔다. 그러다 갑자기 중간에서 움직임이 멈췄다.

"마, 에다, 테츠. 마에, 다, 테츠."

테츠의 이름을 이리저리 끊어서 입으로 중얼거리던 히데유키가 펜을 들었다. 그리고 마에다 테츠의 이름을 일본어, 영어, 한문으로 각각 쓰기 시작했다.

まえだテツ, Maeda Tetsu, 前田鉄.

그리고 서류에 나온 이름과 그것들을 비교하며 하나씩 지워 갔다. 드디어 단 하나의 이름만이 그곳에 남았다.

"이거구나. 마이클 필드."

히데유키의 중얼거림에 씨가 이해할 수 없다는 듯 고개를 갸웃했다.

"어째서 마이클 필드입니까?"

"마에다는 한자로 하면 앞 전(前)에 밭 전(田)이야. 전, 영어로 하면 그게 곧 필드지. 마이클은 마에다와 발음이 비슷한 영어 이름을 찾다가 나온 걸 거고."

"정말 맞을까요?"

여전히 씨는 미심쩍은 얼굴이었다. 억지로 끼워 맞춘 게 아니냐, 의심 가득한 씨의 얼굴을 보며 히데유키가 싱긋 웃었다.

"사람은 말이다. 아무리 가명을 쓴다고 해도 본능적으로 제 본질에서 영 벗어난 걸 고르지 못해. 어쩔 수 없어. 그게 가명과 신분 세탁의 한계야. 연어가 제 태어난 곳을 찾아 물길을 거스르듯이 아무리 애를 써도 인간은 결국 태초의 제게로 회귀할 수밖

410

에 없어. 그러니 분명 이 가명이 마에다 것이 맞을 게다. 다른 이름은 조사할 필요 없어. 마이클 필드에 대해서만 철저히 조사하도록 해. 언제 집을 구매했는지, 그 집의 위치가 어딘지, 그곳에서 어떤 사람이 얼마나 살았는지, 아주 자세히 알아 와."

"예, 알겠습니다."

만약 마이클 필드가 마에다 테츠인 것이 확실하다면, 이 이름으로 미국과 이태리를 뒤질 경우 찾을 수 있을지도 모른다. 히데유키가 몸을 뒤로 젖히며 만족스러운 미소를 지었다.

ⵠ

"여기예요."

다방에 막 들어서는 상철을 보고 기주가 반갑게 손을 흔들었다. 몇 달 만에 만나는 기주였다.

"잘 지내셨죠?"

"네, 저야 늘 그렇죠. 기주 씨도 잘 지냈죠?"

"저도 뭐 늘 그렇죠."

사실 몇 달 동안 기주에게 연락을 하지 못했다. 무슨 말을 무어라 할지 알 수 없어서 그랬다. 기주가 제 연락을 기다리고 있다는 걸 알면서, 연락을 해줘야 한다고 생각하면서도 대체 무슨 말을 해야 할지 정리가 안 돼서 미적거렸다. 기다리다 지친 기주가제게 이리 연락을 해올 때까지, 상철은 도망 다니기만 했다.

"미안해요, 기주 씨. 내가 연락을 해야 했는데."

"아니에요. 바쁘셨을 텐데."

기주가 다정하게 미소를 지었다. 왠지 그 모습을 보자 더 미안해져서 상철은 차마 눈을 마주치지 못하고 허둥거렸다. 기주는 상철에게 왜 그러냐 묻지도 않고 이야기를 시작했다.

"성덕이가 귀국했어요."

그 말에 놀라서, 그제야 상철이 기주와 눈이 마주쳤다.

"시간이 벌써……."

"네, 벌써 2년이에요."

이제 심덕이 공식적으로 죽은 사람이 된 지 2년이었다.

"성덕이가 귀국하자마자 우리 언니는 자살했을 리가 없다고 해서 난리가 났어요."

그랬던가. 부러 한동안 조선에서 일어나는 일에 신경을 끈 채 살았다. 눈앞의 일을 처리하며 철저한 소시민이 되려 노력했다. 그게 자신이 심덕을 위해 해줄 수 있는 마지막 일이라 여겼던 탓이었다.

"인터뷰 못 보셨나 봐요."

"네. 못 봤습니다."

"그럼 이것도 못 보셨겠네요."

기주가 내민 것은 심덕과 우진의 죽음을 특집으로 다룬 매일신보의 기사였다.

"2주기라 이런 기사도 냈나 보군요."

"이 기사와 심덕이 인터뷰가 연이어 터져서 경성 바닥이 발칵 뒤집혔어요. 죽은 게 아니다, 음반을 팔아먹으려는 술수다, 라면서요."

상철의 등 뒤로 진땀이 솟았다. 최악의 상황이었다. 상철이 가장 원하지 않던. 가장 일어나지 않기를 바랐던 일이었다.

"이런 기사야 이전에도 수십 개가 났는데, 왜 하필 이제야……."

상철의 질문에 기주가 신문을 펴서 특정한 부분을 접은 뒤 상철에게 내밀었다.

"후쿠오카 신문사 사주가 유럽을 6개월 동안 여행하면서 쓴 여행기를 신문에 기재했어요. 워낙에 작은 신문사고 여행기 자체도 크게 특별한 내용이 없어서 이슈가 되지 않았는데, 이걸 매일신보가 기사로 내면서 새롭게 주목받게 되었죠."

상철이 황급히 신문을 집어 기주가 가리킨 내용을 읽어 내려가기 시작했다.

……그런데 최근에 이르러 후쿠오카에 있는 모 신문사 사장이 구미만유(歐美漫遊)를 하고 돌아와 "로마에서 김우진이라는 조선 청년을 만났는데 그는 일찍이 와세다대학 출신으로 그의 부인되는 윤심덕 여사와 살면서 문학을 연구 중이다"라는 구절이 있으므로…….

상철이 놀란 얼굴로 기주를 보았다.

"이게 사실입니까? 기주 씨, 확인해 보셨어요?"

"네. 확인해 봤어요. 본래 신문에 실린 내용은 이것과는 조금 달라요. 파르마에 들렀을 때 일본인 젊은 부부가 악기상을 한다는 이야기를 듣고 반가운 마음에 찾아갔는데 자신이 일본 사람이라고 하니 지나치게 꺼리고 경계했대요. 그래서 불쾌한 마음으로 헤어졌는데 돌아오는 길에 생각해 보니 그게 윤심덕, 김우진일 수 있지 않을까 하는 생각이 들었다구요. 돌아가서 확인할까 하다가 그만뒀다는, 그런 내용이에요."

"매일신보가 신문을 팔기 위해 자극적으로 내용을 바꿨군요."

상철이 이를 갈았다. 기주가 그런 상철을 물끄러미 쳐다보았다.

"정말 자극적인 내용에 불과할까요?"

"무슨 뜻입니까?"

"이 기사가 나고, 성덕이가 연이어 우리 언니는 살아 있을 거라고 하면서 말 그대로 난리가 났어요. 거기에 더해서 어젠 김우진 동생 김익진이 올라와서 총독부에 생사를 확인해 달라 요청까지 했구요. 그래서 저도 마음이 급해서 남 기자님에게 달려온 거예요. 정말 살아 있는 거 아닐까요? 누구보다 기자님이 제일 잘 아실 거 같아서요. 혹시 짚이는 거 없으세요?"

상철이 마른침을 삼켰다. 기주가 어떤 마음일지 누구보다 잘 안다. 단걸음에 도쿄까지 오면서 대체 무슨 생각을 했을지, 얼마나 손이 떨리고 머리가 복잡했을지 알고 있다. 그리고 제가 생각하고 있는 이야기를 털어놓는다면 당장이라도 기주는 마음을 놓을 것이다.

하지만 그럴 수 없다. 오히려 저는 정반대의 이야기를 해야만 한다. 그래서 기주가 경성으로 돌아가 이 이야기를 퍼뜨려주길 바라야 한다. 그게 기주에게 슬픔과 좌절을 주리란 걸 알지만 어쩔 수 없었다. 미안함에 상철이 두 눈을 질끈 감았다가 떴다.

"심덕 씨는 죽었습니다."

상철을 바라보던 기주의 두 눈이 황망하게 흔들렸다. 상철이 마음을 다잡으며 기주의 두 눈을 똑바로 쳐다보았다.

"심덕 씨는 죽었어요. 기주 씨가 아시다시피, 그 누구보다 제가 제일 잘 압니다. 심덕 씨는 죽었어요. 이건 싸구려 가십에 불과합니다. 심덕 씨를 부관참시하는 거나 진배없어요."

상철의 단호한 말에 기주의 어깨가 아래로 축 처졌다.

"그렇군요. 저는 혹시나 해서……."

"기주 씨 마음은 누구보다 제가 잘 압니다. 이해해요."

"네. 부끄럽네요. 이렇게 달려왔다는 게……."

"아니에요. 잘하셨습니다."

"저는 그동안 제게 연락이 없으시기에 뭔가 말 못 할 사정이 있나 해서……. 그러다 마침 이런 기사를 보니 기자님도 심덕이가 살아 있다 생각해서 제게 말씀을 못 하신 건가 싶어서……."

"바빴습니다. 그뿐이에요."

기주가 고개를 주억거렸다. 힘이 다 빠진 듯 온몸에 기운이라곤 하나도 없는 모습이었다. 축 늘어진 기주를 보자 상철의 마음 역시 좋지 못했다.

"어디로 가십니까?"

"아니에요. 저 혼자 좀 걷고 싶어요."

기주가 고개를 저으며 가방과 겉옷을 챙겼다. 꾸벅 인사하고 돌아나가려는 기주를 상철이 붙잡았다.

"이게, 경성에서 소문이 난 지 오래됐습니까?"

"아뇨. 오래되진 않았어요. 근래 한 3일 정도? 엊그제 기사가 나고, 연이어 심덕이 인터뷰 기사가 어제 나고, 곧장 김익진이 총독부에 오고 하면서 터진 거거든요."

"그럼 일본에 소문은 아직 안 났겠군요."

"글쎄요. 어제 김익진이 총독부에 요청했다니, 그럼 이미 일본에도 관심 있는 사람은 다 알지 않을까요? 왜요? 기사 쓰시게요?"

"아뇨. 혹시나 누가 쓴다고 하면 말리려구요."

기주가 씁쓸하게 웃으며 고개를 끄덕였다.

"기자님이 그렇다고 하면, 그게 맞는 거겠죠. 심덕이에 대해서 제일 잘 아시는 분이시니까……. 하도 경성이 들썩거리면서 온갖 이야기가 다 나와서 저도 솔깃했어요. 게다가 기자님도 마침 몇 달 연락이 없고 해서, 혹시나 하는 마음에……."

"이해합니다."

미안한 마음에 상철이 차마 고개를 들지 못했다.

"그럼, 전 이만 가볼게요."

"네. 연락드리겠습니다."

돌아서서 걸어가는 기주의 발걸음이 발에 끌렸다. 축 처진 어깨가 안쓰러웠으나 제가 어떻게 해줄 수 있는 건 더 없었다.

아니, 사실은 기주를 안쓰럽게 생각하는 와중에도 상철의 머릿속은 다른 생각으로 이미 바빴다.

김익진이 총독부에 와서 우진의 생사를 확인해 달라 함으로써, 가십을 공적인 영역으로 끌어왔다. 그 말은 곧, 테츠와 관련

416

된 윗선이 이 일을 알았다는 것을 의미했다.

그들은 반드시 이 이야기가 사실인지 거짓인지 확인하러 사람을 보낼 것이다. 단순한 확인만 할 리 없다. 그곳에 있는 인물이 윤심덕이라는 것을 확인하게 되면, 아마 그 자리에서 즉시 그녀를 죽일 것이다. 그리고 조선총독부엔 '파르마엔 그런 사람이 살지 않는다'라는 내용을 송달할 게 분명했다.

아마도 파르마에 일본인 부부가 산다는 것이 사실이라면, 그들은 테츠와 심덕일 것이다. 그리고 그들은 아마도 지금 커다란 위험에 처했다는 것을 꿈에도 모르고 있을 게 분명했다. 거기까지 도망갔는데, 그곳에서 그들이 죽음을 맞이하게 내버려 둘 순 없었다.

상철이 자리에서 벌떡 일어났다. 파르마로 가야 했다. 가서 도망가라고, 거기에 있으면 안 된다고 말해줘야 했다. 이대로 여기서 가만있을 수 없었다. 마음이 조급했다.

17장

Parma, Italy

미국에 도착하자마자 심덕과 테츠가 제일 먼저 한 일은 머리를 연한 갈색으로 염색하는 것이었다. 다행히 둘 다 키가 크고 호리호리했던 까닭에 염색을 하고 서양 복식을 갖춰 입자 적어도 뒷모습만큼은 감쪽같이 서양인 같았다.

미국에서 테츠는 신분을 바꾼 뒤 새로운 신분을 이용해 영국으로 향하는 배에 탔다. 그리고 영국에서 또 한 번, 신분을 바꾼 뒤 배를 타고 이태리로 향했다.

몇 달에 걸친 긴 여행 끝에 심덕과 테츠는 이태리 남부 나폴리에 자리 잡았다. 수도인 로마와도 가까웠고 항구 도시라 드나드는 사람들이 많은 까닭에 외지인이 누구의 주목도 받지 않고 정착하기에 좋았다. 심덕 역시 풍경 좋고 날씨 좋은 나폴리를 마음에 들어 했다.

테츠는 항구 근처에 있는 작은 카페를 인수했다. 뜨내기들을 대상으로 하는 장사여서 누구도 주인 내외에게 깊은 관심을 기울이지 않았다. 가끔 어디 출신이냐고 손님들이 물으면 테츠는 베트남이나 중국, 필리핀 등 그때그때 생각나는 대로 지껄였다. 그럼 다들 두 번 묻지도 않고 고개를 끄덕였다.

이태리인 데다 여행객들이 자주 들르는 항구 도시인지라 나폴리에서는 자잘한 축제가 자주 열렸다. 그곳에서 심덕은 춤추거나 노래 부르는 것을 좋아했다. 사람들은 심덕의 노래 실력에 박수를 보내긴 했지만, 거기까지였다. 이탈리아는 오페라의 본고장이었다. 그곳에서 한창 활동을 하는 소프라노들과 심덕의 기량 차이는 엄청났다. 응애, 하고 태어나 첫울음을 우는 그 순간부터 베르디의 오페라를 들으며 자란 이들에게 심덕의 노래는 동네 장기 자랑 수준, 그 이상도 이하도 아니었다.

다행히도 심덕 역시 더 이상 욕심 부리지 않았다. 이미 심덕도 지칠 대로 지친 상태였던 것이다. 1년간의 감금 끝에 이어진 긴 도피 생활은 심덕의 심신을 나약하게 만들었다. 이제 심덕은 사람들 틈에 묻혀서 평범하게 사는 행복을 바라고 있었다. 그리고 그것은 그 무엇보다 테츠가 원하던 바였다.

이태리에서 함께 지내는 생활은 마치 꿈과 같았다. 무엇 하나 부족한 게 없었다. 함께하는 시간은 충만했다. 아침에 눈을 뜰 때마다 제 옆에 심덕이 있다는 것에 테츠는 감사했다. 가끔 부모님이 생각나긴 했지만, 가책을 느낄 정도는 아니었다. 두어 번 거친 편지를 주고받을 때마다 급히 돌아오란 연락이 없는 걸 보면 아직은 괜찮은 모양이라고 테츠는 안도했다.

시간은 쏜살같이 흘러서, 어느새 나폴리에 정착한 지도 반년

420

이 지났다. 테츠는 이제 슬슬 다른 곳으로 옮겨야 한다고 느꼈다. 히데유키가 살아 있는 한, 자신과 심덕은 어쨌거나 도망자였다. 그가 있는 한 이 세상 어디에서도 마음을 놓고 편안히 살 순 없었다. 그건 이미 처음 일본을 떠나올 때부터 각오한 바였다.

“우리 이사를 가야 할 거 같아.”

“또?”

테츠의 말에 심덕이 기겁을 하며 놀랐다. 이제 겨우 어느 정도 자리를 잡았고 몇몇 사람들과 인사를 나눌 정도가 되었는데, 또다시 낯선 곳으로 가야 한다니 결코 반갑지 않은 소리였다. 무엇보다 좁은 기차와 배를 타는 게 심덕에겐 가장 끔찍한 일이었다. 1년간의 별채 생활 끝에 심덕에게 남은 것은 폐쇄공포증이었다. 좁은 공간에 오래 있으면 숨이 턱턱 막히며 어지러웠다. 거기다 몇 달에 걸친 배와 기차 여행은 심덕을 질리게 했다. 이제 심덕은 여행이라면 징글징글했다.

“어차피 나는 한곳에서 1년 이상 머무를 생각은 없었어.”

“그럼 우린 계속 이렇게 도망 다녀야 하는 거야? 평생?”

“그 노인네가 죽기 전까지는, 아마 그래야 할걸.”

“말도 안 돼.”

심덕이 황망한 얼굴로 자리에 털썩 주저앉았다. 테츠가 그녀의 어깨를 어루만지며 다정히 위로했다.

“다음은 어디로 갈까? 로마는 어때? 아니면 베네치아가 좋으려나? 베르디가 오페라를 썼다는 파르마로 가볼까?”

“거긴 안전한 거야? 어차피 거기서도 우린 1년 이상 못 지내
는 거잖아.”

심덕의 항변에 테츠가 입을 다물었다.

“마이, 나는 떠나고 싶지 않아.”

“여기 오래 머물면 우리 신분이 노출될 수도 있어. 위험해.”

“그동안 아무 일도 없었잖아. 마이가 신문들 늘 체크하지만
관련 기사 하나 없어. 우릴 다 잊었을 거야.”

“대중들은 잊었어도, 그 사람은 아냐. 그는 그리 쉽게 잊는
사람이 아냐.”

“마이가 너무 그 사람을 과대평가하는 거야. 이제 와서 내가
이 이태리 구석에 살고 있다는 게 알려진다 한들, 누가 관심을 가질
것이며 그게 무슨 큰 문제가 되겠어? 안 그래? 난 벌써 죽은 지 2년
이나 지난 사람이야. 아마 모두가 날 잊은 지 오래일 거야.”

테츠가 대답 대신 심덕을 품에 안았다. 심덕이 칭얼거리며 테
츠에게 매달렸다.

“여기서 지내자. 나는 여기가 마음에 들어. 응? 난 이제 정말
여행은 지긋지긋해. 꼼작도 못 하고 몇 시간씩 배나 기차를 탈 걸
생각하면, 생각만으로도 멀미가 나.”

“알았어, 알았어. 여기 있자. 내가 좀 더 알아볼게. 대신 내가
위험하다고 하면, 그땐 정말 옮기는 거야. 알았지?”

“응. 알았어.”

금세 얼굴이 밝아진 심덕이 활짝 웃었다. 테츠가 가볍게 그녀
의 볼에 입을 맞추었다.

안심시키려고 말은 그렇게 했지만, 테츠는 심덕이 바라는 대로 여기서 길게 머무를 생각이 없었다. 조만간 떠날 곳이었다. 그저 오늘이냐, 내일이냐, 다음 달이냐 정도의 차이에 불과했다.

심덕에게 말한 것도 있으니 겸사겸사, 자신들을 추적하는 이들이 있는지 없는지 알아보는 것도 나쁘지 않겠다는 생각을 한 건 그때쯤이었다. 자신들의 위치를 노출하지는 않으면서 절묘하게, 여전히 그가 자신들을 쫓고 있는지 아닌지 알아볼 방법이 뭐가 있을까 고민했다. 그리고 때마침, 후쿠오카의 한 신문사 사장이 자신의 유럽 여행기를 신문에 연재하고 있는 것을 보게 되었다.

본래 그런 여행기는 실제와 과장이 절묘하게 섞여 있기 마련이었는데, 그 여행기는 과장이 반 이상이었다. 여행기라는 이름을 달긴 했으나 실제로 여행하면서 느낀 감상보다는 풍문으로 들은 이야기를 더 많이 늘어놓아 독자들의 흥미를 자극하는 내용이었던 것이다. 그럴 만도 한 것이, 대체 후쿠오카에서 그 신문을 받아보는 사람들 중 실제로 이태리 여행에 관심을 가질 만한 독자가 얼마나 되겠는가. 이태리가 어디 붙어 있는 나라인지도 모르는 사람이 태반일 게 분명했다. 그 신문사의 여행기는 딱 그런 구독자들을 대상으로 하고 있었다. 누구라도 호기심을 가질 만한 이야깃거리를 던져준 뒤 흥미를 자극하는, 여행기라 이름 붙이기에도 뭣한 글이었다.

그 순간 테츠의 머릿속에 기막힌 아이디어가 떠올랐다. 이 여행기를 이용한다면 자신들을 뒤쫓는 이들이 있는지, 없는지 알아볼 수 있었다. 서랍에서 엽서를 꺼낸 테츠가 서둘러 글을 적기 시작했다. 발신인은 후쿠오카의 신문사였다.

테츠가 보낸 엽서 내용을 후쿠오카 신문사 사장은 마치 자기가 겪은 일인 양 신문에 실었다.

후쿠오카 신문사는 아주 작은 지역 신문사다. 아무리 저와 심덕의 생존에 주의를 기울이는 히데유키라 해도 그 작은 지역 신문사의 기사 하나하나까지 살펴볼 리 없었다. 그런 일이 필요하다고 생각지도 않을 것이다. 또한 일본에 위치한 지역 신문의 한 귀퉁이에 실리는 여행기에 심덕과 김우진의 이야기가 몇 줄 적혔다고 해서 그것이 일본 내에서 대단한 이슈가 되리라 기대하기도 어려웠다.

중요한 것은 이런 악조건에도 불구하고 이 기사가 인구에 회자되느냐, 하는 거였다. 이슈를 일으키려는 게 아니라, 이 정도만으로도 이슈가 가능한가, 가늠하는 것이 테츠의 일차 목표였다. 만약 이런 상황에서조차 심덕과 우진의 생사를 가지고 사람들이 이야기한다면, 여전히 심덕과 우진에 대한 대중의 관심이 뜨겁다는 것을 의미했다. 그리고 이는 곧, 히데유키 역시 여전히 심덕과 자신의 거취에 관심을 가지고 있으리라는 의미와 같았다. 세상 모든 사람들이 심덕과 우진에 대해 더 이상 이야기하지 않아도 히데유키는 심덕을 죽이기 위해 뒤쫓을 자였다. 그런데 여전히 사람들이 이야기한다면? 히데유키가 결코 심덕과 자신을 가만히 내버려 둘 리 없었다.

어쨌거나 여러 가지 의도를 가진 미끼를 일단 던졌다. 과연 이것을 누가 물것인가, 얼마나 많은 이들이 관심을 가질 것인가. 돌아오는 반응에 따라서 저의 행동이 정해질 것이다. 테츠는 촉각을 곤두세웠다.

한 달이 채 지나기 전에 테츠는 심덕과 우진의 생사 문제로 조선 바닥이 발칵 뒤집혔다는 소식을 듣게 되었다. 본의 아니게 성덕의 귀국과 맞물리면서 폭발력이 더 커졌다는 것이다. 이쯤 되면 당연히 히데유키도 이 이야기를 알게 되었을 것이다. 히데유키는 사실 확인을 원할 거다. 그리고 만약 사실이라면 심덕과 제 목을 가져오라고 씨에게 시킬 것이다. 분명히 씨는 이태리를 향해 출발했을 것이다.

의자에 앉은 테츠가 손가락으로 날짜를 꼽았다. 일본에서 곧장 출발해서 아무리 빨리 움직인다고 해도 이곳까지 오는 데는 달포도 넘게 걸렸다. 중간에 다른 변수가 생기면 얼마나 더 길어질지 알 수 없는 노릇이었지만, 그런 걸 씨에게 기대할 순 없었다. 예상보다 빨리 오면 빨리 왔지, 더 늦게 올 인간은 아니었으니 말이다.

날짜를 대충 어림짐작해 본 뒤 테츠가 달력에 동그라미를 치며 심덕을 불렀다.

"나 이때부터 이때까지, 한 보름 정도 어디 좀 다녀올게. 나 없는 동안엔 가게 문 닫고 집에서 쉬도록 해."

"어디? 어디 가는데? 나만 두고 간다고?"

"응. 위험하니까 혼자 다녀올 거야. 그러니까 집 문 잘 잠그고 낮선 사람 오면 열어주지 말구 조심히 잘 있어야 해. 알았지?”

“뭐야, 다섯 살짜리 아이야?”

꺄르르 웃음을 터뜨리면서도 심덕의 두 눈은 불안하게 흔들렸다. 이제 겨우 편안해졌는데, 그 악몽 같은 시간이 혹시 다시 시작될 수도 있단 걸까. 생각만으로도 몸이 뻣뻣하게 굳는 느낌이었다.

그 징글징글하고 끔찍했던 지하실에서 겨우 벗어나 미국 땅에 발을 디뎠을 때, 드디어 모든 일이 다 끝난 줄 알았다. 하지만 아니었다. 오히려 그건 시작에 불과했다. 미국에서 영국으로, 영국에서 다시 이태리로, 여행은 지긋지긋할 정도로 길고 길었다. 심덕은 몇 번이나 혼절했다. 그런 저를 어르고 달래고 독촉해서 테츠는 여기까지 데려왔다. 그리고 겨우, 이제 살 만하다고 마음을 놓았다. 그런데 아니었던가.

걱정이 되는데 또 선뜻 따라가겠다는 말이 안 나왔다. 그렇다고 혼자 잘 지내겠다는 대답도 할 순 없었다. 아무 말도 못 한 채 불안한 두 눈으로 머뭇거리며 제 눈치만 살피는 심덕을 테츠가 다정히 안아주었다.

“괜찮아. 금방 올 거야. 아무 일 없어. 그냥 집에서 쉬고 있어.”

“정말 올 거지?”

“그럼, 네게 돌아올 거야.”

“다치지 않고, 무사히 나한테 돌아오는 거지?”

“당연하지.”

그가 돌아오지 않으면 심덕은 이 낯선 이국의 땅에서 혼자 버려진다. 그 순간 갇혀 있을 때의 악몽이 떠올랐다. 테츠가 일 때문에 열흘씩 집을 비우고 돌아오지 않을 때, 심덕은 이 지하실에서 제가 죽어가도 세상 사람들 아무도 모를 거라는 공포감에 거의 미쳐버리는 줄 알았다. 어둠 속에서 그가 오는 것만을 기다리다, 그가 오는 순간 감정이 폭발해서 미친 듯이 고함을 지르며 싸워댔다. 그러다 지쳐 쓰러지길 대체 몇 번이나 반복했던가.

그저 떠올리는 것만으로도 온몸에 소름이 돋을 만큼 끔찍한 악몽 같던 시간이었다. 정말이지 다시 겪고 싶지 않았다.

심덕이 테츠의 목에 매달렸다. 어리광부리듯 목에 얼굴을 비비는 심덕을 감싸 안으며 테츠가 심덕의 길고 하얀 목에 입을 맞추었다.

“ ”

파르마에 있는 악기상에 대한 이야기를 처음 들은 것은 우연히 지나가는 음악가에게서 바이올린을 헐값에 사게 되었을 때였다. 제게 바이올린을 판 거리의 음악가는 그것을 파르마에 있는 악기상에서 샀다고 했다.

"파르마는 예술의 도시지. 음악을 한다는 놈은 거기 가야 한단 말야. 거기 가리발디광장 앞에 있는 악기상엔 유럽에서 난다 긴다 하는 음악가들은 다 악기를 사러 온다고. 이 바이올린도 거기서 산 거란 말이지."

"그 악기상이 파르마에서 가장 유명한 악기상인가 보군요."

"그렇지. 그러고 보니 참 신기하네. 그 악기상도 그쪽처럼 눈이 까만 사람이었는데 말이야. 일본인이라고 했던가."

전혀 예상치 못한 말에 테츠가 답지 않게 움찔했다. 그러나 이내 흔흔하게 웃으며 그를 보았다.

"일본인이 이태리 파르마에서 악기상을 하다니 정말 신기하네요."

"그렇지. 나도 그랬어. 그러고 보니 자네는 어느 나라 사람인가?"

"저는 필리핀에서 왔습니다."

"아, 그래? 동양인들은 다 비슷비슷하게 생겼어. 도통 못 알아보겠단 말야."

그는 파르마의 악기상에서 샀다는 그 귀한 바이올린을 제게 팔았다. 고작 두 끼의 식사와 한 끼의 숙박비가 그 바이올린 값이었다. 그 바이올린이 과연 파르마에서 산 건지는 확인할 수 없었지만, 파르마에 그러한 악기상이 있다는 것은 사실인 모양이었다. 테츠가 가끔 바이올린을 연주하면 손님들은 관심을 보였는데, 그때마다 이게 파르마에 있는 악기상에서 산 거라고 하면 눈이 휘둥그레지곤 했으니 말이다.

그때만 해도 바이올린을 볼 때마다 파르마가 있는 이태리 북부로는 절대 가지 않겠다고 맹세했었다. 이태리 파르마에 있는 일본인 악기상이 이렇게 제게 유용할지 모르고 말이다. 이래서 참 인생은 한 치 앞을 알 수 없는 거라고 하는 모양이다.

보름 뒤 테츠는 파르마에 있는 가리발디광장에 도착했다. 도착하자마자 테츠는 악기상을 찾기 위해 주위를 한 바퀴 돌았다. 다행히도 그리 어렵지 않게 악기상을 발견할 수 있었다. 건물 1층에 자리한 그곳은 생각보다 꽤 컸고, 정말 사람이 많이 드나드는 것이 소문대로 유명한 집인 듯했다. 테츠는 멀찍이 떨어져서 악기상의 위치를 확인한 뒤 그 주변을 둘러보았다. 동선을 확보하기 위함이었다. 여기까지 와서 재수 없이 씨와 정면으로 마주치고 싶지 않았다. 씨가 악기상에 오는지 안 오는지 확인한 뒤 자신은 조용히 여기를 빠져나가야 했다. 과연 어디서 지켜볼 것이며 또 어떤 길을 이용해야 할 것인가, 테츠가 신중하게 주변을 살폈다.

악기상의 맞은편엔 카페가 있었다. 그 카페의 2층 테라스는 악기상을 내려다보기가 좋았다. 잠시 이 카페를 씨가 이용하지나 않을까 고민했으나 이내 그럴 일은 없다는 결론을 내렸다. 그는 암살자였다. 한자리에 오래 머무르게 되면 누군가의 기억에 남을 위험이 있다. 아마 그는 그것을 가장 경계할 것이다. 게다가 안에 들어와 앉아 있으면 누군가를 발견했을 때 즉시 뒤쫓기가 불편했다. 그는 지나가는 행인처럼 위장하거나 골목 어귀에 몸을 숨기는 것을 차라리 선호할 거다. 그리하여 테츠는 그 카페를 제 아지트로 정했다.

그 카페는 옥상까지 손님들이 사용할 수 있도록 개방해 두었다. 덕분에 그 위에서 주변 전경을 환히 내려다볼 수 있었다. 만약 씨가 나타난다면, 그가 어디로 걸어가는지 위에서 살핀 뒤 조심히 내려와 그 반대 방향으로 걸어가면 되겠구나 싶었다. 테츠는 더할 나위 없이 훌륭한 곳을 발견했단 생각에 조금 뿌듯했다.

그럼에도 여전히 불안한 마음이 드는 건 어쩔 수 없었다. 그럴 때마다 저는 염색을 한 데다 중절모까지 눌러썼기에 뒷모습만 보면 이곳 남자들과 별다를 바 없어 보일 거라고 생각하며 테츠는 스스로를 달랬다. 그리고 그건 사실이었다. 정말로 재수 없게 정면으로 마주치지만 않는다면, 별로 위험하진 않을 터였다. 지나치게 긴장하는 게 오히려 독이다. 테츠는 크게 심호흡하며 몸에 여유를 주려 애를 썼다.

숙소도 카페에서 가장 가까운 곳으로 정했다. 거리를 지나다닐 땐 중절모를 최대한 눌러쓰고 고개를 숙인 채 빠르게 걸었다. 매일 아침 책 한 권을 가지고 카페로 와 2층에서 악기상을 내려다보다, 악기상이 문을 닫으면 숙소로 돌아오길 반복했다.

어느새 열흘이란 시간이 흘렀다. 씨는 여전히 나타나지 않고 있었다. 점점 날짜가 지나갈수록 어쩌면 제가 지나치게 과민했던 게 아닐까 하는 희망이 생겨났다. 이대로 씨가 나타나지 않는다면, 심덕의 소원대로 나폴리에서 이사하지 않고 좀 더 머물러도 될지도 모른다. 그렇게 테츠는 매일 아침 불안에 떨며 눈을 떴다가 희망에 찬 가슴을 안고 숙소로 돌아오길 반복했다.

악기상은 본디 유명한 곳이라 사람이 많이 들락거렸다. 그런데 테츠가 지켜본 결과 약 일주일 정도 전부터 악기와 전혀 상관없어 보이는 사람들이 그곳을 드나들기 시작한다는 것을 느낄 수 있었다. 몇 번, 악기상 주인으로 보이는 검은 머리에 콧수염을 기른 사내가 밖으로 나와 고함을 지르며 사람을 쫓아내기도 했다. 그 순간 설마 저것들 모두가 심덕과 관련된 것인가, 라는 생각이 불현듯 들었다.

만약 저들 중 상당수가 심덕 때문에 정보를 확인하기 위해 나타난 사람들이라면, 기사의 진위 여부를 확인하기 위해 직접 보러 오고 전화를 하고, 편지를 써 보내는 그런 일이 지금 저 악기상 안에서 벌어지고 있다면, 저는 사랑하는 여자 하나를 얻기 위해 참으로 여럿에게 못 할 짓을 저지르는 중이었다. 얼굴이 붉어진 채 길거리에 서서 화를 내는 악기상 주인을 내려다보며 테츠가 마음속으로 조용히 사죄했다.

아무리 생각해도 저나 저 악기상 주인이 처한 상황이 참으로 기막혔다. 테츠가 저도 모르게 씁쓸한 미소를 지었다. 하지만 그럼에도 후회하진 않았다. 다시 돌아간다 해도 테츠의 선택은 지금과 같을 것이다. 심덕은 테츠에게 충분히 그럴 가치가 있는 여자였다.

어쨌거나 저리 많은 사람들이 악기상에 찾아와 확인을 한다면 씨가 나타날 가능성은 여전히 높았다. 어쩌면 며칠 더 머물러야 하는 게 아닐까, 불안한 생각이 테츠를 스치고 지나갔다. 씨가 나타난다는 상상만으로도 긴장하여 손에서 땀이 배어 나왔다. 테츠가 허벅지에 손바닥을 문질렀다.

그리고 드디어 테츠가 이곳에 온 지 13일째 되는 날, 씨가 나타났다.

카페의 테라스에서 악기점을 내려다보고 있던 테츠가 씨를 확인하고 낮게 몸을 숙였다. 멀리서도 한눈에 알아볼 수 있었다. 몸을 가볍게 움직이기 위해 맞춘 듯한 새카만 도복으로 온몸을 빈틈없이 감싼 데다, 다른 이들보다 몸이 가볍고 날래서 움직이는 것만으로도 그는 보통 사람들과는 달랐다. 얼굴을 확인하지 못했지만 분명히 씨였다. 이곳에서 저런 식으로 행동하는 이는 씨밖에는 없었다.

제 예상이 맞았다. 당연히 쉽게 포기할 리 없다고는 생각했다. 상해까지 가서 우진을 죽인 이들이다. 지금쯤 테츠가 심덕을 빼돌리기 위해 자신들을 속였다는 걸 알아차렸을 게 분명했다. 아마 배신감과 분노에 몸을 떨었을 것이다. 속았다는 걸 안 순간부터 자신과 심덕을 추적했을 거다.

그럼에도 혹시나 하는 마음에 한번 던져본 그물이었다. 어쩌면 이제 자신들까지 신경 쓸 여력은 없지 않을까, 잠깐이나마 기대를 했었다. 심덕이 그리 이사를 하기 싫다고 하니, 그 부탁을 들어주고 싶은 마음에 해본 시도이기도 했다.

빈 그물이기를, 아무것도 안 걸리기를 간절히 바랐는데, 기다렸다는 듯이 대어가 걸려들었다. 두근거리는 심장을 내리누르며 테츠가 눈을 감았다가 떴다. 어느새 저 멀리 걸어가고 있는 씨의 뒷모습이 보였다.

이제 결론은 나왔다. 테츠와 심덕은 여전히 쫓기고 있었다. 히데유키는 아직도 정정한 모양이었다. 망할 놈의 노인네, 테츠가 입 속으로 욕설을 퍼부었다.

이제 어떡하면 좋을까. 어쩌면 씨는 이왕 온 김에 온 이태리를 전부 다 뒤지고 가겠다 결심했을 수도 있다. 여기까지 왔는데 빈손으로 돌아가려 하진 않을 거다. 그제야 테츠는 제가 스스로를 과신한 나머지 지나치게 무모한 짓을 저질렀음을 깨달았다.

씨를 이태리로 불러들이다니, 호랑이 굴에 제 발로 걸어 들어간 것과 진배없었다. 아찔한 상상에 테츠의 등 뒤에서 진땀이 배어 나왔다.

우선 나폴리에서는 떠나야 했다. 염색도 다시 해야 했다. 새로운 신분을 만들어야 했다. 기차를 타고 유럽 다른 국가로 넘어가야 했다. 심덕은 싫다고 하겠지만, 지금으로선 그 방법밖엔 없었다. 테츠가 서둘러 자리에서 일어나며 중절모를 깊게 눌러썼다.

나폴리로 향하는 기차에 올라탄 뒤에야 떨리는 마음이 조금 진정되었다. 심덕을 어찌 달래야 할지, 어떻게 이곳을 정리하고 어느 곳으로 떠나야 할지 두서없이 이런저런 생각이 떠올랐다 사라지길 반복했다.

그러다 문득 끝내 자신들을 찾다 찾다 허탕을 치면 저들은 이 일을 어떻게 처리할까, 궁금증이 솟았다.

신문사 사주를 닦달할까? 그래봤자 어차피 익명의 투서였다. 어느 미친놈의 장난으로 취급할까? 아니면 진짜 거기 살다가 도망쳤다고 생각할까?

한 가지 확실한 건, 설마 테츠가 이 함정을 팠으리라곤 생각하지 않으리란 거였다. 그 정도로 과감하리란 생각은 못 할 거였다. 뻔히 눈앞에서 농락당한 뒤 놓쳤음에도 저들은 여전히 마음 한편에서 테츠를 무시하고 있을 게 분명했다. 감히 이런 짓을 저질러 자신들을 가지고 놀 정도로 무모한 면이 테츠에게 있으리라곤 절대로 상상하지 못할 것이다.

그 순간, 테츠의 머릿속에 기막힌 생각이 떠올랐다. 도망칠 때도 저들이 가진 완벽함 속의 모순을 이용했다. 이번에도 똑같이, 자신들은 절대로 실수할 리 없다는 그 자신만만함을 이용하는 거다. 만약 이 세상에 너무나 많은 멍청이들이 있어서 자신들이 놀아난다고 생각하게 만든다면 어떻게 될까?

일이 년쯤 있다가 다른 신문사나 잡지, 혹은 호사가의 입을 통해 자신과 심덕에 대한 정보를 흘린다. 일본과 조선이 발칵 뒤집히면 히데유키는 사실을 확인하기 위해 또다시 씨를 보낼 거다. 이번처럼 여전히 거기에 테츠와 심덕은 없다. 또 잘못된 정보인 거다. 또다시 일이 년이 지난 뒤 정보를 흘린다. 씨가 찾아온다. 여전히 거기에 테츠와 심덕은 없다.

그런 식으로 몇 번 더 이런 짓을 반복한다면, 종내 저들은 거짓된 정보들을 확인하는 데 지쳐 진짜 자신들의 소식이 들어가도 그것을 구분해 낼 능력을 상실하게 될 거다. 히데유키는 세상에 이렇게 쓸모없는 인간들이 많다고 분통을 터뜨릴 게 분명했다. 설마 그 모든 게 테츠가 만든 판일 거라곤 절대 생각하지 못할 것이다. 저들은 여전히 테츠가 그 정도로 머리를 굴릴 거라곤 생각도 못 할 테니 말이다.

만약 그리된다면 테츠와 심덕은 좀 더 편안해질 거다. 그리하여 1년에 한 번씩 다녀야 하는 이사의 기한을 2년, 3년으로 늘릴 수 있게 될 것이다. 그리고 끝내는 심덕의 소원대로 어느 풍경 좋은 전원마을에 자리를 잡고 어디에도 도망가지 않은 채 마음 편한 여생을 보내는 날을 맞이할 수도 있었다.

상상만으로도 테츠의 입가에 미소가 걸렸다. 그녀와 함께 지내는 현실은 달콤했다. 아마도 미래 역시 행복할 것이다. 얼마나 고생 끝에, 얼마나 많은 사람들을 힘들게 하고 끝내 얻은 행복이란 말인가.

차창 밖의 풍경을 바라보며 테츠는 자신들을 스쳐 지나갔던 사람들을 떠올렸다. 역시나 가장 미안한 건 우진이었다. 테츠는 종교가 없었지만, 신실한 심덕을 따라 주일마다 교회를 가곤 했다. 그럼 테츠는 믿지 않는 신에게 우진의 안녕을 빌고 또 빌었다. 그것밖엔 할 수 있는 게 없었다.

그리고 또 누가 있었던가. 더듬어지는 기억 너머로 불현듯 남상철이 떠올랐다. 그리고 그를 떠올리자마자 테츠의 입가에 얇게 스며 있던 미소가 일순 사라졌다. 무서운 생각이 든 탓이었다.

그가 설마 이태리까지 올까?

꽤나 집요했던 상철의 두 눈이 떠올랐다. 마지막으로 그를 봤을 때, 회사 안으로 뛰어 들어가던 그의 뒷모습이 바로 어제 일처럼 생생했다. 그는 자신과 비슷한 부분이 꽤 많았다. 그도 스스로 납득하지 않는 한 물러나지 않을 인간이었다. 스스로 만족할 만한 답을 찾지 못했다면, 상철은 심덕의 생사를 확인하는 걸 포기하지 않았을 것이다. 그리고 포기하지 않았다면, 기사를 보고 이태리로 올 거다. 와서 제 두 눈으로 파르마에 있는 악기상 내외가 심덕과 우진이 맞는지 확인하려 들 게 분명했다.

으음, 테츠의 속에서 괴로운 신음이 흘러나왔다. 악기상의 주인 내외가 테츠와 심덕이 아니라고 해서 씨는 쉽게 그곳을 포기할 리 없었다. 고생해서 이태리까지 와서 악기상 주인 얼굴만 확인하고 돌아갈 리 만무했다. 어쩌면 주인 내외는 아닐지라도 심덕과 테츠가 그곳에 드나들어서 난 소문이 아닐까 의심할 수도 있었다. 그래서 혹시나 나타날지도 모르는 테츠와 심덕을 기다리며 씨는 한동안 파로마 그 악기상 앞을 서성일 게 분명했다.

만약 이태리로 온 상철과 씨가 불행히도 마주치게 된다면?

죽일 거다, 테츠가 괴롭게 혼잣말을 읊조렸다. 죽일 거다. 반드시 씨는 상철을 죽일 것이다. 이미 지금쯤이면 테츠와 심덕의 행보를 조사하는 과정에서 상철 역시 히데유키의 시야에 걸렸을 가능성도 높았다. 테츠조차 유심히 살폈던 상철을, 히데유키가 쉬이 넘겼을 리 없었다.

그런데 그런 상철이 이태리에 나타난다? 그건 곧 상철이 단순한 기자를 넘어서 꽤 위험한 정보에까지 접근할 가능성이 있는 집요한 인물이라는 걸 스스로 알리는 것과 진배없었다. 아주 작은 불씨조차 남겨두려 하지 않는 이들이었다. 여권을 무려 네 개나 조작해서 우진의 행적을 묘연하게 만들었음에도 불구하고 끝내 상해에서 찾아내 죽인 이들이다. 그런 이들이 일개 조선인 기자가 자신들에게 위협될 만큼 진실에 접근하는 모습을 두고 볼 리 없었다.

조선이나 일본이라면 심덕의 측근인 조선인 기자가 죽는 게 오히려 더 큰 파장을 불러올까 봐 쉽게 손을 쓰지 못 할 테지만, 이태리라면 그런 걱정을 할 필요도 없었다. 상철이 이태리에서 살해당했다 한들 대부분의 사람들은 긴 여행 중에 사고로 죽거나 실종되었다고 여길 것이다. 그게 심덕과 관련된 죽음이라고 생각하는 이는 없을 거다. 히데유키나 씨의 입장에선 지금이야말로 상철을 죽일 수 있는 절호의 기회였다. 게다가 죽여야 하는 명분까지 상철이 주는 셈이니 이보다 더 좋을 수가 없었다.

긴 생각 끝에 테츠가 고개를 절레절레 저었다. 또다시 세상에 업보를 남길 순 없었다. 모든 게 저의 지나친 상상이기를 바랐다. 상철이 오지 않기를, 만에 하나 상철이 오더라도 씨와 마주치지 않기를 빌었다. 제발 더 이상 불행한 일은 일어나지 않기를, 자신은 믿지 않지만 심덕은 믿는 그 신을 향하여 테츠가 기도했다.

후쿠오카 신문사 사장을 닦달한 결과 그건 자신이 직접 본 게 아니라 익명의 투서를 그럴싸하게 꾸며낸 일이라는 걸 알아냈다. 신문 기사에는 그저 '파르마에 있는 일본인 내외가 하는 악기상'이라고 되어 있었지만 익명의 투서엔 그 악기상의 위치도 자세히 적혀 있었다. 완전히 거짓된 정보만은 아니라고 판단한 씨는 이태리로 향하는 긴 여정에 몸을 실었다. 그는 언제나 히데유키의 씨였다. 그래서 히데유키와 이토록 길게 그리고 이 정도로 멀리 떨어진 적은 태어나 처음이었다.

태어나고 1년이 채 지나지 않아 긴 산병을 앓던 모친은 끝내 숨을 거두었다. 부친은 직업군인이었다. 아이를 맡길 데가 없었던 부친은 저를 품에 안은 채 전쟁터에 나갔다. 죽기 아니면 살기란 심정으로 전쟁에 임하는 부친의 태도가 히데유키의 눈에 들었다. 그리하여 부친이 품에 아이를 안은 채 전쟁에 임하고 있다는 것을 히데유키가 알게 되었다.

"내가 아이를 봐주마."

히데유키는 선뜻 아이를 향해 손을 내밀었다. 부친은 땅바닥에 코가 닿도록 절을 하며 감사했다.

"아비의 품에 안겨, 제대로 해도 보지 못한 채 자랐구나. 그래도 네가 아비를 뛰어난 병사로 자라게 했으니, 얼마나 기특한 존재냐. 네 이름을 씨로 하자. 너는 죽음과 맞닿아 있지만, 그렇기에 오히려 살아 있는 존재인 게지."

히데유키가 새 이름을 내렸다. 그날 이후 아이는 히데유키의 씨가 되었다. 전쟁 도중 부친은 죽었지만, 씨는 여전히 히데유키의 곁에 남았다. 히데유키는 씨에게 아버지였고, 하늘이었고, 세상이었고, 우주였다. 그의 판단이 잘못된 것은 본 적이 없었다. 그건 있을 수 없는 일이었다.

그래서 테츠에 대한 씨의 분노는 매우 짙었다. 테츠는 처음으로 히데유키의 기운을 빠지게 만든 자였다. 게다가 거기에 자신이 한몫했다는 사실이 씨를 더 괴롭게 했다. 만약 테츠를 처음 만났을 때, 제가 히데유키에게 그를 경계하라고 했다면 모든 일이 달라졌을 수도 있었다. 히데유키는 지나간 일에 연연할 필요는 없다고 했지만, 씨는 도무지 그 생각에서 벗어날 수가 없었다.

그래서 이태리에 그 연놈들이 살고 있을지도 모른다는 이야기를 들었을 때, 씨는 이번에야말로 모든 것을 만회할 기회라고 생각했다. 그것들을 죽여 코를 베어 오겠다고 씨는 히데유키 앞에 이마를 대고 맹세했다.

하지만 막상 고생 끝에 이태리 파르마에 도착했을 때, 예상과 달리 그곳에 테츠와 심덕은 없었다. 악기상 주인 내외가 검은 머리에 검은 눈을 가진 동양인이긴 했다. 하지만 그들은 살집이 좋고 머리가 희끗한 중년 부부였다. 결코 심덕과 테츠는 아니었다.

그들을 제외하면 파르마엔 동양인 자체가 거의 없었다. 씨는 존재만으로도 대단히 튀어서 지나가기만 해도 사람들이 돌아볼 정도였다. 그것조차 씨는 부담스러웠다. 그는 밝음보다는 어둠과, 생보다는 사와 맞닿아 있는 자였다. 제게 시선이 모이는 것이 즐거울 리 없었다.

혹시나 악기상의 주인이 바뀐 것은 아닐까 잠깐 의심했으나 오래 관찰한 결과 그건 아니라는 결론을 얻을 수밖에 없었다. 일단 그들은 대단히 그 공간이 익숙한 듯했고, 들르는 손님마다 오래 아는 사이처럼 인사를 주고받았다. 인수한 지 몇 달 안 된 주인이 아니었다. 적어도 몇 년, 몇십 년은 그곳에 있었던 사람들임이 분명했다.

그렇다면 대체 왜, 누가 익명의 투서를 신문사로 보냈단 말인가. 그저 흥미를 끌기 위한 장난이었을까? 하지만 그러기엔 악기상의 위치가 지나치게 구체적이었다. 엽서의 내용은 분명 사실에 기반하고 있었다. 즉 단순한 장난은 아닌 거다. 엽서를 보낸 이는 저 악기상 내외가 심덕과 우진이라고 생각했던 게 분명했다. 대체 무엇을 보고 그리 생각했단 말인가.

물론 악기상 내외는 동양인 중에서도 일본인처럼 보이긴 했다. 하지만 아무리 봐도 그들을 심덕과 우진으로 착각하는 건 무리였다. 나이도 안 맞았고 외모 역시 신문에 난 우진과 심덕과는 전혀 다른 모습이었기 때문이다. 윤심덕과 김우진에게 관심이 많은 사람이라면 저들을 보고 심덕과 우진이라 착각했을 리 없다. 그렇다면 대체 누가 왜 그런 투서를 신문사로 보냈단 말인가.

혹시 이 상점에 테츠와 심덕이 자주 드나드는 모습을 보고 누군가가 주인으로 의심하여 그런 투서를 보낸 건 아닐까? 씨가 생각할 수 있는 범위 내에서 그나마 그것이 가장 가능성 있는 가설이었다. 어느 미친놈이 아무 이유 없이 그런 투서를 보냈다고 생각하긴 어려웠기 때문이다.

만약 씨의 추측이 맞는다면 이 파르마 주변에 심덕과 테츠가 살고 있을 가능성이 높았다. 그리하여 씨는 일단 파르마 주변을 살펴보면서 틈틈이 악기상 앞에서 드나드는 사람들을 관찰하기로 했다. 어쨌거나 소문의 출처가 이 근방이었다. 심덕과 테츠의 흔적이 이 근처 어디엔가 있을 게 분명하다고 씨는 확신했다.

그 후 씨는 열흘 넘게 근처를 돌아다녀 보았지만, 동양인은 단 한 명도 만날 수 없었다. 아무래도 이 근처에 사는 동양인이라 곧 저 악기상 부부가 전부인 듯했다.

씨는 혼란스러웠다. 대체 어디서부터 어떻게 무엇이 잘못된 건지 알 수 없었다. 태어나 처음 느껴보는 기분이었다. 몇 년 전, 예정된 시간에 선착장에 우진과 심덕이 나타나지 않았을 때도 당황했었다. 그래도 그때는 히데유키가 가까이 있어 곧장 다음 할 일을 지시받을 수 있었다. 하지만 지금은 히데유키조차 가까이 없었다. 여기서는 모든 것을 씨가 혼자 판단하고 결정해야 했다. 이렇게 멀리 떨어져서 이리 오랜 시간 동안 오롯이 저 혼자 모든 일을 처리한 적은 처음이었다. 게다가 모든 일들이 자신의 예상을 벗어나자 일견 두렵기까지 했다.

대단히 어리석은 짓을 저질러서 히데유키에게 피해를 주고 있는 것은 아닌가, 란 생각에 걱정이 왈칵 밀려왔다. 모든 게 다 제 탓 같았다. 자꾸만 삐걱거리며 상황이 자신의 예상을 벗어나자 점점 초조했다. 해소되지 못하는 초조함은 걱정을, 걱정은 분노를 불러왔다. 그쯤 되자 이제 눈앞에 테츠가 나타나기만 하면 그 자리에서 살가죽을 찢어발길 수도 있을 거 같았다.

어느새 먼발치서 악기상을 바라보는 씨의 두 눈엔 흉포한 열기가 가득했다. 그때였다. 씨의 시야에 드디어 까만 머리의 동양인이 들어왔다. 씨가 눈을 가늘게 떴다. 하지만 잠깐 기대감에 들떴던 눈이 이내 차갑게 내려앉았다. 테츠가 아니었다. 그는 남상철이었다.

씨가 이를 으드득 갈며 악기상 안으로 들어가는 상철을 노려보았다. 내내 억눌러 왔던 분노가 갑자기 상철을 향했다. 그리고

보니 저 기자 놈도 처음부터 거슬렸다. 씨의 팔목에 파랗게 핏줄
이 돋았다.

　그래, 범 사냥을 못 하면 여우라도 잡아가야 했다. 여기까지
와서 이리 긴 시간을 허비했는데 빈손으로 돌아갈 순 없는 노릇
이었다.

　기사를 보고 곧장, 정말 곧장 출발했다. 그럼에도 이탈리아에
도착하기까지 정확히 55일이라는 시간이 걸렸다. 길고 긴 여행길
내내 상철은 부디 자신이 늦은 게 아니기를 빌고 또 빌었다.

　온갖 연줄을 다 동원해서 후쿠오카에 있는 신문사 사장으로
부터 파르마 가리발디광장 근처에 있는 악기상이란 얘기를 들을
수 있었다. 도착하자마자 상철은 여장을 풀 틈도 없이 지도를 구
해 골목골목을 돌아다녔다. 그리고 곧 상철은 그 악기상을 찾을
수 있었다. 가슴이 뛰었다. 악기상 앞에 선 채 상철이 한참 동안
심호흡했다. 그리고 문을 열었다.

　"어서 오세요."

　그러나 경쾌한 인사로 상철을 맞이하는 주인 사내는 테츠가
아니었다. 잿빛 머리나 불룩 나온 배, 눈가에 자글한 주름으로 보
건대 그는 오십은 너끈히 넘어 보였다. 잘못 찾아온 건가, 일순
당황하는 사이 주인이 상철을 확인하자마자 얼굴을 구겼다.

　"동양인이군. 그쪽도 혹시 윤심덕인가 뭔가를 찾으러 온 거요?"

　이곳이 맞는구나, 잘못 찾은 건 아닌 모양이었다. 그렇다면 어떻게 된 일이란 말인가, 알아봐야 했다. 금방이라도 상철을 쫓아낼 기세인 주인을 향해 상철이 뚱한 얼굴로 고개를 저었다.

“그게 누구요?”

　능숙한 영어로 되묻자 주인이 그제야 경계하는 빛을 풀었다.

“아, 무얼 찾으십니까?”

“바이올린을 보러 왔소.”

　진지한 얼굴로 바이올린이 걸린 벽 앞에 서자 주인이 안도의 한숨을 내쉬었다. 다행히 상철은 바이올린에 대해 아주 조금 아는 편이었다. 솔직히 말하면 심덕의 남동생 기성이 바이올리니스트라 예전에 좀 알아봤었다. 혹시나 심덕과 대화를 할 때 써먹을까 싶었기 때문이다. 막상 심덕과는 한마디도 나누지 못했는데, 그때 배워둔 게 오늘 이리 쓰일 줄은 몰랐다.

“이곳에 오면 온갖 악기를 다 구할 수 있다고 해서 여기까지 찾아온 거요. 그게 사실이오?”

“뭐, 저희야 이 근방에선 제일 유명한 곳이니 못 구하는 악기는 없지요.”

“그럼 스트라디바리우스도 구할 수 있소?”

“손님, 그건 정말 아주 비싼데요. 정말 그걸 찾으시는 겁니까?”

　주인이 의심스러운 눈으로 상철을 아래위로 살폈다. 과연 그 정도 돈이 있나, 장난치는 놈이 아닌가, 의아한 시선이었다.

“제가 모시는 분이 꼭 그걸 찾으셔서 그러오. 그분은 지금 주세페 과르니에리가 18세기에 만든 바이올린을 쓰고 있어요. 그도 충분히 만족스럽긴 한데, 아무래도 스트라디바리우스에 대한 욕심을 없앨 순 없으신 모양이오. 구할 수 있소?"

주인의 두 눈이 제대로 커졌다. 대화의 승기가 상철에게로 넘어온 순간이었다.

"가격은 얼마나?"

"가격을 걱정했다면 묻지도 않았겠지요."

상철이 아주 거만하게 말했다. 주인이 온몸을 떨며 어쩔 줄을 몰라 했다.

"구하자면 구할 수 있지만 꽤 오래 기다리셔야 할 겁니다."

"시간이 얼마나 걸리든, 돈이 얼마나 들든 상관없소. 원하는 것을 얻을 수 있느냐가 문제지요. 아주 먼 길을 왔소. 정말 구할 수 있는 거요?"

"알아봐야지요. 알아봐야 합니다. 하지만 구해드려야겠죠. 어떻게든 구해드려야죠."

주인이 두 손을 맞비비며 긴장했다. 장부를 펴놓고 이것저것 살피는 주인의 두 눈이 바삐 움직였다. 느긋하게 의자에 앉은 상철이 주인의 기세를 살피다 지나가는 어투로 툭, 말을 던졌다.

"그런데 아까 윤심덕인가, 그건 뭔 소리요?"

정신없이 장부를 살피던 주인이 고개를 들어 상철을 보았다. 대단히 큰손님에게 어떻게든 잘 보여야 하는 입장에 처한 주인은, 상철이 윤심덕의 이름을 입에 올려도 별반 불쾌한 기색을 드러내지 않았다.

"아, 별거 아닙니다."

"대체 윤심덕이 누구요?"

궁금한 듯 고개를 갸웃하며 다시 한번 묻자 주인이 그제야 한숨을 푹 내쉬었다. 말하는 게 썩 내키지 않는 모양이지만, 제가 하기 싫다고 이야기를 안 할 수도 없는 노릇이었다.

"그게 무슨 일인지 며칠 전부터 여기 전화에, 편지에, 찾아오는 사람들에, 일이 마비될 지경입니다. 하나같이 윤심덕이랑 김우진이 여기 있지 않냐고 물어요. 내가 그 사람 아니라고 하면 혹시 주변에 악기점 하는 다른 조선인이나 일본인은 없냐고 묻기까지 하니, 아주 피곤해 죽을 판입니다. 갑자기 이게 뭔 난리인지 모르겠어요."

이야기를 하는 동안 다시금 열불이 터지는지 주인의 얼굴이 벌겋게 달아올랐다.

"아무리 내가 아니라고 해도 나한테 글을 쓰느냐, 부인은 음악을 하지 않느냐, 묻는다니까요. 거 다 무슨 개소리인 줄 모르겠습니다. 알고 보니 일본 후쿠오카에 있는 한 신문사에서 윤심덕이랑 김우진이 부부로 이 악기상을 운영하고 있다는 말도 안 되는 소설을 써서 내보내는 바람에 이 사달이 난 거랍디다. 어찌나 열이 받던지, 오죽하면 신문사에 항의 편지도 써 보냈다니까요? 그래도 아직 정정 기사가 안 나간 모양인지 뭔지. 내가 하도 여러 통 보내면서 난리를 치니까 신문사에서 답장이 왔는데, 자기들이 실제로 본 건 아니고 제보를 받아서 쓴 기사랍니다. 아니 어느 미친놈이 그런 말도 안 되는 헛소문을 신문사에 제보한 건지, 나 참. 그리고 그 신문사 사장이라는 작자는 왜 지 눈으로 본 것도 아닌 걸 사실처럼 써 갈겨서 아무 상관도 없는 사람을 이리 환장하게 하는 건지 정말 화가 납니다.”

한번 이야기를 시작하자 주인의 입에서 봇물 터지듯 쉴새 없이 불만이 쏟아졌다. 상철이 진심 어린 표정으로 주인을 위로했다.

“고생이 많으셨겠소.”

“말도 마십시오. 오늘도 또 편지가 왔어요. 아주 지긋지긋합니다.”

푹푹 한숨을 쉬는 주인을 보던 상철이 조심스럽게 자리에서 일어났다.

“연락처를 남기고 갈 테니 바이올린을 찾으면 연락 주시오.”

“그렇게 합지요. 네, 바로 연락드리겠습니다.”

주인이 허리를 굽히며 굽신거렸다. 상철은 오는 길에 봐두었던, 이 근방에서 가장 큰 호텔의 이름을 적은 뒤 아무 호수나 대충 썼다. 호텔명을 확인한 주인의 좀 더 비굴한 미소를 입가에 띄웠다.

“바로 연락드리겠습니다.”

입구까지 나와 주인이 허리를 굽히며 상철에게 인사했다. 상철이 까딱 목만 숙인 뒤 돌아섰다.

결국, 아니라는 거구나. 꼿꼿하게 걸어가던 상철의 눈앞이 순간 흐려지더니 다리에 힘이 풀렸다. 황급히 손을 뻗어 옆의 벽에 몸을 기댔다. 모두 다 헛소문이었던 거다. 그 빌어먹을 신문사 사장 놈의 장난질에 온 나라가 놀아난 거였다. 참으로 기가 막혔다. 재미로 던진 돌에 개구리가 맞아 죽는다는 게 이런 걸 뜻하는 모양이었다. 너무 어이가 없고 황당해서 화도 안 났다.

　다시 몸을 일으킨 상철이 몇 걸음 걷다 길거리에 테이블을 내어놓은 식당을 발견했다. 가까이 보이는 의자에 일단 앉았다. 영어를 할 줄 모르는 식당 주인에게 손짓과 발짓을 해가며 먹을 것과 마실 것을 주문했다. 얼마 지나지 않아 나온 것은 국수보다 좀 더 두꺼운데 물기 없이 조리된 처음 보는 면 요리와 붉은 음료였다. 음료는 냄새를 맡아보니 술인 듯했다. 급한 대로 들이켜자 알싸한 알코올이 멍한 머리를 울렸다. 그 덕에 흐릿하던 정신이 좀 돌아오는 듯했다.

　대체 그 사장 놈은 뭘 바라고 이딴 장난을 했단 말인가. 상철이 분통을 터뜨렸다. 뒤늦게 짜증이 밀려왔다. 고작 이 꼴을 보려고 두 달 가까이 그 고생을 해서 여기까지 왔다고 생각하니 어이가 없었다. 또다시 두 달여를 고생해서 돌아갈 길이 아득하기만 했다.

　생각하면 생각할수록 어이가 없었다. 이태리, 로마, 악기점, 성악가 부인, 작가 남편, 누가 봐도 심덕과 우진을 떠올릴 만한 이야기였다. 정말 악질도 이런 악질이 없었다. 이건 대놓고 낚이라고 던진 그물인데, 일말의 의심도 없이 거기에 몸을 던졌다. 무모한 여행길에 오르기 전에 사장 놈을 족쳤어야 했는데, 상철이 어리석은 스스로를 향해 혀를 찼다.

　술잔을 비운 뒤 면을 이리저리 뒤적이던 상철이 갑자기 모든 행동을 멈추었다. 악기 주인이 했던 말이 그제야 떠오른 것이다. 주인이 신문사에 항의하자 후쿠오카 신문사 사장은 자신이 본 게 아니라 누군가의 제보를 받고서 그 글을 실었다고 했다. '제보'였다. 사장이 미친놈이 아니었다. 누군가가 의도적으로 질 나쁜 장난을 쳤고, 사장은 그게 흥밋거리로 적절하다 생각하여 신문에 실은 것에 불과했다. 그렇다면 과연 대체 누가 이런 장난을 쳤단 말인가. 어떤 목적으로 그는 이런 유의 '제보'를 했을까.

가만히 생각에 잠겨 있던 상철이 고개를 번쩍 들었다. 제보자가 누군지 알 거 같았다.

누가 봐도 윤심덕과 김우진으로 의심을 살 만한 제보를 일부러 했다는 건, 낚이라고 대놓고 던진 떡밥이었다. 끝까지 미련을 놓지 못하고 심덕과 우진을 뒤쫓고 있을 누군가를 끌어들이기 위해 판 함정이었다. 제가 아는 한, 이런 짓을 할 사람은 단 한 명밖에 없었다.

마에다 테츠였다.

그렇다면 마에다 테츠는 무엇 때문에 이러한 함정을 판 것일까. 그가 이 일을 통해 원하는 것은 무엇일까. 이태리까지 추적자를 불러들여 무엇을 하고자 하는 걸까. 설마 자신을 뒤쫓는 추적자를 타국으로 끌어들여 죽일 생각인 걸까? 아니다. 제가 아는 테츠는 손에 피를 묻힐 자는 아니었다. 그렇다면 굳이 왜 이태리까지 그들을 끌어들였단 말인가. 무엇을 확인하고 싶어서, 무엇을 바라고 저지른 일인가.

무언가 잡힐 듯 잡힐 듯 잡히지 않았다. 상철이 관자놀이를 꾹꾹 눌렀다. 그때 한 어린아이가 자전거를 타고 가다가 넘어질 듯 말 듯 위태롭게 비틀거리는 모습이 보였다. 저도 모르게 그 아이의 모습에 집중했다. 아이는 넘어질 듯 말 듯 하면서도 넘어지지 않고 자전거를 타고 지나갔다. 아이가 사라진 뒤에야 상철이 비로소 고개를 돌렸다. 그 순간, 무언가 상철의 머리를 세게 강타했다.

저거다. 테츠의 목적이 바로 저거였다.

긴지 아닌지, 헷갈리는 정보를 던진다. 사람들은 그 정보의 진위 여부를 확인한다. 확인 결과 거짓이라는 게 밝혀진다. 타올랐던 관심이 식는다. 시간이 흐른 후 다시 또 비슷한 정보가 사람들 사이에 던져진다. 또다시 화르륵 여론이 불타오른다. 거짓임이 밝혀진다. 또 순식간에 열기가 식는다. 또 정보를 던진다. 거짓이다. 사람들이 서서히 흥미를 잃기 시작한다.

그건 자전거를 타고 균형을 잡는 것과 비슷했다. 처음엔 다들 넘어질까 걱정하여 주목하지만, 시간이 흐르고 반복될수록 점점 걱정은 사라진다. 심지어 자전거에 탄 본인조차도 이제 어지간히 비틀거리는 것으로는 넘어지지 않는다는 걸 안다. 자극이 계속 반복되어 익숙해지면 더 이상 사람들은 그것에 관심을 기울이지 않게 되는 것이다.

테츠가 원하는 건 바로 그런 거였다. 아마 테츠는 앞으로도 꾸준히 이런 식의 자극적인 정보를 던져 사람들이 확인하게 할 것이다. 십중팔구, 그건 틀린 정보일 거다. 그리고 시간이 흐르면, 또다시 정보를 던질 거다. 이런 거짓말을 몇 번 반복하다 보면 대중의 관심은 시들해진다. 그러면 후에 진짜 제보가 들어와도 모두 더 이상 그것에 관심을 보이지 않게 될 거다. 상대를 포기시키는 아주 효과적인 방법인 셈이다.

고개를 절레절레 저으며 상철이 허탈하게 웃었다. 테츠는 정말 지독하게 머리가 좋은 사내였다. 그리고 끔찍할 정도로 사랑이 전부인 사내였다.

상철은 이제 더 이상 자신이 걱정하지 않아도 테츠와 심덕이 어딘가 안전한 곳에서 행복하게 살고 있으리란 확신이 들었다. 그게 미국일지 이탈리아일지 아일랜드일지는 더 이상 중요치 않았다. 어쨌거나 테츠는 모두를 따돌리고 자신만의 세계를 만들었다. 그리고 그는 그 세계를 무슨 수를 써서라도 지킬 것이다. 이제 심덕은 안전했다. 상철에겐 그것으로 충분했다.

상철이 주인에게 손을 흔들어 술을 한 잔 더 시켰다. 이내 붉은 술이 다시 잔 가득 채워졌다. 아까와 달리 이번엔 혼자 드는 축배였다.

이제 되었다. 심덕이 어딘가 살아 있고 행복하게 살고 있다면 그걸로 족했다. 더 이상 바라는 게 없었다. 이제 저는 정말 이 모든 일로부터 자유로워질 수 있을 거 같았다. 상철의 마음이 더할 나위 없이 가벼워졌다.

다시 돌아가기 위해 끔찍할 정도로 긴 길을 지나야 했지만, 괜찮았다. 올 때와 달리 가벼운 마음으로 갈 수 있으니, 그것으로 족했다. 돌아가 기세를 만난다면 이제 제 걱정을 하지 말라고 해야겠다. 기주에게도 심덕에 대한 마음의 짐을 털어버리라 말해야겠다.

상철이 술잔을 비웠다. 색이 예쁜 술은 꽤 도수가 있는 모양인지 어느새 몸이 훈훈하게 더웠다. 계산을 치른 뒤 상철이 자리에서 일어났다. 비틀, 순간 균형을 잃은 몸이 흔들렸다. 그래도 기분은 최고였다. 활짝 웃으며 주인에게 인사한 뒤 상철이 느리게 걷기 시작했다.

골목을 지나 코너를 돌자 눈앞에 3층짜리 숙소 건물이 보였다. 제가 묵는 방을 올려다보며 씩 웃은 상철이 경쾌하게 걸음을 옮겼다.

저 멀리서 씨가 소리 없이 그런 상철의 뒤를 쫓고 있었다.

테츠는 자신이 없는 동안은 카페 문을 열지 말고 집에서 쉬라고 했지만, 하루 종일 집에 오도카니 혼자 있다 보면 그때 그 지하실에 갇혀 있던 기억이 떠올라 끔찍했다. 그래서 심덕은 혼자서도 꼭 카페 문을 열었고 대신 해가 지기 전에 일찍 닫았다. 그렇게 낮에라도 나와서 눈에 익은 사람들과 인사를 나누고 몇 마디 대화를 주고받는 게 훨씬 나았다. 단골손님들은 왜 카페를 길게 열지 않는지, 늘 붙어 있던 남편은 어디 갔는지 궁금해했다. 심덕은 좋은 원두를 사러 갔다고 둘러댔다. 혼자 장사를 하긴 버거워서 몇 시간만 하는 거라고 하면 친절하고 느긋한 사람들은 더 묻는 법 없이 다들 그러려니 여겼다.

"오늘도 일찍 닫는군요."

"네. 해가 지기 전에 들어가려구요."

"오늘 노을이 아주 좋으니 해안가를 걸어 집으로 가요."

카페 옆 레스토랑의 친절한 주인이 심덕에게 알은체를 했다.

그는 배가 잔뜩 나온 중년의 사내였는데, 처음 이곳에 자리 잡자마자 심덕에게 과하게 친절하게 굴어서 심덕은 자신에게 딴맘이 있나 의심했다. 하지만 며칠 지나지 않아 그게 천성이고, 그는 지극한 애처가라는 것을 알게 되었다. 자신에게 친절한 이태리 남자들 상당수는 그냥 그게 몸에 배어 있었다. 그러다 눈이 맞으면 바람을 피우는 경우가 없다고는 할 수 없었지만, 처음부터 바람 피울 작정으로 친절하게 구는 건 아니었다. 오히려 심덕에게 친절한 대부분의 사내들은 자신의 부인들에게 훨씬 더 친절했다. 그래서 심덕은 이곳에 와서 본능적으로 가지고 있던 사내에 대한 불신을 조금은 떨칠 수 있었다.

레스토랑 주인의 말은 과장이 아니었다. 오늘 노을은 유독 아름다웠다. 조금 둘러 가는 길이지만 해안가를 택한 보람이 있었다. 심덕은 잠시 멈춰선 채 주변을 온통 붉게 물들이는 노을을 홀린 듯이 바라보았다. 그 순간 어린아이가 아장아장 심덕의 앞을 지나갔다. 그 뒤로 아이의 부모가 손을 맞잡은 채 걸어가는 아이의 뒤를 따라갔다. 편안하고 행복한 모습에 심덕이 저도 모르게 노을을 보던 눈을 돌려 세 가족의 뒷모습을 바라보았다. 참으로 평화스러운 순간이었다. 제 인생에서는 여태껏 한 번도 없었던 시간이었다.

"개똥밭에 굴러도 이승이 낫다는 건 순 헛말 아이가. 태어나는 순간 남은 건 늙고 병들고 죽는 것밖에 없는데 말이지."

가난한 부모는 자주, 생을 한탄했다. 태어날 때부터 가난했고, 자라는 내내 가난은 징글징글하게 엉겨 붙어 온 가족의 삶을 고달프고 억척스럽게 만들었다. 노을을 보며 감탄하거나 서로를 마주 보며 미소 짓는 여유 따윈 감히 상상할 수 없는 삶이었다.

재밌는 것은 그런 환경에서 자랐음에도 불구하고 심덕에게 생은 축복이었다는 거다. 가난한 부모, 많은 형제들, 배곯지 않은 적 없는 기억으로 가득한 유년 시절이지만 비극적이지 않았다. 심덕은 자신 있었으니까. 제 미래는 찬란할 것이고, 오늘보다 내일이 더 나은 삶일 거라는 확신이 있었으니까.

하지만 불행히도 인생은 그리 호락호락하지 않았다. 빛나는 순간은 찰나였고, 고통은 끔찍할 정도로 길었다. 상황을 벗어나기 위해, 더 나은 미래를 위해 발버둥 쳐보았지만, 늪에 한 발이 빠진 것처럼 움직이려 할수록 더 깊은 수렁으로 들어가기만 할 뿐 상황은 나아지지 않았다. 심덕이 언제나 최선을 다해 사랑했던 생이 자신을 배신했다는 걸 깨닫기까지는 그리 오래 걸리지 않았다.

그래서 죽음에 배팅하기로 결심했다. 생과 사는 정반대에 있는 것이 아니라 백지장처럼 맞닿아 있었으므로 죽음은 끝이 아니라 시작이었다. 생은 곧 사였고 사는 곧 생이었으니, 생에서 얻지 못했을지라도 사에서는 얻을 수 있을지도 모른다고 기대했다. 사는 심덕에게 전혀 다른 미래를 보여줄 수도 있었다. 언제나 심덕이 꿈꿔왔으나 어느 순간 포기해 버린, 오늘보다 나은 내일을 가져다줄 수도 있었다. 그래서 망설임 없이, 자신이 냉정하게 버린 남자의 손을 다시 잡았다. 그 남자는 자신을 절대로 배신하지 않으리라 믿어 의심치 않았으므로.

바보같이 왜 몰랐을까. 철석같이 믿었던 생에 배신당할 수 있다면, 바위 같던 남자도 얼마든지 자신에게서 등 돌릴 수 있다는 것을. 생과 사는 서로 맞닿아 있어서 생에 버림받았다면 사에도 구원받을 수 없다는 것을. 결국 생이 그러했듯 사도 심덕을 매정하게 버렸다.

하지만 그럼에도 끝내는 살아남았다. 결국 살았으니 버림받은 건 아닌 걸까. 바다에서 불어오는 짠 바람을 맞으며 심덕이 머리를 쓸어 올렸다. 허리까지 긴 머리가 익숙하면서도 낯설었다. 이렇게 머리를 길게 기른 건 처음이었다. 이런 긴 머리는 사치와 부의 상징이었다. 머릿니가 없고 머릿결 관리를 할 수 있는 부잣집 아씨들만 이리 긴 머리를 유지할 수 있었다. 신여성이라 머리를 잘랐다고 했지만, 기를 수 없으니 기실은 자르는 것 외에 선택 사항이 없기도 했다. 그런 머리를, 지하실에서 탈출하면서부터는 자르지 않고 내내 길렀다. 신분을 위장하기 위한 방편이기도 했지만, 그 지하실에서 나온 이후부터는 머리를 이리 길러도 될 정도로 형편이 좋았다는 뜻이기도 했다. 대단히 고통스러운 시간을 버텨내긴 했으나 끝내는 이렇게 살아남았으니 심덕은 그럭저럭 이 긴 싸움에서 자신이 승리했다고 여겼다. 그래서 슬슬 긴 터널 끝에 비치는 햇살을 바라보며 새로운 꿈을 꾸고 있었다.

테츠가 돌아오지 않은 지 벌써 보름이 지났다. 설마 죽은 걸까. 아니면 이번에도 제가 속은 걸까. 섬뜩한 예감이 가슴을 휩쓸고 지나가는 순간, 더운 바닷바람이 다시 한번 불어와 심덕의 머리칼을 흐트러뜨려 놓았다. 흐트러진 머리칼을 정리하려다 문득 이리 절박하게 사내를 기다리는 스스로의 모습이 기막혀 실소가 터졌다.

단 한 번도 애달파하며 사내를 기다려본 적이 없었다. 언제나 사내들은 심덕의 곁에 있었다. 그들은 심덕에게 선택되길 바라면서 날카로운 발톱을 깊숙이 숨긴 채 양순한 척 굴었다. 하지만 그 사내들은 가면을 쓰고 있을 뿐, 조금만 틈을 보이면 마구잡이로 자신을 대할 거라는 걸 누구보다 잘 알고 있었다. 훤히 들여다보이는 그들의 욕망은 다루기 쉬웠다. 심덕은 그 욕망들 사이를 제 마음대로 헤집고 돌아다니며 가장 제게 이득이 되는 결과를 얻기 위해 노력했다. 그리고 스스로 영리하다고 자신했다.

그러나 그들의 욕망이 심덕에게 훤히 보였던 것처럼 심덕의 욕망 역시 그들에게 아주 잘 보였을 것이다. 심덕이 그들을 잘 다루고 있다고 자신했던 것처럼 그들 역시 자신들이 심덕을 가지고 놀고 있다고 여겼을지도 모른다. 사실과 거짓은 교묘히 뒤섞였고 각자 자신이 믿고 싶은 대로 믿었다.

모르겠다. 야만의 시대에서 살아남기 위해 심덕은 최선을 다했다. 하지만 그 무엇도 뜻대로 되지 않았다. 이제 와 돌이켜 보면 자신이 무엇을 바라 그토록 열심히 살았는지, 그리하여 무엇을 얻었고 무엇이 남았는지 정말 모르겠다. 결국 이리될 거였다면 그저 제 언니처럼 교사로 만족하며 부잣집 사내랑 결혼하는 게 나았다. 아니, 테츠가 처음 청혼했을 때 받아줬더라면 일본 귀족 부인으로 우아하게 살 수 있었다. 그것도 아니라면 제 몸값을 높이 쳐주던 경성의 부자들에게 못 이기는 척 넘어갔어야 했다. 하다못해 순진해 빠진 상철을 붙잡기라도 했다면 이보다 못했을까.

결국 그렇게 고르고 골랐어도 제가 고른 사내들은 하나같이 보잘것없었고, 그렇게 마른자리만 밟으려 애를 썼음에도 모두 진자리였다. 이쯤 되면 부모의 말대로 태어난 게 불운이었는지도 모르겠다.

그럼에도 불구하고 지금 몸을 떨며 애타게 테츠를 기다리는 단 하나의 이유는 여전히 살고 싶기 때문이다. 단순히 그 남자를 기다리는 게 아니다. 정확히는 아직 끝나지 않은, 끝낼 수 없는 제 생을 기다리고 있는 것이다. 아무리 후회가 된다 한들 다시 그 시간으로 돌아갔을 때 심덕은 자신이 지금과는 다른 선택을 하리라 자신할 수 없다. 그 순간 했던 그 모든 선택들이 결국은 이런 결과밖에 가져오지 못했다고 하더라도, 결국 이게 윤심덕이었다. 그래서 심덕은 자신을 배신한 생도, 사도 미워할 수 없다. 그 생과 사조차도 스스로 한 선택의 결과이므로. 그렇게 매 순간 최선을 다해 윤심덕다운 선택을 하며 살아남았다. 지금 이 순간도 내일이 오늘보다 나으리라, 꿈꾸며 바란다. 여전히 다시 노래할 수 있기를, 언젠가는 화려한 환영을 받으며 조선 땅을 밟을 수 있기를, 가까운 미래엔 이태리에서 소프라노 가수로 유명해지기를 소망한다.

"심덕!"

자신을 부르는 고함 소리에 심덕이 놀라 돌아보았다. 저 멀리, 선착장에서 한 사내가 크게 손을 흔들며 저를 부르고 있었다.

반가움에 심덕이 크게 손을 흔들었다가 멈칫하며 자리에 굳은 듯이 멈춰 섰다.

달려오는 그 사내에게서 여러 얼굴이 보였다. 그는 마에다 테츠였다. 그는 홍영후였다. 그는 남상철이었다. 그는 이석구였다가 이기세였다가 김우진이었다가 이용문이 되었다. 그리고 더 빠르게 더 많은 얼굴들이, 살면서 제가 만났던 수 없이 많은 잊히지 않는 얼굴들이 그 위를 스쳐 지나갔다. 심덕이 멍하니 자신을 향해 달려오는 사내의 얼굴을 뚫어져라 쳐다보았다.

아아, 그가 누군지 비로소 깨달았다. 그는 심덕의 생이었다.

〈끝〉